朝鮮森林植物編

4 輯

繡線菊科　SPIRAEACEAE

目次　Contents

第４輯

繡線菊科　SPIRAEACEAE

頁　Page

繡線菊科

SPIRAEACEAE

(一) 主要ナル引用書類

著者	書名
P. Ascherson und P. Græbner.	Synopsis der Mitteleuropäischen Flora. Band VI. Abt. 1.
G. Bentham et J. D. Hooker.	Genera Plantarum. Vol. 1.
N. L. Britton and A. Brown.	An illustrated Flora of the Northern United States, Canada and the British Possessions. Vol. II.
De Candolle.	Prodromus systematis regni vegetabilis. Vol. II.
S. Endlicher.	Genera Plantarum.
W. O. Focke.	Die natürlichen Pflanzenfamilien. III Th. 3. Abt.
F. B. Forbes and W. B. Hemsly.	An Enumeration of all the Plants known from China Proper, Formosa, Hainan, Corea, the Luchu Archipelago, and the Island of Hongkong, together with their distribution and Synonymy. Vol. I.
J. D. Hooker.	Icones Plantarum. Vol. XIII.
Koidzumi, G.	Conspectus Rosacearum Japonicarum.
V. Komarov.	Flora Manshuriæ. Vol. II.
O. Kuntze.	Revisio Generum Plantarum Vol. I. et. II.
C. J. Maximowicz.	Spiraeacearum enumeratio.
Nakai, T.	Flora Koreana, Vol. I. et. II.
J. Palibin.	Conspectus Floræ Koreæ. Vol. I.
E. Regel.	Tentamen Floræ Ussuriensis.
C. K. Schneider.	Illustriertes Handbuch der Laubholzkunde Band I.
J. P. Tournefort.	Institutio Rei Herbaria Vol. I. et. III.
	植物學雜誌第二十六卷
矢部吉禎	南滿洲植物目錄
松村任三	帝國植物名鑑下卷後編

(二) 朝鮮繡線菊科植物研究ノ歴史

朝鮮繡線菊科植物ノ初メテ書ニ見エシハ西暦千八百六十七年(距今五十八年)蘭人 F.A. G. Miquel氏ガ Annales Musei Botanici Lugduno-Batavi 第一卷ニこごめうつぎヲ載セシニ始マル、千八百七十九年ニ露ノ Maximowicz 氏ガ Acta Horti Petropolitani 第六卷ニ全世界ノ本科植物ヲ書セシトキハ再ビ之レヲ載セタリ、千八百九十八年露ノ Palibin 氏ガ Conspectus Floræ Koreæ ヲ記セシトキニハこごめばな、一重のしじみばな、ほざきしもつけノ三種ヲ載セ千九百四年版ノ露ノKomarov氏ノFlora Manshuriæニハてまりしもつけ、Spiræa flexuosa, うすげしもつけノ三種ガ北朝鮮ニアル事ヲ附記セリ。

千九百六年版ノ獨ノ Schneider氏著 Illustriertes Handbuch der Laubholzkunde 第一卷ニハ又單ニこごめうつぎノ一種ヲ載スルノミ、千九百九年拙著 Flora Koreana 第一卷ニハこごめばな、ひとへのしじみばな、Spiræa flexuosa, うすげしもつけ、やましもつけ、てうせんこでまり、こごめしもつけ、てうせんしもつけ、ほざきしもつけ、てまりしもつけ、ほざきのななかまどノ一種ヲ記シ、其中てうせんこでまりトてうせんしもつけトハ新種ニ屬セリ、千九百十一年 Flora Koreana 第二卷ニハ更ニやなぎざくらヲ加ヘタリ、千九百十二年東京植物學雜誌第二十六卷一月號ニすぐりうつぎナル一新種ヲ記述セシガ同年英ノ Dunn氏ハ米人Mills氏ノ採品ニ基キ再ビ同一種ヲ一新種トシテ Neillia Millsii ナル名ノ下ニ Kew Bulletin ニ公表セリ、之ハすぐりうつぎ即ハチ Neillia Uekii ノ異名ナル事ハ勿論ナリ。

千九百十四年總督府出版ノ 濟州島並ニ莞島植物調査報告ニハこごめうつぎヲ記スノミ、之レ實ニ兩島産唯一ノ繡線菊科植物ナリ。

千九百十五年智異山植物調査報告ニハこごめしもつけ、一重のしじみばな、こごめうつぎノ三種ヲ載ス。

大正三年(千九百十四年)度ニ予ガ總督府ノ命ヲ受ケテ北朝鮮ニテ植物採取ニ從事セシ爲メ更ニ一ノ新種ト二、三ノ未採收品トヲ得シ爲メ朝鮮産繡線菊科植物ハ次ノ六屬一六種トナレリ。

1.	Exochorda serratifolia, Moore.	やなぎざくら。
2.	Sorbaria sorbifolia, R. Br. var. stellipila, Max.	ほざきのななかまど。
3.	Spiræa prunifolia, S. et. Z. var. simpliciflora, Nakai.	一重のしじみばな。
4.	Spiræa ulmifolia, Scop.	あひづしもつけ。

5. Spiræa flexuosa, Fischer. 和名ナシ。
6. Spiræa media, Schmidt. var. oblongifolia, Beck. ながばしもつけ。
7. Spiræa pubescens, Turcz. うすげしもつけ。
8. Spiræa trilobata, Linn. やましもつけ。
9. Spiræa trichocarpa, Nakai. てうせんこでまり。
10. Spiræa koreana, Nakai. てうせんしもつけ。
11. Spiræa silvestris, Nakai. もりしもつけ。
12. Spiræa microgyna, Nakai. こごめしもつけ。
13. Spiræa salicifolia, L. v. lanceolata Torr. et. Gray. ほざきのしもつけ。
14. Neillia Uekii, Nakai. すぐりうつぎ。
15. Stephanandra incisa, Zabel. こごめうつぎ。
16. Opulaster amurensis, Kuntze. てまりしもつけ。

(三) 朝鮮ニ於ケル繡線菊科植物分布ノ概況

(1) やなぎざくら屬。
本屬ニハやなぎざくらノ一種アリ。北朝鮮ノ丘陵ニ生ジ通例灌木叢ヲナス。予ガ見タルハ平安北道碧潼郡地方、黃海道瑞興地方並ニ咸鏡北道淸津地方ニシテ、モト滿洲ニテ發見セラレシ種ナリ。
(2) ほざきのななかまど屬。
本屬ニハほざぎのななかまどノ一種アルノミナルガ江原、平安南北、咸鏡南北ノ五道ニ亘リ特ニヨク繁茂シ、溪流ニ沿ヒテ大ナル灌木叢ヲナス。
(3) しもつけ屬。
最モ種類ニ富ミ十一種アリ。

イ、一重のしじみばなハ中部南部ニ普通ニシテ平壤、元山以南ヨリ半島ノ南端ニ至ル迄ノ丘陵平野ニ自生ス。

ロ、あひづしもつけハ北地性ノモノニシテ咸鏡北道、同南道ノ北部並ニ平安北道ノ北部ニノミ生ズ。

ハ、Spiræa flexuosa ハ露ノコマロフ氏ガ其著滿洲植物誌ニ北朝鮮ニ產スト記セドモ特ニ其個所ヲ示サズ、予モ亦未ダ其自生セルヲ見ズ、故ニ暫ク疑ヲ存シ置ク。

ニ、ながばしもつけハ最モ北地性ノモノニシテ白頭山地方ニ生ズ。

ホ、 うすげしもつけハ分布廣ク全南北部ヨリ以北ニ生ジ、特ニ半島ノ北部ニ多シ。

ヘ、 てうせんこでまりハ咸鏡南道、平安北道ノ丘陵ニ生ズ、本種ガ南滿洲ニモアル事ハ矢部吉禎氏著、南滿洲植物目錄中ニアルガ如シ。

ト、 てうせんしもつけハ朝鮮中部ノ產ニシテ京畿、江原、黃海、平安南道ニ分布ス。

チ、 もりしもつけハ分布狹ク、予ガ咸鏡南道長津郡葱田嶺ノ始原林中ニテ始メテ發見セシモノニシテ、同地方ニモ稀ニシテ僅カニ十餘株ヲ認メシニ過ギズ。

リ、 こごめしめもつけハ分布廣ク、平安北道ヨリ全羅南道ニ及ビ、てうせんしもつけニ似タル種ナルガ、所生地ニアリテハ群生スルコト稀ナラズ。

ヌ、 ほざきのしもつけハ京畿以北ニ普通ナル種ニシテ林緣、河畔、路傍等ニ特ニ多ク通例簇生ス。

(4) すぐりうつぎ屬。

すぐりうつぎノ一種アルノミ、京畿、江原以北ノ山地ニ生ジ、簇生スルヲ常トス、本屬植物ハモト支那、北印度ニ限ラレシモノトシアリシガ、すぐりうつぎノ朝鮮ニ出ヅルニ及ンデ廣ク東亞ノ植物トナレリ。

(5) こごめうつぎ屬。

こごめうつぎノ一種アリテ平北、咸南ノ南部ヨリ濟州島ニ至ル迄生ズ、極メテ普遍的ノ種ナリ。

本種ガ濟州島ニ生ズルハ最モ珍トスルニ足ル、如何トナレバ濟州島ハ千百有餘ノ顯花植物アル上ニ其植物帶ガ九州中國、朝鮮半島南部ニ酷似シ居レドモ繡線菊科植物ハ他ニ一種モ生ゼザレバナリ。

(6) てまりしもつけ屬。

てまりしもつけノ一種アリテ咸鏡北道ノ北部ニ生ズ。

(四) 朝鮮產繡線菊科植物ノ效用

本屬植物ハ皆灌木ニシテ薪炭用トシテ殆ンド其價値ナク、器具製作ニスラ用ヒ得ズ。歐米ニテモ專ラ賞觀用ニ供ス、朝鮮產ノモノニモ多少見ルベキモノアリ、其中最モ美シキハやなぎざくら、こごめしもつけノ紅花品、ほざきしもつけ、てうせんこでまり、てうせんしもつけナリ。

(五) 朝鮮產繡線菊科植物ノ分類ト各種ノ圖說

繡 線 菊 科

萼ハ薄ク子房ト分離シ五叉又ハ五裂ス、裂片ハ攝合狀ニ排列シ概ネ脫落セズ、花瓣ハ五個、覆瓦狀ニ排列スルカ又ハ旋回狀ニ排列ス、雄蕊ハ十乃至七十本、通例二乃至四列ナリ、子房ハ各花ニ一乃至十二個アリ果實ハ成熟スレバ裂開ス、胚珠ハ二個以上アリテ下垂スルカ直立スルカ、又ハ水平ニ出ヅ、種皮ハ厚薄アリ、胚乳アルモノトナキモノトアリ。

灌木、葉ハ互生、單葉又ハ羽狀複葉ナリ、托葉アルモノトナキモノトアリ花序ハ其形種類ニ依リテ異ナル。

Spiræaceæ (DC.) Maxim. in Act. Hort. Petrop. VI. (1879) p. 163. C.K. Schneid. Illus. Handb. Laubholzk. I. p. 440.

Rosaceæ Trib. III. Spiræaceæ,DC. Prodr. II. (1825) p. 541. p.p. Endl. Gen. Pl. p. 1247. p.p.

Rosaceæ Unterf. Spiræoideæ, Focke in Nat. Pflanzenf. III. 3. p. 13. (1888).

Rosaceæ, Auct. plur. p.p.

Calyx herbaceus a carpellis liber 5-lobus v. partitus, lobis valvatis v. imbricatis maxime persistentibus. Petala 5 imbricata v. contorta. Stamina 10–70 vulgo 2–4 serialia. Carpella 1–12, matura dehiscentia. Ovula 2–∞ pendula, erecta v. horizontalia. Semen testa membranacea v. crustacea, albuminosum v. exalbuminosum.

族名、屬名ノ檢索表。

1 { 葉ハ三葉、一二回羽狀複葉、托葉アリ、種子ニ翼ナシ、胚乳アリ。
..................................ギレニア族
　　葉ハ羽狀複葉、圓錐花叢ヲ有シ、子房ハ一花ニ五個又ハ四個、
　　腹背兩面裂開ス..................ほざきのななかまど屬
葉ハ單葉..2. }

2 { 種子ニ翼アリ、胚乳ハ通例ナク、アルモ極メテウスシ、托葉ハナキカ
　又ハ極メテ小ナルモノアリ..........................キラヤ族
　　總狀花序ヲ有ス、果實ハ五個、腹面裂開ス..やなぎざくら屬
種子ニ翼ナシ..3. }

3 葉ニ托葉ナシ、種子ニハ概ネ胚乳ナシ..................しもつけ族
　　繖房花序、繖形花序、圓錐花叢等ヲ有ス、果實ハ五個(四個乃至七個)腹面裂開ス.......................しもつけ屬
　托葉ハ早ク落ツ、種子ニ胚乳アリ............すぐりうつぎ族....4.

4 果實ハ腹面裂開ス、總狀花序ヲ有ス、萼ハ果實成熟スルニ及ビ卵形又ハ楕圓形トナル...........................すぐりうつぎ屬
　果實ハ腹背共ニ裂開ス、萼ハ果實成熟スル頃ト雖モ倒圓錐狀又ハ半球形ナリ...5.

5 果實ハ五個(二個乃至五個)宛、多少ニ係ラズ膨大ス、花柱ハ先端ヨリヤヽ側方ニ位ス、繖房花序ヲナス..............てまりしもつけ屬
　果實ハ一個宛膨大セズ、花柱ハ先端ニ位ス、圓錐花叢ヲナス..こごめうつぎ屬

Conspectus Tribuum et Generum.

1 Folia ternata, pinnata v. bipinnata, stipulata. Semen exalatum albuminosum.................... Trib. 1. Gillenieæ, Maxim.
　　Folia pinnata. Inflorescentia thyrsoidea. Capsula 5(–4) ....Gen. 1. Sorbaria (Ser.) R. Br.
　Folia simplicia...2.

2 Semen alatum. Albumen O v. tenue. Stipulæ nullæ v. minutæ. ....Trib. 2. Quillajeæ, Baill.
　　Inflorescentia racemosa. Capsula 5 ventrali-dehiscens.... ....Gen. 2. Exochorda, Lindl.
　Semen exalatum ....3.

3 Folia exstipulata. Albumen O v. parcissimum.............. ....Trib. 3. Spiræeæ. Max.
　　Inflorescentia corymbosa, umbellata v. paniculata. Capsula 5(4–7) ventrali-dehiscens......Gen. 3. Spiræa, Tournef.
　Folia stipulata, stipulis caducis. Semen albuminosum........ ....Trib. 4. Neillieæ, Max....4.

4 Capsula ventrali-dehiscens. Inflorescentia racemosa. Calyx fructifer ovatus v. oblongus............Gen. 4. Neillia, Don.
　Capsula dorsi-ventrali-dehiscens. Calyx fructifer turbinatus v. hemisphæricus....................................5.

5 { Capsula 5(2–5) plus minus inflata. Styli subterminales. Inflorescentia corymbosa..........Gen. 5. Opulaster, Medic.
Capsula 1 non inflata. Styli terminales. Inflorescentia paniculata.........................Gen. 6. Stephanandra, S. et. Z.

ギ レ ニ ア 族

(第 一 族)

葉ハ三出又ハ羽狀複葉、落葉又ハ常綠、托葉アリ、子房ハ蕚片ニ相對ス、種子ニ翼ナシ。

Trib. 1. **Gillenieæ,** Maxim. in Act. Hort. Petrop. VI. (1879) p. 222. Schneid. Illus. Handb. Laubholzk. I. p. 486.

Spiræeæ, Benth. et Hook. Gen. Pl. I. p.. 602. p.p. Focke in Nat. Pflanzenf, III. 3. p. 13. p.p.

Spireæ veræ, Endl. Gen. Pl. p. 1247. p.p.

Folia pinnata sempervirentia v. decidua stipulata. Carpella sepalis opposita. Semina exalata.

ほ ざ き の な な か ま ど 屬

(第 一 屬)

蕚ハ五裂シ裂片ハ外反ス、蕾ニアリテハ覆瓦狀ニ排列ス、花瓣ハ五個、蕾ニアリテハ覆瓦狀ニ排列ス、雄蕋ハ四十乃至五十個往々退化シテ減數ス、子房ハ五個、蕚片ニ相對シ下方ハ互ニ癒着ス、成熟スレバ腹背兩面裂開ス、種子ニ翼ナク又胚乳ナシ。

灌木、葉ハ互生シ羽狀複葉ナリ托葉ヲ有ス、花序ハ莖ノ先端ニ生ジ、圓錐花叢ヲナス。

亞細亞、亞米利加ノ北部東部ニ產シ六種アリ、朝鮮ニ一種ヲ產ス。

Gn. 1. **Sorbaria** (Ser.) A. Br. in Aschers. Fl. Brandenb. (1864) p. 177. Maxim. in Act. Hort. Petrop. VI. (1879) p. 222. Focke in Nat. Pfl. III. 3. p. 16. Schneid. Illus. Handb. Laubholzk. I. p. 486.

Spiræa sect. Sorbaria, Seringe in DC. Prodr. II. (1825) p. 545. Endl. Gen. Pl. p. 1247.

Basilima, Raf. New Fl. and Botany of N. America III. (1836) p. 75, Aschers. et Græbn. Fl. Mitteleurop. VI. i (1900) p. 29.

Schizonotus, Lindl. ex Wall. cat. n. 703.

Calyx 5–lobis reflexis, initio imbricatis. Petala 5 calycis lobis alterna imbricata. Stamina 40–50 v. abortive oligomera. Carpella 5 sepalis opposita basi coalita, matura dorsi-ventrali dehiscentia. Semen exalatum exalbuminosum.

Frutex. Folia alterna pinnata stipulata, Inflorescentia paniculata terminalis.—Species 6 in Asia et America boreali-orientali indigenæ.

1. ほ ざ き の な な か ま ど

（第　一　圖）

根ハ根莖狀ニ匐フ、 莖ハ簇生シ平滑又ハ星狀毛生ズ、高サ三、四尺ヨリ一丈二、三尺ニ達ス、 葉ノ羽片ハ六 及至十對 無柄、廣披針形、先端トガリ、複鋸齒アリ、表面平滑下面ニハ多少ニ係ラズ星狀毛アリ、圓錐花叢ハ莖ノ先端ニ出デ短毛アリ、花ハ密生シ徑七乃至十ミリ、雄蕊ハ通例花瓣ヨリ長シ、子房ニ毛多ク、各花ニ三乃至五個アリ。

中部以北ノ產ナルガ特ニ北部ニ多ク、通常溪流ニ沿ヒテ密生ス。

分布、滿洲、北海道。

1. **Sorbaria sorbifolia** (L.) A. Br. in Aschers. Fl. Brandenb (1860) p. 177.

var. **stellipila,** Maxim. in Act. Hort. Petrop. VI. p. 223. Koidz. Consp. Ros. Jap. (1913) p. 30.

Sorbaria sorbifolia, Nakai Fl. Kor. I. p. 175. II. p. 473,

S. stellipila, Schneid. Illus. Handb. I. p. 489. f. 299. e.

Radix rhizomatoides repens. Caulis cæspitosus glaber v. stellato-pilosus 1–2.5 metralis. Folia 6–10 jugo imparipinnata. Pinnæ sessiles lanceolato-acuminatæ duplicato-serratæ supra glabræ subtus stellato-pilosæ demum fere glabræ 0.26–3.5 cm. latæ, 1.5–11 cm. longæ. Panicula terminalis adpresse-pilosa ampla elongata. Flores densi albi diametro 7–10 mm. Stamina tenuia petala superantia. Ovarium villosum 3–5.

Hab. secus torrentes Coreæ sept. et mediæ. Sat vulgaris dense socialiter creseit.

Distr. Yeso et Manshuria.

キ　ラ　ヤ　族

(第　二　族)

葉ハ單葉、落葉又ハ常綠、托葉アリ、子房ハ萼片ト相對ス、種子ニ翼アリ。

Trib. 1, **Quilllajeæ,** Baill. Histoire des Plantes I. (1867) p. 394. Max. in Act. Hort. Petrop. VI (1879) p. 164 et p. 230. Focke in Nat. Pfl. III. 3. (1894) p. 12 et p. 16. Benth. et Hook. Gen. Pl. I. p. 603.

Spiræeæ, Benth. et Hook. Gen. Pl. I. (1862–7) p. 602. p.p.

Folia simplicia stipulata, decidua v. sempervirentia. Carpella sepalis opposita. Semina alata.

や　な　ぎ　ざ　く　ら　屬

(第　二　屬)

花ハ多性、萼ノ裂片ハ五個覆瓦狀ニ排列シ、花後脫落ス、花瓣ハ五個稍大形ニシテ蕾ニアリテハ覆瓦狀ニ排列ス、雄蕋ハ十五乃至二十五個、花柱ハ五個又ハ退化減數ス、子房ハ下方癒着ス、胚珠ハ二個左右ニ相並ビ下垂ス、種子ハ一果實ニ一乃至二個、胚乳ナシ。

灌木、葉ハ互生、單葉、落葉シ、托葉ヲ具フ、花ハ枝ノ先端ニ生ジ總狀花序ヲナシ直立ス。

支那、滿洲、朝鮮ニ產シ四種アリ、其中一種朝鮮ニ產ス。

Gn. 1. **Exochorda,** Lindl. in Gard. Chron. (1854) p. 925.

Max. in Act. Hort. Petrop. VI. (1879) p. 230. Benth. et Hook. Gen. Pl. I. (1862–7) p. 612. Focke in Nat. Pflanzenf. III. 3. (1894) p. 18. Schneid. Illus. Handb. Laubholzk. I. (1906) p. 493.

Flores polygamo-dioici. Calyx lobis 5 imbricatis, deciduus. Petala 5 ampla imbricata. Stamina 15–25. Styli 5 v. abortivi. Carpellum basi coalitum. Ovula 2 collateralia pendula. Semina in quisque loculis carpelli 1–2, exalbuminosa.—Frutex. Folia annua alterna simplicia stipulata. Flores ad apicem rami hornotini terminales racemosi.

Species 4 in China, Manshuria et Korea incolæ.

2. や な ぎ ざ く ら

(第 二 圖)

灌木高サ四尺乃至五尺、多少ニ係ラズ簇生ス、枝ハ赤味アル褐色ナリ、若枝ハ毛ナク白キ皮目散點ス、葉ハ倒披針形、長楕圓形又ハ倒卵楕圓形、表面ニ毛ナク下面ハ毛アレドモ成長スルニツレ無毛トナル但シ帶白色ナリ、邊緣ニハ先端ニ近ク鋸齒アリ、先端トガル、葉柄ハ最初毛アレドモ後無毛トナル、花序ハ總狀ニシテ若枝ノ先端ニ出デ三個乃至六個ノ花ヲツク、花ハ短カキ柄ヲ有スルカ又ハ無柄、五月ヨリ六月上旬ニ亘リ開ク、萼片ハ卵形ニシテ花後脫落ス、花瓣ハ五個白色、長倒卵形ニシテ先端稍凹ム、花柱五個、花後脫落ス子房ハ通例五個先端ニ近ク腹背共ニ裂開ス、種子ハ扁平ニシテ著シキ翼ヲ有シ各室ニ一個又ハ二個宛アリ。

平安北道、咸鏡北道並ニ黃海道ノ丘陵ニ生ズ。

分布、滿洲。

2. **Exochorda serratifolia,** S. Moore

in Hook. Icon. XIII. (1877) t. 1255. Maxim. in Act. Hort. Petrop. VI. (1879) p. 231. Forbes et Hemsl. Ind. Fl. Sin. I. p. 229. Kom. Fl. Mansh. II. p. 465. Nakai Fl. Kor. II. p. 473 et Chôsenshokubutsu I. (1914) p. 289.

Frutex 3–5 pedalis plus minus cæspitosus, cortice rubescenti-fusca. Ramus glaber lenticellis punctulatus. Folia oblanceolata, oblonga v. obovato-oblonga, supra glabra subtus pubescentia demum glabrescentia, margine ad apicem serrata acuta v. acuminata 1. 3–12.5 cm. longa 0.7–5.5 cm. lata, petiolis 3–21 mm. longis primo pubescentibus demum glabrescentibus. Racemus ad apicem rami hornotini terminalis 3–6 floris. Flores subsessiles, patentes e mense Maio ad initionem mensis Junii, diametro 3–4 cm. Calyx lobis ovatis deciduis. Petala alba elongato-obovata apice emarginata. Styli 5 (–3) decidui. Carpela 3–5 apice dorsi-ventrali dehiscentia 1.2–1.7 cm. longa. Semen planum in quisque loculis 1–2 distincte alatum.

Hab. in Corea sept. et media : Phyong-an et Ham-gyöng bor nec non Hoang-hai, in declivitate v. in jugo montis socialiter crescit.

Distr. Manshuria.

しもつけ族

(第三族)

葉ハ單葉、落葉又ハ常綠、托葉ナシ。子房ハ萼片ト交互ニ生ズ、種子ニ翼ナク胚乳ナシ。

Trib. 3. **Spiræeæ** (Benth. et Hook.) Maxim. in Act. Hort. Petrop. VI. p. 164. Focke in Nat. Pflanzenf. III. 3. p. 13. Aschers. et Græbn. Fl. Mitteleurop. VI. i. p. 8. Schneid. Illus. Handb. Laubholzk. I. p. 449.

Spiræeæ veræ, Endl. Gen. Pl. p. 1247. p.p.

Spiræeæ, Benth. et Hook. Gen. Pl. I. p. 611–14. p.p.

しもつけ屬

(第三屬)

萼ハ三裂シ蕾ニアリテハ鑷合狀又ハ覆瓦狀ニ排列ス、花瓣ハ五個萼片ト交互ニ生ジ蕾ニアリテハ覆瓦狀ニ排列ス、雄蕋ハ二十個乃至七十個又ハ退化シテ少數トナル、子房ハ三個乃至八個ナレドモ通例四個乃至五個ニシテ萼片ト交互ニ生ズ、果實ハ成熟スレバ腹面裂開ス、種子ニ翼ナク又胚乳ナシ。

灌木、葉ハ落葉又ハ常綠、單葉、托葉ナシ、花ハ枝ノ先端ニ生ジ、繖形、繖房、圓錐等ノ花序ヲナス、又枝短縮セル結果、花集團セルモアリ。

北半球ノ産ニシテ約六十種アリ、朝鮮ニ十一種ヲ産ス。

Gen. 3. **Spiræa**, Tournef. Instit. Rei. Herbariæ I. (1700) p. 618. III. t. 389. L. Sp. Pl. (1753) p. 489. p.p. DC. Prodr. II. p. 541. p.p. Endl. Gen. Pl. p. 1247. p.p. Benth. et Hook. Gen. Pl. I. p. 611. Maxim. in Act. Hort. Petrop. VI. p. 172. Schneid. Illus. Handb. Laubholzk. I. p. 449. Britton and Brown Illus. Flor. N. States and Canada II. p. 194. Koidz. Syn. p. 8.

Calyx 5–lobis initio valvatis v. imbricatis. Petala 5, calycis lobis alterna imbricata. Stamina numerosa 20–70 v. abortive oligomera. Carpella 3–8 vulgo 4–5, sepalis alterna. Carpella matura ventrali-dehiscentia. Semen exalatum exalbuminosum.

Frutex. Folia decidua v. persistentia simplicia exstipulata.

Flores ad apicem rami hornotini terminales, glomerati, umbellati, paniculati, corymbosi v. corymboso-paniculati. Species fere 60 in boreali hemisphærica incolæ.

亞屬名、節名ノ檢索表。

1 { 花序ハ根株ヨリ生ジタル其年ノ莖ノ先端ニ生ジ、同時ニ前年生ジタル莖ヨリ更ニ其年ニ生ジタル短カキ枝ノ先端ニモ生ズ..........
..........................始原しもつけ亞屬....2.
花序ハ前年若クハ其以前ニ生ジタル莖ヨリ出デシ短カキ枝ノ先端ニノミ生ズ..........................後生しもつけ亞屬....3.

2 { 花序ハ圓錐花叢ヲナス.............................圓錐花節
花序ハ岐繖花序ヲナス.............................岐繖花節

3 { 花ハ花芽ヨリ集團シテ生ズ..........................集團花節
花ハ若枝ノ先端ニ生ズ.................................4.

4 { 花ハ繖房花序又ハ繖形花序ヲナス......................繖房花節
花ハ複繖房花序ヲナス..........................複繖房花節

Conspectus subgenerum et sectionum.

1 { Inflorescentia ad apicem caulis annotini e radice evoluti simulque rami brevis hornotini terminalis...............
...........Subgn. 1. Protospiræa, Nakai....2.
Inflorescentia ad apicem rami brevis hornotini tantum terminalis v. in gemma sessile glomerata.....................
...........Subgn. 2. Metaspiræa, Nakai....3.

2 { Inflorescentia elongato-paniculata........Sect. 1. Spiraria, Ser.
Inflorescentia corymboso-paniculata..Sect. 2. Calospira, C. Koch.

3 { Flores in gemma sessile glomerati....Sect. 3. Glomerati, Nakai.
Inflorescentia ad apicem rami hornotini terminalis..........4.

4 { Flores corymbosi v. umbellati, pedicellis indivisis............ ....Sect. 4. Chamædryon, Ser.
Flores corymbosi, pedicellis exterioribus ramosis v. iterum corymbosi................Sect. 5. Metachamædryon, Nakai. }

（第　一　節）

圓　錐　花　節

花序ハ圓錐花叢ヲナシ根株ヨリ生ゼル其年ノ莖ノ先端ニ生ジ、同時ニ前年生ジタル莖ヨリ更ニ其年ニ生ジタル短カキ枝ノ先端ニ生ズ。

此節ニハ次ノ一種アリ。

Sect. **Spiraria,** Seringe in DC. Prodr. II. p. 544. Schneid. Illus. Handb. Laubholzk. I. p. 480.

Spiraria series 2. Maxim. Act. Hort. Petrop. VI. p. 197. p. p.

Inflorescentia ad apicem caulis hornotini e radice evoluti simulque rami hornotini terminalis, elongato-paniculata. (Sp. 1).

3. ほざきのしもつけ

（第　三　圖）

簇生シ莖ノ高サ三尺乃至八尺ニ達ス。分岐スルヲ常トス、枝ハ多角ニシテ若枝ノ先端ニハ微毛生ズルヲ常トスレドモ全ク無毛ナルモアリ、葉ハ短カキ葉柄ヲ具ヘ披針形又ハ廣披針形、表面無毛ニシテ裏面ハ淡綠色ニシテ少シク毛アリ、スルドキ鋸齒アリ、花序ハ圓錐花叢ヲナセドモ稀ニ短縮ス、萼片ハ直立シ、花瓣ハ薔薇色ニシテ美シ、雄蕋モ薔薇色ニシテ花瓣ヨリ長ク、子房ハ四個乃至七個アリ。

江原京畿以北ニ産シ特ニ咸鏡、平安兩道ニ多シ。

分布、歐洲、西比利亞、蒙古、滿洲、樺太、本島中部以北、北海道、カムチヤツカ。

3. **Spiræa salicifolia,** L. Sp. Pl. ed. 1. (1753). p. 489.

var. **lanceolata,** Tor. et Gray Fl. North America I. p 415. Maxim. Act. Hort. Petrop. VI. 210.

S. salicifolia, L. et auct. plur. maxime pro parte.

Cæspitosus, 3—8 pedalis simplex v. ramosus. Ramus angulatus ad apicem pilosus v. fere glaber. Folia brevipetiolata lineari-lanceolata, lanceolata v. oblonga, supra glabra, subtus pallidiora et pilosa, argute serrulata. Inflorescentia elongato-paniculata densiflora v. interdum deforme abbreviata. Calycis dentes erecti. Petala rosea pulchra. Stamina rosea petala superantia. Carpella 4—7 lucida.

Hab. secus torrentes Koreæ sept. et mediæ.

Distr. Europa, Sibiria, Dahuria, Mongolia, Manshuria, Amur, Sachalin, Nippon, Yeso et Kamtschatica.

(第 二 節)

岐 繖 花 節

花序ハ其年ニ生ゼル長キ枝ノ先端ニ生ジ又ハ前年出デシ莖ヨリ出デシ短カキ枝ノ先端ニモ生ズ岐繖花序ヲナス、朝鮮ニ三種アリ、其區別法次ノ如シ、

1 { 枝ニハ明カニ稜角アリ、花ハ徑七乃至八ミリ、白色ナリ..........2.
枝ニハ稜角ナク通例唯縦線アルノミ、又ハ全ク丸シ、花ハ徑三乃至五ミリ、白色、淡紅又ハ帶紅白色、.................. こごめしもつけ、

2 { 芽ハ葉柄ヨリ長シ、葉薄シ、...................... もりしもつけ、
芽ハ葉柄ヨリ短カク其半ニ達セズ葉ハヤヽアツシ てうせんしもつけ、

Sect. 2. **Calospira,** C. Koch in Gartenflora III. (1854) p. 397. Schneid. Illus. Handb. Laubholzk. I. p. 467.

Spiræa sect. Spiraria. Maxim. in Act. Hort. Petrop. VI. p. 198. pro parte.

Inflorescentia ad apicem rami hornotini elongati a basi caulis evoluti simulque ad apicem rami brevis lateralis terminalis, cymosa, paniculata apice subplana. Species tres in Corea adsunt.

Conspectus specierum.

1 { Ramus non angulatus tantum lineatus v. teres. Flores diametro 3—5 mm. albi, lilacini v. rosei.........S. microgyna, Nakai.
Ramus distincte angulatus. Flores diametro 7—8 mm. albi..2.

2 { Gemmæ petiolis longiores. Folia tenuia....S. silvestris, Nakai.
Gemmeæ petiolis plus duplo breviores. Folia chartacea. ....S. koreana, Nakai.

4. こごめしもつけ

（第　四　圖）

灌木、高サ四尺乃至五尺、枝ハ丸キカ又ハ縱線アリ、然レドモ稜角ナシ、葉ハ短カキ葉柄ヲ具ヘ橢圓形、基脚トガリ先端ハ著シクトガル、邊緣ニハ複鋸齒アリ、下面ハヤヽ白味アリテ脈ニ沿ウテ短毛生ズ、花序ハ大ニシテ毛ナキカ又ハ極メテ短毛生ズ、花ハ密生シ徑三ミリ乃至五ミリ、蕚片ハ反轉シ內面ニ毛多シ花瓣ハ白色、帶紅白色又ハ淡紅色、雄蕋ハ花瓣ヨリ長シ、子房ハ無毛、果實ハ光澤ニ富ミ長サ二ミリ許、花柱ハ其先端ニ生ズ。

平安北道ヨリ全羅南道ニ亘リテ產シ山地灌木林又ハ草本帶ニ生ジ根ハ地中ヲ匐ヒ芽ヲ生ジ容易ニ繁植ス。

朝鮮ノ特產品ナリ。

4. Spiræa microgyna, Nakai. Report on Veg. m't. Chirisan. (1915) p. 36. n. 261.

Sp. Fritschiana, Nakai Fl. Kor. I. p. 173 (non Schneid.).

Frutex 4—5 pedalis. Ramus teres v. striatus non angulatus nec alatus. Folia brevipetiolata elliptica basi acuta apice acutissima duplicato-serrrta, subtus glaucina, venis adpresse pilosis. Inflorescentia ampla glabra v. adpresse pilosa. Flores densi diametro 3—5 mm. Calycis dentes reflexi intus pubescentes v. pilosi. Petala alba, lilacina v. rosea. Stamina petala superantia. Ovarium glabrum. Carpella lucida 2 mm. longa. Styli terminales.

Hab. in herbidis v. in silvis montium Koreæ.

Planta endemica!

5. もりしもつけ

（第　五　圖）

灌木高サ三尺乃至四尺、古枝ハ灰白色若枝ハ黃色且ツ著シキ稜角アリ、往往翼狀ニ隆起ス、葉柄ハ短カク、芽ハ葉柄ト同長ナルカ又ハ長ク、長サ三乃至六ミリ稍平タシ、葉ハ廣披針形ニシテ薄ク、邊緣ニハ複鋸齒アリ、下面ハ淡白ク葉脈ニ沿ウテ短毛アレドモ表面ハ無毛ナリ、花序ハ大ニシテ徑三四寸、花梗ニ短毛生ズ、花ハ白ク直徑七乃至八ミリ、雄蕋長ク花瓣ノ二倍許アリ。

咸鏡南道長津郡葱田嶺ノ幽谷ニ生ジ、支那産ノ Spiræa longigemmis,·
<ruby>スピレーア</ruby> <ruby>ロンギゲンミス</ruby>
Spiræa angulata 等ニ近似ノ種ナリ。
<ruby>スピレーア</ruby> <ruby>アンギユラータ</ruby>
朝鮮特産ナリ。

5. **Spiræa silvestris,** Nakai.

Affinis S. longigemmis et S. angulatæ sed differt a prima ramis
flavis, gemmis 3—6 mm. longis, foliis supra glaberrimis et a secunda
ramis flavis, gemmis longioribus, foliis late lanceolatis, inflorecentia
pubescente.

Frutex 3—4 pedalis. Ramus adultus cinereus, junior flavus distincte
subalato-angulatus. Folia brevi-petiolata. Gemmæ petiolis æquilongæ
v. longiores 3—6 mm longæ planæ acuminatæ. Folia late lanceolata
tenuiaduplicato-serrata acuta supra glaberrima, subtus pallidiora et
secus venas sparse pilosa. Inflorescentia ampla corymboso-paniculata
pubescens. Flores albi diametro 7—8 mm. Nectarium lobato-annulare.
Stamina petala duplo-superantia.

Hab. secus torrentes in silvis densis montis Waigalbon.

Planta endemica!

6. てうせんしもつけ

（第 六 圖）

灌木、高サ三尺乃至五尺、枝ハ稜角アリ、 葉ハ橢圓形又ハ長橢圓形、又ハ
帶卵橢圓形、殆ンド無柄ニシテ銳鋸齒アリ、裏面ハ淡綠色又ハ帶白色ニシテ
殆ンド無毛ナリ、芽ハ短小ナレドモ根ヨリ生ゼル長キ莖ニハ稍長キ芽アリ、
花序ハ大ナリ、蕚片ハ直立シ廣キ三角形ヲナス、花瓣ハ白色、花ハ徑七乃至
八ミリ、雄蕊ハ花瓣ヨリ長シ、子房ハ五個又ハ四個、花柱ハ外反ス。
中部北部ノ山地ニ生ズ。
朝鮮特産ノ種ナリ。

6. **Spiræa koreana,** Nakai Fl. Kor. I. (1909) p. 173.

S. Frischiana var. angulata, Rehd. Pl. Wils. III. (1913) p. 453.
p.p. (quoad specimen e Korea).

Frutex 3–5 pedalis. Ramus angulatus. Folia oblonga v. oblongo-elliptica v. ovato-elliptica subsessilia argute v. duplicatoserrata subtus pallidiora v. glaucescentia subglabra. Gemmæ brevissimæ tantum in ramis juvenilibus elongatis elongatæ. Inflorescentia summo rami hornotini corymboso-paniculata. Calycis dentes erecti late triangulares. Petala alba. Flores diametro 7–8 mm. Stamina petala superantia. Carpella 5(–4) stylis recurvis coronata.

Hab. in montibus Coreæ mediæ et sept.

Planta endemica!

(第　三　節)

集　團　花　節

花序ハ前年若クハ其以前ニ生ゼシ莖ヨリ生ズ、花芽ト葉芽トヲ異ニス、花ハ集團ス、朝鮮ニ一種アリ。

Sect. 3. Glomerati, Nakai.

Chamædryon series 1. Maxim. l. c. p. 177.

Inflorescentia glomerati in gemmis lateralibus caulis annotini.

Gemma florifera e foliifera diversa. Species unica in Korea adest.

7. 一重のしじみばな

(第　七　圖)

根ハ匐匍シ其レヨリ不定芽ヲ生ジテ繁殖ス、莖ハ稜角狀ノ縱線アリ、小ナルハ分岐セズ、葉ハ短カキ葉柄ヲ有シ、楕圓形、兩端トガル、花芽ハ莖ノ先端ニ近キ部分ニ生ズ、苞ハ四個乃至六個、楕圓形又ハ倒卵形一乃至四ミリ許、花ハ集團シ、花梗ハ長サ六乃至七ミリ、毛ナシ、萼片五個短カシ、花瓣ハ五個白色、廣倒卵形又ハ圓形、四乃至五ミリノ長サアリ、子房ハ四個乃至五個下方ニ毛アリ。

中部、南部ノ山地、平野ニ生ズ。

分布、支那。

此種ニ類似ノ一種臺灣ニアリ。　從來誤ラレテしじみばなトシアリ、然レド
モ常緑ノ灌木ナル上ニ毛頗ル多ク、全然別種ナルコト明カナリ。

7. **Spiræa prunifolia**, S. et Z. Fl. Jap. I. p. 131. t. 70.
var. **simpliciflora**, Nakai.

Sp. prunifolia forma simpliciflora, Nakai Fl. Kor. I. p. 172.

S. prunifolia *α.* typica, Schneid. Illus. Handb. I. p. 450. Nakai Fl. Kor. II. p. 471.

S. prunifolia Palib. Consp. Fl. Kor. I. p. 73.

Radix rhizomatoides repens. Caulis laxe cæspitosus v. distans, angulato-striatus simplex v. ramosus 1–3 pedalis. Ramus juvenilis pilosus demum glabrescens. Folia brevipetiolata oblonga utrinque acuta v. acuminata. Gemmæ floriferæ gemmis foliiferis diversæ vulgo prope apicem rami positi. Bracteæ 4–6 ellipticæ v. oblongæ v. obovatæ 1–4 mm. longæ. Flores glomerati. Pedunculi 6–8 mm longi glabri. Calyx 5–dentatus brevissimus. Corolla 5 alba late obovata v. rotundata 4–5 mm. longa. Ovarium 4–5 basi pubescens.

Hab. in Corea media et austr.

Distr. China.

（第　四　節）

繖　房　花　節

花序ハ横枝ノ先端ニ生ジ繖房花序ヲナスカ又ハ繖形花序ヲナス、朝鮮ニ五種
アリ其中 Spiræa flexuosa（スピレーア　フレクスヲーサ）ハ予未ダ朝鮮産品ヲ見ザル故除ク、四種ノ區分
法次ノ如シ。

1 ┤果實ハ（花柱ヲ除ク）長サ三乃至四ミリ、背面ノ先端突出ス、故ニ花
　柱ハ腹面ノ先端ニ附ク、葉ハ卵形ニシテ複鋸齒アリ…………
　………………………………………… あひづしもつけ
　果實ハ（花柱ヲ除ク）長サ一ミリ半乃至二ミリ許、腹面ノ先端突出ス、
　故ニ花柱ハ背面ノ先端ニ附ク…………………………2.

2 ┤花ハ繖房花序ヲナシ、葉ハ先端ニ鋸齒アルカ又ハ全緣、長橢圓形又ハ
　廣披針形又ハ帶卵橢圓形、下面ニ微毛アリ………ながばしもつけ
　花ハ殆ンド又ハ全ク繖形ナリ…………………………3.

3 葉ノ裏面ニ毛多ク葉脈ハ著シク突出シ、廣披針形又ハ倒卵形ノ葉ヲ有ス……うすげしもつけ
葉ノ裏面ハ無毛ナルカ又ハ微毛アリ、葉脈ハ僅カニ突出シ、葉ハ廣倒卵形……やましもつけ

Sect. 4. Chamædryon, Seringe in DC. Prodr. II. p. 542.

Maxim. Act. Hort. Petrop. VI. p. 176. p.p. Focke in Nat. Pflanzenf. III. 3. p. 14. p.p. Schneid. Illus. Handb. I. p. 449. p.p.

Inflorescentia ad apicem rami lateralis hornotini tantum terminalis, corymbosi, umbellati v. in gemma sessile glomerati Species 5 in Corea incolæ, in quibus 4 nostris notæ sunt.

Conspectus specierum.

2 Carpellum a basi ad basin styli 3–4 mm. longum, dorso apice eximie convexum ventre concavum ita styli ventrales. Folia ovata duplicato-serrata....S. ulmifolia, Scop.
Carpellum a basi ad basin styli 1.5–2 mm. longum, ventre apice convexum ita styli dorsales........................2.

2 Inflorescentia corymbosa. Folia apice serrata v. integra oblonga, lanceolata v. ovato-oblonga subtus pilosa..................................S. media, Schmidt.
Inflorescentia fere umbellata v. stricte umbellata............3.

3 Folia subtus pubescentia, nervis prominentibus, lanceolata v. obovata..............................S. pubescens, Turcz.
Folia subtus glabra v. pilosa, nervis leviter prominentibus, late obovata..............................S. trilobata, L.

8. あひづしもつけ

(第　八　圖)

灌木、高サ三尺乃至四尺、分岐多シ、枝ニ稜角アリ、葉ハ短カキ葉柄ヲ具ヘ卵形ニシテトガリ、平滑、裏面ハ淡綠色、葉脈ノ主脈分岐點ニ毛アリ、邊緣ニハ複鋸齒アリ、花ハ徑〇、八乃至一、〇セメ、花梗ハ纖弱ニシテ無毛ナリ、花瓣ハ白色、萼片ハ花後反轉シ又直立スルモノモアリ、果實ハ大ニシテ背面大ニ突起ス、花柱ハ腹面ノ先端ニツキ長サ二、五ミリ許。

平安北道、咸鏡南道ノ北部、咸鏡北道ニ生ズ。

分布、歐洲ノ北部、西比利亞、ダフリア、滿洲、黑龍江流域、北海道、樺太及ビ本島ノ北部。

8. **Spiræa ulmifolia,** Scop.

Flora Carniolica I. (1772). p. 349. t. 22. Koch. Syn. Fl. (ed. II.) p. 231. Aschers. et Græbn. Fl. Mitteleurop. VI. p. 16.

S. chamædrifolia, L. Sp. Pl. (1753) p. 486. p.p. DC. Prodr. II. p. 542. p.p. Maxim. Prim. Fl. Amur. p. 90 et in Act. Hort. Petrop. VI. p. 186. p.p. Regel. Tent. Fl. Uss. n. 150. Schmidt Amg. n. 108. Kom. Fl. Mansh. II. p. 457.

S. chamædrifolia, L. v. ulmifolia, (non Max.) Schneid. in Bull. Herb. Boiss. V. (1905) p. 340 et Illus. Handb. Laubholzk. I. p. 460. Koidz. Consp, p. 14.

Frutex 3–4 pedalis ramosus. Ramus angulatus. Folia breviter petiolata ovata acuminata glabra subtus glaucina, in axillis veni primarii barbata margine duplicato-mucronatoque serrata. Flores diametro 0.8–1.0 cm. ad apicem rami hornotini terminales corymbosi v. umbellati. Pedicelli graciles glaberrimi. Petala alba. Calycis lobi in fructu maxime reflexi interdum erecti. Carpella dorso apice gibbosa. Styli ventrales elongati fere 2.6 mm longi.

Hab. in silvis Coreæ sept.

Distr. Europa, Altai, Dahuria, Manshuria, Amur, Yeso, Sachalin et Nippon bor.

9. ながばしもつけ

(第 九 圖)

莖ハ簇生ス高サ四尺乃至五尺許、枝ニ稜角アリ、葉ハ殆ンド無柄帶卵楕圓形、又ハ廣披針形又ハ倒廣披針形、全緣又ハ先端ニ近ク少數ノ鋸齒アリ、下面ハ淡綠色、脈ニ沿ウテ微毛アリ、花ハ徑五ミリ乃至八ミリ許、花瓣ハ白色、萼片ハ反轉ス、果實ハ成熟スレバ腹面少シク突起スル爲メ花柱ハ背面ノ先端ヨリ出ヅ。

白頭山麓方面ノ產。

分布、カムチヤツカ、樺太、滿洲、黑龍江流域、ダフリア、西比利亞、歐洲ノ北部、本種ノ一變種トシテ葉ニ絹毛ノ生ズルモノアレドモ、朝鮮ニテハ今日迄未發見ニ屬ス。

9. **Spiræa media,** Schmidt.

Oest. Baumz. I. (1792) p. 53. t. 54. Maxim. in Act. Hort. Petrop. VI. p. 188.

S. chamædrifolia, L. Sp. Pl. p. 489. p.p.

S. confusa, Regel et Kornicke Gartenfl. VII. (1858) p. 48.

var. **oblongifolia** (W. et K.) Beck in Rchb. Icon. XXV. (1904) p. 10. t. 149. Schmidt. l.c.

S. oblongifolia, W. et K. Icon. Pl. rar. Hung. III. (1812) p. 271. t. 235.

Caulis cæspitosus ramosus usque 4–5 pedalis. Ramus angulatus. Folia subsessilia ovato-oblonga v. lanceolata v. oblanceolata, integra v. apice paucidentata, infra glaucina et secus venas sparsim pilosa. Flores diametro 5–8 mm. ad apicem rami hornotini terminales corymbosi. Calycis dentes reflexi. Carpella matura ventre apice gibbosa ita styli dorsales.

Hab. in Corea sept.: in silvis pede montis Paiktusan.

Distr. Kamtschatica, Sachalin, Manshuria, Amur, Dahuria, Sibiria et Europa bor.

Varietas sericea, Regel v. Spiræa sericea, Turcz. in regionibus adjascentibus crescit, sed e Corea adhuc ignota.

10. うすげしもつけ

(第　十　圖)

灌木、莖ハ簇生シ高サ三尺乃至五尺、若枝ハ丸シ、葉ハ倒廣披針形、倒卵形又ハ倒卵楕圓形、不規則ノ缺刻アリ、表面ハ微毛アルカ又ハ無毛ニシテ下面ニハ毛密生ス、花ハ白色、徑五乃至七ミリ許、織形花序ヲナス、萼片ハ直立ス、果實ハ腹面突起スルヲ以テ背面ニ花柱生ズ。

平安北道、咸鏡南北道ノ樹林ニ生ズ。

分布、東蒙古、北支那、滿洲、烏蘇利。

10. **Spiræa pubescens,** Turcz.

in Bull. Soc. Bot. Mosc. V. (1832) p. 190. Maxim. in Act. Hort. Petrop. VI. p. 193. Fran. Pl. Dav. p. 106. Forbes et Hemsl. in Journ. Linn. Soc. XXIII. p. 227. Kom. Fl. Mansh. II. p. 458. Schneid. Illus. Handb. Laubholzk. I. p. 463. f. 291. m. Nakai Fl. Kor. I. p. 172. II. p. 472.

Caulis cæspitosus 3–5 pedalis. Ramus fere teres. Folia oblanceolata, obovata v. ovato-oblonga irregulariter inciso-serrata supra pilosa v. glabra, subtus pubescentia. Flores diametro 5–7 mm. albi, ad apicem rami hornotini brevis terminalis et umbellati. Calycis dentes erecti. Carpella apice ventro convexa, ita styli dorsales.

Hab. in silvis Corea sept. vulgaris!

Distr. Mongolia orient., China bor., Manshuria et Ussuri.

11. や ま し も つ け

（第 十 一 圖）

灌木、枝ハ彎曲シ分岐多ク小枝ハ丸シ、葉ハ廣倒卵形、大形ノ鈍鋸齒アリ、又ハ三叉狀ヲナス、下面ハ無毛ニシテ帶白色ナリ、花ハ殆ンド繖形花序ヲナシ花瓣ハ白色ナリ、花ハ極メテ密生ス、蕚片ハ殆ンド直立スレドモ先端ハ外反ス、果實ハ小形ニシテ腹面突出スルヲ以テ花柱ハ背面先端ヨリ生ズ。

朝鮮中部ニ產ス。

分布、北支那、東蒙古、アルタイ山脈。

11. **Spiræa trilobata,** L. Mant. II. (1771) p. 244.

Maxim. in Act. Hort. Petrop. VI. p. 197. DC. Prodr. II. p. 543. Ledeb. Fl. Ross. II. p. 11. Bunge Enum. n. 135. Franch. Pl. Dav. p. 107. Forbes et Hemsl. in Journ. Linn. Soc. XXIII. p. 228. Schneid. Illus. Handb. I. p. 465. fig. 290 q–r. Nakai Fl. Kor. I. p. 172. II. p. 492.

S. triloba, L. Sys. Veg. (ed. 13) p. 394.

Specimina Coreana fructifera tantum possideo.

Ramus arcuato-reflexus ramosus teres. Folia late obovata obtuse grosse-dentata v. fere trilobata, subtus glabra glaucina. Inflorescentia ad apicem rami hornotini terminalis umbellata v. subcorymbosa densiflora. Calycis dentes suberecti. Carpella apice convexa, ita styli dorsales.

Hab. in Corea media.

Distr. China bor., Mongolia orient. et Altai.

(第　五　節)

複　繖　房　花　節

花序ハ莖ノ側方ヨリ出デシ若枝ノ先端ニ生ジ複繖房花序ヲナス、朝鮮ニ一種ヲ產ス。

Sect. 5. Metachamædryon, Nakai.

Inflorescentia ad apicem rami hornotini brevis terminalis. Flores corymbosi et pedicellis exterioribus ramosis v. iterum corymbosi. Species unica in Corea incola.

12. てうせんこでまり

(第 十 二 圖)

莖ハ簇生シ彎曲ス、高サ四尺乃至五尺、稜角アリ、葉ハ短カキ葉柄ヲ具ヘ楕圓形、長楕圓形、倒卵形、倒廣披針形等アリ、表面ニ毛ナク、下面モ毛ナク且白味ヲ帶ブ、花ハ複繖房花序ヲナシ、白色、直徑七乃至八ミリ許、花梗ニ微毛アリ、萼片ハ直立ス、果實ニハ褐毛密生シ、花柱ハ子房ノ先端背部ヨリ出ヅ。

平安南北道、咸鏡南道ノ南部並ビニ江原道ニ生ズ。

分布、南滿洲。

12. Spiræa trichocarpa, Nakai.

Fl. Kor. I. p. 173. II. p. 472. Y. Yabe Enum. Pl. S. Manch. (1912) p. 72.

Caulis cæspitosus arcuato-reflexus 4–5 pedalis angulatus. Folia brevi sed distincte petiolata lanceolato-oblonga, oblonga, obovata v. lanceolata, glabra subtus glaucina v. pallidiora. Flores iterum corymbosi albi diametro 7–8 mm. lati, pedicellis pilosis. Calycis dentes erecti sed apice recurvi. Carpella rufo-pubescentia ventro apice gibbosa, ita styli dorsales.

Hab. in silvis Coreæ sept. et mediæ.

Distr. Manshuria austr.

すぐりうつぎ族

葉ハ單葉、托葉アリ、子房ハ萼片ト交互ニ生ズ、種子ニ翼ナク、胚乳多シ。

Trib. IV. Neillieæ, Maxim. in Act. Hort. Petrop. VI. p. 165.

Schneid. Illus. Handb. Laubholzk. I. p. 442.

Spiræaceæ, DC. Prodr. II. p. 541. p.p.

Spiræeæ, Benth. et Hook. Gen. Pl. I. p. 611. p.p. Focke in Nat. Pflanzenf. III. 3. p. 13. p.p. Aschers. et Græbn. Mitteleuropafl. VI. p. 8. p.p.

Folia simplicia stipulata. Carpella sepalis alterna. Semen exalatum albuminosum.

すぐりうつぎ屬

(第　四　圖)

萼ハ鐘狀ヲナシ花後發育ス、五裂片アリ、裂片ハ蕾ニアリテハ相重ナル、花瓣ハ五個、蕾ニアリテハ相重ナル、雄蕋ハ十本乃至三十本、子房ハ一乃至二個(稀ニ三個)、成熟スレバ腹面裂開ス、胚珠ハ二個乃至十個、種子ハ胚乳アリ。

灌木、分岐多シ、葉ハ單葉互生、落葉ス、托葉アリ。

世界ニ十種アリ、ヒマラヤ山系、支那並ニ朝鮮ノ産、朝鮮ニハすぐりうつぎノ一種アルノミ。

Gn. 4. Neillia, G. Don.

Prodr. Floræ Nepalensis (1825) p. 228. Benth. et Hook. Gen. Pl. I. p. 612. p.p. Maxim. in Act. Hort. Petrop. VI. (1879) p. 218. Endl. Gen. Pl. p. 1247. DC. Prodr. II. p. 546. Focke in Nat. Pflanzenf. III. 3. p. 14. Schneid. Illus. Handb. Laubholzk. I. p. 446.

Adenilema, Bl. Bijdr. p. 1120. Endl. Gen. Pl. p. 820.

Calyx campanulatus in fructu accrescens 5 lobis, imbricatis. Petala 5 imbricata. Stamina 10-30. Carpella 1-2 (rarius 3) ventre dehiscentia. Ovula 2-10. Semen albuminosum. Frutex ramosus. Folia simplicia alterna decidua stipulata, stipulis caducis. —Species 10, in Himalaya, China, et in Corea incolæ.

13. すぐりうつぎ

(第 十 三 圖)

灌木高サ四尺乃至六尺、無毛ナリ、枝ハ成育スレバ褐色又ハ淡褐色トナリ、又灰色ヲナス、若キモノハ稍稜角アリテ無毛ナルカ又ハ星狀毛疎生ス、托葉ハ通例早ク脫落スレドモ往々著大トナリ葉狀ヲナシ缺刻ヲ生ズ、葉柄ハ短カク葉身ハ卵形ニシテ先端著シクトガル、深キ複鋸齒アリ、表面ハ無毛トナルカ又ハ短カキ絨毛ノ生ズルモアリ、總狀花序ハ枝ノ先端ニ生ジ、長短不同ナリ、花序ノ軸ハ星狀毛疎生シ其星狀毛ノ先端ハ腺トナル、苞ハ披針形又ハ線狀ニシテ早落ス、小花梗ハ萼ト同長ニシテ下端ハ花軸ト關節ス、故ニ果實ノ成育セザル花ハ早ク落ツ、萼ハ鐘狀ニシテ疎毛生ジ腺狀毛アリ、裂片ハ五個、廣披針形ニシテ內面ニ毛多シ、萼ハ花後發育シ其表面ニアル腺狀毛モ、長大トナル、花瓣ハ小ニシテ白色、子房ハ一個、各二個ノ橫ニ相並ベル胚珠ヲ有ス、種皮ニ光澤アリ。

江原道、平安南北道、京畿道ニ產シ簇生ス。

朝鮮ノ特產品ナリ。

13. **Neillia Uekii,** Nakai

in Tokyo Bot. Mag. XXVI. Jan. (1912) p. 3.

N. Millsii, Dunn Kew Bull. (1912). p. 108.

Frutex 4—6 pedalis glaber. Ramus adultus fuscus pallide fuscentes v, cinereus, junior leviter angulatus glaber v. stellato-pilosus. Stipulæ caducæ v. si foliaceæ persistentes, virides serrulatæ v. inciso-serratæ ovatæ, late ovatæ v. semiovatæ. Folia breviter petiolata ovato-acuminata inciso-duplicato-serrata v. utrinque regulariter incisa, supra glabra, pilosa v. rarius fere villosula. Racemus ad apicem rami terminalis brevis v. elongatus, bene evolutus interdum racemoso-paniculatus 5-20 cm longus laxus v. densus. Axis inflorescentiæ stellato-pilosa, stellis apice glandulosis. Bracteæ lanceolatæ v. lineares deciduæ. Pedicelli calyce fere aequilongi stellato-pilosi basi articulati, ita flores ovariis abortivis facile a axi sejuncti. Calyx campanulatus pilosus et glandulosus, 5-lobus, lobis lanceolatis intus pubescentibus. Calyx fructifer eximie accrescens et glandulis stipitatis horridus. Petala alba minuta. Ovariun 1, ovulis 2 colateralibus. Semen lucidum.

Hab. in silvis et dumosis Coreæ mediæ et boreali-occidentalis.

Planta endemica!

こごめうつぎ屬

(第　五　圖)

蕚ハ倒圓錐形又ハ椀狀、五裂ス、花瓣ハ五個、蕾ニアリテハ旋回狀ニ排列ス。雄蕋ハ十乃至二十個、子房ハ一個、花柱ハ子房ノ先端ヨリ稍側方ニ生ズ胚珠ハ二個、下垂ス、種子ハ二個又ハ一個水平ニ出ヅ胚乳アリ。

灌木、葉ハ互生、托葉アリ、花序ハ圓錐花叢ニシテ若枝ノ先端ニ生ズ、世界ニ五種アリ、日本、朝鮮、支那ノ產ナリ、朝鮮ニハ一種アルノミ。

Gn. 5. Stephanandra, S. et Z.

Abhandlung Münch. Akad. III. (1840) p. 740. t. IV. f. 11. Benth. et Hook. Gen. Pl. I. P. 612. Maxim in Act. Hort. Petrop. VI. p. 216. Focke in Nat. Pflanzenf. III. 3. p. 14. Schneid. Illus. Handb. I. p. 448. Koidz. Syn. Ros. p. 5.

Calyx turbinatus v. cupularis 5-lobus. Petala 5 contorta. Stamina 10—20. Carpellum 1. Stylus subterminalis. Ovula 2 pendula. Semina 2 v 1 horizontalia albuminosa. Frutex foliis alternis stipulatis. Inflorescentia ad apicem rami terminalis paniculata.

Species 4 in Japonia, Corea et in China incolæ.

14. こごめうつぎ

(第 十 四 圖)

灌木、高サ四尺乃至六尺許、枝ハ灰色ノ皮ヲ有ス、若枝ハ微毛生シ、腺毛疎生ス。托葉ハ卵形又ハ廣披針形又ハ半卵形。全緣又ハ鋸齒アリ、葉狀化スルコト多シ、葉ハ廣卵形ニシテ先端トガリ、邊緣ニ複鋸齒アリ、表面ハ微毛アルカ又ハ無毛ニシテ下面ハ主トシテ葉脈ニ沿ヒテ毛アリ、表面ヨリハ淡綠ナルカ又ハ稍白味アリ、圓錐花序ハ若枝ノ先端ニ生ジ、萼片ハ先端白色トナルコト多シ、花瓣ハ五個白色、雄蕋ハ通例花辨ヨリ著シク短カシ、果實ハ成熟スレバ球形又ハ倒卵形ニシテ微毛密生ス。

咸鏡南北道ノ北部ヲ除ク外全道ニ產シ特ニ南部ニ於テハ普通ノ灌木ナリ。

分布、本島、四國、九州。

14. Stephanandra incisa, (Thunb.) Zabel

in Gart. Zeit. IV. (1885) p. 510. Palib. Consp. Fl. Kor. I. p. 73. Schneid. Illus. Handb. Laubholzk. I. p. 448. Koidz. Syn. Ros. p. 5.

Spiræa incisa, Thunb. Fl. Jap. (1784) p. 213.

Stephanandra flexuosa. S. et.Z Abh. Münch. Akad. III. 3. p. 740. Miq. Prol. p. 221. Maxim. in Act. Hort. Petrop. VI. p. 218. Fr. et Sav. Enum. Pl. Jap. I. p. 121.

Frutex usque 6 pedalis. Ramus cinereus, junior pilosus sparsissime glandulosus. Stipulæ ovatæ v. late lanceolatæ v. semiovatæ integræ v. dentatæ vulgo foliaceæ. Folia late ovata acuminata utrinque incisa duplicato-serrata, supra pilosa v. glabra subtus precipue secus venas pubescentia pallidiora v. glaucina. Inflorescentia ad apicem rami hornotini terminalis paniculata. Calycis lobi apice albi. Corolla 5 albi. Stamina brevia. Carpella globosa v. obovoidea pubescentia.

Hab. fere tota Peninsulæ, præter boreales partes Ham-gyöng austr. et bor.

Distr. Hontô, Shikoku et Kiusiu.

てまりしもつけ屬

(第　六　屬)

萼ハ鐘狀五裂シ蕾ニアリテハ裂片ハ鑷合狀ニ排列ス、花瓣ハ五個、覆瓦狀ニ排列ス、雄蕋ハ三十本乃至四十本、子房ハ一個乃至五個、萼片ト交互ニ生ズ、成熟スレバ膨大ス、胚珠ハ二個乃至四個、花柱ハ子房ノ先端ニ生ズ、種子ハ胚乳アリ。

灌木、葉ハ互生シ托葉アリ。花狀花序ハ繖房花序、總序等ニシテ若枝ノ先端ニ生ズ。

世界ニ七種アリ、滿洲、朝鮮及ビ北米ノ產ナリ。

Gn. 6. Opulaster, Medikus.

Beiträge zur Pflanzenanatomie II. (1799) p. 109. Britton and Brown Illus. Flora II. p. 195. O. Kuntze Rev. Gen. Pl. II. (1891) p. 919. Schneid. Illus. Handb. I. p. 442.

Spiræa sect. Physocarpus, Cambes sedes in Annales des Sc. Nat. I. (1824) p. 209 et 385. DC. Prodr. II. (1825) p. 542. Walpers Rep. II. p. 49. Endl. Gen. Pl. p. 1247. Wenzig in Flora (1888) p. 246.

Physocapus, Maxim. in Act. Hort. Petrop. VI. (1879) p. 219. Focke in Nat. Pflanzenf. III. 3. p. 14. Koehne Deutsch. Dendr. p. 208 et 209. Aschers. et Græbn. Mitteleuropafl. VI. p. 9. Schneid. Illus. Handb. I. p. 807. Koidz. Consp. Ros. p. 7.

Neillia sect. Physocarpus, Benth. et Hook. Gen. Pl. I. p. 612.

Physocarpa, Rafinesque New Flora and Botany of North America III. (1836) p. 73.

Calyx campanulatus 5-fidus valvatus. Petala 5 imbricata. Stamina 30-40. Carpella 1—5 sepalis alterna, matura plus minus inflata. Ovula 2—4. Stylus terminalis. Semen albuminosum.

Frutex foliis deciduis alternis stipulatis. Inflorescentia corymbosa v. subracemosa ad apicem rami hornotini terminalis.

Species 7 in Manshuria, Corea et in America bor. incolæ.

15. てまりしもつけ

(第十五圖)

灌木高サ六尺ニ達シ多少簇生ス、古枝ハ汚灰色ナレドモ、若枝ハ赤味アリ、葉ハ長キ葉柄ヲ有シ掌狀ニ三叉又ハ五叉シ邊緣ニハトガレル複鋸齒アリ、表面ハ無毛ナルガ下面ハ葉脈ニ沿ヒテ微毛アリ、繖房花序ハ若枝ノ先端ヨリ生ジ毛アリ、蕚ハ絨毛生ジ五裂シ、五裂片ハ廣披針形ニシテ先端著シクトガル、子房ハ密毛生ジ成熟スレバ膨大ス、長サ四ミリ乃至六ミリ許、先端花柱ニ向ヒ徐々狹マル。

咸鏡北道茂山郡ニ生ズ。

分布、黑龍江流域、滿洲。

15. Opulaster amurensis, (Maxim.) O. Kuntze

Rev. Gen. Pl. II. (1891) p. 949. Schneid. Illus. Handb. I. p. 444.

Spiræa amurensis, Maxim. Prim. Fl. Amur. (1859) p. 90.

Physocarpus amurensis, Maxim, in Act. Hort. Petrop. VI. (1879) p. 221. Focke in Nat. Pflanzenf. III. 3. p. 14. Kom. Fl. Mansh. II. p. 453. Nakai Fl. Kor. I. P. 175.

Frutex usque 6 pedalis. Ramus adultus sordide cinereus, junior rubescens. Folia longe petiolata palmatim 3—5 lobata, duplicato-argute serrata supra glabra subtus secus venas pilosa. Inflorescentia ad apicem rami hornotini terminalis villosa corymbosa. Calyx villosus 5—fidus lobis lanceolato-acuminatus. Carpella villosa leviter inflata 4—6 mm longa ad stylos sensim attenuata.

Hab. in Corea sept. Districtu Musang.

Distr. Amur et Manshuria.

(六) 朝鮮產繡線菊科植物ノ和名 朝鮮名 學名ノ對稱

和名	朝鮮名	學名
ヤナギザクラ		Exochorda serratifolia S. Moore.
ホザキノナナカマド	Kai Sui tan nam (平北)	Sorbaria sorbifolia, R. Br. var stellipila, Maxim.
一重ノシジミバナ	Chuttonnam (全南). Chopapnan (平北)	Spiraea prunifolia, S. et Z var. simpliciflora, Nakai.
アヒヅシモツケ		Spiraea ulmifolia, Scop.
		Spiraea flexuosa, Fischer.
ナガバシモツケ		Spiraea media, Schmidt.
ウスゲシモツケ		Spiraea pubescens, Turcz.
ヤマシモツケ		Spiraea trilobata, Linn.
テウセンコデマリ		Spiraea trichocarpa, Nakai.
テウセンシモツケ		Spiraea koreana, Nakai.
コゴメシモツケ		Spiraea microgyna, Nakai.
ホザキノシモツケ		Spiraea salicifolia, L. var. lanceolata, Torr. et Gray.
モリシモツケ		Spiraea silvestris, Nakai.
スグリウツギ	Sehganjarinam, Chutarnam(濟州)Peipuseinunkul (全南) Kukusunam (京畿、江原)	Neillia Uekii. Nakai.
コゴメウツギ		Stephanandra incisa, Zabel.
テマリシモツケ		Opulaster amurensis, O. Kuntze.

第　一　圖

ほざきのななかまど

Sorbaria sorbifolia, A. Br.
var. stellipila, Maxim.

第一圖

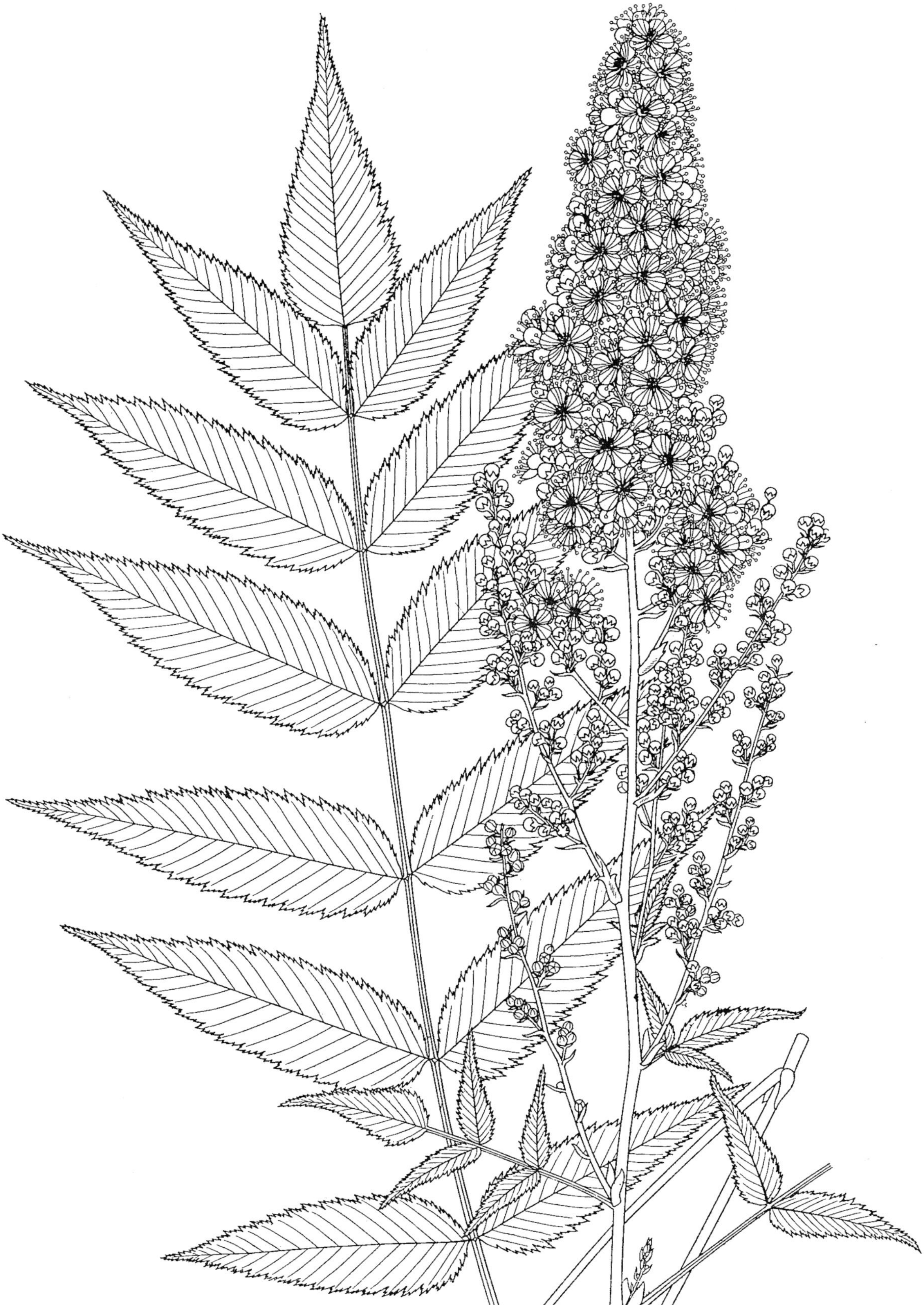

Del. Yamada T.

K. Nakazawa sculp

第　二　圖

や な ぎ ざ く ら

Exochorda serratifolia, S. Moore.

第 二 圖

Del. Yamada T. K. Nakazawa sculp.

第 三 圖

ほ ざ き の し も つ け

Spiræa salicifolia, Linn.
var. lanceolata, Torr. et Gray.

第　三　圖

Del. Yamada T.

K. Nakazawa sc

第　四　圖

こ　ご　め　し　も　つ　け

Spiræa microgyna, Nakai.

第 四 圖

Del. Yamada T. *K. Nakazawa sculp.*

第 五 圖

も り し も つ け

Spiræa silvestris, Nakai.

第　五　圖

Del. Yamada T　　　　K. Nakazawa sc.

第　六　圖

てうせんしもつけ

Spiræa koreana, Nakai.

第　六　圖

Del. Yamada T.

K. Nakazawa sculp

第　七　圖

一 重 の し じ み ば な

Spiræa prunifolia, S. et Z. var. *simpliciflora*, Nakai.

第　七　圖

Del. Yamada T.　　　　　　K. Nakazawa sculp.

第　八　圖

おひづしもつけ

Spiræa ulmifolia, Scop.

第 八 圖

Del. Yamada T. *K. Nakazawa sculp.*

第　九　圖

な が ば し も つ け

Spiræa media, Schmidt,
var. *oblongifolia*, Beck.

第　九　圖

Del. Yamada T.

K. Nakazawa sculp.

第　十　圖

う　す　げ　し　も　つ　け

Spiræa pubescens, Turcz.

第 十 圖

Del. Yamada T.

K. Nakazawa sculp

第 十 一 圖

や ま し も つ け

Spiræa trilobata, Linn.

第 十 一 圖

Del. Yamada T.

K. Nakazawa sculp.

第十二圖

てうせんこでまり

Spiræa trichocarpa, Nakai.

第 十 二 圖

Del. Yamada T.

K. Nakazawa sc.

第十三圖ノ一

すぐりうつぎ，穗長キモノ

Neillia Uekii, Nakai.

forma racemis elongatis.

第十三圖ノ一

Del. Yamada T.

K. Nakazawa sculp.

第十三圖ノ二

すぐりうつぎ, 穗短カキモノ

Neillia Uekii, Nakai.

forma racemis brevibus.

第十三圖ノ二

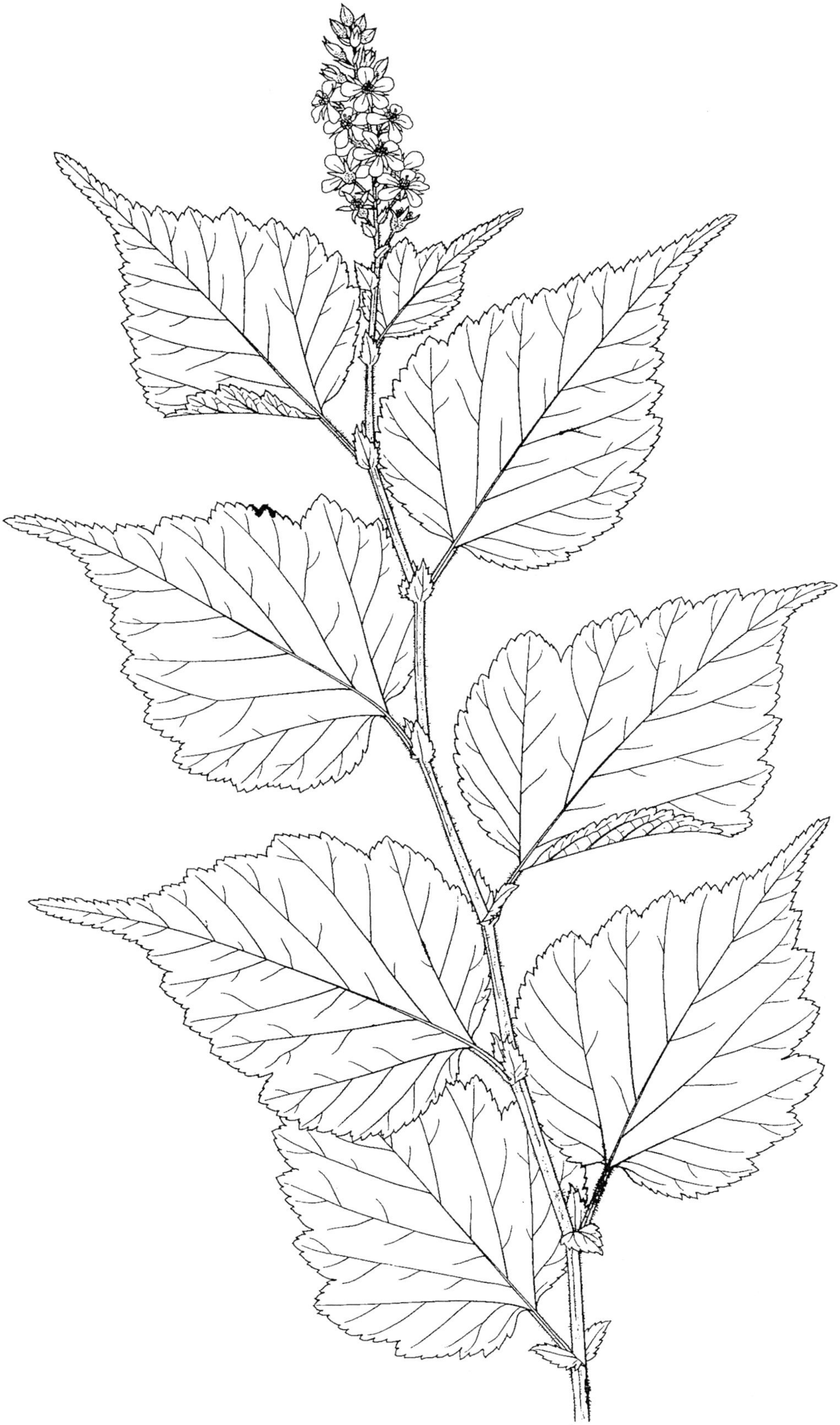

Del. Yamada T.

K. Nakazawa scu.

第十四圖

こごめうつぎ

Stephanandra incisa, Zabel.

第 十 四 圖

Del. Yamada T.

K. Nakazawa sculp.

第 十 五 圖

て ま り し も つ け

Opulaster amurensis, O. Kuntze.

第 十 五 圖

Del. Yamada T.

K. Nakazawa sc.

朝鮮森林植物編

5輯

櫻 桃 科　**DRUPACEAE**

AMYGDALACEAE

目次　Contents

第5輯

櫻　桃　科　DRUPACEAE (*AMYGDALACEAE*)

櫻桃科

DRUPACEAE

AMYGDALACEAE

(一) 參 考 書 類

著 者	書 名
G. Bentham et J. D. Hooker.	Genera Plantarum. Vol. I.
M. B. Borkhausen.	Theoretisches praktisches Handbuch der Forstbotanik und Forsttechnologie. Theil I.
N. L. Britton and A. Brown.	An illustrated Flora of the Northern United states, Canada and the British Possessions. Vol. II.
A. P. de Candolle et J. B. Dela Marck	Flore Francaise. Vol. IV.
A. P. de Candolle	Prodromus systematis regni vegetabilis. Vol. II.
G. Don.	A General system of gardening and botany. Vol. II.
S. Endlicher.	Genera Plantarum.
P. E. Fedde.	Repertorium novarum specierum regni vegetabilis. Vol. VII et X.
W. O. Focke	Die natürlichen Pflanzenfamilien III. Th. 3. Abt.
F. B. Forbes and W. B. Hemsley.	An Enumeration of all the plants known from China proper, Formosa, Hainan, Corea etc. Vol. I.
A. Franchet et L. Savatier.	Enumeratio Plantarum Japonicarum. Vol. I
J. D. Hooker.	Flora of British India. Vol. II.
,,	Icones Plantarum. Vol. XVI.
A. L. Jussieu.	Genera Plantarum secundum ordines naturales disposita etc.
W. D. J. Koch.	Synopsis Floræ germanicæ et helveticæ.
E. Kœhne.	Plantæ Wilsonianæ. Vol. II.

G. Koidzumi.	Conspectus Rosacearum Japonicarum.
V. Komarov.	Flora Manshuriæ.
C. Linnæus.	Species Plantarum.
C. J. Maximowicz.	Primitiæ Floræ Amurensis.
”	Prunus. Species Asiæ, or entalis in Bulletin de l'Academie impériale des Sciences de St.-Pétersbourg. Tome XI.
P. Miller.	The Gardners Dictionary etc.
F. A. W. Miquel.	Prolusio Floræ Japonicæ.
T. Nakai.	Flora Koreana. Vol. I. et II.
N. J. Necker.	Elementa botanica, genera genuina, species naturales etc.
C. H. Persoon.	Synopsis plantarum etc. Vol. II.
J. F. Royle.	Illustrations of the botany etc.
J. C. Roehling.	Deutschlands Flora. Vol. III.
E. J. Ruprecht.	Die Ersten Botanischer Nachrichten über das Amurland, in Bulletin Physico-Mathématique de l' Académie Impériale des Sciences de St.-Pétersbourg 1856.
W. Roxburgh.	Hortus Bengalensis etc.
”	Flora Indica. Vol. II.
Fr. Schmidt.	Reisen im Amur-Lande und auf der lnsel Sachlin, in Mémoires de l' Academie dés Sciences de St.-Pétersbourg. VII Serie. Tome XII. No. 2.
C. K. Schneider.	Illustriertes Handbuch der Laubholzkunde. Band I.
P. F. Siebold.	Synopsis plantarum œconomicarum Japonicarum.
P. F. Siebold et J. G. Zuccarini.	Flora Japonica.

P. F. Siebold et J. G. Zuccarini. Floræ Japonicæ Familiæ Naturales. Sectio 1.

E. Spach. Histoire naturelle des végétaux. Phanerogames. Tome 1.

J. Stokes. A botanical Materia medica, etc. Vol. III.

C. P. Thunberg. Flora Japonica.

J. Torrey and Asa Gray. A Flora of North America. Vol. I.

J. P. Tournefort. Institutio rei Herbariæ. Vol. I. et III.

G. G. Walpers. Repertorium Botanices systematicæ. Tomus II.

松村任三 帝國植物名鑑下卷後編、

中井猛之進 濟州島並莞島植物調査報告書、

同 智異山植物調査報告書、

東京植物學雜誌 第七卷、十四卷、十五卷、二十二卷、二十三卷、

(二) 朝鮮產櫻桃科植物研究ノ歷史

朝鮮ノ櫻桃科植物ヲ始メテ研究シテ記述セシハ露人マキシモウキッチ氏ニシテ千八百八十三年五月東亞產櫻屬ノ研究ヲ Bulletin de l'Académie impériale des Sciences de St.—Petérsbourg. Tome IV. ニ發表セシ中ニもゝガ朝鮮群島ニアル事トにはざくらガ朝鮮半島ノ東部ニアル事ヲ報ゼリ。

千八百八十七年英人 Francis Blackwell Forbes, William Botting Hemsley 兩氏著支那、台灣、海南、朝鮮、琉球、植物目錄ニハ仁川產トシテみやまざくらノ一種ヲ載ス、次デ千八百九十八年露人 Iwan Palibin 氏ハ其著 Conspectus Floræ Coreæ 第一卷ニあんず、すもゝ、にはざくら、八重のにはざくら、みやまざくら、えぞのうはみづざくら、やまざくら、ゆすらうめノ八種ヲ載ス、右ハ主トシテ、Sontag, Kalinowisky 兩氏ガ京城附近ノ採收品ニヨリテナセル研究ノ結果ナリ。

千九百四年露人コマロフ氏ノ Flora Manshuriæ ニハ北朝鮮產トシテおひ

ようもも、まんしうあんず、すもも、にはうめ、やまざくら、みやまざくらノ六種ヲ掲グ。

千九百九年拙著 Flora Koreana ニハ予ノ親シク檢シ得タルモノ並ニ從來朝鮮產トシテ記述セラレシ凡テノ種類ヲ網羅セシ爲メ次ノ十一種ヲ掲ゲタリ。

おひようもも、あんず、すもも、うらぼしざくら、にはうめ、にはざくら、一重のにはざくら、ゆすらうめ、みやまざくら、やまざくら、えぞのうはみづざくら。

仝年佛人 Léveille Vaniot ノ兩氏ハ Fedde Repertorium 中ニ左ノモノヲ新種トシテ記セリ、是レ佛人フオーリー氏ノ採品ヲ研究セシ結果ナリ。

Prunus seoulensis, Lévl.
Prunus Taquetii, Lévl. et Vnt.
Prunus diamantinus, Lévl.
Prunus Fauriei, Lévl.
Prunus Nakaii, Lévl.

千九百十年ニハ獨人 Kœhne 氏仝ジク Faurie 氏ノ採品ニ基キ Prunus diversifolia ナル一新種ヲ記述セリ。

千九百十二年予ノ Flora Koreana 第二卷ニハゆすらうめ、みやまざくら、けやまざくら等ヲ記セリ。

仝年露人 Komarov 氏ハ氏自ラ採收セシ九百餘種ノ滿鮮植物ヲ東京帝國大學理科大學ニ寄贈セリ、就イテ見ルニ氏ノにはうめハにはうめニ非ズシテ一重のにはざくらナリキ。

次イデ予ハ今井半次郎氏ノ採品ヲ檢シテにはうめノ一新種ヲ見出シ、Prunus lasiostyla, Nakai ト命ゼシガ未ダ發表スルニ至ラズ。

其後フオーリー氏ノ乞ヲ入レ氏ヲ青森ニ訪ヒテ其藏スル標品全部ヲ檢セシニ予ガ記載ニテ判斷セシ如ク(拙著 Flora Koreana 第二卷四百八十三頁參照) Prunus seoulensis, Lévl., Prunus diversifolia, Kœhne ハ何レモえぞのうはみづざくらノ一形ナル事ヲ確メ且ツ Prunus Taquetii, Lévl. et Vnt. ハ鼠李科くろつばら屬ニ屬スルモノナルヲ知レリ、又 Prunus diamantina, Lévl. ハうらぼしざくらニシテ Prunus Fauriei, Lévl. ハいぬざくらナリキ、而シテ Prunus Nakaii, Lévl. ハ原記載ニヨレバ毛多キ筈ナルニ其毛ハ標品製作ノ際附着セシ紙ノ纖維ニシテ毛ナキモノナルヲ確メ、外人ノ檢定ノ疎漏ナルニ驚ケリ、而シテ其種コソ實ニ予ガ Prunus lasiostyla ト命ゼシモノナリキ。

其後獨人 Kœhne 氏モ一書ヲ寄セテレヴエレー氏ノ Prunus Taquetii ハ Rhamnus Taquetii ト改ムベキ事ヲ申越シ、レヴエレー氏自身モ氣付キシト見エ Fedde ノ Repertorium 中ニテ改名發表セリ。

次デケーネ氏ハ Plantæ Wilsonianæ 第二卷中ニ朝鮮產ノ新種トシテ

Prunus Sontagiæ, Kœhne, Prunus Leveilleana, Kœhne.
Prunus densifolia, Kœhne.

ノ三種ヲ記述シ尙新發見種トシテひがんざくら、おほやまざくらノ二種ヲ記セリ。

千九百十三年予ハ朝鮮總督府ノ命ヲ受ケテ南鮮ニ旅セシ時採リ得シモノ並ニ濟州島旌義郡東烘里在住ノ宣敎師 Taquet 氏ノ採品ヲ檢スルニ南部朝鮮ニハ次ノ如キモノアリ。

1. Prunus densifolia, Kœhne　ほそばざくら。
2. P. Buergeri, Miq.　いぬざくら。
3. P. Itosakura, Sieb. α. ascendens, Makino.　えどひがん。
4. P. Maximowiczii, Rupr.　みやまざくら。
5. P. Mume, S. et Z.　うめ。
6. P. Padus, L.　えぞのうはみづざくら。
7. P. persica, Stokes.　もも。
8. P. quelpærtensis, Nakai.　たんなざくら。
9. P. sachalinensis, Nakai.　おほやまざくら。
10. P. serrulata, Lindl. var. compta, Nakai.　あけぼのざくら。
11. P. 〃 var. glabra, Nakai.　やまざくら。
12. P. 〃 var. verecunda, Nakai.　かすみざくら。
13. P. yedoensis, Matsum.　そめゐよしの。

千九百十四年北鮮植物ノ採收視察ヲ命ゼラレテ旅行セシ結果、北部朝鮮ニハ次ノモノアルヲ知レリ。

1. P. mandshurica, Kœhne　まんしうあんず。
2. P. Maackii, Rupr.　うらぼしざくら。
3. P. Maximowiczii, Rupr.　みやまざくら。
4. P. Nakaii, Lévl.　てうせんにはうめ。
5. P. Padus, L.　えぞのうはみづざくら。
6. P. 〃 var. pubescens, Regel.　てうせんうはみづざくら。
7. P. persica, Stokes　もも。
8. P. serrulata, Lindl. var. compta, Nakai.　あけぼのざくら.

9. P. tomentosa, Thunb. var. insularis, Kœhne. ゆすら。
10. P. triloba, Lindl. var. truncata, Kom. おひようもも。

以上頗ル複雑スル研究ノ正否ヲタヾシ、且ツ未知ノ種等ヲ研究シテ予ハ次ノ各種ヲ朝鮮産トシテ確認スルヲ得タリ。

1. P. Mume, S. et Z. うめ。
2. P. mandshurica, Kœhne. まんしうあんず。
3. P. Ansu, Kom. あんず。
4. P. Buergeri, Miq. いぬざくら。
5. P. Maackii, Rupr. うらぼしざくら。
6. P. Padus, L. えぞのうはみづざくら。
7. P. „ var. seoulensis, Nakai. 仝上ノ一種。
8. P. „ var. pubescens, Regel. てうせんうはみづざくら。
9. P. triloba, Lindl. var truncata, Kom. おひようもも。
10. P. persica, Stokes. もも。
11. P. Nakaii, Lévl. てうせんにはうめ。
12. P. glandulosa, Thunb. にはざくら(一重)。
13. P. „ var. sinensis, Nakai. にはざくら(八重)。
14. P. „ var. albiplena, Nakai. にはざくら(八重白花)。
15. P. tomentosa, Thunb. var. insularis, Kœhne. ゆすらうめ。
16. P. Maximowiczii, Rupr. みやまざくら。
17. P. densifolia, Kœhne. ほそばざくら。
18. P. serrulata, Lindl. var. intermedia, Nakai. てうせんやまざくら。
19. P. „ var. compta, Nakai. あけぼのざくら。
20. P. „ var. glabra, Nakai, やまざくら。
21. P. „ var. Sontagiæ, Nakai. ひめやまざくら。
22. P. „ var. tomentella, Nakai. びらうどやまざくら。
23. P. „ var. verecunda, Nakai. かすみざくら。

24. P. serrulata, Lindl. var. pubescens, Nakai. けやまざくら。
25. P. yedoensis, Matsum. そめぬよしの。
26. P. quelpærtensis, Nakai. たんなざくら。
27. P. sachalinensis, Koidz. おほやまざくら。
28. P. Itosakura, Sieb. var. ascendens, Makino. えどひがん。
29. P. ,, var. rosea, Nakai. あかつきひがん。
30. P. triflora, Roxb. すもも。
31. Princepia sinensis, Oliver. ぐみもどき。

(三) 朝鮮櫻桃科植物各種ノ分布並ニ總評

(一) うめ。

本種ハ濟州島ノ南側即チ大靜、旌義兩郡ノ漢拏山麓樹林中ニ生ズ、予ハ旌義郡衣貴里ノ北一里許ノ溪谷樹林中ニ於テ果實ヲツケタル老木ヲ見タリ、郡參事金某ノ言フ所ニ依レバ四十年前ハ此邊一圓森林ニシテ現時ノ衣貴里迄擴ガリ、彼自ラ幼時梅ノ實ヲ採ル爲メ此森ニ赴キシガ當時ハ所々ニ散生セシト、又果實ヲ附ケザルモノハ大靜郡ニ於テモ數本發見セリ、人家ニハ栽培セルモノ稀ナリ、而シテ栽培品ニ比スレバ果實、花共ニ小ナリ、(花ハ佛人ノ採品ヲ見ル)、梅ノ野生品即チ栽培品ノ原種ト見ルベキモノナリ、日本ニテ古來栽培スル梅ハ支那ヨリ輸入セシモノニシテ彼ノ地ニモ現時ハ野生品ガ逐年減少シツヽアル由、近ク臺灣ニモ自生品アル事知ラレ(合歡山、二櫃、新竹等)今又濟州島ニ自生アルヲ見レバ往古ニアリテハ梅ハ東亞溫帶地ニ廣ク散布セシ種ナルベシ。

(二) まんしうあんず。

朝鮮ニテ狗杏(キヤイサルゴ)ト云フ、中部北部ノ森林中ニ生ジ往々巨大ノモノトナル、葉ハ外形あんずニ似テ鋸齒深ク、樹膚木栓質多シ、果實ハ到底食フニタヘズ、初メ露人マキシモウキツチ氏ハ之レヲ西洋あんずノ一變種トセシモ非ナリ、種子ノ形、葉形、樹皮ノ木栓質ニ富ム事等ニテ明カニ區別シ得。

(三) あんず。

通例人家附近ニ栽培スレドモ往々栽培品ヨリ逸出シテ野生狀態トナル、京城附近南韓山、南鮮智異山ノ寺院附近ノ如キ其例ナリ、昔時支那ヨリ輸入セシモノナルベシ、日本ニテ普通栽培スルモノニ比スレバ、味大サ共ニ劣ル、俗ニ日本ノあんずヲ朝鮮ニ移植スレバ梅トナルトカ又梅ヲ移植スレバあんすトナルトカ云フハ果實小ナル在來あんずト日本ノ梅トヲ混ゼシモノナルベシ。

（四） いぬざくら。

濟州島漢拏山ノ樹林中ニ生ズルノミ、然レドモ個數ハ少ナカラズ、濟州島ニアル日本植物分子ノ一ナリ。

（五） うらぼしざくら。

北朝鮮ニ普遍的ノ種ニシテ南ハ江原道ニ及ブ、葉裏ニ腺狀ノ細點アルハ特ニ著シキ標徵ナリ。

（六） えぞのうはみづざくら。

雲木（クルンナム）ト云ヒ、分布廣ク北ハ白頭山ヨリ南ハ漢拏山ニ及ブ、從ツテ其個體的變異モ多ク、毛アルモノヲ var. pubescens ト云ヒ小花梗ノ著シク長キモノヲ var. seoulensis ト云フ、朝鮮ノ櫻桃科植物中最モ分布ノ廣キモノヽ一ナリ。

（七） おひようもも。

支那ニテ楡葉梅ト云フモノ是ナリ、咸鏡北道茂山地方ニ生ジ、桃大ノ花ヲ開ク、果實ハ食フニ耐ヘズ。

（八） もも。

桃ノ原種ニシテ濟州島、莞島、智異山、白羊山等ヲ始メトシテ南部ニ多ク北ハ平安北道ニモ及ブ、本種ハ日本ニアリテハ、對馬ニ自生アルノミナルガ支那ニハ普通ノ野生植物ニシテ現時栽培スル天津水蜜桃、上海水蜜桃ノ如キモ皆之レヨリ變化セシモノナリ、瑞典ノ Linné 氏ガ始メテ波斯ニアルヲ知リテ Amygdalus persica ノ名ヲ與ヘシモ波斯ハ其原產地ニ非ズシテ支那、朝鮮、台灣、對馬ニ亘リテ散布スル種ナリ。

（九） てうせんにはうめ。

中部北部ノ森林中ニ生ジ灌木叢ヲナシ八月頃紅花成熟シテ美シ、本種ハ予サキニ Prunus lasiogyna ノ名ヲ與ヘシ事ハ前章ニ述ベシ所ナルガ尙獨ノケーネ氏モ予ト同樣レヴエレー氏ガ毛ト記セシモノハ壓搾紙ノ纖維ナル事ヲ認メ千九百十二年版ノ Plantæ Wilsonianæ 第二卷第二百七十六頁ニ次ノ如ク記セリ。

The fruits had been described as hairy but the hairs turned out to be particles of cotton sticking to the fruits.

（一） にはざくら。

一重ノモノハてうせんにはうめニ類スレドモ葉狹シ、露人コマロフ氏ガ北朝鮮ニ採レリト云フにはうめハ之レナリ、但シてうせんにはうめノ如ク多カラズ、本種ノ八重咲ニ二種アリ、桃紅色ニシテ雌蕋多少葉狀ヲ呈スルモノヲ var. sinensis, Nakai ト云ヒ、白色複瓣ナルヲ var. albiplena, Nakai ト云フ、何レモ自生品ナレドモ寺院ノ境内等ニ栽培シ其花ヲ賞ス、恐ラク以前滿洲側ヨリ輸入セシモノナルベシ。

（十一） ゆすらうめ。

北部ノ雜木林中ニ生ズ、栽培品トシテハ普通ノモノナリ、日本ニアルハモト朝鮮ヨリ移入セシナリ、支那ニモゆすらアレドモ花形ヲ異ニスル支那特有ノ變種ナリ。

（十二） みやまざくら。

北ハ白頭山地方ヨリ南ハ濟州島漢拏山ニ及ビテ生ジえぞのうはみづざくらト共ニ最モ分布廣キ種ナリ。

（十三） ほそばざくら。

やまざくら系ノ一種ナリ、葉狹長ニシテ密生スル點特ニ著シ、濟州島ニ産シ稀品ナリ、佛國宣教師タケー氏ノ採收ニカカル、予ハケーネ氏ノ論文ヲ手ニスルニ先チタケー氏ノ標品ヲ檢シテ新種ト考定シ Prunus angustissima ノ名ヲ與ヘタリ、濟州島植物調査報告書ニ此名ヲ用ヒシ所以ナリ。

（十四） やまざくら。

花形、毛ノ有無多少、花梗ノ長短等ニ依リテあけぼのざくら、てうせんやまざくら、やまざくら、ひめやまざくら、びらうどざくら、かすみざくら、けやまざくらノ七變種アリ、其中あけぼのざくら、かすみざくら、けやまざくら、てうせんやまざくらハ最モ廣ク分布シ、ひめやまざくら、びらうどざくらハ半島ノ中部ニ限ラレ、よしのざくら（即チ最モ普通ニ日本ニテやまざくらト云フモノ）ハ濟州島ニノミ限ラル、日本ニアリテモよしのざくら（そめゐよしのニ非ズ）ハ中部以南ニ多クあけぼのざくら、かすみざくら、けやまざくら等ハ中部以北ニ多キガ朝鮮ニテモ後者ハ半島ノ中部以北ニ多シ、やまざくらハ日本ニ限ラレシモノニ非ズシテ廣ク朝鮮、滿洲ニ分布シ、變化多ク、其度モ限リナキガ如クナレドモ南北所ヲ異ニスレバ生ズル形モ自ラ異ナリ。

（十五） そめゐよしの。

佛人タケー氏其一株ガ濟州島漢拏山ニ自生スルヲ見出セリ、濟州島ニハ近時ニ至ル迄そめゐよしのヲ栽培セズ、然ルニ少クモ數十年ヲ經タル木ヲ漢拏山ノ樹林中ニ見出セシハ注目スベキ事實ニシテ、之レニ依リ濟州島ハ實ニ本種ノ唯一自生地トシテ知ラルヽニ至レリ。

そめゐよしのハモト德川時代ニ江戸染井ノ花戸ガ作リ出セシト云ヒ傳フレドモ其果シテ眞ナルヤヲ知リ難シ、又作リ出セシガ事實ナリトセバ其親木（オヤキ）ハ果シテ何カ、之レ最モ疑ハシキ點ナリ、如何トナレバそめゐよしのハやまざくら系ノモノヽ中最モ早ク開花シ到底やまざくらト連絡アル種ニ非ザレバナリ。一說ニ伊豆大島ニ多ク自生スト云ヘドモ彼ノ地ニ古來自生シ且栽培スルハ大島櫻 Prunus speciosa, Nakai ニシテそめゐよしのニ非ズ、大島櫻ハ花ト葉トニ毛ナク、花ニ香氣アリ、芽ニ粘質アルモノナリ。
然ラバ日本ニ栽培スルそめゐよしのガ濟州島ヨリ移入セラレシモノナルカ之レ又首肯シ難シ、何トナレバ德川時代ニ此方面ニ交通セル事稀ナルノミナラズ何等採藥等ニ從事セシ事實モ存セザレバナリ、此ニ於テカそめゐよしのハ濟州島ニ稀ニ自生ス、然レドモ日本ニ栽培スルモノヽ原産地ハ不明ナリト言フノ外ナシ。

（十六） えどひがん。
ひがんざくらノ一種ニシテ東京ニ普通栽培スルモノハ是ナリ、喬木トナリ、花ハ殆ンド白シ、濟州島並ニ全羅南道ノ山地ニ自生ス、此種ハ分布廣ク九州ノ山、支那中部ノ山地ニモ生ズ、朝鮮人ハ其花ヲ賞セズ、一種花色ノ桃紅色ナルアリ、濟州島ノ山地ニ生ズ花色ハ紅ひがん Prunus subhirtella, Miq. ニ似タレドモ葉形、樹膚等ハ全クひがんざくら系ナリ、日本ニ栽培セルしだれざくらハひがんざくらヨリ轉化セシ園藝品ナリ。

（十七） すもも。
全南白羊山ヨリ北ハ平安北道ニ至ル迄分布シ、特ニ中部以北ニ多生ス、すももノ原種ニシテ其果實モ成熟スレバ食用ニ供シ得。

（十八） ぐみもどき。
平安南道ニ生ズ、モト滿洲ニノミ知ラレシ種ナリ、初メテ英人オリヴァー氏ガ Plagiospermum sinense ト云フ名ニテ出版セシ當時ハ之レヲ衞矛科ニ編入セシモ露人コマロフ氏ハ滿洲ニテ其果實ヲ採リ精檢ノ結果櫻桃科ニ編入スベキモノナルヲ知リ Flora Manshuriæ ニテ其然ル由ヲ報ゼリ、近來オリヴァー氏ハ更ニ研究ノ步ヲ進メテ印度産ノ Princepia utilis, Royle ト同屬ナルヲ知リ則チ合シテ Princepia sinensis ナル名ニ改メタリ。

(四) 朝鮮産櫻桃科植物ノ効用

本科植物ニハ、有用ノモノ多シ、其用途大畧左ノ如シ。
一、果實ヲ食用トスルモノ。
　うめ、すもも、もも、てうせんにはうめ、ゆすらうめ。
二、花ヲ賞スルモノ。
　うめ、おひようもも、しろにはざくら、にはざくら、やまざくら類、ひがんざくら類。

三、材用植物。

まんしうあんず、いぬざくら、うらぼしざくら、えぞのうはみづざくら、しろざくら、やまざくら類、ひがんざくら。

四、皮ヲ用ヒルモノ。

えぞのうはみづざくら、　皮ヲ剝ギ物ヲ縛スルニ用フ。

やまざくら類、　皮ハ手工用トス。

五、藥用トナルモノ。まんしうあんず、すもも、あんず、ハ何レモ其種子ノ仁ヲ碎キ水ニ入レテ浸出セシ液ヲ杏仁水ト云ヒ、特ニ風邪ノ藥トス。

いぬざくら。えぞのうはみづざくらハ葉ヲ煎出シ杏仁水ノ代用品トス。

すもも、　漢法ニ仁ヲ碎キ卵白ニテ練リ顏面ノ黑子ヲ去ルニ用フ。

もも、　漢法ニ花ヲ粉末トシテ飮ミ便通ニ資シ脚氣ヲ治ス、又皮ヲ煎ジテ服シ皮膚病ヲ治スルニ用フ。果實ハ煎ジテ飮ミ月經ヲ整フ。

えぞのうはみづざくら、　北鮮ノ人消化不良ノ時皮ヲ炙リテ腹ニ當ツ。

六、雜用。

えぞのうはみづざくら、　蜂蜜ヲ採ルニ當リ石ヲ燒キ其上ニ若枝並ニ葉ヲ置キ水ヲカケ水蒸氣ノ盛ニ昇ル上ニ養蜂箱ヲ置キテ蜂ヲ殺ス、非常ニ臭氣アリ。

(五) 朝鮮櫻桃科植物ノ分類ト各種ノ圖說

櫻　桃　科

花ハ兩性又ハ單性、萼ハ概ネ花後脫落シ萼片ハ五個、花瓣ハ五個又ハ無瓣又ハ多瓣、雄蕋ハ十本以上アリ、子房ハ一個稀ニ二個乃至五個、離生、一室、胚珠ハ各室ニ二個宛アリ下垂ス。果實ハ核果、幼根ハ上向ナリ。

灌木又ハ喬木、葉ハ落葉又ハ常綠、單葉、托葉アレドモ早ク落ツ、花ハ總狀花序、繖房花序又ハ聚團花序ヲナシ又單獨ニ生ズルモアリ。

世界ニ五屬二百五十種許アリ、朝鮮ニ二屬二十種アリ。

{ 花柱ハ子房ノ側方ヨリ生ズ、胚珠ハ上向ス、核ハ甚ダシク硬カラズ、灌木ニシテ刺アリ .... ぐみもどき屬。
{ 花柱ハ子房ノ先端ニ生ズ、胚珠ハ下垂ス、核ハ甚ダ硬シ ....さくら屬。

Drupaceæ, DC.

Fl. Fr. IV(1805)p. 479. Britton and Brown Fl. North. United State and Canada. II. P. 246. Schneid. Illus. Handb. Laubholzk. I. p. 585.

Rosaceæ. Trib. III. Amygdaleæ, Juss. Gen. Pl. (1774) p. 340. DC. Prodr. II. p. 529. Endl. Gen. Pl. p. 1250.

Rosaceæ Unterf. Prunoideæ, Focke in Nat. Pflanzenf. III. 3. (1888) p. 50.

Rosaceæ Trib. II. Pruneæ, Benth. et Hook. Gen. Pl. I. p. 609.

Amygdalaceæ, G. Don. Gen. Syst. Gard. Bot. II. (1832) p. 481.

Flores hermaphroditi v. polygamo-dioici. Calyx sæpissime deciduus lobis 5. Petala 5 rarissime O. Stamina 10–∞. Carpellum 1 rarius 2–5 liberum 1–loculatum. Ovula 2 pendula. Fructus drupaceus. Radicula supera.

Frutex v. arbor. Folia decidua v. sempervirentia simplicia. Stipulæ caducæ. Flores racemosi, corymbosi v. glomerati v. solitarii. Genera 2 species 20 in Corea indigena.

Stylus lateralis. Ovula ascendentia. Endocarpus coriaceus. Frutex spinosus .... Prinsepia, Royle.
Stylus terminalis. Ovula pendula. Endocarpus valde incrassatus .... Prunus, Tournef.

(第　一　屬)

さ　く　ら　屬

花ハ兩性又ハ雜性、萼ハ花後通例脫落シ稀ニ脫落セズ、萼筒ハ鐘狀、椀狀又ハ圓筒狀、萼片ハ五個、蕾ニアリテハ覆瓦狀ニ排列ス、花瓣ハ五個蕾ニアリテハ覆瓦狀ニ排列ス、雄蕋ハ二十個乃至多數、子房ハ一個稀ニ二個乃至五個、花柱ハ子房ノ先端ヨリ生ズ、胚珠ハ二個宛アリテ下垂ス、核果ハ多肉ナリ、核ハ骨質又ハ木質。

喬木又ハ灌木、葉ハ互生、托葉アリ、落葉又ハ常綠、花ハ單獨、集團、繖房、總狀等ノ花序ヲナス、世界ニ二百餘種、朝鮮ニ十九種ヲ產ス。

次ノ七亞屬ニ區分シ得。

1. 葉ノ始メテ出ヅルヤ一個々々相タヽム、然レドモ相互ニハ相重ナル其狀圖ノ如シ ..............................2.
　葉ノ初メテ出ヅルヤ外方ノモノハ內方ノモノヲ包ミ旋回狀ニ排列ス其狀圖ノ如シ ..............................5.

2.
- 花ハ總狀花序ヲナス、芽ハ一個乃至三個宛葉腋ニ生ジ中央ノ芽ガ花ヲツク……3.
- 花ハ總狀ヲナサズ……4.

3.
- 萼ハ花後脫落セズ、椀狀ヲナス、總狀花序ハ下ニ葉ナク枝ノ側方ヨリ生ズ……いぬざくら亞屬。
- 萼ハ花後脫落ス、總狀花序ノモトニ葉アルモノト、ナキモノトアリ……うはみづざくら亞屬。

4.
- 芽ハ三個乃至五個宛葉腋ニ生ジ側方ノモノ花ヲツク、花ハ單獨ニ生ジ、核果ニ毛アリ……もも亞屬。
- 芽ハ一個乃至三個宛葉腋ニ生ジ 中央ノモノ花ヲツク、花ハ繖房花序叉ハ繖形花序ヲナシ、核果ニ毛ナシ……さくら亞屬。

5.
- 若葉ハ開キ始ムルヤ直チニ外旋ス、芽ハ三個乃至五個宛葉腋ニ生ジ外方ノモノニ花ヲツク……6.
- 若葉ハ開キ始ムルヤ左右ヨリ內方ヘ折リ疊ム、芽ハ葉腋ニ三個乃至五個宛生ジ外方ノモノ花ヲツク、果實ハ無毛叉ハ毛アリ にはうめ亞屬。

6.
- 果實ハ全然絨毛ニテ被ハル……うめ亞屬。
- 果實ハ全然毛ナシ……すもも亞屬。

Prunus, Tournef, Instit. Rei Herb. I. p. 622. III. t. 398. Linné Sp. Pl. (1753) p. 473. et auct. plur.

Flores hermaphroditi. Calyx deciduus v. persistens, tubo campanulato v. cupulare v. cylindrico, 5–lobus, lobis imbricatis. Petala 5 imbricata. Stamina 20–∞. Carpellum 1 rarius 2–3. Styli terminales. Ovula 2 pendula. Drupa carnosa. Putamen osseum v. lignosum.

Arbor v. frutex. Folia alterna stipulata decidua v. persistentia vernatione convoluta v. conduplicata. Flores solitarii, glomerati, corymbosi v. racemosi. Species 19 in Corea indigenæ.

Conspectes subgenerum.

1.
- Folia vernatione singillatim conduplicata, sed ipsa imbricatim disposita……2.
- Folia convoluta, intimum exterioribus complexus est. Gemmæ 3–5 laterales floriferæ……5.

2. Flores racemosi. Gemmæ 1–3, mediæ floriferæ...............3.
Flores non racemosi...4.

3. Calyx persistens cupularis. Racemus aphyllopodus.
..........................Pseudopadus, Nakai.
Calyx deciduus. Racemus phyllopodus v. aphyllopodus.
................................Padus, Focke.

4. Gemmæ 3–5, laterales floriferæ. Flores solitarii. Drupa velutina.
..........................Amygdalus, Focke.
Gemmæ 1–3, media florifera. Flores corymbosi v. umbellati. Drupa glaberrima..........................Cerasus, Focke.

5. Folia juvenilia falcata. Fructus glaber v. pilosus.
........................Microcerasus, Focke.
Folia juvenila mox revoluta.................................6.

6. Flores in quaque gemma 2–3 longe pedicellati. Fructus glaber.
..........................Prunophora, Neck.
Flores in quaque gemma solitarii brevi-pedicellati. Fructus Velutinus ....Armeniaca, Nakai.

(第 一 亞 屬)

いぬざくら亞屬

落葉ノ喬木、葉ハ初メ左右ヨリ疊ミ各個ハ互ニ旋回ス、花ハ總狀花序ヲナシ花序ノモトニ葉ナシ、萼ハ花後脫落スルコトナク果實成熟後又脫落後モ殘ル、椀狀ナリ、花梗ハ花軸ト關節スルヲ以テ子房ノ發育セザル花ハ早ク脫落シ易シ。

此亞屬ニハ唯いぬざくらノ一種アルノミ。

Subgn. I. Pseudopadus, Nakai.

Prunus sect. 5. Padus, Maxim. in Mél. Biol. XI. p. 701. p. p. Koidz. Consp. Ros. Jap. p. 286. p. p.

Laurocerasus, Schneid. Illus. Handb. Laubholzk. I. p. 645. p. p.

Folia decidua, vernatione conduplicata et rotata, inter sese libera. Racemus lateralis aphyllopodus. Calyx persistens basi non articulatus brevissimus.

Species unica.

1. いぬざくら

(第 一 圖)

喬木、分岐多シ、樹膚ハ帶灰色、葉ニ毛ナク葉柄アリ、落葉ス、楕圓形ニシテ先端著シクトガリ、邊緣ニハ鋸齒アリ、總狀花序ハ花多ク枝ノ側方ヨリ出デ、モトニ葉ナシ、萼ハ短カク萼片ハ展開ス、花瓣ハ小、雄蕋ハ花瓣ヨリ少シク長シ、子房ニ毛ナシ、果實ハ成熟スレバ黑色トナリ萼ヲ伴フ。

濟州島漢拏山ノ森林ニ生ズ。

分布、本島、四國、九州。

1. **Prunus Buergeri,** Miq.

Prol. Fl. Jap. p. 24. Fr. et Sav. Enum. Pl. Jap. I. p. 329. Maxim. in Mél. Biol. XI. p. 703. Koidz. Consp. Ros. Jap. p. 286.

P. Fauriei, Lévl. in Fedde Rep. (1909) p. 198.

P. subhirtella var. oblongifolia, Miq. Prol. p. 23. p. p. fide Max.

Laurocerasus Buergeri, Schneid. Illus. Handb. Laubholzk. I. p. 646.

Arbor ramosus. Folia glabra petiolata decidua obscure serrulata elliptica acuminata. Racemus lateralis polyantha. Pedicelli basi articulati. Calyx brevissimus lobis divergentibus. Petala parva. Stamina petala leviter superantia. Ovarium glabrum. Fructus maturus niger, calyce persistente suffultus.

Hab. in silvis Quelpært.

Distr. Hontô, Shikoku et Kiusiu.

(第 二 亞 屬)

うはみづざくら亞屬

葉ハ最初左右ヨリ疊ム、花ハ總狀花序ヲナシ、花序ノモトニ葉ヲ生ズルモノト生ゼザルモノトアリ、萼片ハ花後脫落ス、次ノ二節ニ區別シ得。

葉ノ裏面ニハ腺點散在ス、萼ハ圓筒狀ヲナス、花序ノモトニハ葉ヲ生ゼザル事多シ ……………………………… うらぼしざくら節。

葉ノ裏面ニハ腺點ナシ、萼ハ椀狀又ハ倒圓錐狀、花序ノモトニハ葉ヲ生ズルヲ常トス ……………………… 眞正うはみづざくら節。

Subgn. II. Padus, (L.) Focke in Nat. Pflanzenf. III. 3. (1894). p. 54.

Padus, L. Gen. Pl. ed. 1. (1737) p. 142.

Padus, Borckh. in Roem. Archiv. I. 2. (1797). p. 38. Schneid. Illus. Handb. I. p. 537.

Cerasus sect. II. DC. Prodr. II. p. 539. p. p.

Prunus subgn. Padus, Mœnch. Koidz. Consp. Ros. Jap. p. 286 ex errore.

Prunus a Cerasus β. Padus a Padi veri, Endl. Gen. Pl. p. 1251.

Prunus Laurocerasus, Benth. et Hook. Gen. Pl. I. p. 610. p. p.

Prunus sect. 5 Padus Max. in Mel. Biol. XI. p. 701.

Cerasus sect. Padus Torrey et Gray Fl. North. America I. p. 410.

Folia vernatione conduplicata inter sese libera. Flores racemosi. Racemns vulgo phyllopodus rarius aphyllopodus. Calyx deciduus. Sectiones duæ.

Folia infra glanduloso-punctata. Calyx tubulosus. Racemus fere aphyllopodus. ....Adenophylla, Nakai.
Folia infra epunctata. Calyx cupularis v. turbinatus. Racemus phyllopodus.................................Eupadus, Nakai.

（第　一　節）

うらぼしざくら節

特徴前記ノ如シ、次ノ一種アリ。

2. うらぼしざくら

（第　二　圖）

喬木、樹膚ハ光澤ニ富ミ薄ク紙狀ニ剝グ、皮目ハ褐色、細ク横ニ擴ガル、枝ハ毛ナク褐色ナリ、若枝ニハ極メテ短毛密生ス、葉ハ互生、托葉ハ細ク小、邊緣ニ鋸齒アリ、葉柄ハ短毛生ズ、葉身ハ楕圓形、基部丸ク先端ハ著シクトガリ、緣ニハ鋭キ鋸齒アリ、下面ニハ腺點散在シ葉脈ニ沿ウテ毛アリ、表面ニハ毛ナシ、總狀花序ハ枝ノ側方ヨリ生ジ花密生ス、萼ハ圓筒狀ヲナシ萼片ハ廣披針形、表面ハ毛多シ、花瓣ハ白色ニシテ楕圓形、萼片ノ約二倍ノ長サアリ、子房ニ毛ナシ核果ハ成熟スレバ黑色トナリ直徑五分乃至四ミリ許、核ハ僅カニ皺アリテ卵形ヲナス。

平安咸鏡ノ諸山ニ生ジ北部森林樹木ノ一分子ヲナス。

分布、滿洲、黑龍江流域。

2. Prunus Maackii, Rpur.

in Bull Phys. Math. Acad. Pétersb. XV. p. 361. Maxim. in Mél. Biol. XI. p. 702. Schmidt Amg. n. 106. Kom. Fl. Mansh. II. p. 549.

P. diamantina, Lévl. in Fedde Rep. VII. (1909) p. 198.

P. glandulifolia, Nakai Fl. Kor. I. p. 211 (non Max.)

P. Maackii v. diamantina, Kœhne in Fedde Rep. (1913). p. 134.

Arborea. Testa trunci lucida membranaceo-durumpens. Lenticellus fuscus oblongo-linearis v. linearis horizontalis. Ramus fuscus glaber, juvenilis adpresse villosulus. Folia alterna. Stipulæ caducæ lineares serrulatæ. Petioli adpressissime ciliati. Folia elliptica, basi rotunda apice longe acuminata acuminato-serrulata, supra glabra, infra reginoso-punctata et secus venas adpressissime ciliolata. Racemus lateralis densiflora in axillis foliorum annotinorum deciduorum evolutus fere aphyllopodus ie. ramus florifer brevissimus foliaque desunt v. folia parva 1 v. 2 evoluta. Axis racemi adpresse pilosa. Bracteæ lineares deciduæ. Cvalyx tubulosus, lobis 5 lanceolatis, extus pilosis intus pubescentibus. Petala oblonga calycis lobos fere duplo superantia alba. Ovarium glabrum. Drupa nigra diametro 4-5 mm. Putamen leviter rugosum ovatum.

Hab. in silvis Coreæ sept.

Distr. Manshuria et Amur.

(第　二　節)

眞 正 う は み づ ざ く ら 節。

葉ハ裏面ニ腺點ナシ、萼ハ椀狀又ハ倒圓錐狀、總狀花序ハ横枝ノ先端ニ生ズルヲ常トス、朝鮮ニ一種アリ。

3. えぞのうはみづざくら

(第　三　圖)

小喬木、樹膚ハ灰色、老成スレバ厚ク剝グ、枝ハ暗灰色、若枝ニハ短毛生ズ、葉ハ長キ葉柄ヲ具ヘ倒卵橢圓形又ハ橢圓形、表面ハ無毛、裏面ハ葉脈ノ分岐點ニ毛アリ、邊緣ニハ細カキ鋸齒アリ、葉ノ基脚ハ丸ク先端ハ短カクトガル、總狀花序ハ横枝ノ先端ニ生ジ、小花梗ハ五ミリ乃至十二ミリ許、蕚ハ平タキ倒圓錐形、花瓣ハ白色丸キ倒卵形、又ハ丸シ、核果ハ黑色長サ一分乃至八ミリ許、苦味アリ、鮮人ハ食セドモ內地人ノ口ニスベキモノニ非ズ。全道ノ山地ニ生ジ山林主要樹ノ一ヲナス。

分布、北歐、高加索ノ山地、西比利亞、蒙古、滿洲、北支那、樺太、北海道、一種、葉ノ裏面ニ褐毛密生スルアリ。てうせんうはみづざくらト云フ、北部ノ森林ニ生ジ北支那、滿洲、樺太ニ分布ス、又一種小花梗長ク長サ二十ミリニモ達スルアリ。けいじやううはみづざくらト云フ、朝鮮中部ニ普通ナリ。

(第 四 圖)。

3. **Prunus Padus,** L.

Sp. Pl. (1750) p. 473 et auct. plur.

Padus vulgaris, Borckh. Forstb. II. (1803) p. 1426.

Padus racemosa, Schneid. Illus. Handb. I. p. 640.

Prunus racemosa, Lam. Fl. Fr. III. (1778) p. 107.

Prunus Fauriei, Lévl. in litt. fide Taquet.

Prunus diversifolia, Kœhne in Fedde Rep. (1909) p. 198.

Cerasus Padus, DC. Fl Fr. IV. (1805) p. 580. Prodr. II. p. 509.

Arborea. Cortex trunci cinereus profunde lamelleo-fissus. Ramus atro-fuscus glaber. Ramulus adpresse villosulus. Folia distincte petiolata obovato-oblonga v. elliptica, supra glabra, subtus in axillis venarum barbulata, (in varietate rufo-pubescentia) minute serrulata, basi rotunda apice acuminata. Racemus ad apicem ramuli lateralis brevis terminalis. Pedicelli O. 5-12 mm. (in varietate usque 2 cm.) Calyx plano-turbinatus. Petala alba rotundato-obovata. Drupa nigra 7-8 mm. acris et acidula.

Hab. in montibus Coreæ totius.

Distr. Europa bor., Caucasus, Sibiria, Mongolia, China bor., Manshuria, Sachalin et Yeso.

var. **pubescens,** Regel Tent. Fl. Uss. n. 149. Maxim. in Mél. Biol. XI. p. 706.

Padus rscemosa var. pubescens, Schneid. Illus. Handb. I. p. 640.

Folia subtus rufo-pubescentia.

Hab. in silvis Coreæ sept., rara.

Distr. China bor., Manshuria et Sachalin.

var. **seoulensis,** Nakai.

Prunus seoulensis Lévl. in Fedde Rep. (1906) p. 198.

Pedicelli elongati 5–20 mm. longi.

Hab. in silvis Coreæ mediæ.

Planta endemica!

(第 三 亞 屬)

さ く ら 亞 屬

葉ハ出ヅルヤ左右ヨリ疊ミテ出デ各葉ハ又互ニ螺旋狀ニ排列ス、花ハ繖房花序、繖形花序等ヲナス、果實ニ毛ナシ、次ノ節及ビ亞節ニ分チ得。

1. 蕚片ハ反轉ス、苞ハ葉質ニシテ果實ト共ニアリ ……………………………………………………………………… 反蕚節……みやまざくら亞節。
   蕚片ハ直立スルカ又ハ展開ス、苞ハ小ニシテ早ク落チ、葉狀ナラズ、……………………………………………櫻桃節……2.

2. 苞ハ大ニシテ、長サ一珊以上アリ、蕚筒ハ筒狀………やまくざら亞節。
   苞ハ小ニシテ蕚筒ハ基部多少膨大ス…………………ひがんざくら亞節。

Subgn. 3. Cerasus, (Tournef.) Focke

in Nat. Pflanzenf. III. 3. p. 54. p. p.

Cerasus, Tournef. Instit. Rei Herb. I. p. 625. III. t. 403. Juss. Gen. Pl. (1789). p. 340. DC. Prodr. II. p. 535. p. p.

Prunus sect. Cerasus, Mert. et Koch in Roehling Deutsch. Flora III. (1831) p. 406. Endl. Gen. Pl. p. 1251. Max. in Mél. Biol. XI. p. 680. p. p.

Prunus Grex 1. Typocerasus, Kœhne in Pl. Wils. II. p. 226.

Folia vernatione conduplicata inter sese libera et rotatim disposita. Flores corymbosi v. umbellati. Drupa glaberrima.

Conspectus Sectionum et Subsectionum.

1. Sepala reflexa. Bracteæ foliaceæ sub fructu persistentes......Sect. 1. Cremastosepalum, Kœhne subsect. 1. Phyllomahaleb, Kœhne.
   Sepala erecta v. patula. Bracteæ parvæ non foliaceæ deciduæ. ....Sect. Pseudocerasus, Kœhne............2.

2. { Involucra magna fere 1 cm. longa v. majora. Cupula tubulosa. ....Subsect. 1. Sargentiella, Kœhne.
Involucra parva. Cupula basi leviter inflata. .... Subsect. 2. Microcalymma, Kœhne. }

(第 一 節)

反 蕚 節

(第 一 亞 節)

みやまざくら亞節

特徵前揭ノ如シ、次ノ一種ヲ含ム。

Sect. 1. Cremastosepalum, Kœhne in Pl. Wils. II. p. 226, 229. et 237.

Subsect. 1. **Phyllomahaleb,** Kœhne l. c. p. 226, 229 et 238.

4. みやまざくら

(第 五 圖)

喬木又ハ小喬木、樹膚ハ暗灰色、面ハ粗糙ナリ、枝ハ灰色、若枝ニ毛アリ、葉ハ卵形又ハ倒卵形、ヤヽ著シキ複鋸齒アリ、先端トガル、表面ハ毛ナキカ又ハ微毛散生スレドモ下面ハ葉脈ニ沿ウテ微毛アリ、花ハ總狀的繖房花序ヲナシ花序ノモトニ葉ヲ生ゼズ、苞ハ綠色ニシテ葉狀ヲナシ果實成熟スル頃ト雖モ落チズ、花梗ニ毛アリ、蕚筒ハ楕圓形又ハ杯狀、蕚片ハ反轉ス。花瓣ハ白色、核果ハ成熟スレバ黑色トナル。

全道ノ山地ニ生ジ本科中最モ分布廣キモノヽ一ナリ。

分布、滿洲、九州、四國、本島、北海道、樺太。

4. **Prunus Maximowiczii,** Rupr. in Bull. Phys. Math. Acad. Pétersb. XV. p. 131. Max. Prim. Fl. Amur. p. 89 et in Mél. Biol. XI. p. 700. Schmidt. Sachal. n. 117. Fr. et Sav. Enum. Pl. Jap. I. p. 118. Palib. Consp. Fl. Kor. I. p. 87. Kom. Fl. Mansh. II. p. 547. Nakai Fl. Kor. I. p. 213. II. p. 482. Kœhne Pl. Wils. p. 238.

Arbor v. arborea. Cortex trunci sordide cinerea aspera. Ramus cinerascens. Ramuli hornotini pubescentes. Folia ovata v. obovata duplicato-serrata acuminata supra glabra v. sparsissime pilosa, subtus secus venas pilosa. Inflorescentia racemoso-corymbosa lateralis aphyllopoda. Bracteæ virides fere foliaceæ magnae persistentes. Pedicelli pubescentes. Cupula oblonga v. cupularis. Sepala reflexa. Petala alba. Drupa nigra.

Hab. in montibus Coreæ totius.

Distr. Manshuria, Japonia et Sachalin.

（第　二　節）

櫻　　桃　　節

（第　一　亞　節）

や　ま　ざ　く　ら　亞　節

特徴前掲ノ如シ次ノ如キ種ト變種トヲ有ス。

1. 花梗ニ毛ナシ……………………………………………………2.
　花梗並ニ葉ニ微毛アルカ又ハ毛多シ…………………………6.
2. 葉ハ倒廣披針形ニシテ兩端トガル……………………ほそばざくら
　葉ハ倒卵形、橢圓形又ハ廣橢圓形……………………………3.
3. 若枝ハ太ク皮ハ暗紫色ヲ帶ビタル栗色ヲ呈ス、花ハ大ニシテ桃紅色ナリ……………………………………おほやまざくら
　若枝ハ稍ヽホソク皮ハ灰色又ハ帶暗紫色ノ灰色又ハ灰色ヲ帶ビタル栗色ナリ……………………………………………4.
4. 葉ニ微毛アリ、花ハ淡桃紅色又ハ帶紅白色…………てうせんやまざくら
　葉ニ毛ナシ…………………………………………………5.
5. 花ハ淡桃紅色ニシテ集團ス、花軸殆ンドナシ…………あけぼのざくら。
　花ハ帶桃紅白色又ハ帶紅白色、繖房花序ヲナス、故ニ花軸ハ多少長シ……………………………………………やまざくら。
6. 苞ハ狹長、花ハ葉ニ先チテ生ジ、萼花梗共ニ微毛生ジ、花ハ帶紅白色、花柱ニ毛アリ……………………………………そめゐよしの
　苞ハ倒卵形又ハ長倒卵形、花ハ葉ト共ニ生ズルカ又ハ先チテ生ズ、花柱ニ毛ナシ……………………………………………7.
7. 花瓣ハ橢圓形ニシテ長サ一珊許、花ハ葉ニ先チテ生ジ、花軸ナシ……………………………………………ひめやまざくら
　花瓣ハ倒卵形又ハ橢圓形長サ一、二珊以上一、七珊許、花ハ葉ト共ニ生ズ……………………………………………8.
8. 葉柄ニハ密毛生ズ、花梗花軸ハ多少長ク延ブ………びらうどやまざくら
　葉柄及ビ花梗ニ微毛生ズ……………………………………9.
9. 小枝ハ太ク暗紫色ヲ帶ビタル栗色ヲナス、花梗ハ長サ三珊許、花瓣ハ長サ一、七珊、葉ニ毛ナシ……………………たんなざくら
　小枝ハ灰色又ハ灰色ヲ帶ビタル栗色、花梗ハ長サ二珊許、花瓣ハ長サ一、五珊許、葉ハ裏面ニ微毛アリ。……………………10
10. 花軸ハ殆ンドナシ……………………………………かすみざくら
　花軸ハ多少ニ係ラズ延長ス……………………………けやまざくら

Sect. 2. Pseudocerasus, Kœhne

Deutsch. Dendr. (1893). p. 305. Pl. Wils. II. p. 226, 227, 232 et 244.

Subsect. 1. **Sargentiella.** Kœhne Pl. Wils. II. p. 227. 232 et 245.

Conspectus specierum et varietatum.

1. Pedicelli glabri .... 2.
   Pedicelli et folia pilosi v. pubescentes .... 6.

2. Folia oblanceolata utrinque acuminata ....P. densifolia, Kœhne.
   Folia obovata v. elliptica v. late elliptica .... 3.

3. Rami robusti atro-purpureo-badi. Flores majores pallide rosei. ....P. sachalinensis, Koidz.
   Rami graciliores grisei v. griseo-atro-purpurei v. griseo-badi....4.

4. Folia pilosa. Flores pallide rosei v. lilacini................ ....P. serrulata, Lindl. var. intermedia, Nakai
   Folia glabra .... 5.

5. Flores pallide rosei subglomerati, ita pedunculi nulli v. subnulli. ....P. serrulata, Lindl. var. compta, Nakai.
   Flores lilacini v. intensius lilacini corymbosi, ita pedunculi plus minus elongati.........P. serrulata, Lindl. var. glabra. Nakai.

6. Bracteæ angustæ. Flores præcoces. Styli pilosi ....P. yedoensis, Matsum.
   Bracteæ obovatæ v. oblongo-obovatæ. Styli glabri. Flores cætanei v· subpræcoces .... 7.

7. Petala oblonga I cm. longa. Flores subpræcoces. Pedunculi subnulli. ......P. serrulata Lindl. var Sontagiæ, Nakai.
   Petala 1.2—1.7 cm. longa ovata v. oblonga. Flores cætanei ..8

8. Petioli dense villosi, Pedunculi subnulli v. elongati........... .... P. serrulata, Lindl. var. tomentella, Nakai.
   Petioli et pedunculi pilosi v. pubescentes .... 9.

9. Rami robusti atro-purpureo-badi. Pedicelli elongati usque 3 cm. longi. Petala usque 1. 7 cm. longa. Lamina glabra. ....P. quelpærtensis, Nakai.
   Rami grisei v. griseo-badi v. griseo-purpureo-badi. Pedicelli usque 2 cm. longi. Petala usque 1. 5 cm. longi. Lamina infra pilosa 10

10. Pedunculi subnulli v. nulli ....
.... P. serrulata, Lindl. var. verecunda, Nakai.
Pedunculi plus minus elongati ....
.. ..P. serrulata, Lindl. var. pubescens, Nakai.

5. ほ そ ば ざ く ら

(第 六 圖)

喬木、樹膚ハ灰色、葉ハ長キ葉柄ヲ有ス、葉柄長サ一、三珊乃至二、二珊ニシテ基部太シ、葉身ハ長サ三、五乃至七、五珊幅〇、八乃至二、〇珊倒廣披針形ニシテ基脚細クトガル、先端ハ長クトガル、葉身ノ基部ニハ平タキ腺一叉ハ二個アリ、鋸齒ハ刺狀ニトガル、未ダ花ヲ見ズ、花梗ハ一、八乃至二珊許無毛ナリ、花軸ハナキカ叉ハ一珊許、果實ハ成熟スレバ黑紅色長サ八粍幅六粍許。

濟州島北側ノ森林ニ生ジ稀品ナリ。

濟州島特產植物ナリ。

5. **Prunus densifolia,** Kœhne.

in Fedde Rep. (1913) p. 135.

P. angustissima, Nakai ined.

Arbor, ramis cinereis. Folia longe petiolata, petiolis 1. 3–2. 2 cm. longis basi incrassatis, laminis 3. 5–7. 5 cm. longis 0. 8–2 cm. latis oblanceolatis basi anguste cuneata, apice longe attenuata. Glandulæ discoideæ 1 v. 2 circa basin laminæ positæ. Serratula seteceo-attenuata. Flores—. Pedunculi nulli v. 1 cm. longi glabri. Pedicelli fruciferi 1. 8–2. 2 cm longi glabri. Fructus 8 mm. longus 6 mm. latus. Species insigna cum foliis angustis.

Hab. Quelpært in silvis.

Planta endemica!

6. お ほ や ま ざ く ら

(第 七 圖)

小喬木、小枝ハ太ク皮ハ濃紫色ヲ帶ベル栗色ニシテ光澤ニ富ム、芽モ皮ト同色ニシテ艶アリ、若葉ニ毛ナク其色ハ帶紫栗色、葉身ハ帶卵橢圓形叉ハ廣橢圓形ニシテ先端トガル、花ハ二個乃至四個許集團シ、小花梗ハ太ク毛ナシ、苞ハ倒卵橢圓形、內面毛アリ、大形ナリ、邊緣ニ小鋸齒アリテ鋸齒ノ先端ハ蜜腺トナル、苞ノ長サ一珊餘、花瓣ハ丸ミアリテ、淡桃紅色先端ハ稍〻凹ム、花ハ頗ル美觀ナリ、花柱並ニ子房ニ毛ナシ。

濟州島ノ森林ニ生ジ稀ナラズ。

分布、樺太、北海道、本島ノ北部ト中部。

6. Prunus sachalinensis, (Schmidt) Koidz. in Tokyo Bot. Mag. XXVI. (1912) p. 52.

P. pseudocerasus, var. sachalinensis, Fr. Schmidt Fl. Sachal. (1868) p. 124.

P. pseudocerasus *α* spontanea, Maxim. in Mél. Biol. XI. p. 698. p. p.

P. pseudocerasus Sarg. in Gard. Forest. X. p. 462. f. 58. Stapf in Bot. Mag. t. 8012.

P. pseudocerasus *β*. borealis, Makino in Tokyo Bot. Mag. XXII. (1908) p. 99.

P. serrulata *β*. borealis, Makino in Tokyo Bot. Mag. XXIII. p. 75.

P. serrulata var. sachalinensis, Makino Icon. Fl. Jap. I. iv. t. 15.

P. floribunda, Kœhne in Fedde Rep. XI. p. 269.

P. Sargentii, Rehd. in Mitt. Deutsch. Dendr. Gesell. (1905) p. 159. Fedde Rep. VIII. p. 344. Kœhne in Mitt. Deutsch. Dendr. (1909) p. 164. Pl. Wils. II. p. 249.

P. Jamasakura *α*. borealis, Koidz. in Tokyo Bot. Mag. XXV. (1911) p. 187.

P. donarium subsp. sachalinensis, Koidz. Consp. Ros. Jap. p. 276. f. 8.

Arborea. Ramuli robusti, cortice purpurascente badio lucido. Gemmæ magnæ badiæ lucidæ. Folia juniora glabra purpurascenti-badia Lamina ovato-elliptica v. late elliptica acuminata. Flores glomeratim 2–4 v. breviter corymbosi. Pedicelli glaberrimi robusti. Bracteæ obovato-oblongæ intus pilosæ magnæ glanduloso-serrulatæ cca 1 cm. longæ. Petala fere rotundata, pallide rosea pulcherrima apice emarginata. Ovarium et stylus glabrum.

Hab. in silvis Quelpært.

Ditsr. Sachalin, Yeso et Nippon media borealisque.

7. そ め ゐ よ し の

（第　八　圖）

喬木、樹膚ハ灰色、若枝ニハ毛アルカ又ハナシ、花ハ葉ニ先チテ生ズ、花軸ハ殆ンドナク、花梗ハ一帶ニ微毛生ズ、蕚ハ筒狀ヲナシ微毛生ズ、蕚片ニハ毛アルモノトナキモノトアリ、花瓣ハ橢圓形又ハ廣橢圓形先端二叉シ、其色ハ帶桃紅白色、花柱ニ微毛生ズ、葉ハ廣橢圓形又ハ倒卵橢圓形ニシテ鋭キ鋸齒アリ、生長スルニ從ヒ表面ノ光澤ヲ增ス、核果ハ成熟スレバ帶赤黑色トナリ徑七乃至八粍許アリ。
濟州島漢拏山ノ森林ニ生ジ稀品ナリ。
分布、日本ニ廣ク栽培スレドモ其產地ヲ知ラズ。

7. **Prunus yedoensis,** Matsum.

in Tokyo Bot. Mag. XV. (1901) p. 100. Kœhne. Pl. Wils. II. p. 252. Koidz. Consp. Ros. Jap. p. 262.
P. yedoensis nudiflora, Kœhne in Fedde Rep. (1912). p. 507.

Arbor cortice griseo. Ramuli juveniles pilosi v. glabri. Flores præcoces. Pedunculi subnulli. Pedicelli pubescentes. Calyx pilosus tubulosus. Flores lilacini v. albido-lilacini. Petala elliptica apice bifida. Styli pilosi. Folia late elliptica v. obovato-elliptica caudato-serrulata. Drupa diametro 7–8 mm. nigra.

Hab. in silvis Quelpært.

Hæc planta in hortis Japonicis vulgaris. Olim horto Somei evoluta fuisse dicitur. Insula Oshima sæpe patria esse falsa est, sed ubi Prunus speciosa tantum crescit.

8. たんなやまざくら

(第　九　圖)

喬木高サ十米突許、枝ハ横ニ擴ガリ、小枝ハ光澤ニ富ミ黑紫色ヲ帶ブ、芽ノ鱗片ハ花時殘存シ光澤著シ、苞ハ長倒卵形內面ニ微毛生ジ長サ一珊許、花軸ハ殆ンドナク花梗ハ長サ二乃至三珊微毛アリ其色赤紫色ヲ帶ブ、蕚筒ハ細ク長サ五乃至七粍、花瓣ハ桃紅色ニシテ楕圓形、先端著シク二叉ス、雄蕋ハ多數アリテ花瓣ヨリ其三分ノ一方短カシ、花柱ニ毛ナク雌蕋ト其先端ヲ同フス、柱頭ハ平タシ、葉ハ花ノ咲ク頃ヨリ生ジ始メ帶紅紫綠色、ホソキ針ノ如キ鋸歯生ズ、葉面ハ全然毛ナケレドモ葉柄丈ケハ其上面ニ微毛アリ。
濟州島南側ノ溪流ニ沿ヒテ生ズ。
濟州島特產ノ植物ナリ。

8. **Prunus quelpærtensis,** Nakai.

Arbor usque 10 m. alta. Rami divaricati lucidi atropurpurascentes. Squamæ gemmæ sub anthesin persistentes lucidæ. Bracteæ oblongæ v obovato-oblongæ intus pubescentes, 1 cm. longæ. Pedunculi subnulli. Pedicelli graciles elongati 2–3 cm. longi pilosi rubescentes. Tubus calycis angustus 5–7 mm. longus. Petala rosea oblonga distincte biloba. Stamina numerosa petalis sesquiplo breviora. Styli glabri staminibus æquilongi. Stigma discoideum. Folia atro-rubescentia setaceo-serrulata glabra, petiolis supra ciliatis.

Hab. secus torrentes Quelpært.

Planta endemica!

9. やまざくら

(第 十 圖)

喬木、樹膚ハ灰色又ハ暗褐灰色又ハ暗灰色、小枝ニ毛ナシ、葉ハ橢圓形又ハ倒卵橢圓形、鋸齒ハ鋭クトガル、全然毛ナシ、花ハ葉ト共ニ生ジ繖房花序又ハ繖形花序ヲナシ、花軸ハ通例延長ス、花梗ニ毛ナク長サ二珊許、花瓣ハ櫻色、核果ハ成熟スレバ黑色トナル。

濟州島ノ山地ニ生ズ。

分布、本島、四國、九州。

けやまざくら

(第 十 一 圖)

やまざくらノ一變種ニシテ花ハ葉ト共ニ生ジ、花軸延長シ、花軸ト花梗ト共ニ毛アリ、葉ハ表面ニ毛ナケレドモ裏面ニハ微毛生ズ。

朝鮮半島中部ノ山地ニ生ズ。

分布、本島。

びろうどやまざくら

(第 十 二 圖)

やまざくらノ一變種ニシテ花ハ葉ト共ニ生ジ、葉柄ニハ極メテ密毛生ジ、葉裏ノ中肋ニモ密毛生ジ花梗ニモ毛多シ。

京畿道光陵ノ産。

朝鮮特産品。

ひめやまざくら

(第 十 三 圖)

やまざくらノ一變種ニシテ葉ハ概ネ花ニ後レテ生ジ枝細ク花梗ニ微毛アリ。

朝鮮中部ノ産、特産植物ナリ。

かすみざくら

(第 十 四 圖)

やまざくらノ一變種ニシテ花軸ナキヲ常トス、葉柄ト花梗トニハ微毛アリ。

中部以南ノ山地ニ多シ。

分布、本島。

あ け ぼ の ざ く ら
(第 十 五 圖)

やまざくらノ一變種ニシテ花軸殆ンドナク、花梗ニ毛ナシ、葉ニモ毛ナシ、中部北部ノ山地ニ普通ナリ。

分布、本島。

て う せ ん や ま ざ く ら
(第 十 六 圖)

やまざくらノ一變種ニシテ葉柄ト花梗ニ毛ナク葉ノ表面ニハ微毛生ジ裏面ニ毛ナシ、花軸ハ通例多少、延長ス。

中部ノ山地ニ普通ナリ。

朝鮮ノ特産品。

やまざくらノ學名ニツキテハ諸說紛々トシテ定リナケレドモ千八百三十年リンドレー氏ガ附セシ Prunus serrulata ヲトルヲ可トス、同人ノ附セシ Prunus pseudocerasus モ久シク吾人ノ用ヒ來レルモノナルガ其名アル植物ハ支那產ニシテやまざくらヨリハ葉ノ鋸齒ノトガリ少ナク、花ハ小サク、果實トガレル一種ノ櫻ナリ。又シーボルト氏ノ附セシ Prunus Yamasakura ヲ用ヒル人モアレドモ其名ハ同氏著ノ日本有用植物編ニ「日本語ニテやまざくらト云フ櫻」ナル意味ニテ記サレシモノ故事實やまざくらノ學名ニハ非ズ、又同編同頁ニアル Prunus donarium ヲ用ヒル人モアリ、此名ハ同氏モ學名ト定メシモノナレドモ其下ニ記述スル所ヲ見レバ寺院ノ庭等ニ植エアル八重櫻ナリト云フ。

八重櫻ハ

1.	Prunus speciosa, (Koidz.) Nakai.	おほしまざくら
2.	Prunus serrulata, Lindl. var. pubescens, Nakai.	けやまざくら
3.	,, ,, var. glabra, Nakai.	やまざくら
4.	,, sachalinensis, Koidz.	おほやまざくら

ノ四種ヨリ出デシモノニシテ其中おほしまざくらトやまざくらヨリ出デシ變種最モ多ク其他ノモノハ僅カニ二種カ三種カニスギズ、故ニ單ニ寺院ニ植エアル八重櫻ト云ヘバ先ヅおほしまざくらカやまざくらヨリ出デシ變種ニ想到ス、加之やまざくらヨリ出デシモノハ數ニ於テおほしまざくらヨリ出デシモノニ劣ルヲ以テ上記ノ學名ヲやまざくら群ノ學名トスルノ不可ナルハ明カナリ。

9. **Prunus serrulata**, Lindl.

in Trans. Hort. Soc. VII. (1830) p. 238. Schneid. Illus. Handb. Laubholzk. I. p. 611. fig. 339. o–o_1, fig. 340. c. Kœhne Pl. Wils. II. p. 246.

P. donarium, Sieb. Syn. Pl. Oecon. (1828) p. 68 n. 758. p. p. ?.

P. pseudocerasus, (non Lindl.) Fr. et Sav. Enum. Pl. Jap. I. p. 117. Max. in Mél. Biol. XI. p. 695. p. p. Forbes et Hemsl. in Journ. Linn. Soc. XXIII. p. 221. p. p. Palib. Consp. Fl. Kor. I. p. 88. Kom. Fl. Mansh. II. p. 545. Nakai Fl. Kor. I. p. 213.

P. pseudocerasus v. α. Jamasakura, Makino in Tokyo Bot. Mag. XXII. p. 93.

P. Jamasakura, Nakai Fl. Kor. II. p. 482.

var. **glabra,** (Makino) Nakai.

P. pseudocerasus, Lindl. v. serrulata, subvar. glabra, Makino in Tokyo Bot, Mag. XXII. p. 102.

P. donarium var. elegans, Koidz. var. a. glabra, Koidz. in Tokyo Bot. Mag. XXVI. p. 147.

P. donarium subsp. elegans, Koidz. var. a. glabra, Koidz. Consp. Ros. Jap. p. 266. f. 3.

Arbuscula. Cortex cinerascens v. fusco-cineracens. Ramuli glabri. Folia elliptica v. obovato-elliptica caudato-serrulata acuminata glabra, petiolis glabris. Flores corymbosi. Pedunculi plus minus elongati glabri. Pedicelli glabri. Petala lilacina v. albida. Drupa nigra.

Hab. in silvis Quelpært.

Distr. Japonia.

var. **pubescens,** (Makino) Nakai.

P. pseudocerasus var. Jamasakura, f. pubescens, Makino in Tokyo Bot. Mag. XXII. (1908) p. 98.

P. Jamasakura, α. elegans, b. pubescens, Koidz. in Tokyo Bot. Mag. XXV (1911) p. 185.

P. donarium var. elegans, subvar. pubescens, Koidz. in Tokyo Bot. Mag. XXVI. (1912) p. 147.

P. paracerasus, Kœhne in Fedde Rep. VII. (1909) p. 133. in Mitt. Deutsch. Dendr. Gesel. XVIII. (1909) p. 170. Pl. Wils. II. (1912) p. 246.

Pedunculi elongati pedicellique pubescentes. Folia supra glabra v. pilosa, subtus puberula v. pilosa. Petioli pubescentes v. puberuli.

Hab. in Corea media.

Distr. Hontô.

var. **tomentella,** Nakai.

Rami grisei. Petioli dense villosi. Costa infra ad basin villosi sed cetera glabra. Flores glomerati v. corymbosi. Pedunculi pubescentes.

Hab. in Corea media.

Planta endemica!

var. **Sontagiæ** (Kœhne) Nakai.

P. Sontagiæ, Kœhne in Pl. Wils. II. (1912) p. 250.

P pseduocerasus, Palib. Consp. Fl. Kor. I. p. 88. p. p.

Flores præcoces v. cætanei. Folia juvenilia glabra. Ramus gracilis griseus. Flores crebri, glomerati v. corymbosi. Pedunculi puberuli.

Hab. in Corea media.

Planta endemica!

var. **verecunda,** Nakai.

P. verecunda, Kœhne in Fedde Rep. XI. p. 271.

P. Léveilleana, Kœhne Pl. Wils. II. p. 205.

P. Jamasakura δ. verecunda, Koidz. in Tokyo Bot. Mag. XXV. p. 188.

P. donarium subsp. verecunda, Koidz. Consp. Ros. Jap. p. 277. f. 10.

Petioli et pedicelli puberuli v. subglabri. Pedunculi subnulli.

Hab. in Corea media et austr.

Distr. Japonia.

var. **compta,** Nakai.

P. donarium var. compta, Koidz. in Schéd. Herb. Imp. Univ. Tokyo.

P. donarium subsp. sachalinensis var. compta, Koidz. Consp. Ros. Jap. p. 277. f. 9.

Glabra. Flores glomerati, ita pedunculi subnulli v. nulli.

Hab. in Corea media et sept.

Distr. Nippon.

var. **intermedia,** Nakai.
Pedicelli et petioli glabri. Lamina infra pilosa, supra glabra.
Pedunculi nulli v. plus minus elongati.
Hab. in Corea media. vulgaris.
Planta endemica!

（第 二 亞 節）

ひ が ん ざ く ら 亞 節

特徴前掲ノ如シ次ノ一種アリ。

10. え ど ひ が ん

（第 十 七 圖）

喬木、樹膚ハ灰色、若枝ニハ毛アリ、葉ハ若キ時ハ表裏兩面ニ微毛生ズレドモ成長スルニツレ表面ノ毛ハ剝脱ス、葉身ハ廣倒披針形又ハ長橢圓形、基脚トガリ先端ハ長クトガル、花ハ葉ニ先チテ生ズルカ又ハ共ニ生ジ集團ス、花梗ニハ微毛密生ス、萼筒ハ微毛生ジ筒狀ナレドモ基部多少膨脹ス、花瓣ハ橢圓形又ハ廣橢圓形ニシテ先端二叉ス、淡櫻色、果實ハ成熟スルトキハ黑色トナル。

濟州島ノ山地、智異山等ニ生ズ。

分布、支那中部ノ山地、九州中部ノ山地、四國、本島ノ山地ニ生ズ。

一種花色桃色ヲナスアリ、あかつきひがんト云フ、濟州島ノ山地ニ生ジ稀品ナリ、同島特產品トス。

Subsect, 2. Microcalymma, Kœhne
Pl. Wils. II. p. 228,233 et 254.

Involucra parva. Cupula basi leviter inflata.
Species unica in Corea crescit.

10. Prunus Itosakura, Sieb.
Syn. Fl. Oecon. Jap. (1830) n. 360.

α. **ascendens,** Makino in Tokyo Bot. Mag. XXII. (1908) p. 114. Koidz. in Tokyo Bot. Mag. XXIII. (909) p. 181.

P. pendula, var. ascendens, Makino in Tokyo Bot. Mag. VII. (1893) p. 103. Baill. Encycl. III. p. 1452.

P. Itosakura, (non Sieb.) Koidz. Syn. Ros. Jap. p. 259.

P. Herincquiana var. ascendens, Schneid. Illus. Handb. I. (1906) p. 608.

P. Herincquiana, Kœhne Pl. Wils. II. p. 214.

Cerasus Herincquiana, Lav. Icon. Arb. Segrez. (1885) t. 35.

Arbor. Cortex griseus. Ramuli juveniles pubescentes. Folia primo utrinque pubescentia, adulta subtus secus venas pubescentia late elliptica v. oblongo-elliptica, basi acuta, apice acuminata. Flores subcætanei umbellati. Pedicelli pubescentes. Calyx pilosus. Cupula ovato-oblonga. Sepala lanceolata v. late lanceolata. Petala alba ambitu late oblonga v. elliptica bifida. Fructus niger.

Hab. in silvis Quelpært et peninsulæ Coreanæ australis.

Distr. China, Kiusiu, Shikoku et Nippon.

var. **rosea,** Nakai.

Flores rosei.

Hab. in silvis Quelpært, rara.

Planta endemica!

（第 四 亞 屬）

も も 亞 屬

葉ノ初メテ發スルヤ中肋ヲ界シテ左右ヨリ疊ム、然レドモ各葉ハ獨立ニ出デ螺旋狀ニ排列ス、花ハ葉ニ先チテ出デ一個乃至二個宛生ズ、核果ハ短カキ密毛ニテ被ハル、（栽培植物ニハ毛ナキモノモアリ）。

（第 一 節）

も も 節

核果ハ多肉ニシテ成熟スレバ多漿トナル。

次ノ二種ヲ有ス。

{灌木、通例叢生ス、葉ハ先端截形トナルモノ多ク、倒卵形又ハ倒三角形、核ハ凹凸ナシ……………………………………………………おひようもも

{小喬木トナル、葉ハ細長シ、核ノ面ニハ不規則ノ凹凸アリ……………もも

Subgn. IV. Amygdalus, Focke

in Engl. Nat. Pflanzenf. III. 3. p. 53. Schneid. Illus. Handb. I. p. 589. Koidz. Consp. Ros. Jap. p. 252.

Amygdalus, Tournef. Instit. Rei Herb. I. p. 627. III. t. 402. DC. Fl. Fr. IV. p. 486. Prodr. II. p. 530. Endl. Gen. Pl. p. 1250.

Prunus, sect. Amygdalus, Benth. et Hook. Gen. Pl. I. p. 610. Maxim. Mél. Biol. XI. p. 661.

Folia vernatione conduplicata, inter sese libera et rotata. Flores præcoces gemini v. solitarii. Drupa velutina (in planta hortensi rarius glabra).

Sect. 1. **Persica,** (Tournef.) Nakai.

Persica, Tournef. l. c. I. p. 624. III. t. 400. DC. Fl. Fr. IV. p. 487. Prodr. II. p. 531.

Amygdalus b. Persica, Endl. Gen. Pl. p. 1250.

Drupa carnosa matura succosa. Species duæ in Corea spontaneæ.

Frutex a basi ramosus. Folia apice truncata obovata v. obtriangularia. Putamen læve. . . . . P. triloba, Lindl. v. truncata, Kom.

Arbuscula, Folia lanceolato-linearia v. lineari-lanceolata. Putamen irregulariter sulcatum. P. persica, S. et Z.

11. おひようもも

(第十八圖)

灌木、叢生ス、枝ノ皮ハ帶紅褐色、葉ハ倒卵形又ハ倒三角形、鋭キ複鋸齒アリ、表面ハ殆ンド平滑ナレドモ下面ニハ葉脈ニ沿ウテ微毛生ジ且裏面一體ニ淡白綠色ナリ、葉ノ先端ハ截形ノモノ多シ、花ハ葉ニ先チテ生ジ一個乃至二個宛、花瓣ハ桃色、核果ハ長サ一、五珊許幅一、二珊許ニシテ表面ニ毛多シ、核ハ凸凹ナシ。

咸鏡北道會寧、茂山方面ノ產。

朝鮮特產ノ植物ナリ。

11. Prunus triloba, Lindl.

in Gard. Chron. (1857) p. 268.

var. **truncata,** Kom. Fl. Mansh. II. p.539. Nakai Fl. Kor. I. p. 210. Kœhne Pl. Wils. II. p. 274.

Frutex a basi ramosus. Ramus rubro-fuscus. Folia obovata v. obtriangularia argute duplicato-serrulata supra fere glabra, subtus pallidiora et secus venas pubescentia v. pilosa, apice truncata, obtusa v. acuta. Flores præcoces solitarii v. gemini. Petala rosea. Drupa usque 1.5 cm. longa 1.2 cm. lata velutina. Putamen læve.

Hab. in Corea sept.

Planta endemica!

12. も　　も

（第 十 九 圖）

灌木又ハ小喬木、枝ハ毛ナシ、若枝ニハ粘質アリ、葉ハ細ク披針形又ハ倒披針形先端著シクトガル、邊緣ニハ小サキ鈍鋸齒アリ、葉柄ハ比較的短シ、若キ時ハ少シク毛アリ、花ハ葉ニ先チテ生ズルカ又ハ殆ンド同時ニ生ズ、花梗短カシ、萼特ニ萼片ニハ毛多シ、花瓣ハ桃色、子房ニハ密毛アリ、核果ハ大形ニシテ密毛生ジ成熟スレバ食シ得。

平北以南ノ山地、及ビ濟州島ニモ生ズ。

分布、支那、對馬。

12. **Prunus persica,** (L.) Stokes

A Botanical Materia medica III. (1812) p. 100. Kœhne Pl. Wils. II. p. 273.

P. persica (L.) S. et Z. Fl. Jap. Fam. nat. I. (1846) n. 29. Hook. Fl. Brit. Ind. II. p. 313. Max. in Mél. Biol. XI. p. 666. Schneid. Illus. Handb. Laubholzk. I. p. 593. fig. 333. f. Koidz. Consp. Ros. Jap. p. 253.

Amygdalus persica, L. Sp. Pl. (1753) p. 177. Thunb. Fl. Jap. p. 199.

Persica vulgaris, Mill. Gard. Dict. n. 1. DC. Prodr. II. p. 531.

Frutex v. arbuscula. Ramus glaber, juvenilis plus minus glutinosus. Folia lanceolata v. oblanceolata acuminata obtuse serrulata, breviter sed distincte petiolata, fere glabra, juvenilia pilosa. Flores præcoces v. cœtanei et subsessiles. Calyx præcipue ejus lobi pubescens. Corolla rosea. Ovarium villosum. Drupa magna villosa edulis.

Hab. in montibus Quelpært et Coreæ.

Distr. China et insula Tsushima.

（第 五 亞 屬）

に は う め 亞 屬

葉ノ始メテ出ヅルヤ最內方ニアルモノハ其外ニアルモノニテ包マル。腋芽ハ三個乃至五個宛生ジ方外ノモノニ花ヲ附ク。

次ノ二節ニ區別シ得。

{花ハ二個乃至三個宛集團シ長キ花梗ヲ有ス ……………………にはうめ節
{花ハ一個乃至二個宛集團シ殆ンド無柄ナリ ……………………ゆすらうめ節

Subgn. V. Microcerasus, (Spach) Focke

in Nat. Pflanzenf. III. 3. p. 45. incl. P. tomentosa sub Subgn. Cerasus. Kœhne Deutsch. Dendr. p. 306.

Cerasus sect. Microcerasus, Spach Histoire Naturelle des Végétaux I. (18I4) p. 423.

Prunus, sect. Cerasus, Max. in Mél. Biol. XI. p. 680. p. p.

Prunus, DC. Prodr. II. p. 532. p. p.

Microcerasus, Webb. Phytogr. Canar. II. (1836–40) p. 19.

Cerasus sect. 1. Cerasophora, DC. Prodr. II. p. 535. p. p.

Prunus subgn. Cerasus, Grex Microcerasus, Kœhne in Pl. Wils. II. p. 262.

Folia vernatione convoluta, intimum exteriore complexus est. Gemmæ 3–5, laterales floriferæ. Sectiones duæ.

{Flores glomeratim 2–3 longe pedicellati. Sect. 1. Spiræopsis, Kœhne.
{Flores 1–2 subsessiles .... Sect. 2. Amygdalocerasus, Kœhne.

(第　一　節)

にはうめ節

特徴前揭ノ如シ、次ノ二種アリ。

{葉ハ廣披針形又ハ披針形…………………………………………にはざくら
{葉ハ卵形又ハ倒卵形…………………………………………てうせんにはうめ

13. にはざくら

(第二十圖)

灌木莖ハ簇生ス、皮ハ帶紅褐色ニシテ表面ニ多少白味ヲ帶ブ、枝ニ毛ナケレドモ若芽ニハ極メテ微毛生ズ、葉ハ披針形ニシテ極メテ短カキ葉柄ヲ具ヘ、邊緣ニハ小鋸齒アリ、裏面ニハ葉脈ニ沿ヒ極メテ微毛生ズ、托葉ハ細シ、花ハ花芽ニ一個(稀ニ二個)宛生ジ、長キ花梗アリ、花梗ニハ微毛生ズ、萼筒ハ倒卵形、萼片ハ反轉シ萼筒トホボ同長ナリ、邊緣ニハ腺狀ノ小鋸齒アリ、花瓣ハ楕圓形ニシテ萼片ノ二倍ノ長サアリ、色ハ桃色、花柱並ニ子房ニ毛ナシ、核果ハ成熟スレバ紅化シ下垂ス、食スベシ。

庭園ニ栽培シ露人コマロフ氏ガ朝鮮北部ニ自生アリト云ヘドモ、予ハ未ダ見ルヲ得ズ。

分布、滿洲。

一種八重咲ニシテ花柱ハ小サキ葉形ヲナスモノアリ、庭園ニ栽培ス、にはざくらヨリ變化セシモノナリ、恐ラクモト滿洲ヨリ輸入セシモノナルベク、彼ノ地ニハ自生アリト云フ。（第二十一圖）

又一種花白色ニシテ八重咲ナルアリ、同ジク庭園ニ栽培ス、産地ハ滿洲ナルベシ。

13. **Prunus glandulosa**, Thunb.

Fl. Jap. p. 203. Kœhne in Fedde Rep. (1910) p. 23 in nota P. japonica et Pl. Wils. II. p. 263.

P. japonica, Thunb. β. glandulosa, Maxim. in Mél, Biol. XI. p. 685. Kom. Fl. Mansh. II. 544. Nakai Fl. Kor. I. p. 212.

Frutex cæspitosus. Ramus rubescenti-fuscus plus minus glaucinus. Ramus glaber, juvenilis apice tantum minutissime ciliolata. Folia lanceolata brevissime petiolata minute serrulata, supra glabra, subtus secus venas sparsissime ciliolata. Stipulæ lineares. Flores in quisque gemmis 1 (–2), longe pedicellati, pedicellis minutissime ciliolatis. Cupula obovata. Sepala reflexa cupula fere æquilonga glanduloso-serrulata. Petala elliptica sepala fere duplo superantia. Styli glabri. Drupa coccinea edulis pendula.

Hab. in Corea sept. (fide Komarov) In hortis colitur.

Distr. Manshuria.

var. **sinensis,** Nakai.

Prunus sinensis, Seringe in DC. Prodr. II. p. 539. p. p.

P. japonica. γ. Maxim. in Mél, Biol. XI. p. 686. Palib. Consp. Fl. Kor. I. p. 87. Nakai Fl. Kor. I. p. 212.

P. glandulosa var. trichostyla f. sinensis, Kœhne Pl. Wils. II. p. 265.

Cerasus japonica, Seringe in DC. Prodr. II. p. 539. p. p.

Flores pleni rosei. Germina 2–3 in folium serratum pubescens mutata.

In hortis colitur, verisimiliter olim e Manshuria introducta.

Distr. Manshuria.

var. **albiplena,** Nakai.

Prunus glandulosa, Thunb. var. glabra f. albiplena, Kœhne in Pl. Wils. II. p. 264.

P. japonica v. fl. pleno, S. et Z. Fl. Jap. I. 172 t. 90. f. III. p. p.
P. japonica fl. albo pleno, Lemaire in Illus. Hort. V. t. 183.
P. japonica, Oudemans Neerlands plantentuin t. 2.
P. japonica γ. Maxim. in Mél, Biol. XI. p. 686.
P. japonica var. multiplex, Makino in Tokyo Bot. Mag. XXII. p. 72. p. p.

Flores pleni albi.

In hortis colitur, verisimiliter olim e Manshuria intròducta. Patria ignota!

14. てうせんにはうめ

(第二十二圖)

灌木叢生ス、枝ハ細シ、托葉ハ羽狀ニ分叉シ腺狀ノ鋸齒アリ長サ六乃至七粍、葉柄ハ短カク、細カキ毛アリ、葉身ハ卵形、長クトガル、基脚ハ丸キカ叉ハヤヽトガル、邊緣ニハ小ナル複鋸齒アリ、若キモノハ毛アレドモ後殆ンド無毛トナル、花ハ葉ニ先チテ生ズルカ叉ハ殆ンド同時ニ出ヅ、長キ花梗ヲ具ヘ二個乃至四個宛一芽ヨリ出ヅ、果實ヲツクル花梗ハ長サ一、七乃至二、二珊許、無毛叉ハ微毛アリ、萼ハ微毛アルモノトナキモノトアリ、萼片ハ小鋸齒ヲ有シ微毛アリ、花瓣ハ楕圓形叉ハ長卵形、淡桃色叉ハ白色、長サ五乃至六粍許、雄蕋ハ花瓣ヨリ短カシ、花柱ハ長ク雄蕋ヨリ抽出シ下方ニ微毛アリ、子房ハ無毛果實ハ丸ク徑一珊以上アリ、成熟スレバ紅化シ食スベシ。

半島諸所ノ森林ニ生ズ(平北、江界郡、白碧山、平南、鎭南浦、中和、黃海、雪山峯、咸北、茂山嶺、咸南、元山、京畿、光陵、全北、蘆嶺等)。

朝鮮特產品。

14. **Prunus Nakaii,** Lévl.

in Fedde Rep. (1900) p. 198. Kœhne Pl. Wils. II. p. 267.

Frutex ramosus cæspitosus. Ramus gracilis, annotinus rubescens v. griseo-striatus, glaberrimus. Stipulæ pinnatifidæ glanduloso-serratæ 6–7 mmlongæ. Petioli 2–8 mm. longi adpresse patenti-ciliati. Lamina ovata longe cautado-acuminata. basi rotundata v. emarginato-mucronata, margine duplicato-serrulata, junior pubescens, demum glabrecsens. Flores præcoces v. subcœtanei, glomerati longe pedunculati. Pedunculi floriferi 1 cm. longi, fructiferi 1.7–2.2 cm. longi, glaberrimi v. pilosi. Calyx glaber v. pilosi. Tubus calycis turbinatus, lobi triangulares serrulati minutissime puberuli. Petala oblongo-obtuse rhomboidalia pallide rosea v. alba 5–6 mm. longa. Stamina petalis breviora. Styli elongati, stamina superantes basi ciliati. Ovarium glaberrimum. Fructus 14 mm. longus ruber glaberrimus et edulis.

Hab. in silvis v. in herbidis Coreanæ peninsulæ.

Planta endemica!

(第　二　節)

ゆ す ら う め 節

特徴前掲ノ如シ、次ノ一種ヲ含ム。

Sect. 2. Amygdalocerasus, Kœhne in Pl. Wils. II. p. 268.

Cerasus sect. Microcerrsus Spach l. c.

Microcerasus, Web. l. c.

Prunus Unterg. Cerasus, Sekt. Microcerasus, Schneid. Illus. Handb. Laubholzk. I. p. 601.

P. Unterg. Microcerasus Focke in Engl. Nat. Pflanzenf. III. 3. (1888) p. 54.

P. sekt. Trichocerasus, Kœhne Deutsch. Dendr. p. 302.

P. sekt. Microcerasus, Kœhne l. c. p. 306.

Flores subsessiles glomeratim 1–2. Species unica.

15. ゆ す ら う め

(第 二 十 三 圖)

灌木高キハ一丈餘トナル、分岐多ク、樹膚ハ黒色ヲ呈ス、若枝ニハ絨毛生ズ、葉柄ハ短カク、葉身ハ倒卵形、表面ニ微毛生ジ下面並ニ葉柄ニハ絨毛生ズ、花ハ葉ニ先チテ生ズルカ叉ハ殆ンド同時ニ出デ極メテ短カキ花梗ヲ有ス、蕚ハ殆ンド無毛、蕚片ニハ微毛アリ、花瓣ハ白色叉ハ淡桃色、子房ニハ密毛アリ、果實ニハ微毛生ジ紅色、食シ得。

中部以北特ニ北部ノ山地ニ生ズ。

分布、滿洲。

15. Prunus tomentosa, Thunb. Fl. Jap. (1784) p. 203 var. **insularis,** Kœhne Pl. Wils. II. p. 268. et p. 269.

P. tomentosa, Thunb. l. c. Sieb. et Zucc. Fl. Jap. I. p. 51. t. 22. Miq. Prol. p. 23. Maxim. in Mél. Biol. XI. p. 687. p. p. Fran. et

Sav. Enum. Pl. Jap. I. p. 117. Kom. Fl. Mansh. II. p. 544. Schneid. Illus. Handb. Laubholzk. I. p. 601. p. p. Nakai Fl. Kor. I. p. 212. Koidz. Consp. Ros. Jap. p. 258.

Frutex usque 12 pedalis. Ramosissimus. Cortex fusco-ater. Ramus hornotinus et annotinus velutinus. Folia breviter petiolata obovata supra pilosa subtus et petiolus velutina. Flores subsessiles cœtanei v. præcoces. Calycis tubus glaber, lobis pilosis. Petala alba v. pallide rosea. Ovarium villosum. Drupa adpresse pilosa rubra edulis.

Hab. in montibus Coreæ sept.

Distr. Manshuria.

(第 六 亞 屬)
うめ 亞 屬

落葉樹、葉ハ始メテ出ヅルヤ内ニ卷キ内方ノ葉ヲ包メドモ少シク成長スレバ外方ニ卷キ返シ後成長ニツレ順次ニ左右ニ展開ス、花ハ殆ンド無柄、核果ハ多肉ニシテ概ネ絨毛ニテ被ハルレドモ稀ニ無毛ノモノモアリ。

次ノ三種アリ。

1. 核果ノ肉ハ核ヨリ離レ難ク、核ハ表面ニ小凹點多數アリ、樹膚ハ硬シ、葉ハ一樣ノ小鋸歯アリ、果實ハ酸性ニ富ム……うめ
   核果ノ肉ハ核ヨリ離レ易シ、核ノ表面ハ中央部ニ不判然ノ凹點アリ…2.
2. 樹膚ハ木栓質著シク發達ス、葉ハ複鋸歯アリ、果實ハ苦味ニシテ食フニ堪ヘズ……まんしうあんず
   樹膚ハ木栓質ノ發達惡シ、葉ハ不規則ノ鋸歯アリ。果實ハ酸甘、食フベシ……あんず

Subgn. 6. Armeniaca, Nakai.

Armeniaca, Tournef. Instit. Rei Herb. I. p. 623. III. t. 399. Juss. Gen. Pl. p. 346. DC. Fl. Fr. IV. p. 485.

Prunus Trib. II. Amygdaleæ, XII. Armeniaca, DC. Prodr. II. p. 531.

P. Untergatt. I. Prunophora. (Neck.) Focke in Nat. Pflanzenf. III. 3. p. 52. Kœhne Pl. Wils. II. p. 276.

P. Subgn. Euprunus, sekt. a. Prunophora, Fiori et Paol Flor. d'

Italia I. 2. (1898) p. 557. Schneid. Illus. Handb. Laubholzk. I. p. 620.

P. subgn. Euprunus sekt. b. Armeniaca, W. D. J. Koch Syn. Fl. Germ. et Helv. (1837) p. 205. Schneid. l.c.p. 634.

P. sect. Armeniaca, Benth. et Hook. Gen. Pl. I. p. 610.

P. sect. Armeniaca, Mertens et Koch im Rœhling Deutch. Flora III. (1831) p. 410.

Prunophora, Necker Elementa Bot. II. (1790) n. 719. p. p.

Folia decidua, vernatione initio convoluta deinde revoluta demum subplana. Flores subsessiles v. brevipedicellati. Fructus carnosus velutinus rarissime glaber.

Species tres in Corea adsunt.

Conspectus Specierum.

1. { Putamen per totam faciem distincte foveolatum. Cortex trunci coriacea. Folia minute æqualiterque serrulata. Fructus eximie acidulus. .... P. Mume, S. et. Z.
   { Putamen medio obscure impressum. .... 2.

2. { Cortex trunci eximie suberosus. Folia duplicato argute serrulata. Fructus acer. .... P. mandshurica, Kœhne.
   { Cortex vix suberosus. Folia inæqualiter v. subæqualiter serrulata. Fructus acidulus. .... P. Ansu, Kom.

16. う め

(第 二 十 四 圖)

小喬木、分岐多シ、樹膚ハ硬シ、若枝ハ無毛叉ハ微毛アリ、葉ハ明カニ葉柄ヲ有シ卵形ニシテヨクトガリ、邊緣ニハ小鋸齒アリ、花ハ葉ニ先チテ出デ、殆ンド無柄、香氣アリ、萼ハ丸キ五裂片アリ、雄蕊ハ花瓣ヨリ短カシ、子房ニハ密毛生ズ、核果ニハ絨毛生ジ、核ノ面ニハ凹點多シ。

濟州島、南側面ノ樹林中ニ生ズ。

分布、臺灣、支那。

16. Prunus Mume, S. et. Z.

Fl. Jap. (1835) p. 29. t. 11. Fl. Jap. Fam. Nat. n. 30. Miq. Prol. Fl. Jap. p. 22. Fr. et Sav. Enum. Pl. Jap. I· p. 480.

Maxim. in Mél, Biol. XI. p. 671. Schneid. Illus. Handb. Laubholzk. I. p. 637. f. 349. a. f. 350. m.–0. Koidz, Consp. Ros. Jap. p. 249.

Armeniaca Mume, Sieb. Syn. Pl. Oecon. Jap. (1828) p. 367.

Arbor ramosus. Cortex coriaceus. Ramuli glabri v. hirtelli. Folia distincte petiolata ovato-acuminata minute serrulata. Flores præcoces subsessiles suaveolentes. Calyx obtuse 5–lobatus. Stamina petalis breviora. Ovarium pubescens. Drupa adpresse villosula. Putamen distincte foveolatum.

Hab. in silvis lateris australis insulæ Quelpært.

Distr. Formosa et China.

17. まんしうあんず

(第二十五圖)

喬木又ハ小喬木、樹膚ハ木栓質大ニ發達ス、葉柄長ク葉身ハ廣卵形ニシテ先端ホソク延長シ邊緣ニハ不規則ノ複鋸齒アリ、兩面ニ毛ナシ、花ハ葉ニ先チテ生ジ、花梗短カシ、萼片ハ楕圓形ナリ、果實ハ表面ニ短毛密生シ苦味アリ、食フベカラズ、徑一、五乃至二、三珊計、核果ハ幅一、八珊許、表面ニハ不判明ノ凹斑アリ。

北部ノ森林ニ普通ナリ。

分布、滿洲。

17. **Prunus mandshurica,** Kœhne

Deutsch. Dendr. (1893) p. 318. Pl. Wils II. p. 282. Kom. Fl. Mansh. II. p. 540. Schneid Illus. Handb. Laubholzk. I. p. 635.

P. Armeniaca var. mandshurica, Maxim. in Mél. Biol. XI. p. 675.

Arbor v. arbuscula. Cortex trunci suberosa. Folia longe petiolata late ovata acuminata inciso-serrulata v. duplicato-serrata, utrinque glabra. Flores præcoces breviter pedicellati. Calyx cupularis, lobis oblongis. Drupa acer inedulis 1.5—2.3 cm. lata. Putamen obscure foveolatum usque 1.8 cm. latum.

Hab. in silvis Coreæ sept.

Distr. Manshuria.

18. あんず

小喬木、樹膚ハ木栓質ナラズ硬シ、葉ハ丸クシテ先端ニ向ヒ徐々ニトガル、邊緣ニハ丸キ小サキ鋸齒アリ、葉柄長シ、花ハ葉ニ先チテ生ジ殆ンド無柄、花瓣ハ淡桃色、果實ハ徑三珊許、食フベシ。果實ノ柄ハ長サ五粍許、皮ハ絨毛生ジ成熟スレバ黄色トナル、核ノ表面ハ粗糙ナレドモ凹點ナシ。

所々ニ栽培シ、叉栽培品ヨリ逸出シテ野生狀態ヲナス所アリ。

支那ヨリ移植セシモノナルベシ、サレドモ彼ノ地ニ於テモ眞ニ自生ト目スベキモノ未ダ發見セラレズ。

朝鮮中部ノ森林ニハ叉葉形 Prunus sibirica ニ類スルモノアリ、未ダ花並ニ果實ヲ見ズ、其果シテ何ナルヤヲ確メ得ズ。

18. **Prunus Ansu,** Kom.

Fl. Mansh. II. (1904). p. 541.

P.Armeniaca var. Ansu, Maxim. in Mél, Biol. XI. (1883) p. 676. Kœhne Pl. Wils. II. p. 282. T. Ito in Tokyo Bot. Mag. XIV. (1900) p. 134. Koidz. Consp. Ros. Jap. p. 249.

Arbuscula v. arbor. Cortex vix suberosa. Folia fere rotundata apice sensim acuminata obtuse serrulata, longe petiolata. Flores præcoces subsessiles. Petala pallide rosea. Drupa 3 cm. diametro, matura acidula et edulis, stipite 5 mm. longo. Testa villosula flava et rubro-suffusa. Putamen facie asperulum sed non foveolatum.

Hab. in montibus Chirisan et Namhansan, forsan e planta culta elapsa.

Distr. China?

Plantæ steriles foliis P. sibiricæ similibus in Corea media legi, sed sine floribus et fructibus nomen recte decernire non possum.

(第七亞屬)
すもも亞屬

葉ノ始メテ出ヅルヤ内ニ卷キテ内方ノモノヲ包メドモ少シク成長スレバ直ニ外卷シ、後徐々ニ左右ニ展開ス、腋芽ハ一個乃至三個、其外方ノモノ花ヲ附ク、花ハ二個乃至三個一芽中ヨリ出ヅ、核果ニ毛ナシ。

Subgn. 7. Prunophora, (Necker) Focke

in Nat.Pflanzenf. III. 3. p. 52. Kœhne Pl. Wils. II. p. 276. Koidz. Consp. Ros. Jap. p. 248.

Prunophora, Necker Elem. n. 719. p.p.

Prunus Sect. Prunus, Mert. et Koch in Rœhl. Deutsch. Fl. III. p. 411. Endl. Gen. Pl. p. 1251. Benth. et Hook. Gen. Pl. p. 610. Maxim, in Mél, Biol XI. p. 677.

Prunus, DC. Prodr. II. p. 532.

Prunus subg. c. Euprunus, Schneid. seck. a Prunophora, Schneid. Illus. Handb. I. p. 620.

Folia vernatione convoluta, mox revoluta. Gemmæ axillares 1–3, laterales floriferæ. Flores fasciculati in quisque gemmis 1–3. Drupa glaberrima.

Species unica in Corea crescit.

19. す も も

(第二十六圖)

灌木、分岐多シ、枝ハ展開ス、若枝ニ毛ナク光澤アリ、葉ニ毛ナク表面ハ中肋ニ沿ヒ微毛アリ、葉柄短ク、葉身ハ倒卵倒披針形又ハ廣倒披針形又ハ倒披針形ニシテ極メテ細カキ鋸歯アリテ、兩端ハドカル、花ハ一花芽ニ一個乃至三個宛生ズ、花梗ハ萼ノ二倍許、萼ハ長倒卵形、花瓣ハ白色、核果ハ成熟スレバ紫色トナルモノト黄色トナルモノトアリ、(個體ニ依リ異ナリ)食シ得、酸味ニ富ム、ヤヽ側方ヨリ壓シタル球形ヲナス。

北部ノ山地ニ多ク中部、南部ニ少シ、多クハ山間溪流ニ沿ヒテ生ズ。

分布、支那。

19. **Prunus triflora,** Roxb.

Hortus Bengalensis (1814) p. 38. Hook. fil. Fl. Brit. Ind. II. p. 315. Maxim. in Mél. Biol. XI. p. 678. Schneid. Illus. Handb. I. p. 697. Kœhne Pl. Wils. II. p. 276. Koidz. Consp. Ros. Jap. p. 251.

P. salicina, Lindl. in Trans. Hort. Soc. VII. (1830) p. 239. Walp. Rep. II. p. 9. Forbes et Hemsl. in Journ. Linn. Soc. XXIII. p. 221.

P. communis, (non Huds.) Nakai Fl. Kor. I. p. 211.

P. trifolia, Roxb. Fl. Ind. II. p. 501.

Frutex elatior, ramosus, ramis divaricatis. Ramuli glaberrimi lucidi. Folia glaberrima v. supra secus venas pilosa, distincte petiolata, obovato-lanceolata v. late lanceolata v. oblanceolata minute serrulata utrinque attenuata. Flores in quisque gemmis 1–3, pedicellis calycem duplo superantibus. Calyx elongato-turbinatus. Petala alba. Drupa purpurea v. luteola edulis acidula, leviter compresso-globosa.

Hab. Corea media et sept., praecipue secus torrentes copiosa.

Distr. China.

(第　二　屬)

ぐ み も ど き 屬

蕚筒ハ倒圓錐狀、蕚片ハ三角形、五個、花瓣ハ五個蕚緣ニ蕚片ト交互ニ生ズ、蕾ニアリテハ覆瓦狀ニ排列ス、雄蕊十個二列、子房ハ一個、花柱ハ子房ノ側方半以下ヨリ出デテ彎曲シテ立ツ、核ハ厚紙質、有刺灌木、葉ハ互生。世界ニ二種アリ一種ハ印度、一種ハ滿鮮ニ產ス。

Gen. 2. Princepia, Royle

Illustrations of Botany etc. (1836) p. 206. t. 38. f. 1. Benth, et Hook. Gen. Pl. I. p. 611.

Plagiospermum, Oliver in Hook. Icon. XVI. (1886) t. 1526 ut. Celastraceæ Kom Fl. Mansh. II. p. 554. Schneid. Illus. Handb. I. p. 650 ut Rosaceæ.

Calyx turbinatus, sepalis triangularibus 5. Petala 5 imbricata. Stamina 10. Ovarium 1. Stylus lateralis. Ovula 2 ascendens. Fructus drupaceus globosus. Endocarpus coriaceus.

Fructex spinosus. Folia alterna.

Species unica in Corea crescit.

20. ぐ み も ど き

(第二十七圖)

灌木、分岐多ク刺アリ、髓ハ片々トナル、葉ハ互生、葉柄アリ、葉身ハ披針形又ハ廣披針形、始メテ出ヅルヤ內ニ卷ク、葉ハ秋期落葉ス、托葉ハ小ニシテ葉ト共ニ落ツルカ又ハ殘ル、花ハ一個乃至四個宛集マリテ生ジ香氣アリ、花梗ニ毛ナシ、蕚片ハ反轉シ花後脫落ス、花瓣ハ黃色、美ナラズ、核果ハ球形ニシテ豌豆ノ二倍方アリ。

平南寧邊郡ニ產ス。

分布、滿洲。

20. Princepia sinensis, Oliver. ms. fide Bean in Kew Bull. (1909) p. 354. Rehd. in Pl. Wils. II. p. 345.

Plagiospermum sinense, Oliver l.c. Kom. l.c. schneid. l.c. f. 357. Frutex ramosus spinosus; medulla lamellata. Folia alterna distincte petiolata lanceolata decidua, vernatione convoluta. Stipulæ parvæ persistentes. Flores 1–4 glomerati suaveolentes. Pedicelli glabri. Sepala reflexa decidua. Petala lutea. Drupa globosa, magnitudine cerasi.

Hab. in Corea sept.,

Distr. Manshuria.

(六) 朝鮮産櫻桃科植物ノ和名、朝鮮名、學名ノ對稱

和名	朝鮮名	學名
うめ	Mesil (濟)	Prunus Mume, S. et Z.
まんしうあんず	Kyai-sarugo (平北)	Prunus mandshurica, Kœhne.
あんず	Sarugo 又ハ Saru-kunam	Prunus Ansu, Komarov.
いぬざくら		Prunus Buergeri, Miquel.
うらぼしざくら	Kya-bodi (平北)	Prunus Maackii, Ruprecht.
えぞのうはみづざくら	Kurum-nam (全南、平北、咸南、咸北、京畿) Kurön mok (全南、慶南) Pyolpai-nam (平北)	Prunus Padus, Linné.
おひようもも	Poltogi (咸北)	Prunus triloba, Lindl. v. truncata, Komarov.
もも	Poksonwa (濟) 又ハ Poksa-nam (京城)	Prunus persica, Stokes.
てうせんにはうめ	ö-yat' (平南)	Prunus Nakaii, Léveillé.
にはざくら		Prunus glandulosa, Thunb.
にはざくら(紅八重)		Prunus glandulosa, Thunb. var. sinensis, Nakai.
にはざくら(白八重)		Prunus glandulosa, Thunb. var. albiplena, Nakai.
ゆすらうめ	Yentô 又ハ yengto-nam (京城)	Prunus tomentosa, Thunb. var. insularis, Kœhne.
みやまざくら	Kuirunnam 又ハ Kom-e-kui-run-nam (平北) Saoc (濟)	Prunus Maximowiczii, Rupr.
ほそばざくら		Prunus densifolia, Kœhne.
てうせんやまざくら	Pot'nam	Prunus serrulata, Lindl. var. intermedia, Nakai.
あけぼのざくら	Pot'nam	Prunus serrulata, Lindl. var. compta, Nakai.
やまざくら	Pot'nam	Prunus serrulata, Lindl. var. glabra, Nakai.
ひめやまざくら	Pot'nam	Prunus serrulata, Lindl. var. Sontagiæ, Nakai.
びろうどやまざくら	Pot'nam	Prunus serrulata, Lindl. var. tomentella, Nakai.
かすみざくら	Pot'nam	Prunus serrulata, Lindl. var. verecunda, Nakai.
けやまざくら	Pot'nam	Prunus serrulata, Lindl. var. pubescens, Nakai.
そめゐよしの		Prunus yedoensis, Matsumura.
たんなやまざくら	Sa-oc (濟)	Prunus quelpærtensis, Nakai.
おほやまざくら		Prunus sachalinensis, Koidzumi.
えどひがん		Prunus Itosakura, Sieb. var. ascendens, Makino.
あかつきひがん	Chado (平南)	Prunus Itosakura, Sieb. var. rosea, Nakai.
すもも	Nongu-nam (平北) ö-yat' (全南)	Prunus triflora, Roxb.
ぐみもどき		Princepia sinensis, Oliver.

第　一　圖

い　ぬ　ざ　く　ら

Prunus Buergeri, Miq.

第 一 圖

Del. Yamada T.

K. Nakazawa s

第　二　圖

うらぼしざくら

Prunus Maackii, Rupr.

第　二　圖

Del. Yamada T.

K. Nakazawa sou

第　三　圖

えぞのうはみづざくら

Prunus Padus, Linn.

第 三 圖

Del. Yamada T

K. Nakazawa sculp

第　四　圖

けいじやううはみづざくら

Prunus Padus, Linn.
var. seoulensis, Nakai.

第　四　圖

Del. Yamada T.

K. Nakazawa sculp

第　五　圖

みやまざくら

Prunus Maximowiczii, Rupr.

第　五　圖

Del. Yamada T.

K. Nakazawa sc.

第　六　圖

ほ　そ　ば　ざ　く　ら

Prunus densifolia, Kœhne.

第　六　圖

Del. Yamada T.

K. Nakazawa scul.

第　七　圖

お ほ や ま ざ く ら

Prunus sachalinensis, Koidz.

第七圖

Del. Yamada T.

K. Nakazawa sculp.

第　八　圖

そ　め　ゐ　よ　し　の

Prunus yedoensis, Matsum.

第　八　圖

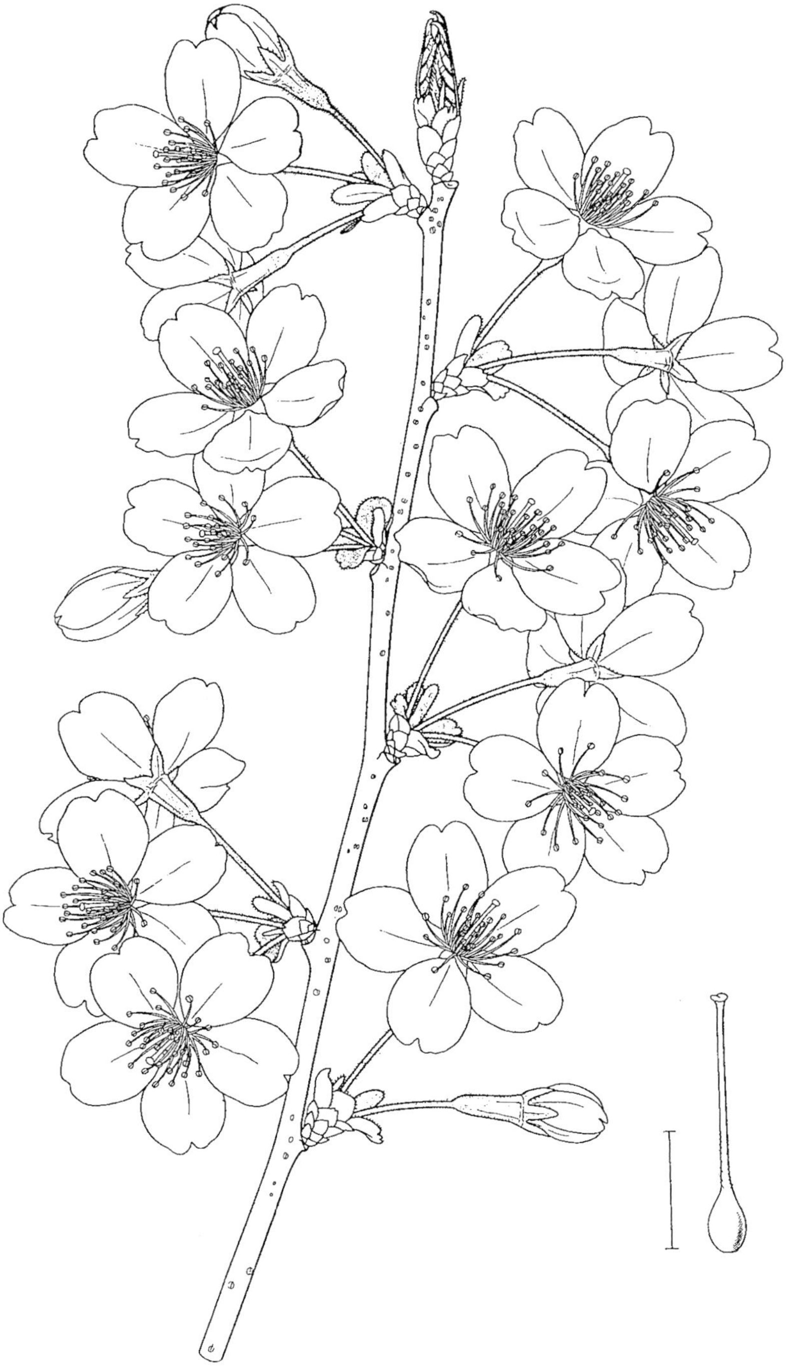

Del. Yamada T.　　　　K. Nakazawa sculp.

第　九　圖

たんなやまざくら

Prunus quelpærtensis, Nakai.

第　九　圖

Del. Yamada T.

K. Nakazawa scu.

第　十　圖

や　ま　ざ　く　ら

Prunus serrulata, Lindl.
var. glabra, Nakai.

第　十　圖

Del. Yamada T.　　K. Nakazawa sculp

第 十 一 圖

け や ま ざ く ら

Prunus serrulata, Lindl.
var. pubescens, Nakai.

第十一圖

Del. Yamada T.

K. Nakazawa sculp.

第十二圖

びろうどやまざくら

Prunus serrulata, Lindl.
var. *tomentella*, Nakai.

第十二圖

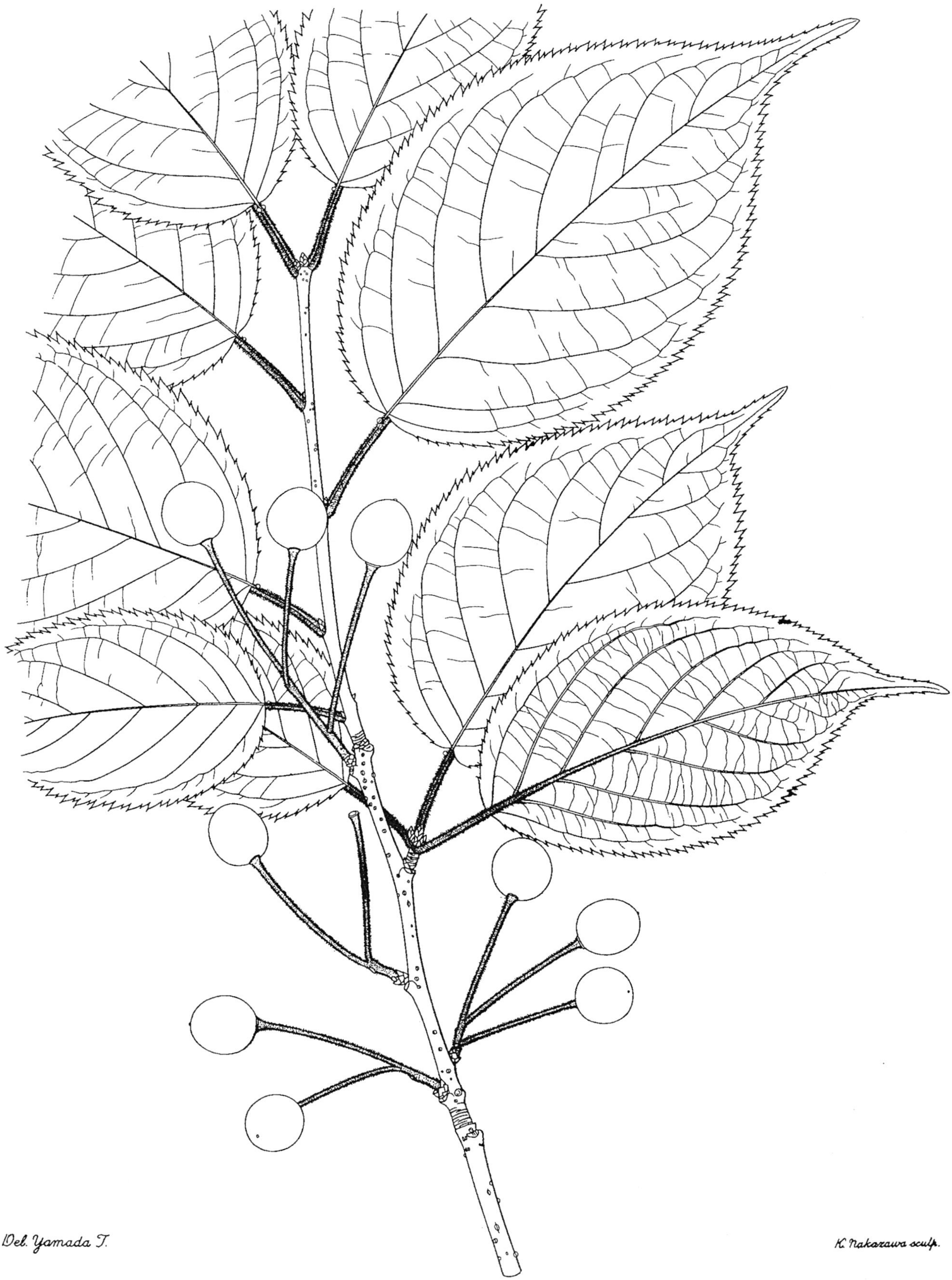

Del. Yamada T.

K. Nakazawa sculp.

第 十 三 圖

ひ め や ま ざ く ら

Prunus serrulata, Lindl.
var. Sontagiæ, Nakai.

第 十 三 圖

Del. Yamada T.　　K. Nakazawa sculp

第 十 四 圖

か す み ざ く ら

Prunus serrulata, Lindl.
var. verecunda, Nakai.

第十四圖

Del Yamada T.

K. Nakazawa sculp.

第 十 五 圖

あ け ぼ の ざ く ら

Prunus serrulata, Lindl.
var. *compta*, Nakai.

第 十 五 圖

Del. Yamada T.

K. Nakazawa sculp.

第 十 六 圖

てうせんやまざくら

Prunus serrulata, Lindl.
var. intermedia, Nakai.

第 十 六 圖

Del. Yamada T. K. Nakazawa sculp.

第十七圖

えどひがん

Prunus Itosakura, Sieb.
var. ascendens, Makino.

第十七圖

Del. Yamada T.

K. Nakazawa sculp.

第十八圖

おひようもも

Prunus triloba, Lindl.
var. truncata, Kom.

第十八圖

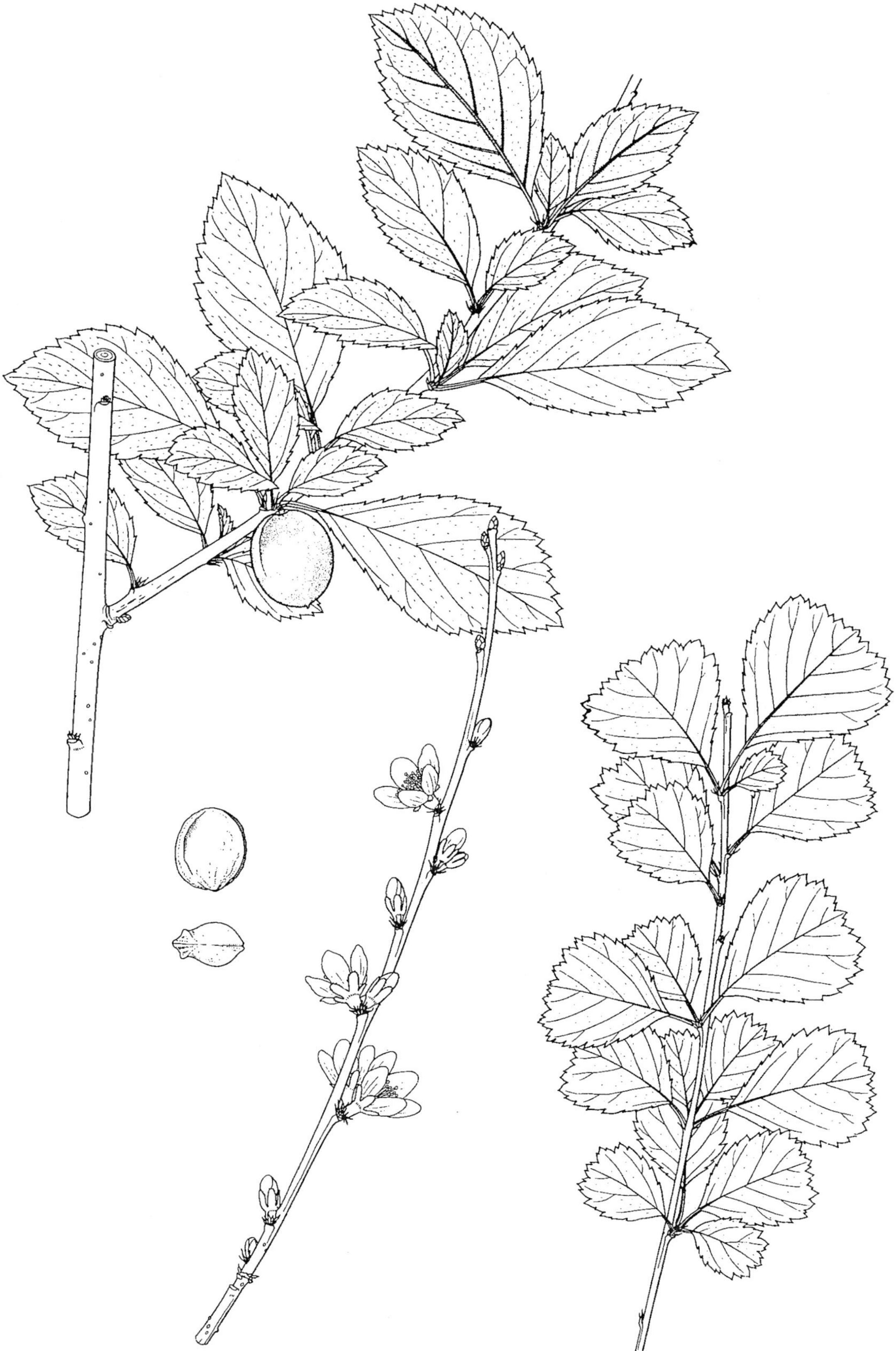

Del. Yamada T.

K. Nakazawa sculp.

第 十 九 圖

も　　　も

Prunus persica, Stokes.

第 十 九 圖

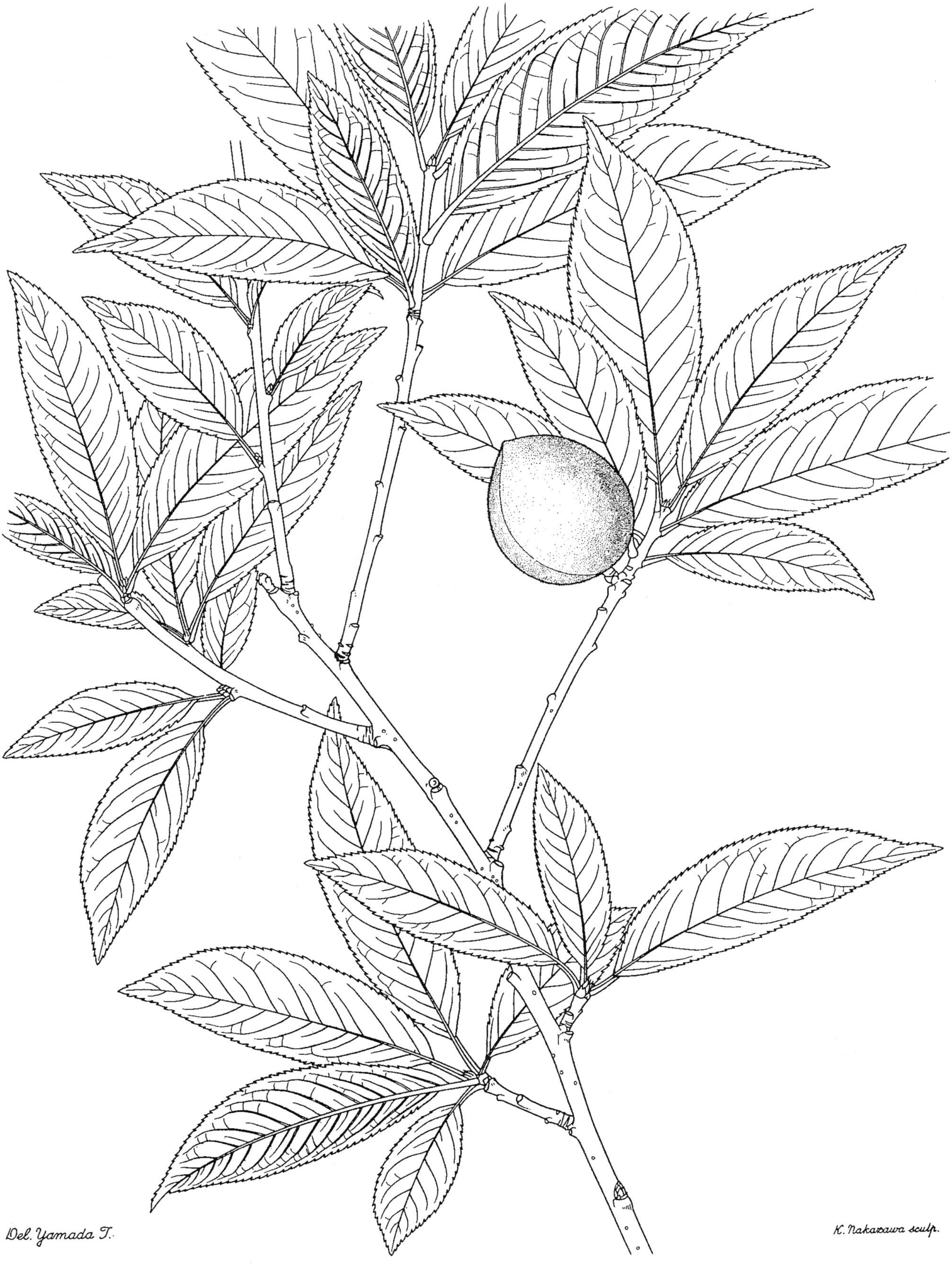

Del. Yamada T.

K. Nakazawa sculp.

第 二 十 圖

に は ざ く ら

Prunus glandulosa, Thunb.

第二十圖

Del. Yamada T.

K. Nakazawa sculp.

第二十一圖

にはざくら(八重咲品)

Prunus glandulosa, Thunb.
var. *sinensis*, Nakai.

第 二 十 一 圖

Del. Yamaaa T.　　K. Nakazawa sculj

第二十二圖

てうせんにはうめ

Prunus Nakaii, Lévl.

第二十二圖

Del Yamada T.

K. Nakazawa sculp

第二十三圖

ゆすらうめ

Prunus tomentosa, Thunb.
var. *insularis*, Kœhne.

第二十三圖

Del. Yamada T.

K. Nakazawa sculp.

第 二 十 四 圖

う　　　め

Prunus Mume, S. et Z.

第二十四圖

Del. Yamada T.

K. Nakazawa sculp.

第 二 十 五 圖

ま ん し う あ ん ず

Prunus mandshurica, Kœhne.

第二十五圖

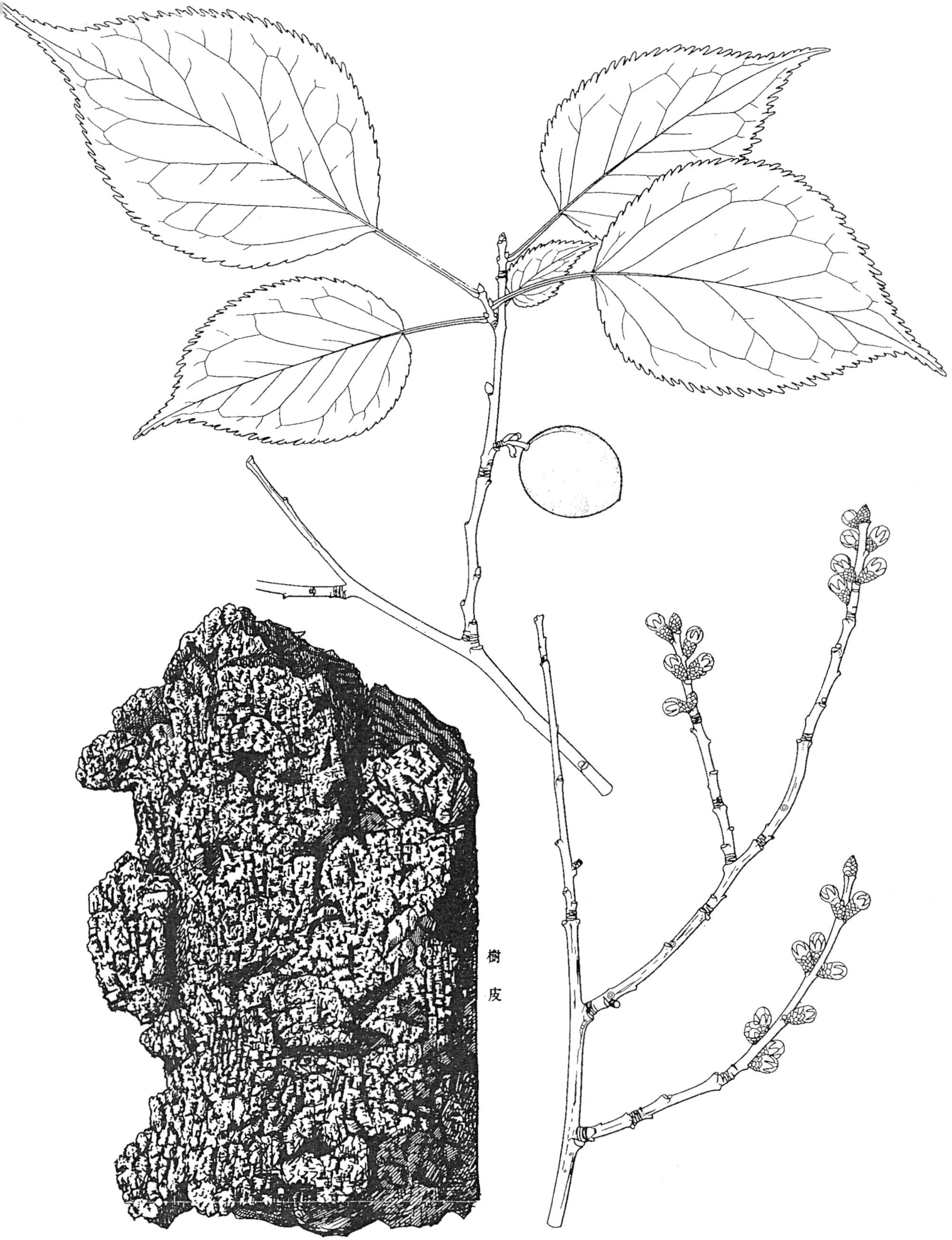

Del. Yamada T.　　K. Nakazawa sou

第二十六圖

すもも

Prunus triflora, Roxb.

第二十六圖

Del. Yamada T.

K. Nakazawa scul.

第二十七圖

ぐみもどき

Princepia sinensis, Oliver.

第二十七圖

Del. Yamada T.

K. Nakazawa sculp.

朝鮮森林植物編

6輯

梨　　科 **POMACEAE**

MALACEAE

目次　Contents

第6輯

梨　　　科　**POMACEAE** (*MALACEAE*)

梨　科

POMACEAE

MALACEAE

FLORA SYLVATICA KOREANA. VI.

主要ナル參考書類

著者名	書名
A. Rehder.	Synopsis of the Chinese Species of Pyrus. (1915).
F. B. Forbes and W. B. Hemsley.	An enumeration of all the plants known from China proper, Formosa, Hainan, Corea, the Luchu Archipelago and the Island of Hongkong Vol. I. (1886-1888).
L. Diels.	Die Flora von Central-China. (in Engler Botanische Jahrbücher Band XXIX) (1901).
C. K. Schneider.	Illustriertes Handbuch der Laubholzkunde Band I und II. (1906 et 1911).
G. Koidzumi.	Conspectus Rosacearum Japonicarum. (1913).
V. Komarov.	Flora Manshuriæ Vol. II. (1904).
C. J. Maximowicz.	Primitiæ Floræ Amurensis. (1859).
F. Fedde.	Repertorium specierum novarum regni vegetabilis. Band III. IV. VI. et X.
T. Nakai.	Flora Koreana. Vol. I et II. (1909 et 1911).
J. P. Tournefort.	Institutio Rei Herbariæ. Vol. I. (1700).
E. Koehne.	Die Gattung der Pomaceen (in Wissenschaftliche Beilage zum Programm des Falk-Realgymnasium zu Berlin) (1890).
De Candolle.	Prodromus systematis naturalis regni vegetabilis. Vol. II. (1825).
S. Endlicher.	Genera Plantarum. (1836-40).
G. Bentham et J. D. Hooker.	Genera Plantarum. Vol. I. (1867).
T. Hedlund.	Monographie der Gattung Sorbus. (1900).
A. Franchet et L. Savatier.	Enumeratio Plantarum Japonicarum. Vol. I. (1875).

F. A. G. Miquel.	Prolusio Floræ Japonicæ (1866–7).
J. Lindley.	Observations on the Natural Group of Plants called Pomaceæ (The Transaction of the Linnæan Society of London. Vol. XIII. (1822).
W. O. Focke.	Rosaceæ (Engler und Prantl—Die natürlichen Pflanzenfamilien Teil III. Abteilung 3). (1894).
N. L. Britton and A. Brown.	An Illustrated Flora of the Northern United States, Canada and the British Possessions. Vol. II.
P. Ascherson und P. Græbner.	Synopsis der Mitteleuropäischen Flora. Vol. VI. Teil 2.
M. J. Decaisne.	Memoire sur la Famille des Pomacées. (1874).
Miller.	The Gardners Dictionary (ed. IV.) Vol. II. (1765).
Fr. de Siebold.	(1) Catalogue raisonné et Prix-courant I. (1856).
	(2) Synopsis Plantarum Oeconomicarum Universi Regni Japonici. (1830).
K. Koch.	Dendrologie Vol. I. (1869).
T. Wenzig.	Pomariæ (in Linnæa Vol. XXXVIII).
E. Regel.	(1) Revisio specierum Cratægorum etc. (in Acta Horti Petropolitani Vol. I.) (1871).
	(2) Tentamen Floræ Ussuriensis. (1861).
C. S. Sargent.	(1) Trees and Shrubs. (1903).
	(2) Forest Flora of Japan.
A. Bunge.	Enumeratio plantarum quas in China Boreali collegit. (1831).
S. Korschinsky.	Plantæ Amurenses. (in Acta Horti Petropolitani Vol. XII). (1892).
J. Palibin.	Conspectus Floræ Koreæ Vol. I.
H. E. Baillon.	Histoire des plantes (1867–69).
G. G. Walpers.	Repertorium Botanices Systematicæ II.

(1843).

V. Folgner. Beiträge zur Systematik und Pflanzengeographischen Verbreitung der Pomaceen. (Österreichische Botanische Zeitschrift). (1897).

Bailley. Standard Encyclopedia of Horticulture.

Fr. de Siebold et J. G. Zuccarini. Flora Japonica. I. (1835).

C. P. Thunberg. Flora Japonica. (1784).

T. Ito et J. Matsumura. Tentamen Floræ Luchuensis.

W. J. Hooker et G. A. W. Arnold. The Botany of Captain Beechey's Voyage (1841).

M. J. Roemer. Synopsis monographica Rosiflorarum etc. (1847).

Bulletin de l'Académie Impériale des Sciences de St. Pétersbourg (1873).

Plantæ Wilsonianæ. Vol. II.

Botanical Magazine.

Gardner's Chronicle. New series. XXVI. (1886).

林學博士 白澤保美 日本森林樹木圖譜第一編。

理學博士 松村任三 帝國植物名鑑第二卷。

理學博士 中井猛之進
(1) 朝鮮植物上卷。
(2) 濟州島及莞島植物調査報告書。
(3) 智異山植物調査報告書。

(二) 朝鮮梨科植物研究ノ歷史

朝鮮梨科植物ノ始メテ世ニ紹介セラレシハ蘭國植物學者ミケール(Miquel)氏ガ Prolusio Floræ Japonicæ (1866-1867) 中ニしゃりんばい (Raphiolepis japonica) ガ朝鮮群島ニ産スルヲ記セシニ始マル。

次デ露國ノマクシモウヰッチ (C. J. Maximowicz) 氏ハ 1873 年日本及ビ滿洲ノ梨科植物ニ就イテ記述シ朝鮮産トシテ、なし (Pyrus sinensis) おほさんざし (Cratægus pinnatifida) かまつか (Photinia villosa) しゃりんばい (Raphiolepis japonica) ノ四種アルヲ報ゼリ、其中 Pyrus sinensis トセルハ果シテなしナルヤ疑ハシク、恐ラクてうせんやまなし (Pyrus ussuriensis) ヲ指スモノナラン。

次デ佛國ノデケーン (Decaisne) 氏ハ 1874 年其著 Mémoire sur la Famille des Pomacées ニ於イテ Pourthiæa coreana ナルかまつか屬ノ一新種ガ朝鮮ニアルヲ報ゼリ、此物ハ日鮮兩地ニ多在スルかまつかノ一變種ニシテ余ガ Pourthiæa villosa var. coreana トスルモノナリ。

1887 年英國ノフォーブス、ヘムズレー (Forbes and Hemsley) 兩氏ハ朝鮮ニえぞのこりんご (Pyrus baccata) おほさんざし (Cratægus pinnatifida なし (Pyrus sinensis) しゃりんばい (Raphiolepis japonica) かまつか (Photinia variabilis) ノ四屬四種アルヲ報ゼリ、而シテ氏等ノ Pyrus sinensis モ亦マクシモウヰッチ氏ノモノト同一ナルハ明カナリ。

1898 年露國ノパリビン (Palibin) 氏著 Conspectus Floræ Koreæ ニハぼけ (Cydonia japonica) えぞのこりんご (Pyrus baccata var. mandshurica) 西洋なし (Pyrus communis) なし (Pyrus sinensis) かいどうノ一種 (Pyrus spectabilis) あづきなし (Micromeles alnifolia) しゃりんばい (Raphiolepis japonica) かまつか (Pourthiæa variabilis) おほさんざし (Cratægus pinnatifida) ノ九種ヲ擧グ、Cydonia japonica ハ現今云フ Chænomeles japonica ナルガ、余ノ實見スル所ニ依レバ、朝鮮ニ栽培スルハ夫レニ非ズシテ、余ガ Chænomeles trichogyna ト命ズル所ノモノナリ、Pirus baccata var. mandshurica ハ現今 Malus baccata var. mandshurica ト改名シアリテ朝鮮ニハ最モ普遍的ニ存在スル種ナリ、Pyrus communis ハパリビン氏ノ檢定ノ誤ニシテ Prunus triflora 即ハチすもゝナリ、是レ現標品ヲ見テ明カナリ、Pyrus sinensis ト云フハ恐ラク Pyrus ussuriensis ナルベシ、Pyrus spectabilis ハ海棠ノ一種ナルガ、パリビン氏ノ云フモノハ Malus baccata var. sibirica シベリアこりんごナルガ如シ、Micromeles alnifolia, Cratægus pinnatifida ハ現今モ學名ニ變化ナク、又朝鮮ニ普遍的ニ存在スル種ナリ、又 Raphiolepis japonica ハ Raphiolepis umbellata カ又ハ Raphiolepis Mertensii ヲ指スベク現標品ヲ見ザル故斷定シ難シ、Pourthiæa variabilis ハ Pourthiæa villosa かまつかノ異名ニシテ何レモ朝鮮ニ産ス。

次デ 1898 年露國ノコマロフ (Komarov) 氏ハ滿鮮新植物ヲ Acta Horti Petropolitani 第十八卷ニ揭ゲシガ其中ニ北朝鮮産トシテ Cratægus tenuifolia ナル一種アリ。

1904 年彼ハ更ニ滿洲植物誌 (Flora Manshuriæ) 第二卷ヲ著ハシタルガ其中ニ北朝鮮産トシテ Cotoneaster integerrima, Cratægus tenuifolia, Micromeles alnifolia ノ三種ヲ記ス。Cotoneaster integerrima ハ獨國シュナイデル (Schneider) 氏ガ其後 Cotoneaster Zabeli ナル新種トセシモノニシテ、花紅

色ヲ帶ビ美シキモノナリト云フ、吾人日本植物學者ニハ不幸之レヲ見ルノ機ナシ、Cratægus tenuifolia ハ新種ナルコト明カナレトモ、以前ニ米國ノブリットン (Britton) 氏ガ米國產ノさんざしニ其名ヲ用ヒ居ルヲ以テ、米國ノサージェント (Sargent) 氏ハ改名シテ Cratægus Komarovi トセリ、咸鏡南道ノ北部ニ存在スル種ナリ。

1906 年獨國ノシュナイデル (Schneider) 氏ハ圖入濶葉樹編 (Illustriertes Handbuch der Laubholzkunde) 第一卷ヲ著ハシ朝鮮產梨科植物トシテ Pyrus sinensis, Pyrus Calleryana, Pyrus Fauriei, Micromeles alnifolia, Raphiolepis umbellata, Photinia villosa, Cotoneaster Zabeli, Cratægus pinnatifida var. psilosa ノ八種ヲ載ス、其中 Pyrus sinensis ハ Pyrus ussuriensis ナルガ如ク、Pyrus Fauriei ハ Pyrus Calleryana ニ似テ小ナル一種、Photinia villosa ハ Pourthiæa villosa. Cratægus pinnatifida v. psilosa ハおほさんざしノ一種無毛品ナリ。

1907 年獨國ノフェッデ (Fedde) 氏ハ其主幹スル Repertorium 中ニシュナイデル氏ノ Cotoneaster Zabeli ト Pyrus Fauriei トヲ複寫セリ。

1908 年余ハ營林廠技師今川唯市氏ノ採品ニシテ東京農科大學ニアルモノヲ檢シ、之レヲ Plantæ Imagawanæ ノ題下ニ植物學雜誌第二十二卷ニ記述シ、梨科植物トシテ Micromeles alnifolia, Sorbus aucuparia, Cratægus pinnatifidæ ノ三種ヲ記セリ、其中 Sorbus aucuparia ハ Sorbus amurensis ト訂正スベキモノトス。

1909 年二月余ハ朝鮮植物誌第一卷 (Flora Koreana, pars I.) ヲ著ハシ、梨科植物 Sorbus aucuparia, S. pohuashanensis, Raphiolepis japonica, Cotoneaster integerrima, Cotoneaster Zabeli, Cratægus sanguinea, Cratægus pinnatifida, Cratægus tenuifolia, Pyrus spectabilis, Pyrus baccata var. sibirica, Pyrus baccata var. mandshurica, Pyrus Calleryana, Pyrus sinensis, Pyrus communis, Pyrus Fauriei, Cydonia Japonica, Pourthiæa variabilis, Micromeles alnifolia ノ十七種一變種ヲ載セタリ、然レトモ當時標本少ナク、且佛人 Faurie 氏ノ反對行動(日露戰爭ノ結果)等アリテ、標本閱覽ノ便ナク、爲メニ Cotoneaster 屬ノ二種ヲ混合シ、其他 Cratægus tenuifolia, Pyrus spectabilis, Pyrus sinensis, Pyrus communis, Pyrus Fauriei, Cydonia japonica ノ六種ハ單ニ外人ノ記述ヲ轉寫スルニ止マルガ如キ不備失敗ヲ重ネタリ。

此年佛國ノレヴェレー (Léveillé) 氏ハ朝鮮產梨科植物ノ新種トシテ Cratægus coreana, Pyrus Taquetii, Pyrus subcratægifolia, Pyrus Vanioti, Pyrus mokpoensis ノ五種ヲ記セリ、然レドモ其後フォーリー氏ノ對日感情和ギシ後青森ニ訪ヒ、又佛國宣教師タケー (Taquet) 氏ヲ濟州島ニ訪ヒテ親シク原標品ヲ檢セシニ驚クベシ Cratægus coreana ハおほさんざしノ一種 (Cratægus pinnatifida var. psilosa). Pyrus Taquetii ト Pyrus Vanioti トハざいふりぼく (Amelanchier asiatica). Pyrus subcratægifolia ハずみ (Malus Toringo). Pyrus mokpoensis ハかまつかノ一種 (Pourthiæa villosa var. coreana) ニシテートシテ新種トスベキモノニアラザリキ。

1911 年十二月余ハ朝鮮植物誌第二卷 (Flora Koreana pars II.) ヲ著ハシタルガ其中ニ梨科植物トシテ Sorbus commixta, Cratægus pinnatifida α typica, Cratægus pinnatifida var. psilosa, Pyrus baccata var. mandshurica, Pyrus sinensis var. ussuriensis, Pyrus sinensis var. culta, Pourthiæa variabilis, Micromeles alnifolia ヲ載セ、尙ホ其當時レヴェレー氏記述ノ前記五種ヲ檢シ得ザリシ故、其儘其等ヲモ轉載セリ。

1912 年米人ミルス (Rælf G. Mills) 氏ハ平安北道江界其他ニテ採レル朝鮮植物二百十五種ヲ余ニ送リテ檢定ヲ依賴セシガ、余ハ之レヲ檢シ、其結果ヲ同年二月東京植物學雜誌上ニ物セリ、其中ニ梨科植物トシテ Cratægus pinnatifida, Pyrus ussuriensis, Pyrus baccata, Micromeles alnifolia ノ四種アリ、四月更ニ日鮮植物管見ト題シ、同雜誌ヲ藉リテ、日鮮ノ注目スベキ植物ヲ記シ、其中ニ Raphiolepis umbellata ガ朝鮮ニアルヲ記セリ、蓋シ從來 Raphiolepis japonica トシテ表ハレシ植物ハまるばしゃりんばいナレバナリ。

1912 年佛國ノレヴェレー (Léveillé) 氏ハ再ビ朝鮮梨科植物ノ新種トシテフェッデ (Fedde) 氏ノ Repertorium 中ニ Pyrus brunnea, Pyrus spectabilis var. albescens, Pyrus sinensis var. Maximowicziana ノ三種ヲ記シ、且以前記述セル Pyrus subcratægifolia ヲ Cratægus Taquetii ト改メタリ、蓋シ氏ハずみヲさんざし屬ノ新種ト誤認セシナリ、Pyrus brunnea ハかまつかノ一形ニシテ葉厚キモノナリ、余ハ Pourthiæa villosa var. brunnea ト改ム、Pyrus spectabilis var. albescens ト云フハ Pyrus 屬又ハ其近似ノ屬ニ關係ナク、かまつかノ一形 Pourthiæa villosa 其物ナリ、Pyrus sinensis var. Maximowicziana ハ濟州島濟州邑內ニ佛國宣教師ガ朝鮮在來ノ梨ヲ栽培セルモノヽ枝ニ附セシ名ニシテ、朝鮮ニテ「コーシルネ」ト云フ梨ナリ、此物ハ Pyrus sinensis トハ全然異ナリ、獨立ノ一種トスベキモノナリ、レヴェレー (Léveillé) 氏ノ疎漏杜撰ナル檢定ハ一般植物學者ノ困却スル所ニシテ、斯ル檢定ヲ大膽ニ發表スルハ眞ニ學界ノ攪亂者ト謂フベク、自ラモ大ナル不名譽ト云フベシ、又何事ニヨラズ外人ノ仕事ニ信ヲ措キ易キ邦人ニ外人ニ斯種ノ人ノ少ナカラヌヲ自覺セシムルニハ適當ノ例ト云フベシ、彼ハ嘗テ芸香科ノ白鮮ヲ毛茛科ノ新種トシテ Thalictrum Fauriei トシ、繖形科ノくろばなのうまのみつばヲ毛茛科ノ一新種 Eranthis Vanioti トセルガ如キ人ナリ、フォーリー (Faurie) 氏ガ布哇ノ採品モ亦彼ノ檢定スル所トナリシ結果、苦苣苔科ノ植物ガ菫菜科ノ一新種トナレリ、米人ロック (J. F. Rock) 氏ガ布哇ノ新植物ヲ記述セシ時評セル中ニ 'It is indeed surprising to find a Cyrtandra described as a new species of Violet. The larger portion of every number of Fedde's Repertorium consists of *Decades plantarum novarum* by H. Léveillé, which have reached now the number CXXIV with 1240 new species. If all plants are of the same nature as his descriptions of new Hawaiian plants most certainly there will be an appalling synonymy and a chaos which will take much longer to straighten out than it took H. Léveillé to create.' ト謂ヘルハ正ニ同感ノ至リナリ。

1913年六月余ハ朝鮮ニテ初發見ノ植物ヲ目錄トシ、其一部ヲ東京植物學雜誌上ニ載セシガ、其下ニハ梨科植物トシテ、Cydonia sinensis, Pyrus Toringo, Sorbus discolor, Amelanchier asiatica ノ四種アリ。

1914 年二月余ハ朝鮮植物上卷ヲ著ハシ其中ニ Raphiolepis Mertensii, Raphiolepis umbellata, Cratægus pinnatifida, Cratægus sanguinea, Cratægus tenuifolia, Cotoneaster integerrima, Cotoneaster Zabeli, Amelanchier asiatica, Sorbus commixta, Sorbus discolor, Sorbus pohuashauesis, Pyrus ussuriensis, Pyrus Calleryana, Pyrus Fauriei, Malus baccata var. mandshurica, Malus baccata var. sibirica, Malus Toringo var. rosea, Micromeles alnifolia, Micromeles alnifolia var. lobulata, Chænomeles japonica, Cydonia sinensis ノ十九種二變種ヲ載セタリ、就中 Cotoneaster integerrima ハ Cotoneaster Zabeli ノ異名 Sorbus discolor ハ Sorbus amurensis, Sorbus pohuashanensis ハ S. amurensis ノ異形ナリ。

同年四月朝鮮總督府ハ余ノ物セシ濟州島植物調査報告並ニ莞島植物調査報告ヲ出版セリ、其中梨科植物ハ前者ニ Pyrus baccata var. mandshurica, Pyrus Toringo, Micromeles alnifolia, Pourthiæa villosa, Pourthiæa villosa var. brunnea, Raphiolepis umbellata, Raphiolepis Mertensii, Sorbus commixta ノ六種一變種、後者ニハ Micromeles alnifolia, Pyrus ussuriensis, Pourthiæa villosa, Raphiolepis umbellata ノ四種アリ。

1915 年三月ニハ又智異山植物調査報告書ノ出版アリ、其中ニハ Chænomeles japonica, Cydonia sinensis, Malus baccata var. mandshurica, Malus Toringo, Micromeles alnifolia, Pyrus montana, Pourthiæa villosa, Sorbus commixta, Sorbus amurensis ノ九種ヲ載ス、右ノ中 Chænomeles japonica ハ Chænomeles trichogyna ニ、Cydonia sinensis ハ Pseudocydonia sinensis ニ、Sorbus amurensis ハ Sorbus commixta var. pilosa ニ改ムベキモノトス、Pyrus montana ハ日本梨ノ原種ト認ムベキモノト思ヒ、當時日本梨ノ原種ガ支那、日本ノ山ニ自生スルヲ知ラズシテ新名ヲ附セシニ、同年六月獨人レーデル (Rehder) 氏ハ支那ノ山ニ日本栽培梨ノ自生品アルヲ記シテ、之レニ Pyrus serotina ノ名ヲ與ヘタリ、則チ余ハ日本ノ山ニ自生スルモノヲ檢セシニ又其存在スルヲ確メタルガ、余ガ朝鮮品ニテ Pyrus montana トセルハ全ク Pyrus serotina ニ一致スルコト明カトナレリ、故ニ先入權ノ上ヨリ Pyrus montana ノ方ヲ採用スルヲ至當トス。

其後余ハ朝鮮總督府ノ命ヲ受ケ、朝鮮ノ中部北部ニ廣ク採收ヲ試ミ、其中ヨリ梨科植物ヲ摘出シ、更ニ凡テノ標品ニ亙リテ精檢セル結果、朝鮮產ノ梨科植物ハ次ノ如キ多數ニ上レリ。

1. Amelanchier asiatica, Endlicher. ざいふりぼく (自生)
2. Chænomeles trichogyna, Nakai. てうせんぼけ (栽培)
3. Cratægus Komarovi, Sargent. うすばさんざし (自生)
4. Cratægus Maximowiczii, Schneider. おほばさんざし (自生)
5. a. Cratægus pinnatifida, Bunge var. major, Brown. ひろはさんざし (自生)
   b. Cratægus pinnatifida, Bunge var. psilosa, Schneider. ほそばさんざし (自生)
   c. Cratægus pinnatifida, Bunge var. typica, Schneider. おほさんざし (自生)
6. Malus asiatica, Nakai. てうせんりんご (栽培)
7. a. Malus baccata, Borkh. var. leiostyla, Schneider. からこりんご (自生)
   b. Malus baccata, Borkh. var. mandshurica, Schneider. えぞのこりんご (自生)
   c. Malus baccata, Borkh. var. minor, Nakai. ずみもどき (自生)
   d. Malus baccata, Borkh. var. sibirica, Schneider. シベリアこりんご (自生)

8.	Malus pumila, Mill. var. domestica, Schneid.	苹果	(栽培)
9.	Malus micromalus, Makino.	ながさきずみ	(栽培)
10.	Malus Toringo, Siebold.	ずみ	(自生)
11.	a. Micromeles alnifolia, Kœhne var. hirtella, Nakai.	しらげあづきなし	(自生)
	b. Micromeles alnifolia, var. lobulata, Koidzumi.	おほあづきなし	(自生)
	c. Micromeles alnifolia, var. macrophylla, Nakai.	おほばあづきなし	(自生)
	d. Micromeles alnifolia, var. tiliæfolia, Schneider.	あづきなし	(自生)
	e. Micromeles alnifolia, var. typica, Schneider.	あづきなし	(自生)
12.	Pyrus acidula, Nakai.	チュアンネ	(栽培)
13.	Pyrus Calleryana, Decaisne.	まめなし	(自生)
14.	Pyrus communis, Linné.	西洋梨	(栽培)
15.	Pyrus Fauriei, Schneider.	フォーリーなし	(自生)
16.	Pyrus Maximowicziana, Nakai.	コーシルネ	(自生並ニ栽培)
17.	Pyrus macrostipes, Nakai.	チャンバイー	(栽培)
18.	a. Pyrus montana, Nakai.	やまなし	(自生)
	b. Pyrus montana, Nakai var. culta, Nakai.	なし	(栽培)
19.	Pyrus ussuriensis, Maximowicz.	トルペイ	(自生)
20.	Pyrus vilis, Nakai.	ハップシルネ	(栽培)
21.	Pyrus ovoidea, Rehder.	チョンシルネ	(自生並ニ栽培)
22.	Cotoneaster Zabeli, Schneider.	てうせんしゃりんとう	(自生)
23.	Eriobotrya japonica, Lindley.	びは	(栽培)
24.	a. Pourthiæa villosa, Decaisne var. brunnea, Nakai.	あつばかまつか	(自生)
	b. Pourthiæa villosa, var. coreana, Nakai.	うすばかまつか	(自生)
	c. Pourthiæa villosa, var. longipes, Nakai.	ながえかまつか	(自生)

	d. Pourthiæa villosa, var. typica, Nakai.	けかまつか	(自生)
	e. Pourthiæa, villosa, var. Zollingeri, Schneider.	かまつか	(自生)
25.	Pseudocydonia sinensis, Schneider.	かりん	(栽培)
26.	Raphiolepis Mertensii, S. et Z. var. ovata, Nakai.	まるばしやりんばい	(自生)
27.	Raphiolepis umbellata, Makino var. liukiuensis, Koidzumi.	ながばしやりんばい	(自生)
28.	a. Sorbus amurensis, Kœhne.	たうななかまど	(自生)
	b. Sorbus amurensis, var. lanata, Nakai.	しらげななかまど	(自生)
29.	a. Sorbus commixta, Hedlund.	ななかまど	(自生)
	b. Sorbus commixta, var. pilosa, Nakai.	うすげななかまど	(自生)

(三) 朝鮮ニ於ケル梨科植物分布ノ概況

1. ざいふりぼく屬 Amelanchier.

本屬ニハざいふりぼく (Amelanchier asiatica) ノ一種アルノミ、濟州島漢拏山森林帶ニアル外知ラレズ。

2. ぼけ屬 Chænomeles.

自生品ナク唯てうせんぼけ (Chænomeles trichogyna) ノ一種、中部南部ノ寺院ニ栽培セラル、恐ラク以前支那ヨリ輸入セシモノナルベシ。

3. しやりんとう屬 Cotoneaster.

てうせんしやりんとう (Cotoneaster Zabeli) ノ一種アルノミ、露國植物學者ガ露國東方經營ニ努力セシ頃、北朝鮮ニテ採リシト謂ヘドモ、日本植物學者ニハ未知ノ種ナリ。

4. さんざし屬 Cratægus.

三種ノ自生品アリ、其中分布ノ最モ廣キハおほさんざし (Cratægus pinnatifida) ニシテ、有毛無毛ノ兩品アリ、葉ノ刻裂モ廣狹アリ、中部以北ニハ廣ク分布ス、往々大木トナリ、目通徑一尺餘、高サ四丈餘ニ達スルモノアリ、一種ひろはさんざし (var. major) ト云フハ、葉形果實特ニ大ナルモノナリ、支那ノ北部特ニ滿洲ニテハ之レヲ栽培シテ食用ニ供スレドモ其原產地不明ナリキ、然ルニ余ハ平安北道江界郡ノ山中ニテ自生ノ大木ヲ偶

挿 圖 1.

ひ ろ は さ ん ざ し

Cratæqus pinnatifida, Bunge var. *major*, Brown.

平安北道江界郡牙得浦江界間.

小果累々トシテ秋期ノ豐熟ヲ豫想セシム.

大正三年七月總督府臨時雇寫眞師吉岡撮影.

然發見セシガ、單ニ一樹アリシノミ、サレドモ朝鮮ガ支那、滿洲ニ栽培スルモノヽ原產地トハ斷ジ難シ、朝鮮ニ於テハ此變種ヲ栽培スルモノナキハ注目ニ値ヘス。

おほばさんざし (Cratægus Maximowicziana) ハ咸鏡南北道ノ森林ニ產シ、平安北道ニハ稀ニ生ズ、高サ一丈二三尺ノ木トナル、秋期ノ紅果ハ特ニ美觀ナリ、牙得嶺ノ咸鏡側ニハおほさんざし (Cratægus pinnatifida) ハ極メテ稀ニシテ本種ノミ多キガ、平安側ハ本種極メテ稀ニシテおほさんざしノミ多キハ、分布上興味アル事ナリ、うすばさんざし (Cratægus tenuifolia) ハ咸鏡南道特ニ狼林山系ニ多シ、葉ノ薄キハ通例密林中ニ生ズルヲ以テナリ、高サモ一間內外ニ達スルニ過ギズ。

5. びは屬 Eriobotrya.

濟州島ニ近來內地ヨリ移植セル外他ニ之レヲ見ズ。

6. りんご屬 Malus.

最モ廣ク分布スルハ Malus baccata ナリ變種多シ、其中シベリアりんご (var. sibirica) ハ中部北部ニ生ジ、えぞのこりんご (var. mandshurica) ハ全道ノ山野ニ生ズレドモ、半島ノ南部及ビ濟州島ニアリテハ智異山、漢拏山ノ如キ高山ニノミ生ズ、白頭山地方ニ到レバ落葉松樹林中ニモ分布シ、葉形小トナリ、一見別種ノ觀ヲナス、ずみもどき (var. minor) ハずみニ似テ非ナル小形ノ一變種ナリ、平安北道ニ產ス、此種ハ通例花柱ニ毛アレドモ一種無毛品アリ、シベリアこりんごト混生ス、ずみ (Malus Toringo) ハ濟州島並ニ智異山ニ生ズ、皆紅花品ニシテ日本內地ノ如ク白花品ナシ。

7. あづきなし屬 Micromeles.

最モ普通ナルハ var. tiliæfolia ト var. typica ナリ、全道ノ山野ニ生ズ、一種秋期ニ至ルモ葉面ニ毛アルモノアリ、var. hirtella ト云フ、濟州島漢拏山ニアリテ普通品ト混生ス、var. lobulata ハ寧ロ稀ニシテ往々普通品ト混生スルヲ見ル、var. macrophylla ハ余ガ鴨綠江岸ニテ唯一本ヲ見出セシノミ、大木ニシテ葉ノ特ニ擴大ナルハ恰モ內地產うらじろのきノ葉裏ノ毛ヲ除キシガ如シ、果實モ亦普通品ヨリ大形ナリ。

8. なし屬 Pyrus.

自生品少ナク最モ普通ナルハ Pyrus ussuriensis ナリ、「トルペイ」ト稱シ中部北部ノ山地ニ普通ナリ、往々大木トナル、Pyrus Calleryana ハ黃海、京畿以南、全南ニ迄分布シ、四月下旬ヨリハ白花ヲ開ク、Pyrus Fauriei ハ之レヨリ轉化セシ一種ニシテ、京畿道ニノミ產スルガ如ク、京城、水原附近ニ稀ニアリ、果シテ Pyrus Calleryana ト獨立セシムベキモノナルヤハ大ニ疑ナキ能ハズ、Pyrus ovoidea ハ「チョンシルネ」ノ目アリ、其自生品ハ光陵並ニ白羊山ニテ發見セリ、若葉ニ褐毛アルヲ以テ一見認識シ得、Pyrus

挿 圖 2.

たうななかまどノ大木.

Sorbus amurensis, Koehne.

平安北道碧潼郡飛來峰海拔千百米突ノ邊.

大正三年六月總督府臨時雇寫眞師吉岡撮影.

montana ハ日本栽培梨ノ原種ニ該當スルモノナルガ朝鮮ニハ少ナク、僅カニ智異山彙中ニテ發見セシノミ、支那、日本ノ山ニハ所々ニ自生ス、Pyrus Maximowicziana ハ「コーシルネ」ト云フ、其自生品ト目スベキハ、余之レヲ莞島觀音山中ニテ採レリ、本屬植物ニハ栽培品多シ、夫ハ次項ニ於テ述ブベシ。

9. かまつか屬 Pourthiæa.

かまつかハ變化ニ富ム種ニシテ、種々ノ形アルモノ、所生地ニ依リテ一定ノ變種アルコトハ稀ナリ、中部以南ニ生ズ、毛ノ多少、葉柄ノ長短等ハ大ニ不同ナリ、一種あつばかまつか (var. brunnea) ハ稍著シキ變種ニシテ、濟州島ノ海岸地方ニノミ生ズ、高サ二間ヲ出ヅルハ稀ナリ。

10. かりん屬 Pseudocydonia.

モト支那ヨリ輸入シ、黄海道以南ノ地ニハ所々民家附近ニ栽培ス、全南智異山麓地方ニテハ栽培品ヨリ逸出シテ自生狀態ヲナス、其他自生種ナシ。

11. しゃりんばい屬 Raphiolepis.

二種アリ、ながばのしゃりんばい (Raphiolepis umbellata var. liukiuensis) ハ濟州島ニ最モ普通ニシテ朝鮮群島並ニ全南ノ南岸ニ生ズ、まるばしゃりんばい (Raphiolepis Mertensii var. ovata) ハ全南、慶南ノ海岸ニ生ジ又海岸附近ノ島嶼ニモ生ズ、何レモ灌木ナリ。

12. ななかまど屬 Sorbus.

二種アリ、ななかまど (Sorbus commixta) ハ濟州島並ニ智異山ニ生ジ丈餘ノ大木トナルアリ、其變種ニシテ毛多キモノ智異山ニアリ、var. pilosa ノ名アリ、中部特ニ北部ニアリテハたうななかまど (Sorbus amurensis) 多シ、葉裏ニ白毛アリ、往々大木トナリ、侮ルベカラザル森林樹タリ、其一種、莖葉ニ白毛密生スルモノアリ、咸鏡南道ノ北部ニアリテハ特ニ多シ var. lanata ト云フ。

(四) 朝鮮梨科植物ノ効用

本科植物ニハ果樹多ク有用ノモノ乏シカラズ、おほさんざしノ果實ハ成熟スレバ生食スベク又「ジヤム」ニ作リテ美味ナリ、てうせんりんごハ滿洲朝鮮ニ古來栽培スルモノニシテ「イングム」林檎ト云ヒ、八月下旬成熟シ、初秋ノ果物トシテ有數ノモノナリ、ながさきずみハ南部ニ於イテ往々栽培シ其果實ヲ生食ス、近來苹果ノ栽培盛ナルガ其臺木トシテ Malus baccata

ハ必要ノモノトス、梨ニハ特ニ種類多ク最モ早ク成熟スルハ「コーシルネ」Pyrus Maximowicziana ト云ヒ西洋梨ニ似テ小形ナリ、果實ノミニテハ彼此混シ易シ、「トルペイ」ハ朝鮮語ニテ「自生品ノ悪シキモノ」ナル意ニテ山地ニ自生ス、其味酸味甚ダシク到底内地人ノ口ニ適セザレドモ、朝鮮人ハ之ヲ食シ、九月中旬頃其成熟スルヲ待チテ市場ニ出ス、果肉軟カニシテ皮ハ黄色ヲナシ、日本梨ト全然異ナル、「チュアンネ」Pyrus acidula ハ本種ニ似テ大形ナリ、其日光ニ向ヘル部分ハ帶紅色トナリ、肉ノ軟カナルハ「トルペイ」ニ似タレドモ甘味ヲモ併セ有ス、平安南道ニ多ク栽培シ九月上旬平壤ノ市場ニ多ク出ヅ、やまなし Pyrus montana ハ日本梨ノ粗悪品ニ該當シ、形小ナルモ食シ得、但シ稀ナリ、日本梨、西洋梨ハ共ニ近時ノ移植ニ係ハレドモ何レモ成育ヨク殆ンド在來種ヲ壓倒スル觀アリ、平安、咸南地方ニアル「チャンバイー」Pyrus macrostipes ハ柄ノ長キ丸形ノ梨ニシテ成熟スルモ黄綠色ナリ、味中位ニシテ九月中旬ニ成熟ス、咸興梨ト云フモノヽ中最優品トスベキハ「チョンシルネ」Pyrus ovoidea ナリ、大ナルハ徑四寸以上アリ、成熟スレバ皮ハ黄綠色ヲナス、朝鮮梨中最モ晩ク成熟ス、京畿道ノ僻地ニ往々栽培スル「ハップシルネ」Pyrus vilis ハ果肉固ク、石細胞多ク、「トルペイ」ト共ニ最劣等品ナレドモ、形ハ日本梨ノ中位ノ大サアリ、かりんハ中部以南ノ地ニアリテ民家附近ニ栽培シ往々果物視セラル。

賞觀用トシテハざいふりぼく、てうせんぼけ、えぞのこりんご等ハ其花ヲ賞スベク、しゃりんばい類ハ庭木ニ適ス、さんざし類ノ紅果品ハ其果實ヲ見ル爲メ同ジク庭木トシテ植ウベシ。

材用トシテ梨類、さんざし類、ずみ類ハ皆器具ヲ作ルニ用ヒラル、かまつかハ物尺ヲ作ルニ最適シ、ななかまど類、ざいふりぼく類其他ハ薪炭ノ用ニ供シ得、藥用トシテおほさんざしハ山査又ハ山樝ト云ヒ果實ヲ去痰劑トス、かりんハ木瓜ト云ヒ漢法ニ果實ヲ日射病、痢病、脚氣ヲ治スル爲メニ用フ。

(五) 朝鮮梨科植物ノ分類ト各種ノ圖說

梨　　科

POMACEÆ.

(甲) 科 ノ 特 徵

常綠又ハ落葉ノ灌木又ハ喬木、葉ハ互生托葉アリ、托葉ハ早落又ハ永存性、葉ハ單葉又ハ羽狀複葉、摺合狀又ハ包旋狀、又ハ皺曲摺合狀、花ハ葉腋又ハ枝ノ先端ニ一個宛生ズルモノ、總狀花序ヲナスモノ、繖房花序ヲナスモノ、複繖房花序ヲナスモノ、圓錐花叢ヲナスモノ等アリ、花梗アリ、子房下位、萼筒ハ全部又過半部子房ヲ包ム、萼片ハ脫落スルモノト永存性ノモノトアリ、脫落スルモノハ必ズ萼筒ノ上部ト共ニ一體トナリテ落ツ、花瓣ハ五個、覆瓦狀ニ排列シ、白色又ハ紅色、花後凋落ス雄蕋ハ通例二十個、稀ニ五個乃至十個、又ハ二十個以上トナル、花柱ハ二個乃至五個、果實ハ梨果、二室乃至五室、子房ノ周壁ハ成熟後骨質トナルモノアリ、胚珠ハ各室ニ二個乃至二十個稀ニ一個、種子ニ胚乳ナク、子葉ハ肥厚ス、發芽後葉狀トナラズ、世界ニ二十四屬三百餘種アリ、朝鮮ニ十九種十五變種ノ自生品アルヲ知ル。以下圖解スル所ハ梨、苹果ノ如キ近來ノ輸入品ヲ除ケル栽培品並ニ自生品ナリ。

Pomaceæ, Linné Phylosophia Botanica (1751) p. 31 et auct. plur.

Rosaceæ, Trib. X. Pomeæ, Benth. et Hook. Gen. Pl. I. p. 626.

Rosaceæ, II. 4. Pomoideæ-Pomariæ, Focke in Nat. Pflanzenf. III. 2. (1894) p. 18.

Rosaceæ, 3. Unterfam. Pomoideæ, Aschers. et Græbn. Syn. Mitt. Flora. VI. II. (1906–10) p. 1.

(乙) 屬名檢索表

1	葉ハ羽狀複葉、花序ハ複繖房、萼片ハ永存性	ななかまど屬
	葉ハ單葉	2.
2	葉ノ側脈ハ鋸齒ノ先端即ハチ葉緣ニ達ス	3.
	葉ノ側脈ハ葉緣ニ達セズシテ網狀ニ分裂ス	6.
3	花序ハ總狀又ハ複總狀	4.
	花序ハ繖房又ハ複繖房	5.
4	花序ハ總狀、葉ハ摺合狀ニシテ各個ハ獨立ニ生ズ、萼片ハ永存性	ざいふりぼく屬
	花序ハ複總狀、葉ハ包旋狀、外方ノ托葉モ內方ノ葉ヲ包ム、萼ハ永存性	びは屬
5	萼片ハ永存性、子房壁ハ骨質、葉ハ摺合狀ニシテ外方ノモノハ內方ノモノヲ包ム	さんざし屬
	萼片ハ凋落性、子房壁ハ骨質トナラズ、葉ハ皺狀摺合狀ニシテ各個ハ獨立ニ生ズ	あづきなし屬

6 常綠樹 ....7.
落葉樹 ....8.

7 花序ハ複總狀、萼片ハ凋落性、葉ハ摺合狀ニシテ外方ノモノハ内方ノモノヲ包ム ....しやりんばい屬
花ハ一二個宛生ジ、萼片ハ永存性、葉ハ摺合狀ナルモ各個獨立ニ生ズ ....しやりんとう屬

8 子房ノ各室ニ十個以上ノ胚珠アルヲ常トス ....9.
子房ノ各室ニハ二個宛ノ胚珠アリ ....10.

9 花ハ一個宛生ズ、葉ハ摺合狀ニシテ各個獨立ナリ ....かりん屬
花ハ二三個稀ニ一個宛生ズ、葉ハ摺合狀ニシテ外方ノモノハ内方ノモノヲ包ム ....ぼけ屬

10 花ハ複繖房、葉ハ摺合狀ニシテ外方ノモノハ内方ノモノヲ包ム................................かまつか屬
花ハ繖房 ....11.

11 葉ハ外旋ス、花柱癒合セズ ....なし屬
葉ハ摺合狀ニシテ外方ノモノハ内方ノモノヲ包ム ....りんご屬

CONSPECTUS GENERUM.

1 Folia pinnata. Inflorescentia corymboso-paniculata, Calycis lobi persistentes ....Sorbus, Tournef.
Folia simplicia ....2.

2 Veni laterales foliorum ad apicem lobi v. serrulæ excurrentes ......3.
Veni laterales foliorum ad marginem non excurrentes ....6.

3 Inflorescentia racemosa v. racemoso-paniculata ....4.
Inflorescentia corymbosa v. corymboso-paniculata ....5.

4 Inflorescentia racemosa. Folia conduplicata inter sese libera. Calycis lobi persistentes ....Amelanchier, Medik.
Inflorescentia racemoso-paniculata. Calycis lobi persistentes. Folia convoluta. Stipulæ exteriorum foliorum folia interiora amplexæ .. ..Eriobotrya, Lindl.

5 Calycis lobi persistentes. Putamen osseum. Folia conduplicata, sed interiora exterioribus amplexa sunt ....Cratægus, Tournef.
Calycis lobi decidui. Putamen non osseum. Folia falcato-conduplicata inter sese libera ....Micromeles, Dcne.

6	Folia sempervirentia	7.
	Folia decidua	8.
7	Inflorescentia racemoso-paniculata. Calyx deciduus. Folia conduplicata, interiora exterioribus amplexa sunt	Raphiolepis, Lindl.
	Flores gemini. Calyx persistens, Folia conduplicata, sed inter sese libera	Cotoneaster, Medik.
8	Ovarii loculi ∞-ovulati	9.
	Ovarii loculi 2-ovulati. Semina in quisque loculis 1-2	10.
9	Flores solitarii. Folia conduplicata inter sese libera	Pseudocydonia, Schneid.
	Flores gemini v. solitarii. Folia conduplicata, interiora exterioribus amplexa sunt.	Chænomeles, Lindl.
10	Flores corymbosa-paniculati. Folia conduplicata sed interiora exterioribus amplexa sunt	Pourthiæa, Dcne.
	Flores corymbosi	11.
11	Folia revoluta. Styli liberi	Pyrus, Tournef.
	Folia conduplicata sed interiora exterioribus amplexa sunt. Styli basi coaliti	Malus, Tournef.

(丙) 各屬各種ノ記載並ニ圖解

本科ノ屬區分法ハ輓近大ニ從來ノ舊法ヲ改メシ上ニ尙ホ余一個トシテ多少私見ヲ異ニスル所アレバ凡テノ屬ニ亙リテ特ニ歐文ノ記載ヲモ副ヘル事トセリ。

第一屬 ざいふりぼく屬

小喬木高サ十米突ニ達スルモノアリ、葉ハ互生、葉柄アリ、若芽ニアリテハ摺合狀ニ排列スレドモ各個獨立ス、托葉ハ早落ス、花ハ枝ノ先端ニ總狀花序ヲナス、萼片ハ花時反轉シ永存性ナリ、花瓣ハ五個狹長ニシテ、蕾ニアリテハ覆瓦狀ノ排列ヲナス、雄蕋ハ通例二十個、葯ハ二室ニシテ縱ニ裂開ス、花柱ハ五個、離生又ハ基部癒着ス、子房ハ五室ナリ、胚珠ハ各室ニ二個宛アリテ直立ス、朝鮮ニ一種アリ。

Gn. 1. **Amelanchier,** Medikus Philosophische Botanik mit kritischen Bemerkungen I. (1789) p. 155. Lindl. in Trans. Linn. Soc. XIII. p. 100. DC. Prodr. II. p. 632. Endl. Gen. Pl. p. 1237. Benth. et Hook.

Gen. Pl. I. p. 628. Wenzig in Linnæa XXXVIII p. 105. Baill. Nat. Hist. I. p. 401 et 464. Decaisne Pom. p. 133. Kœhne Gatt. Pom. p. 25. Focke in Nat. Pflanzenf. III. 3. p. 26. Schneid. Illus. Handb. I. p. 731.

Cotoneaster sect. Malacomeles, Dcne. l.c. p. 477.

Nägelia, Lindl. Focke l.c. p. 22.

Arbusculus. Folia alterna petiolata æstivatione conduplicata sed inter sese libera. Stipulæ caducæ. Flores racemosi ad apicem rami brevis hornotini terminales. Calycis lobi 5 reflexi persistentes. Petala 5 elongata æstivatione imbricata. Stamina vulgo 20. Antheræ 20-loculares, longitudinali-dehiscentes. Styli 5 liberi v. basi connati. Ovarium 5-loculare. Ovula in quisque loculis 2 erecta.

Species 14, in regionibus temperatis boreali-hemisphæricæ incolæ. In Corea unica adest.

1. ざ い ふ り ぼ く

(第　一　圖)

小喬木、枝ハ帶紫色、毛ナシ、葉ハ摺合狀ニシテ葉柄長ク、表面ニ毛ナク、裏面ニハ若キ時ハ葉柄ト共ニ白色又ハ肉色ノ毛ニテ密ニ被ハル、葉身ハ楕圓形ニシテ先端尖ガルカ又ハ鋭ク尖ガル、羽狀脈ヲ有シ邊緣ニ鋸齒アリ、花ハ短枝ノ先端ニ總狀花序ヲナスカ又ハ繖房狀總狀花序ヲナス、花梗ハ細ク毛アリ、萼ハ白毛ニテ密ニ被ハレ萼片ハ外反ス、花瓣ハ細ク白色ナリ、雄蕋ハ短カク花柱ハ基部癒着シ癒着部ニ微毛生ズ、梨果ハ小ニシテ丸ク萼片ヲ頂キ成熟スレバ紅化ス。
濟州島ノ森林帶ニ生ズ、日本ニ分布ス。

1. **Amelanchier asiatica,** (S. et Z.) Endl.

mss. fide Walp. Rep. II. (1843) p. 55. Dcne l.c. p. 135. Schneid. Illus. Handb. I. p. 736. fig. 410. f-h. fig. 412. a-b. Koidz. Consp. Ros. Jap. p. 78. Wils. in Pl. Wils. II. p. 195.

Aronia asiatica, S. et Z. Fl. Jap. I. (1835) p. 87. t. 42.

Amelanchier canadensis, var. japonica, Miq. in Ann. Mus. Bot. Lugd. Bat. III. (1867) p. 41.

Amelanchier canadensis, var. asiatica, Koidz. in Tokyo Bot. Mag. XXIII. p. 171.

Amelanchier japonica, Hort. fide K. Koch. Dendr. I. (1869) p. 179.

Pirus Taqueti, Lévl. in Fedde Rep. (1909) p. 199. p.p. (Conf. Taquet n. 103. 2809. 4216. 4632. Faurie n. 1561).

Pirus Vanioti, Lévl. l.c. p. 200 (Conf. Faurie n. 1557. 1561 bis. Taquet n. 107. n. 1949).

Arbusculus usque 10 metralis. Ramus rubescens lucidus. Folia æstivatione conduplicata longe pedicellata, supra glabra, subtus juventute pedicellis albo-v. carneo-floccosa; flocci demum decidui. Lamina elliptica acuta v. acuminata serrulata penninervia. Flores racemosi v. corymboso-racemosi, pedicellis gracilibus pilosis. Calyx albo-tomentosus, lobis reflexis. Petala ligulata v. subulato-ligulata. Stamina brevia. Styli basi coaliti ubi pilosi. Poma globosa calyce persistente coronata.

Hab. in silvis montis Hallaisan, Quelpært.

Distr. Hondo, Shikoku, Kiusiu, Insula Tsusima.

第 二 屬 ななかまど屬

灌木又ハ喬木、落葉樹ナリ、葉ハ互生、奇數羽狀複葉又ハ單葉ニシテ鋸齒アルカ又ハ羽狀ノ缺刻アリ、托葉ハ細ク早落スルモノト廣ク葉狀ヲナシ永存性ノモノトアリ、花ハ枝ノ先端ニ複繖房花序ヲナス、苞ハ早落ス、萼筒ハ倒圓錐狀又ハ低キ倒圓錐狀ナリ、萼片ハ五個ニシテ永存性ナリ、花瓣ハ五個、雄蕋ハ二十個又ハ退化減數ス、葯ハ二室、花柱ハ三個乃至五個離生、子房ハ三室乃至五室、各室ニ二個ノ胚珠アリ、梨果ハ丸ク又卵形ヲ帶ビ少シク漿質ナリ、世界ニ約三十五種アリ、皆北半球ノ産ナリ、朝鮮ニ二種二變種アリ。

1 {芽ハ白毛ニテ被ハル、葉裏ニハ白毛生ズ .... 2.
  {芽ハ無毛ナリ、葉裏ハ平滑又ハ微毛アリ .... 3.

2 {若枝ニハ白キ毛薄ク生ズ、葉ノ表面ニ毛殆ンドナシ ....
  {..たうななかまど
  {若枝ニハ白キ毛密ニ生ズ、葉ノ表面ニ毛アリ ......しらげななかまど

3 {葉ハ表裏共全然毛ナシ ....ななかまど
  {葉ハ裏面ニ白キ微毛アリ ....うすげななかまど

Gn. 2. **Sorbus,** (Brunf.) Tournef. Instit. Rei Herb. I. (1700) p. 633.

L. Sp. Pl. (1750) p. 477. Willd. Sp. Pl. II. p. 1008. Dcne. Pom. p. 157. Kœhne Pom. p. 15. Schneid. Illus. Handb. I. p. 667.

Pirus sect. Sorbus, DC. Prodr. II. p. 636. Endl. Gen. Pl. II. p. 1237. Benth. et Hook. Gen. Pl. I. p. 626.

Arbor v. frutex. Folia alterna imparipinnata v. pinnatim incisa v. simplicia. Stipulæ deciduæ v. foliaceæ dilatatæ. Inflorescentia corymboso-paniculata, bracteis caducis. Calycis tubus turbinatus v. obconicus, lobi 5 persistentes erecti. Pelata 5. Stamina 20 v. oligomera. Antheræ biloculares. Styli 3–5 liberi. Ovarium 3–5 loculare in quisque loculis 2-ovulatum. Poma globosa v. ovoidea succosa.—Circa 35 species in boreali-hemisphærica incolæ, sed 2 tantum in Corea adsunt.

1 { Gemmæ lanatæ. Foliola subtus lanata .... 2.
  { Gemmæ glabræ. Foliola subtus glabra v. pilosa .... 3.

2 { Rami juveniles pilosi. Foliola supra glabra . . Sorbus amurensis, Kœhne.
  { Rami juveniles lanati. Foliola supra pubescentia .... S. amurensis. Kœhne var. lanata, Nakai.

3 { Foliola utrinque glabra .... Sorbus commixta, Hedl.
  { Foliola subtus pilosa .... S. commixta, Hedl. var. pilosa, Nakai.

2. たうななかまど

マガモック(京畿)

(第　二　圖)

高サ二丈餘ニ達ス、幹ハ直徑一尺以上ニ達ス、樹膚ハ暗灰色、褐色ノ皮目横ニナラビ、枝ハ帶紫紅色、白キ皮目點在ス、若枝ハ短毛生ズ、托葉ハ細キトキハ早落スルモ、若枝ニアリテハ通例廣ク葉質ナリ、芽ハ白毛ニテ密ニ被ハル、葉ハ葉柄アリ羽狀複葉ニシテ羽片ハ六對乃至七對アリテ無柄、披針形又ハ廣披針形、下面ハ帶白色ニテ毛アルカ又ハ殆ンド毛ナシ、表面ハ綠色ニシテ無毛、先端ハ長クトガルカ又ハ短クトガル、花序ハ複繖房ニシテ花軸ニ微毛アルカ又ハ殆ンド無毛ナリ、萼ハ微毛アリテ萼片ハ三角形、花瓣ハ丸ク白シ、花ハ徑一珊許、花柱三個ニシテ基部ニ毛アリ、梨果ハ成熟スレバ朱紅色ニシテ直徑六乃至七粍アリ。

咸鏡南北道、平安北道、江原道、京畿道ニ分布シ特ニ鷲峯連山ニ多シ。
分布、黑龍江流域。

一種枝並ニ葉ノ表裏ニ白毛密生シ、花序ニモ毛多キモノナリ、**しらげなかまど**ト云ヒ、咸鏡南道長津江流域ニ特ニ多シ、朝鮮特産ナリ。

2. **Sorbus amurensis,** Kœhne

in Fedde Rep. X. (1912) p. 514.

S. pohuashanensis, (non Hedl.) Nakai Fl. Kor. I. p. 177. p.p.

Arbusculus usque 8 m. altus. Truncus diametro usque 1 pedalis. Cortex trunci cinereus, lenticellis fuscis horizontalibus crebri notatis. Ramus rubescens, lenticellis albis linearibus v. oblongis punctulatus, juvenilis adpresse ciliolatus v. pubescens. Stipulæ nunc lineares caducae nunc latiores et subfoliaceæ dentatæ. Gemmæ lanatæ. Folia distincte petiolata 6–7 jugo imparipinnata. Foliola sessilia, nunc lineari-lanceolata, nunc lanceolata, subtus glaucina fere glabra v. pilosa, supra viridia glabra, longe acuminata v. brevius acuminata. Inflorescentia corymboso-paniculata. Axis pilosa v. fere glabra. Calyx pilosus dentibus triangularibus. Petala alba orbicularia. Flores diametro 1 cm. Styli 3 basi barbati. Poma baccata coccinea, diametro 6–7 mm.

Hab. in silvis Corea sept. et mediæ.

Distr. Amur.

var. **lanata,** Nakai.

Folia infra lanata. Gemmæ eximie lanatæ. Cet. ut typo.

Hab. in silvis Coreæ sept.

Planta endemica !

3. な な か ま ど

マギャイモック（全 南）

（第 三 圖）

灌木又ハ小喬木高サ六乃至八米突ニ達スルアリ、樹膚ハ帶灰褐色、皮目ハ横長シ、枝ハ毛ナク帶灰色、芽ハ全然無毛ナリ、葉ハ奇數羽狀ニシテ羽片ハ四對乃至六對無毛ナリ、披針形又ハ廣披針形ニシテ先端トガリ邊緣ニハ複鋸齒又ハ單一ノ鋸齒アリ、裏面ハ綠色ナレドモ表面ヨリハ淡シ、花序ハ無毛ニシテ花ハ密ニ生ジ、花ハ白色ニシテ直徑約一珊アリ、梨果ハ多少漿質ニシテ成熟スレバ朱紅色トナリ直徑五乃至七粍アリ。

全南智異山並ニ濟州島漢拏山ニ生ズ。

分布、四國、本島、北海道。

一種 羽片ノ長サ九珊ニ達シ裏面中肋ニ沿ヒテ微毛アルモノアリ、「**うすげななかまど**」ト云フ、全南智異山ニ生ジ、朝鮮特產ナリ。

3. Sorbus commixta, Hedl.

Monogr. Sorb. (1901) p. 38. Schneid. Illus. Handb. I. p. 677. fig. 371. k-l. fig. 371. h-i. Takeda et Nakai in Tokyo Bot. Mag. XXIII. p. 51. Nakai Fl. Kor. II. (1911) p. 473.

S. aucuparia var. japonica, Maxim. in Bull. Acad. St. Pétersb. XIX (1870) p. 173.

S. japonica, (non Sieb.) Kœhne in Gartenfl. (1901) p. 408 et Mitt. Deutsch. Dendr. Gesells. (1906) p. 57. Koidz. Consp. Ros. Jap. p. 48.

Pyrus aucuparia var. japonica, Maxim. in litt. ex Fran. et Sav. Enum. Pl. Jap. I. p. 140.

P. americana var. microcarpa, (non Torr. et Gray) Miq. Prol. Fl. Jap. p. 229.

Frutex v. arborea usque 6-8 m. alta. Cortex trunci cinereo-fuscus, lenticellis horizontalibus oblongis v. subulatis notatus. Ramus glaberrimus cinereus. Gemmæ glaberrimæ. Folia 4–6-jugo imparipinnata glabra. Foliola lanceolata v. lineari-lanceolata acuminata serrata v. duplicato-serrata, infra pallidiora. Inflorescentia glaberrima densiflora. Flores diametro fere 1 cm. Drupa baccata coccinea diametro 5–7 mm.

Hab. in silvis Quelpært et Chirisan.

Distr. Yeso, Nippon et Shikoku.

var. **pilosa**, Nakai.

S. amurensis, (non Kœhne) Nakai Report Veg. M't. Chirisan (1914) p. 36. n. 260.

Foliola usque 9 cm. longa 1.8 cm. lata. Costæ foliorum et foliolorum pilosæ.

Hab. in silvis montis Chirisan. rara !

Planta endemica !

第三屬 あづきなし屬

喬木又ハ灌木、落葉ス、葉ハ互生、芽ニアリテハ摺合狀ニシテ且折リ疊ム、然レドモ各個獨立ナリ、葉柄アリテ、常ニ單葉ナリ、側脈ハ葉緣ニ達ス、托葉ハ早ク落ツ、花ハ枝ノ先端ニ複繖房花序ヲナス、蕚筒ハ鐘狀又ハ低キ倒圓錐形、蕚片ハ五個ニシテ外反シ脫落ス、花瓣ハ五個、覆合狀ニ排列ス、雄蕋ハ二十個ヲ常トス、葯ハ二室、縱ニ裂開ス、子房ハ二室乃至四室、胚珠ハ各室ニ二個宛、花柱ハ二個乃至四個、基部癒着ス、梨果ハ小ナリ。

世界ニ七種アリ、皆東亞ノ產ナリ、朝鮮ニ一種四變種アリ。

Gn. 3. **Micromeles,** Dcne. Mem. Fam. Pom. (1874) p. 168. Kœhne Gatt. Pom. (1890) p. 20. Schneid. Illus. Handb. I. p. 700. Koidz. Consp. Ros. Jap. p. 67.

Arbor v. arbusculus. Folia alterna decidua æstivatione falcato-conduplicata sed inter sese libera, petiolata simplicia serrata, nervis lateralibus ad apicem serratulæ excurrentibus. Inflorescentia corymboso-paniculata. Calycis tubus campanulatus v. plano-turbinatus, lobi 5 reflexi demum decidui. Petala 5 imbricata. Stamina vulgo 20. Antheræ 2-loculares longitudinali-dehiscentes. Ovarium 2–4 loculare. Ovula in quisque loculis 2. Styli 2–4 basi coaliti. Poma parva.—Species 7 in Asia orientali indigenæ. Inter eas unica in Corea adest.

4. あづきなし、榶又ハ棣

ウンヒャンナム(平北) **パッパイナム**(京畿)

ムルアイングトナム(全南)

(第四圖)

小喬木、高サ十五米突ニ達スルモノアリ、樹膚ハ帶黑灰色、枝ハ帶紫色、葉ハ卵形又ハ廣卵形、表面ハ最初ヨリ平滑又ハ微毛アリ、後無毛トナル、下面ハ淡綠色、葉脈ニ沿フテ微毛アルカ又ハ無毛ナリ、繖房花序ハ枝ノ先端ニ生ズ、花梗ハ無毛又ハ微毛アリ、花瓣ハ白色丸シ、蕚片ハ卵形、內面ニ毛アリ、後脫落ス、雄蕋ハ花瓣ヨリ短シ、花柱ハ二叉シ無毛、梨果ハ丸ク成熟スレバ紅化シ直徑一珊許。

全道ノ山野ニ生ジ次ノ如キ變種アリ。

あづきなし。 葉ハ基脚尖ルカ又ハ丸シ、全道ノ山野ニ生ズ。

之レト混生シテ基脚丸キカ又ハ少シク彎入スルモノアリ。

しらげあづきなし。 葉面ニハ老成スルモ毛アリ、濟州島漢拏山ニアリ。

おほあづきなし。 葉形稍大ニシテ邊緣ノ缺刻大ナリ、全道所々ニ生ズ。

おほばあづきなし。 葉形特ニ大ニシテ果實モ稍大ナリ、鴨綠江岸ニアリ。
（第五圖）

4. **Micromeles alnifolia,** (S. et Z.) Kœhne

Gatt. Pom. (1890) p. 20. Palib. Consp. Fl. Kor. I. (1898) p. 75. Kom. Fl. Mansh. II. (1904) p. 479. Schneid. Illus. Handb. Laubholzk. I. (1906) p. 703. Nakai Fl. Kor. I. p. 183. II. p. 474. Koidz. Consp. Ros. Jap. p. 68.

Cratægus alnifolia, S. et Z. Abh. Münch. Acad. IV. 2. (1846) p. 130.

Sorbus alnifolia, Koch. in Ann. Mus. Bot. Lugd. Bat. I. (1863) p. 249. Maxim. in Mél. Biol. IX. p. 173. Wenzig in Linnæa XXXVIII. (1874) p. 58.

Aria alnifolia, Dcne. Pom. p. 166.

Pyrus Miyabei, Sarg. Forest Fl. Jap. p. 40.

Sorbus Miyabei, Mayr. Fremdl. Waldbäume (1906) p. 491.

Arborea usque 15 m. alta. Cortex trunci atrato-griseus. Ramus purpurascens. Folia ovata v. late ovata supra ab initio glabra v. pilosa demum glabrescentia (in var. *hirtella* secus venas hirtella), subtus pallidiora secus venas pubescentia v. glabra. Corymbus ad apicem rami hornotini terminalis. Pedicelli glaberrimi v. pilosi. Petala orbicularia alba. Calycis lobi ovati, intus pubescentes decidui. Stamina petalis breviora. Styli bifidi glaberrimi. Poma matura coccinea sphæroidea, diametro usque 1 cm.

Nom. vern. Pat'pai-nam (Kyöng-geui) Mul-aingto-nam (Chöl-la) Un-hyang-nam (Phyöng-an).

α. **typica,** Schneid. l.c.

M. alnifolia *α.* serrata a. typica, Koidz. Consp. Ros. Jap. p. 68.

Folia basi cuneata v. rotundata.

Hab. in montibus totius Coreæ.

Diatr. Yeso, Nippon, Shikoku, Kiusiu, et Manshuria.

β. **tiliæfolia,** (Dcne.) Schneid. l.c. p. 703. fig. 386. f.

Aria tiliæfolia, Dcne. Pom. p. 166.

Micromeles alnifolia α. serrata, b. tiliæfolia, Koidz. Consp. Ros. Jap. p. 68.

Folia basi rotundata v. subcordata usque 8 cm. longa.

Hab. in montibus totius Coreæ.

Distr. Japonia.

γ. **lobulata,** Koidz. Consp. Ros. Jap. p. 68.

Folia eximie lobulato-incisa, basi subcordata usque 9 cm. longa.

Hab. in silvis Coreæ mediæ.

Distr. Insula Tsusima.

δ. **macrophylla,** Nakai. nov.

Arbor usque 15 m. alta. Folia basi subcordata v. truncata usque 11 cm. longa. Poma major.

Hab. secus flum. Jalu; solum unicam inveni.

Planta endemica!

ε. **hirtella,** Nakai. nov.

Folia ut typica sed adulta supra secus venas albo-hirtella.

Hab. in silvis Quelpært.

Planta endemica!

第 四 屬 **か ま つ か** 屬

落葉ノ灌木、葉ハ互生、單葉、鋸歯アリ、托葉ハ早落性、花ハ枝ノ先端ニ複織房花序ヲナス、萼ハ五個ノ裂片アリ、裂片ハ永存性、花瓣ハ五個、蕾ニアリテ覆瓦狀ニ排列ス、雄蕋ハ二十個、花絲ハ細シ、花柱ハ二個乃至四個基部相癒合スルカ又ハ殆ンド全ク離生ス、子房ハ二室乃至四室、梨果ハ球形又ハ卵形、胚珠ハ各室ニ二個宛アリ。

世界ニ約十四種アリ、皆東亞ノ產、中一種四變種朝鮮ニアリ。

Gn. 4. **Pourthiæa,** Dcne in Nouv. Arch. Mus. Paris. (1874) p. 146. Focke in Nat. Pflanzenf. III. 3 (1894). p. 26.

Photinia, (non Lindl.) DC. Prodr. II. p. 631. p.p. Koidz. Consp. Ros. Jap. p. 59.

P. sect. 3. Pourthiæa, Schneid. Illus. Handb. Laubholzk. I. p. 708.

Frutex. Folia alterna simplicia serrata decidua. Stipulæ caducæ. Flores ad apicem rami corymboso-paniculati. Calyx 5-dentatus, dentibus persistentibus. Petala 5 æstivatione imbricato-contorta. Stamina vulgo 20. Filamenta linearia. Styli 2-4, basi coaliti v. fere ad basin liberi. Ovarium 2-4 loculare. Drupa globosa v. ovoidea. Ovula in quisque loculis 2.—Species 14 in Asia orientali indigenæ. Inter eas unica in Corea adest.

5. かまつか又ハかまつかぐみ 又ハうしころし

ユンナム又ハ**ユンノリ**（濟州島） **ユスリ**（慶南、全南）

ノカックナム又ハ**ハイングチャモック**（慶南）

（第　六　圖）

灌木高サ五米突**ニ達スルモノアリ、分**岐多シ、葉ハ短カキ葉柄ヲ有シ楕圓形又ハ倒卵形基脚ニ向ヒトガル、先端著シクトガル、邊縁ニハ小鋸齒アリ、葉柄、若枝葉ノ裏面ニハ微毛アリ、表面ニハ初メ少シク毛アレドモ後無毛トナル、芽ニアリテハ葉ハ外方ノモノハ內方ノモノヲ包ム、花ハ複繖房花序ヲナシ枝ノ先端ニ生ズ、花梗ニ微毛アリ後皮目ノ粒狀突起ヲ生ズ、萼ハ倒圓錐形ニシテ毛アリ、萼片五個永存性、花瓣ハ丸ク、五個白色、雄蕊ハ花瓣ヨリ短カシ、花托ニハ微毛アリ、花柱二個乃至三個ニシテ基脚癒合ス、梨果ハ倒卵形又ハ卵形ニシテ成熟スレバ紅化ス。

濟州島ノ產。

分布、本島、北海道。

次ノ如キ變種アリ。

あつばかまつか。 葉ハ短カキ葉柄ヲ有シ倒卵形ニシテ基脚ニ向ヒ漸次細マリ、質厚シ、果實ハ基本種ヨリ稍大形ナルヲ常トス。（第　七　圖）

濟州島海岸地方ノ產。

うすげかまつか。 葉ハ短カキ葉柄ヲ有シ薄ク先端長クトガル、若キ時ニハ微毛生ズレドモ、後平滑トナル、花梗、枝共ニ細シ。

全南、京畿、濟州島ノ產。

分布、本島、對馬。

ながえかまつか。 葉ハ簇生シ葉柄ハ一珊以上アリ、若キ時ハ微毛アレドモ後全ク無毛トナリ長倒卵形ヲナス。

莞島、智異山ノ產。

けかまつか。 葉ハ短カキ葉柄ヲ有シ楕圓形又ハ倒卵形、若キ時ハ特ニ葉裏ニ白毛密生シ、花梗葉柄、若枝等ニモ毛多シ。

濟州島ノ產。

分布、北海道、本島。

5. **Pourthiæa villosa,** (Thunb.) Decaisne

in Nouv. Arch. Mus. Paris. X. (1874) p. 147. Focke in Nat. Planzenf. III. 3. p. 26.

Cratægus villosa, Thunb. Fl. Jap. (1784) p. 204.

Photinia? villosa, DC. Prodr. II. (1825) p. 631. Fran. et Sav. Enum. Pl. Jap. I. p. 142 p.p. II. p. 351. p.p. Maxim. in Mél. Biol. IX. p. 176. p.p. Schneid. Illus. Handb. Laubholzk. I. p. 710. Koidz. Consp. Ros. Jap. p. 61. p.p.

P. variabilis, Hemsl. Ind. Fl. Sin. I. p. 263. p.p.

P. arguta, var. villosa, Wenzig in Linnæa XXXVII. p. 91.

Pourthiæa variabilis, Palib. Consp. Fl. Kor. I. p. 183. Nakai Fl. Kor. I. p. 183.

Nom. Vern. Yung-nori v. Yung-nam (Quelpært) Yūsūri v. Nokak-nam v. Haincha-mok (Kyŏng-san).

var. **typica,** (Schneid.) Nakai. nov. comb.

Photinia villosa var. typica, Schneid. Illus. Handb. I. p. 710. fig. c.

Pirus spectabilis var. albescens, Lévl. in Fedde Rep. (1912). p. 377.

Frutex usque 5 m. altus ramosus. Folia brevi-petiolata elliptica, obovata basi attenuata, apice acuminata, minute serrulata, infra albo-villosa demum glabrescentia, supra pilosa demum glabra, æstivatione convoluta et exteriora interiora complexa, petiolis ramulisque albo-villósis. Inflorescentia corymboso-paniculata ad apicem rami brevis hornotini terminalis. Pedicelli villosi demum pilosi eximie verrucosi. Calyx turbinatus, villosus, dentibus triangularibus persistentibus. Petala alba orbicularia brevi unguiculata. Stamina petalis breviora. Discus pilosus. Styli 2–3 basi coaliti. Poma obovata v. ovoidea matura rubescens.

Hab. in silvis Quelpært.

Distr. Yeso et Nippon.

var. **brunnea,** (Lévl.) Nakai in Report on Veget. Isl. Quelpært (1914) p. 52.

Pirus brunnea, Lévl. in Fedde Rep. (1912) p. 377.

Folia initio pubescentia obovata basi ad petiolem brevem longe attenuata apice cuspidata v. mucronata crassiuscula. Pedunculi pedicelli ramique plus minus robustiores quam typica.

Hab. secus et circa mare Quelpært.

Planta endemica !

var. **longipes,** Nakai.

Folia fasciculata petiolis supra 1 cm. longis, primo puberula demum glaberrima late oblanceolata.

Hab. in silvis insulæ Wangtô et montium Chirisan.

Planta endemica !

var. **coreana,** (Dcne.) Nakai.

Pourthiæa coreana, Dcne. in Nouv. Arch. Mus. Paris. X. (1874) p. 148.

Pirus mokpoensis, Lévl. in Fedde Rep. (1909) p. 200.

Folia brevi-petiolata chartaceo-membranacea longe acuminata, primo puberula, demum glabra. Pedicelli ramique graciles.

Hab. in silvis Coreæ mediæ et australis nec non Quelpært.

Distr. Nippon et insula Tsushima.

var. **Zollingeri,** (Dcne.) Nakai nov. comb.

Pourthiæa Zollingeri, Dcne. l.c. p. 149.

Photinia villosa var. Zollingeri, Schneid. l.c. p. 710. fig. 393. d.

Folia rami ut typica, sed calyx pedicelli et folia pilosa.

Hab. in silvis Quelpært.

Distr. Yeso et Nippon.

第五屬 しやりんばい屬

灌木分岐シ、常綠、概ネ海岸植物ナリ、葉ハ互生光澤アリ、芽ニアリテハ摺合狀ニ排列シ、外方ノモノハ內方ノモノヲ包ム、托葉ハ早落性、花ハ圓錐花叢ヲナシ枝ノ先端ニ生ズ、萼筒ハ多少長ミアリ、萼片ハ三角形ニシテトガル、花瓣ハ五個、白色蕾ニアリテハ覆瓦狀ニ排列ス、雄蕋ハ二十個ヲ常トスレバ退化減數スル事多シ、花柱ハ二個乃至三個、子房ハ二個乃至三個、胚珠ハ各室ニ二個宛、梨果ハ多少漿質、萼ハ凋落ス、——世界ニ五種アリ皆東亞ノ產、其中二種朝鮮ニ自生ス。

Gn. 5. **Raphiolepis,** Lindl. Bot. Reg. VI (1820) p. 468. et in Trans. Linn. Soc. XIII. (1822) p. 105. DC. Prodr. II. (1825) p. 630. Wenzig in Linnæa XXXVIII. p. 100. Dcne. Pom. p. 132. Kœhne Pom. p. 21. Schneid. Illus. Handb. I. p. 704. Koidz. Consp. Ros. Jap. p. 70.

Rhaphiolepis, Poir. Dict. XV. (1827) p. 314. Endl. Gen. Pl. p. 1239. Benth. et Hook. Gen. Pl. I. p. 627. Focke in Nat. Pflanzenf. III. 3. p. 25.

Frutex ramosus. Folia alterna sempervirentia lucida, æstivatione conduplicata interiora exterioribus amplexa sunt. Stipulæ caducæ. Inflorescentia racemosa ad apicem rami hornotini terminalis. Calycis tubus plus minus elongatus, lobi triangulares, acuti v. acuminati. Petala alba æstivatione contorto-imbricata. Stamina 20 v. abortive oligomera. Ovarium 2–3 loculare. Styli 2–3. Ovula in quisque loculis 2. Poma baccata. Calyx deciduus.——Species 5. in India, China et in Japonia indigenæ. Inter eas duæ in Corea adsunt.

6. ながばのしゃりんばい

タチョンクムナム（莞島）

（第　八　圖）

灌木、高サ十二尺ニ達スルアリ、莖ハ直立シ分岐多シ、葉ハ最初毛アレドモ間モナク無毛トナル、倒披針形又ハ倒廣披針形、葉柄ニ向ヒ漸次ニ細マル、先端ハ丸キヲ常トシ、波狀ノ鋸齒アルカ又ハ全緣ナリ、長サ四糎乃至八糎、幅一糎乃至三糎ニ達ス、圓錐形花叢ハ枝ノ先枝ニ生ジ、最初褐毛アレドモ後無毛トナル、花ハ無柄又ハ短カキ花梗ヲ具フ、萼ハ漏斗狀、褐毛多シ、萼片ハ廣披針形ニシテトガル、花瓣ハ白色、倒卵形又ハ倒卵圓形、萼片ハ萼筒ノ上部ト共ニ脫落ス、梨果ハ球形ニシテ成熟スレバ黑色トナル。
濟州島、莞島、木浦等ニ分布ス。
分布、琉球。

6. **Raphiolepis umbellata,** (Thunb.) Makino

in Tokyo Bot. Mag. XVI. (1902) p. 13. Schneid. Illus. Handb. Laubholzk. I. (1906) p. 705. fig. 391. i. Koidz. Consp. Ros. Jap. p. 71.

Laurus umbellata, Thunb. Fl. Jap. (1784) p. 175.

Raphiolepis japonica, S. et Z. Fl. Jap. (1835) p. 162. t. 85 et auct. plur.

Opa japonica. Seem. Journ. Bot. (1863) p. 281.

var. **liukiuensis,** Koidz. Consp. Ros. Jap. p. 73.

Raphiolepis japonica, (non S. et Z.) Ito et Matsum. Tent. Fl. Liuk. I. p. 191.

R. umbellata, (non Makino) Nakai in Tokyo Bot. Mag. XXVI. (1912) p. 95. Report on Veget. Isl. Qulpært (1914) p. 53. Report on Veget. Isl. Wangtô p. 8. Chôsen-shokubutsu Vol. I. (1914) p. 290. fig. 343 a.

Frutex usque 6–12 pedalis pyramidale ramosus glaber. Folia initio pubescentia sed mox glabrata, glabriora quam var. typica, oblanceolata ad petiolos rubescentes attenuata, apice obtusa v. obtusiuscula crenato-serrata v. integra, 4 cm. longa 1.2 cm. lata (8 : 2, 6 : 2.3 etc.). Panicula ad apicem rami hornotini abbreviati terminalis primo rufescens demum glabra. Flores sessiles v. brevi-pedicellati. Calyx infundibuliformis rufo-pubescens, lobis lanceolato-attenuatis. Petala alba obovata v. rotundato-obovata. Calycis lobi cum parte superiore tubi decidui, ita poma apice umbilicata. Poma matura globosa atra glaucescens, magnitudine pisi, drupacea.

Nom. Vern. Tachon-kum-nam.

Hab. in Quelpært, Wangtô et Mokpo.

Distr. Liukiu.

7. まるばしゃりんばい

(第　九　圖)

灌木高サ四尺ニ達スルアリ、横ニ廣ク分岐シ、直立スル事ナシ、葉ハ常ニ倒卵形又ハ長倒卵形、全緣又ハ稀ニ波狀ニ少數ノ鋸齒アリ、「しゃりんばい」ノ葉ヨリ厚シ、若キ時ハ微毛アルモ後間モナク無毛トナル、長サハ三珊半乃至九珊半、幅ハ二珊乃至五珊ニ達ス、花ハ圓錐花叢ヲナシ形狀前種ニ似タルモ花序ニ毛少シ、萼ニ微毛アリ、花瓣ハ白色、梨果ハ成熟スレバ直徑一珊乃至一珊半アリ。

釜山、絕影島、巨濟島、濟州島等ニ產ス。

分布、本島ノ南岸、四國、對馬、伊豆大島、八丈島等。

本種ハ「しゃりんばい」ト混ズルモノ多ケレドモ「しゃりんばい」ノ莖ハ直立シ、葉ハ若キ時ニモ毛多ク且鋸齒アルヲ常トシ稍小形ナリ、故ニ一見シテ區別シ得、又本種ハ小笠原島產ノ「しゃりんばい」Raphiolepis Mertensii ト混ゼラルヽ事アリ、サレドモ小笠原島產ノモノハ一般ニ「まるばしゃりんばい」ヨリ長味アリ、是レ余ガ本種ヲ以テ小笠原島產ノモノヽ變種トスル所以ナリ。

7. **Raphiolepis Mertensii,** S. et Z.

Fl. Jap. (1835) p. 144.

R. integerrima, Hook. et Arn. Bot. Beech. Voy. (1841) p. 263.

R. umbellata, var. Mertensii, Makino in Tokyo Bot. Mag. XVI. (1906) p. 14. Koidz. Consp. Ros. Jap. p. 72.

var. **ovata,** (Briot) Nakai. nov. comb.

Raphiolepis ovata, Briot in Rev. Hort. (1870–1) p. 348.

R. integerrima, (non Hook. et Arn.) Hook. in Bot. Mag. (1865). t.5510.

R. umbellata, var. Mertensii, Makino in Tokyo Bot. Mag. XVI. (1902) p. 14. p.p. Koidz. Consp. Ros. Jap. (1912). p. 72. p.p.

R. japonica, (non S. et Z.) Nakai Fl. Kor. I. (1909) p. 177.

R. umbellata f. ovata, Schneid. Illus. Handb. I. (1906) p. 706. fig. 391. k.

R. Mertensii, (non S. et Z.) Nakai Chôsen-shokubutsu Vol. I. (1914) p. 289. fig. 343. Report on Veg. Isl. Quelpært p. 53.

Frutex nanus divaricatus nunquam pyramidalis. Folia semper obovata v. late oblanceolata rarissime elliptica integerrima v. rarissime crenato paucique serrata, crassiora quam *R. umbellata,* initio leviter pilosa sed mox glabrescentia, 7 cm. longa 3.5 cm. lata (5 : 3, 4.5 : 2 etc. in plantis japonicis haud rarum 9 : 5, 8 : 5). Flores ad apicem rami hornotini abbreviati terminales racemoso-paniculati brevi-pedicellati v. sessiles. Axis inflorescentiæ adpresse pilosa sed glabrior quam *R. umbellata.* Calyx infundibuliformis pilosus. Petala alba. Poma drupacea atra, diametro 1–1.5 cm.

Hab. Quelpært et Archipelago Coreano.

Distr. Hondo austr., Shikoku, Insula Hachijo, Insula Ôshima et Insula Tsushima.

Hæc species forma caulis et foliorum a *R. umbellata* statim distinguenda est. Planta typica *R. Mertensii* foliis oblanceolatis v. in medio latissimis angustioribus ab hac varietate distat.

第六屬りんご屬

喬木又ハ灌木．落葉ス、葉ハ互生、芽ニアリテハ摺合狀ニ排列シ外方ノモノハ內方ノモノヲ包ム、單葉、鋸齒又ハ缺刻アリ、托葉ハ脫落性、花ハ短枝ノ先端ニ生ジ、繖形又ハ腋出繖形、萼筒ハ全部子房ト癒合スルモノト上部離ルヽモノトアリ、後者ニアリテハ花後脫落ス、萼片ハ五個、花瓣ハ五個白色、淡紅色又ハ紅色、覆瓦狀ニ排列ス、雄蕋ハ通例二十個、雌蕋ハ二個乃至五個、花柱ハ下部癒着ス、子房ハ二室乃至五室、胚珠ハ各室ニ二個宛アリ、梨果ハ通例多肉ニシテ食用ニ供スルモノ多シ。

世界ニ約十五種アリ皆北半球ノ溫帶地方ノ產ナリ、其中朝鮮ニ二種三變種ノ自生品アリ、栽培品ハ近來輸入ノ苹果ト共ニ三種ナリ、各種ノ區別法次ノ如シ。

1 {萼ハ脫落性 ……………………………… 2.
  {萼ハ永存性 ……………………………… 6.

2 {葉ハ倒廣披針形又ハ倒長卵形､缺刻アルモノ多シ､花ハ直徑二珊‥ずみ
  {葉ハ倒卵形又ハ橢圓形又ハ長倒卵形、花ハ直徑二珊半乃至三珊 …… 3.

3 {梨果ハ直徑七乃至八粍 ……………………………… ずみもどき
  {梨果ハ直徑十乃至十二粍 ……………………………… 4.

4 {花柱ノ基部ハ無毛ナルカ又ハ極メテ微毛アリ ………… からこりんご
  {花柱ノ基部ハ著シク毛アリ ……………………………… 5.

5 {葉柄ハ充分成育セルモノモ微毛アリ ……………… えぞのこりんご
  {葉柄ハ若キ時ヨリ全然毛ナシ ……………………… シベリアこりんご

6 {花ハ徑五珊以上アリ、梨果ハ直徑一珊半乃至二珊 …… ながさきずみ
  {花ハ徑三珊許、梨果ハ直徑四珊以上アリ ……………………… 7.

7 {梨花ニハ白キ粉ヲ吹ク、果肉ニ水分多シ、萼片ノ基部ハ果實ニアリテハ著シク膨脹ス ……………………………… てうせんりんご
  {梨花ニハ粉ヲ吹カズ、果肉ニ水分少シ、萼片ノ基部膨脹スルコトナ

FLORA SYLVATICA KOREANA. VI.

シ..苹果

Gn. 6. **Malus,** (Dod.) Tournef. Instit. Rei Herb. I. (1700) p. 634. III. t. 406. Miller Gard. Dict. ed. IV. Vol. II. (1765). Kœhne Gatt. Pom. p. 27. Decaisn. Pom. (1874). p. 153. Schneid. Illus. Handb. I. p. 714. Britt. and Brown. Illus. Fl. II. p. 234. Koidz. Consp. Ros. Jap. p. 79.

Pyrus p.p. Linné Gen. Pl. n. 626 et auct. plur.

Pirus sect. Malus, DC. Prodr. II. (1825) p. 635 et auct. plur.

Arbor v. frutex. Folia decidua alterna, æstivatione conduplicata sed exteriora interiora amplexa, petiolata simplicia serrata v. lobulata. Stipulæ deciduæ. Flores ad apicem rami brevis umbellati. Calyx nunc cum ovario connatus, tunc persistens et nunc ad apicem disci qui toto ovarium circumdat et eocum adhærens terminalis, tunc deciduus et tubus plus minus elongatus. Calycis lobi 5. Petala 5 alba, lilacina v. rosea, calycis lobis alterna et ad faucem calycis lobi adhærentia, æstivatione imbricata. Stamina vulgo 20 ad faucem calycis lobi petalis interiore affixa. Discus tunc discoideus, tunc bene evolutus et toto ovarium circumdat. Carpella 2–5 connata. Ovarium 2–5 loculare. Ovula in quoque loculo 2 ascendentia. Styli 2–5 basi columnale connati ubique villosi v. glabri. Poma carnosa vulgo esculenta. Cotyledones carnosæ. Radicula supera.——Circ. 15 species in regionibus temperatis boreali-hemisphæricæ incolæ. Inter eas duæ in Corea incolæ et tres coluntur.

1 { Calyx deciduus ie discus ovarium amplexus et eocum connatus, ita totus calyx ad apicem ovarii affixus....Gymnomeles............2.
Calyx persistens ie calycis lobus cum ovario connatus ita poma calycis lobis coronata....Calycomeles........................6.

2 { Folia oblanceolata v. oblongo-lanceolata serrulata v. incisa. Flores diametro 2 cm ....M. Toringo, Sieb.
Folia obovata, elliptica v. oblongo-obovata. Flores diametro 2.5–3 cm..........M. baccata, Borkh..........................3.

3 { Poma diametro 7–8 mm ....var. minor, Nakai.
Poma diametro 10–12 mm ....4.

4 { Styli basi glabri v. pilosi ....var. leiostyla, Schneider.
Styli basi tomentosi ....5.

5 { Petioli adulti adpresse ciliati............var. mandshurica, Schneider.
{ Petioli ab initio glabri.....................var. sibirica, Schneider.

6 { Flores diametro 5 cm. v. ultra. Poma diametro 1.5–2 cm. acidula.
..................................M. micromalus, Makino.
{ Flores diametro cc. 3 cm. Poma diametro 4 cm. superans ....7.

7 { Poma glaucina. Basis calycis lobi in fructu succulens et glabra....
......................................M. asiatica, Nakai.
{ Poma non glaucina. Basis calycis lobi in fructu non succulens pubescens..............M. pumila, Mill. var. domestica, Schneider.

8. ず み

（第 十 圖）

灌木分岐多シ、樹膚ハ灰色不規則ニ剝グ、枝ハ帶褐紫黑色、皮目ハ褐色ナリ、若枝ニハ毛アリ、葉ハ長枝ノモノハ深ク缺刻アル上不規則ノ鋸齒アリ、外形ハ卵形ヲ常トス、短枝ノモノハ長倒卵形ニシテ一樣ノ鋸齒アルモノト複鋸齒アルモノトアリ、若芽ハ兩面特ニ裏面ニ絨毛アリ、古葉ハ葉脈ヲ除ク外ハ無毛ナリ、花ハ短枝ノ先端ニ繖形ヲナシ長キ花梗アリ、花梗ノ長サ一珊半乃至二珊毛ナシ、枝ハ無毛、萼筒ハ鐘狀ニシテ長サ一珊半、萼片ハ披針形ニシテ鋭クトガル、邊緣ニ微毛アリ、花瓣ハ淡紅色又ハ帶紅白色楕圓形ナリ、雄蕋ハ短カク二十個アリ、花柱ハ基部ニ毛アリテ三個乃至四個アリ。

濟州島漢拏山及ビ智異山彙ニ産ス。

分布、本島、北海道。

8. Malus Toringo, Sieb.

in Catalogue raisonné et Prixcourant etc. I. (1856) p. 4. De Vries in Tuinbouw Flora III. (1856) p. 368 t. XVII. C. K. Schneid. Illus. Handb. I. p. 723. Koidz. Consp. Ros. Jap. p. 80.

Cratægus Taquetii, Lévl. in Fedde Rep. (1912) p. 377.

C. alnifolia, (non S. et Z.) Regel in Act. Hort. Petrop. I. p. 125.

Malus baccata subsp. Toringo, Koidz. in Tokyo Bot. Mag. XXV. (1911) p. 76.

M. Sargentii, Rehd in Sarg. Trees and Shrubs (1903) p. 71. Schneid. Illus. Handb. I. p. 722.

M. Torringo, Carr. in Rev. Hort. (1871) p. 451. (1872) p. 210.

Pirus rivularis, Doug. var. Toringo, Wenzig in Linnæa XXXVIII. (1874) p. 39.

P. Mengo, Sieb. ex K. Koch. Dendr. I. (1869) p. 213.

P. Sieboldi, Regel Ind. Sem. Hort. Petrop. (1858) p. 51. Gartenfl. VIII. (1859) p. 82.

P. spectabilis, (non Ait.) A. Gray Bot. Jap. p. 388.

P. subcratægifolius, Lévl. in Fedde Rep. (1909) p. 197.

P. Toringo, Sieb. herb. ex Miq. in Ann. Mus. Bot. Lugd. Bat. (1867) p. 40. K. Koch. Dendr. p. 212. Maxim. in Mél. Biol. IX. p. 167. Fran. et Sav. Enum. Pl. Jap. I. p. 139. II. p. 350.

Sorbus Toringo, Sieb. in horto ex Miq. l.c. p. 41

Frutex ramosissimus. Cortex trunci griseus irregulariter profunde durumpens. Ramus purpurascente-fusco-ater lucidusculus, lenticellis fuscentibus sparsim punctulatus. Ramus juvenilis villosulus. Folia rami elongati profunde fissa irregulariter serrata ambitu ovata, rami brevis oblanceolata serrulata v. duplicato-inciso-serrata, juvenilia utrinque præcipue infra villosa, adulta præter venas glabra, supra leviter lucida. Flores ad apicem rami brevis umbellati longe pedicellati. Pedicelli 1.5–2 cm. longi glaberrimi. Calyx glaberrimus. Calycis tubus campanulatus 1.5 mm. longus, lobi anguste lanceolato-acuminati margine ciliolati 4–5 mm. longi. Petala in plantis Coreanis semper rosea v. pallide rosea nunquam alba, elliptica margine integerrima v. leviter crenulata. Stamina brevia 20. Styli supra basi villosi 3–4 fidi.

Hab. in Quelpært: in montibus Hallaisan. In Corea austr.: in montibus Chirisan et Umpô.

Distr. Nippon et Yeso.

9. シベリアこりんご

トルペイナム（江原） **ヤーカンナム**（平北）

（第十一圖）

灌木又ハ小喬木、高サハ五米突ヲ出ヅル事稀ナリ、樹膚ハ不規則ニ裂ケ帶灰褐色、枝ハ帶紫褐色、又ハ帶紅褐綠色、若キモノハ綠色ナリ、毛ナシ、葉ハ全ク毛ナキカ又ハ若キ時僅カニ毛アリ、葉柄ノ長サ一珊乃至四珊、無毛ニシテ上面ニ溝アリ、葉身ハ卵形又ハ丸キカ又ハ廣楕圓形又ハ楕圓形又ハ廣倒卵形又ハ長楕圓形、基脚ハ丸キカ又ハ廣キ楔形、先端トガル、花ハ短枝ノ先端ニ繖形ヲナス、花梗ハ長サ二珊半乃至四珊ニシテ毛ナシ、萼ハ萼片ト共ニ無毛ナレドモ萼片ノ內面ニハ毛アリ、花瓣ハ淡紅色又ハ紅色、長サ一珊半乃至一珊六許、楕圓形ナリ、雄蕋ハ約二十個、長サ二乃至八粍、無毛ナリ、花柱ハ四個乃至五個、下方ハ相癒合シ其癒合部ニ毛アリ、萼片ハ花後脫落ス、梨果ハ成熟スレバ紅化スルモノト黃化スルモノトアリ、直徑ハ一乃至一珊二許、澁味ト酸味トヲ兼有ス、果梗ノ長サ三乃至五珊。

京畿、江原、平安南北、咸鏡南北ノ山地河邊等ノ樹林中ニ生ズ。

分布、東西比利亞、黑龍江省、滿洲、直隷。

次ノ諸變種アリ。

からこりんご。 花柱ノ癒着部ニ無毛ナルカ又ハ極メテ微毛生ズ、葉ハ楕圓形ニシテトガル、其他ハシベリアこりんごニ同ジ。

平壤附近ノ產。

シュナイデル氏ノ書ニ var. leiostyla トシテ一ノ葉ヲ畫ケルモノハ本種ナリト考フ、氏ハ別ニ記載ヲナサザレドモ leiostyla「無毛ノ花柱」ト其葉形ニ依リテ其レト判ジ得。

ずみもどき。 分岐多キ灌木、葉ハ廣楕圓形又ハ倒卵形又ハ殆ンド丸ク細カキ鋸歯アリ、無毛ニシテ長サ二乃至五珊許、果梗ノ長サ二乃至二珊七許無毛ナリ、梨果ノ直徑ハ七乃八粍。

平安北道碧潼郡碧團附近ノ山ニテ採收セリ。

全形ノ小形ナルヨリずみニ類似スレドモ葉形ト無毛ノ點ニテ區別シ得。

えぞのこりんご。 （第十二圖）高サ三十米突ニ達スルモノアリ、樹ノ直徑ハ目通五十珊ニ達ス、樹層ハ シベリアこりんごニ同ジ、葉ハ邊緣ニ小鋸歯アルモノト殆ンド全緣ノモノアリ、此等ハ個體又ハ枝ニ依リ異ナル、シベリアこりんごト異ナルハ樹ノ大トナル傾アルト充分成育セル葉ニモ葉脈並ニ葉柄ニ毛アル點ナリ。

濟州島漢拏山上、智異山上、中部以北ニアリテハ白頭山麓ニ至ル迄生ズ。

分布、滿洲、烏蘇利、北海道、樺太。

9. **Malus baccata,** (L.) Borkhausen

Theor. Prakt. Handb. Forstbot. Forsttech. II. (1803) p. 1280. Desf. Hist. II. (1809) p. 141. Decaisne Pom. p. 154. Schneid. Illus. Handb. I. p. 720. fig. 398 g-i.

Pirus baccata, Linn. Mantissa Pl. (1767) p. 75. et auct. plur.

var. a. **sibirica,** Schneid. Illus. Handb. I. p. 720. fig. 397. n.

Pirus baccata var. sibirica, Maxim. in Bull. de l'Académié Impériale des Sciences de St. Pétersbourg (1873) p. 166 et auct. plur.

Frutex v. arbusculus usque 4–5 metralis. Cortex trunci irregulariter fissus et sejunctus griseo-fissus. Ramus purpureo-fuscus v. rubescenti-fuscus. Ramus juvenilis viridis glaber. Petioli 1–4 cm. longi glaberrimi supra canaliculati. Lamina ovata fere rotundata, late elliptica, elliptica, late obovata v. oblongo-elliptica, basi rotunda v. late cuneata, apice acuminata, juvenilia supra secus venas pilosa v. ab initio glaberrima subtus glabra, adulta glaberrima, margine minute incurvato-serrulata v. obtuse serrulata. Flores ad apicem rami brevis umbellati. Pedicelli 2.5–4 cm. longi glaberrimi. Calyx cum lobis lanceolato-acuminatis intus pilosis extus glaberrimis. Petala pallide rosea v. rosea 1.5–1.6 cm. longa oblonga. Stamina circ. 20, 2–8 mm. longa glaberrima. Styli 4–5 basi coaliti ubique barbati. Calyx deciduus. Poma coccinea v. flavidula diametro 1–1.2 cm. acidula et astringens, pedicellis 3–5 cm. longis.

Nom. Vern. Tolpei-nam (Kang-uön) Yahkan-nam (Phyöng-an).

Hab. in silvis Coreæ mediæ et sept.

Distr. Sibiria, orient., Amur et China bor.

var. b. **leiostyla,** Schneider Illus. Handb. Laubholzk. I. p. 718. fig. 397 m.

Styli glabri v. pilosi. Folia elliptico-acuminata. Cet. ut var. a.

Hab. in Pyeng-yang.

var. c. **minor,** Nakai.

Frutex ramosissimus. Folia late elliptica v. obovata v. fere rotunda minute serrulata glaberrima 2–5 cm. longa. Pedicelli fructiferi 2–2.7 cm. longi glaberrimi. Poma diametro 7–8 mm.

Hab. in silvis Coreæ sept.

Sane affinis Mali Toringo, sed foliorum forma et pubere fere nulla exqua **distinguenda.**

var. d. **mandshurica,** Schneid. l.c. p. 721. fig. 387. n.

Pirus baccata var. mandshurica, Maxim. l.c.

Arbusculus v. arbor usque 30 metr. alta. Dimetros trunci usque 50 cm. Cortex ut in var. a. Folia margine serrulata v. subintegra, adulta petiolis et venis adpressissime velutina. Styli basi villosi.

Nom. Vern. Yah-kan-nam (Phyöng-an).

Hab. in silvis Coreæ totius, sed in parte australe in summo montis subalpini tantum crescit.

Distr. Yeso, Sachalin, Ussuri et Manshuria austro-orientalis.

10. ながさきずみ

(第十三圖)

小喬木、樹膚ハ帶灰黑褐色、枝ハ若キモノニハ毛アリ、葉ハ楕圓形又ハ長楕圓形兩端トガル、邊緣ニ小鋸齒アリ、若キ時ニハ毛多シ、葉柄ハ長サ一乃至四珊、毛アリ、花ハ短枝ノ先端ニ繖房花序ヲナス、花梗ニハ毛アリテ長サ二乃至五珊半アリ、萼ニハ毛多ク、萼片ノ長サ四乃至五粍、廣披針形ニシテ著シクトガリ花後反轉シ絨毛生ズ、花瓣ハ帶卵楕圓形又ハ楕圓形ニシテ長サ十五乃至二十六粍、幅八乃至十七粍アリ、雄蕋ハ二十個又ハ夫レヨリ少シ、花柱ハ短カク四個乃至五個、基部相癒着シ其癒着部ニ毛アリ、梨果ハ直徑十五乃至二十粍、黄色又ハ帶紅色上ニ存留性ノ萼片ヲ戴ク。

濟州島ニ稀ニ栽培ス、輸入ノ經路明カナラズ。

原產地、支那。

10. Malus micromalus, Makino.

in Tokyo Bot. Mag. XXII. (1908) p. 69. Schneid. Illus. Handb. Laubholzk. II. (1912) p. 1000. Koidz. Consp. Ros. Jap. p. 89.

Arbusculus. Cortex griseo-atro-fusca. Ramus juvenilis pubescens.

Folia elliptica, elliptico-oblonga utrinque acuta margine serrulata, juvenilia tomentella. Petioli 1–4 cm. longi pubescentes. Flores ad apicem rami brevis corymbosi. Pedicelli pubescentes 2–5.5 cm. longi. Calyx villosus, lobis 4–5 mm. longis lanceolato-acuminatis reflexis villosis. Petala ovato-oblonga v. oblonga ad limbum brevem subito contracta 15–26 mm. longa 8–17 mm. lata. Stamina circ. 20. Styli 4–5 basi coaliti ubique tomentosi. Poma diametro 15–20 mm. flava et rubescens, apice calycis lobis persistentibus coronata.

In Quelpært rarissime colitur.

Patria: China.

11. てうせんりんご、林檎

イングム（全羅、慶尙、京畿、平安）

（第 十 四 圖）

小喬木、樹膚ハ帶紫褐色又ハ灰褐色、若枝ハ帶紫綠色毛多シ、葉柄ニ毛多ク長サ一乃至四珊、葉身ハ楕圓形又ハ長倒卵形又ハ卵形、小鋸歯アリ、先端トガル、基脚ハ廣キ楔形又ハ丸ク、若キモノハ表面ニ微毛アリ、下面ハ綿毛アリ、充分發育スレバ單ニ下面ニノミ毛アリ、花ハ短枝ノ先端ニ繖形ヲナス、花梗ニ毛多ク長サ一珊八乃至二珊八ニ達ス、蕚ハ鐘狀、毛多ク長サ四粍、蕚片ハ反轉シ廣披針形、內外兩面ニ絨毛生ジ長サ六乃至九粍アリ、花瓣ハ淡紅色長サ一珊三乃至一珊六許、楕圓形又ハ長倒卵形、基部ニ於テ急ニ細マル、雄蕋ハ二十個以內ニシテ長サ五乃至十粍、葯ハ卵形長サ一粍半、花柱ハ五個ヲ常トシ、基脚癒合シ、癒合部ニ毛アリ、雄蕋ヨリハ少シク長シ、梨果ハ下垂シ、直徑四乃至五珊半、黃色又ハ紅色ニシテ白キ粉吹ク、蕚片ハ永存性ニシテ基脚著シク膨ム、果肉ハ食用トナリ苹果ヨリ水分ニ富ミ貯藏シ難シ。

平安、黃海、京畿、全羅、慶尙ノ諸道ニ古來栽培ス。

本種ハ原產地不明ノ種ニシテ滿洲、北支那ニテ栽培ス、恐ラク支那ガ其原產地ナルベシ。

11. **Malus asiatica,** Nakai.

in Matsum. Icon. Pl. Koish. Vol. III. n. 1. fig. 155.

M. pumila, var. domestica, Yabe Enum. Pl. South Manch. (1912) p. 64. p.p.

Arbusculus. Cortex rami adulti purpureo-fuscus, hornotini purpureo-viridis tomentosus. Folia petiolis villosis 1–4 cm. longis supra canaliculatis, laminis ellipticis, obovato-oblongis v. ovatis minute serrulatis apice cuspidatis, basi late cuneatis v. interdum fere rotundatis, junioribus supra puberulis infra floccoso-tomentellis, adultis infra tantum puberulis. Flores ad apicem rami brevis umbellati. Pedicelli tomentosi 1.8–2.8 cm. longi erecti. Calyx campanulato-turbinatus tomentosus 4 mm. longus, lobis reflexis late lanceolatis utrinque villosis 6–9 mm. longis. Petala pallide rosea 1.3–1.6 cm. longa elliptica v. obovato-elliptica basi subito contracta. Stamina numerosa 5–10 mm. longa. Anthera ovata 1.5 mm. longa. Styli 5 basi connati et ubi villosi, antheras leviter superantes. Poma pendula diametro 4–5.5 cm. flavidula v. coccineo-suffusa v. fere tota coccinea simulque glaucina, apice calyce persistente coronata. Calycis lobi in fructu erecti v. leviter reflexi basi inter lobos v. ipse eximie inflati et succulentes. Pulpa dulcis sed acidula et leviter astringens, plus minus succosa.

Nom. Vern. Ingum.

In hortis Coreanis colitur, forsan olim e China introducta.

Distr. Etiam colitur in Manshuria et China bor.

Inter species affinitates *Malus dasyphylla* est proxima, sed cortice fructus glauca, poma apice lobis calycis eximie inflatis coronata, pulpa multo succosa hæc species exqua ipsam bene secernit.

第 七 屬 ぼ け 屬

灌木落葉シ、葉ハ互生單葉鋸歯アリ、托葉ハ葉狀ニシテ永存性ノモノト細クシテ早落性ノモノトアリ、花ハ短枝ノ先端ニ數個宛生ジ、花梗短カシ、萼筒ハ鐘狀ニシテ多肉、萼片ハ五個直立ス、花瓣ハ五個、蕾ニアリテハ覆瓦狀ニ排列ス。雄蕋ハ三十個乃至五十個、葯ハ二室縱ニ裂開ス、花柱ハ五個、基脚癒合シ無毛又ハ有毛、子房ハ五室、各室ニ二十個以內ノ種子アリ、梨果ハ多肉、硬シ、―― 世界ニ五種アリ、皆東亞ノ產其中一種朝鮮ニ栽培セラル。

Gn. 7. **Chænomeles,** Lindl. in Trans. Linn. Soc. XIII. (1822) p. 97 et auct. plur.

Cydonia sect. Chænomeles, D.C. Prodr. II. (1825) p. 638.

Chænomeles, Schneid. Illus. Handb. I. p. 728. p.p.

Pyrus Sect. Cydonia, Benth. et Hook. Gen. Pl. I. p. 626.

Frutex. Folia alterna decidua serrata simplicia. Stipulæ nunc foliaceæ, nunc lineares et deciduæ. Flores ad apicem rami brevis pauci. Calycis tubus campanulatus carnosus, lobi 5 erecti. Petala 5, in alabastro imbricata. Stamina vulgo 30–50. Antheræ biloculares longitudinali-dehiscentes. Styli vulgo 5 basi coaliti, glabri v. pilosi v. tomentosi. Ovarium 5-loculare, in quoque loculo usque 20-ovulatum. Poma incrassata dura.—Species 5 in Asia orientali indigenæ; inter eas unica in Corea colitur.

12. て う せ ん ぼ け

ヒャータンホァ（濟 州 島）　**ミョンチャ**（京 畿）

サ ン ダ ン ホ ァ（全 羅）

（第 十 五 圖）

灌木高サ三尺乃至五尺、分岐多ク枝ハ刺ニ化スルコト多シ、葉ハ長枝ニ出ヅルハ廣披針形又ハ倒卵形、托葉ハ腎臟形ニシテ葉質、短枝ノ葉ハ簇生シ倒卵形又ハ長倒卵形又ハ圓形、基脚ハ皆トガリ毛ナシ、邊緣ニハ細カキ鋸歯アリ、先端ハトガルカ又ハ稍凹ム、花ハ短カキ花梗ヲ具ヘ短枝ノ先端ニ數個宛生ズ、萼ハ無色ニシテ西洋獨樂形、萼片ハ卵形ニシテ内面ニ微毛アリ、花瓣ハ緋色、雄蕋ハ多數アリ、花柱ハ五個基脚僅カニ癒合シ其邊ニ毛アリ。

中部以南ニアリテハ所々ニ栽培シ往々逸出シテ自生ノ觀ヲナス所アリ。

恐ラクモト支那ヨリ輸入セシモノナルベシ、普通日本ニ栽培スルひぼけニ似タレドモ花柱ニ毛アルヲ以テ區別シ得。

12. **Chænomeles trichogyna,** Nakai. sp. nov.

Inter *Ch. japonica* et *Ch. Lagenaria* intermedia, differt a prima stylis basi barbatis et fere liberis et a posteriore stylis basi non dense villosis, foliis latioribus.

Frutex 3–5 pedalis ramosus aculeatus. Folia rami elongati alterna lanceolata v. obovata, stipulis dilatatis reniformibus persistentibus suffulta, rami brevis fasciculata obovata v. oblanceolata v. fere rotundata, omnia basi acuta v. acuminata glaberrima, margine minute serrulata, apice acuta v. truncata v. leviter emarginata. Flores brevi-pedicellati ad apicem rami brevis oligomeri. Calyx glaber turbinatus, lobis ovatis intus ciliolatis. Petala coccinea 5 imbricata. Stamina numerosa. Styli 5 fere liberi basi barbati, staminibus æquilongi. Poma mihi ignota.

Nom. Vern. Hhya-tang-hoa (Quetpært) Myong-cha (Kyöng-geui) San-dang-hoa (Chöl-la.)

In Corea australi colitur, sæpe elapsa et subspontanea. Forsan olim e China introducta.

Chænomeles japonicaa Palibin in 'Conspectus' enumerata est forsan eadem.

第 八 屬 か り ん 屬

小喬木、葉ハ落葉、互生、單葉、邊緣ニ腺狀ノ小鋸齒アリ、芽ニアリテハ摺合狀ニ排列シ各個獨立ナリ、托葉ハ早落性、花ハ一個宛短枝ノ端ニ生ジ、萼筒ハ壺狀、萼片ハ五個花時反轉ス、花瓣ハ五個覆瓦狀ニ排列ス、雄蕋ハ二十個以內、葯ハ二室縱ニ裂開ス、子房ハ五室、各室ニ二列二十個以內ノ胚珠アリ、花柱ハ五個離生、梨果ハ楕圓形又ハ稍長ミアル球形、大形ナリ。

世界ニ一種アリ、支那ノ原產ニシテ朝鮮ニ栽培ス。

Gn. 8. **Pseudocydonia,** Schneid. in Fedde Rep. III. (1906) p. 180. Koidz. Consp. Ros. Jap. p. 76.

Chænomeles sect. Pseudocydonia, Schneid. Illus. Handb. Laubholzk. I. p. 729.

Cydonia, (non Tournef.) DC. Prodr. II. p. 638. p.p. Dcne Pom. p. 128. p.p.

Chænomeles, (non Lindl.) Kœhne Pom. p. 28. p.p.

Arborea. Folia alterna decidua simplicia glanduloso-serrulata, æstivatione conduplicata sed inter sese libera. Stipulæ caducæ. Calycis tubus turbinatus, lobi 5 sub anthesin reflexi. Petala 5 imbricato-contorta. Stamina vulgo 20. Antheræ biloculares, longitudinali-dehiscentes. Ovarium 5-loculatum polyspermum. Ovula biserialia. Styli 5 liberi. Poma ellipsoidea v. globoso-ellipsoidea magna.

Species unica in China indigena et nunc in Corea colitur.

13. かりん、木瓜

ムーゲ又ハムーガ（京畿、全羅、黃海）

（第 十 六 圖）

小喬木、皮ハ帶黃褐色滑カナリ、葉ハ互生倒卵形又ハ長倒卵形、表面ハ無毛ニシテ裏面ニ毛多シ、然レドモ老成スレバ裏面中肋ヲ除ク外ハ無毛トナル、邊緣ニハ腺狀ノ小鋸齒アリ、托葉ハ細ク早ク落ツ、花ハ一個宛枝ノ先端ニ生ジ短カキ花梗ヲ具フ、花梗、萼等ニ毛ナシ、萼片ハ外反シ內面ニ絨毛アリ、花瓣ハ淡紅色、梨果ハ楕圓形又ハ稍長ミアル球形ニシテ大形ナリ、香氣多ク酸味强ク硬シ、種皮ハ粘質アリテ、種子ハ子房ノ各室ニ數多アリ。
忠淸、黃海、全羅、京畿、濟州島等ニ栽培ス。
支那ノ原產ナリ、輸入ノ時期不明。

13. Pseudocydonia sinensis, (Thouin.) Schneid.

in Fedde Rep. III. (1906) p. 181. Koidz. Consp. Ros. Jap. p. 76.

Cydonia sinensis, Thouin in Ann. Mus. Paris. XIX. (1812) p. 145. t. 8. DC. Prodr. II. (1825) p. 638. Bunge Enum. Pl. Chin. bor. p. 27. Maxim. in Mél. Biol. IX. p. 168. Dcne. Pom. p. 129. Bot. Mag. t. 7988. Diels in Engl. Bot. Jahrb. XXIX. p. 388.

Pyrus sinensis, Poir. in Lam. Encycl. Suppl. IV. (1816) p. 457. Koch. Dendr. I. p. 221.

Chænomeles chinensis, Kœhne Gatt. Pom. (1890) p. 29. Folgner in Oest. Bot. Zeit. (1897) p. 161. Schneid. Illus. Handb. I. (1906) p. 729. fig. 405, a-g. 406 a. Rehder in Bailley Standard Cycl. (1914) p. 727.

Arborea cortice flavescenti-fusco læve. Folia alterna obovata v. obovato-elliptica supra fere glabra subtus tomentosa sed demum secus costam tantum tomentella, margine glanduloso-ciliato-serrata. Stipulæ angustæ caducæ. Flores ad apicem rami brevi terminales solitarii brevi-pedunculati, pedunculis calycis lobisque glaberrimis. Calycis lobi reflexi intus velutini. Petala pallide rosea pulchra. Poma ellipsoidea v. sphærico-ellipsoidea magna, carne dura fragrante eximie acidula. Semina in quisque loculis biserialia numerosa.

Nom. Vern. Mokkwa, Mouge v. Mouga.

Colitur in Corea media et australe, nec non in Quelpært.
Patria : China.

第九屬 梨 屬

灌木又ハ喬木落葉シ枝ハ刺トナルコトアリ、葉ハ若芽ニアリテハ外卷ス、單葉ニシテ葉柄ヲ具フ、托葉ハ細ク早落性、花ハ繖房花序ヲナシ短枝ノ先端ニ生ズ、苞ハ細ク早ク落ツ、萼筒ハ鐘狀又ハ壺狀、萼片ハ五個存留性又ハ脫落ス、花瓣ハ五個、覆瓦狀ニ排列シ倒卵形又ハ倒卵圓形、基部細マル、雄蕋ハ二十個ヲ常トス、葯ハ紫色、花柱ハ離生、二個乃至五個、梨果ハ丸キモノ卵形ノモノ西洋梨形ノモノ等アリ、概ネ生食シ得、內果皮ハ硬シ、胚珠ハ各室ニ二個宛ナリ。

世界ニ約二十種アリ、皆北半球ノ產、其中六種朝鮮ニ自生シ六種栽培セラル。

次ノ二亞屬ニ區別ス。

第一亞屬、冠萼類。

萼筒ハ全ク子房ト癒合ス故ニ萼片ハ脫落セズ、朝鮮ニアルモノハ次ノ諸種ナリ。

1 { 葉緣ノ鋸齒ハ針狀ナリ .... 2.
  { 葉緣ノ鋸齒ハ銳ケレドモ針狀ナラズ .... 4.

2 { 花序ニハ初メ褐毛密生ス、果梗長ク、果實ハ食用ニ供シ得 . チョンシルネ
  { 花序ハ初メヨリ毛ナシ、果梗短カク、果實ハ酸味强シ .... 3.

3 { 梨果ハ直徑四乃至五粍、成熟セルモノハ日ニ當リタル所ハ帶紅色ナリ、概形ハ稍橢圓形ヲ帶ブルヲ常トス、鋸齒ノ針狀部ハ下方ノ廣キ部ト同長ナリ故ニ鋸齒ノ長サ二乃至三粍アリ .... チュアンネ
  { 梨果ハ直徑三乃至四粍、凡テ黃色ナリ、概形丸ク兩端多少凹ム、鋸齒ノ基部ハ針狀部ヨリ二三倍短カシ、故ニ鋸齒ハ長サ一乃至二粍ナリ .... てうせんやまなし

4 { 梨果ハ倒卵形又ハ長倒卵形、八月下旬成熟ス、皮目ハ小ナリ、葉ハ帶卵橢圓形ニシテ長クトガリ細カキ銳鋸齒アリ .... コーシルネ
  { 梨果ハ球形又ハ卵形 .... 5.

5 { 葉ハ大ナル粗鋸齒アリ、橢圓形又ハ帶卵橢圓形、梨果ハ果梗ヨリ短カク、石細胞多シ直徑四乃至六粍兩端凹ム .... ハッブシルネ
  { 葉ハ細カキ鋸齒アリ廣卵形、梨果ハ長サ五粍ニ達スル果梗ヲ具フ .... チャンバイー

第二亞屬、脫萼類。

花梗ノ皮部ヨク發育シ子房ヲ包ム、故ニ萼ハ全部子房ノ上ニアリ、從ツテ花後脫落ス。

次ノ諸種アリ。

1 {葉ハ針狀ノ鋸齒アリ、梨果ハ成熟スレバ兩端凹ムヲ常トス……なし
  {葉ハ波狀ノ小鋸齒アリ、梨果ハ丸シ……2.

2 {梨果ハ直徑一珊乃至一珊半……まめなし
  {梨果ハ大ナルモ一珊ヲ出デズ……フォーリーなし

Gn. 9. **Pyrus,** (Brunf..) Tournef. Instit. Rei Herb. I. (1700) p. 628. III. t. 404. Miller Gard. Dict. III. (1754) et auct. plur.

Pyrus p.p. Linné Gen. Pl. n. 626 et auct. plur.

P. sect. I. Pyrophorum, DC. Prodr. II. (1825) p. 633 et auct. plur.

Arbor v. frutex spinosa v. espinosa. Folia vernatione deorsum revoluta glabra v. pubescentia v. tomentosa, decidua, petiolata alterna, serrata v. crenata v. incisa. Stipulæ deciduæ vulgo angustæ. Corymbus ad apicem rami brevis terminalis, bracteis deciduis angustis. Calycis tubus turbinatus v. urceolatus v. campanulato-urceolatus, lobi 5 persistentes conniventes v. reflexi v. cum calycis tubus decidui. Petala imbricata 5 obovata v. obovato-orbicularia ad basin breviter unguiculata. Stamina 20. Antheræ purpureæ. Styli liberi 2–5. Poma globosa v. pyriformis v. ovata edulis v. vix edulis. Endocarpium coriaceum. Semina in quisque loculis 2 pendula.

Circiter 20 species in regionibus temperatis boreali-hemisphæricæ. Inter eas 6 in Corea sponte nascens.

Sectio duæ.

I. Achras, Kœhne Gatt. Pom. (1890) p. 17.

Calyx cum ovario connatus ita lobis persistentibus.

1 {Folia eximie setoso-serrata ……2.
  {Folia acuminato-serrata sed nunquam setosa……4.

2 {Inflorescentia initio fulvo-tomentosa. Poma longe pedicellata grata.. ……P. ovoidea, Rehder.
  {Inflorescentia ab initio glabra. Poma brevius pedicellata acida ….3.

{Poma 4–5 cm. diametro flava sed aprica rubescentia vulgo oblongo-sphærica. Basis setæ marginis folii setis æquilonga ita serratula

3 vulgo 2–3 mm. longa .... P. acidula, Nakai.
Poma 3–4 cm. diametro toto flava vulgo globosa, matura utrinque excava. Basis setæ marginis folii setis 2–3 plo brevior, ita serratula 1–2 mm. .... P. ussuriensis, Maxim.

4 Poma obovata v. oblongo-obovata maturascens finitimum mensis Augusti, lenticellis minutis punctulata. Folia ovato-oblonga longe acuminata minute acuminato-serrata .... P. Maximowicziana, Nakai.
Poma ovata v. globosa .... 5.

5 Folia grosse argute acuminato-serrata elliptica v. ovato-oblonga. Poma pedicellis brevibus, cellulis osseis copiosis, diametro 6–7 cm. .... P. vilis, Nakai.
Folia minute serrulata late ovata. Poma pedicellis usque 5 cm. longis. .... P. macrostipes, Nakai.

II. Pashia, Kœhne l.c.

Cortex pedunculi bene evolutus et ovarium circumdat, ita poma cum calyce coronata et calyx deciduus.

1 Folia setoso-serrata. Poma vulgo utrinque excava .... P. montana, Nakai.
Folia crenulato-serrata. Poma globosa .... 2.

2 Poma matura diametro 1–1.5 cm. .... P. Calleryana, Dcne.
Poma matura diametro 1 cm. .... P. Fauriei, Schneid.

14. チョンシルネ

(第十七圖)

高サ十米突餘ニ達ス、若枝ハ褐色ニシテ白色ノ皮目ノ點アリ、葉ハ卵形又ハ長卵形長ク尖ル、最初特ニ下面ニ褐毛アリ、邊緣ノ鋸齒ハ針狀ヲナス、基脚ハ截形又ハトガリ長キ葉柄ヲ有ス、花ハ枝ノ先端ニ繖房狀ニ排列ス、直徑三乃至四珊、花梗ノ長サ二珊半褐毛生ズ、萼ハ卵形ニシテ密ニ褐毛生ジ萼片ハ廣披針形ニシテトガリ毛多シ、花瓣ハ楕圓形白色、長サ一珊半乃至二珊、梨果ハ花梗長ク長キモノハ五珊ニ達ス、卵形又ハ倒卵形ノ果實ニシテ成熟スレバ帶黃綠色トナル直徑四乃至九珊アリ表面ニハ徑一糎ノ皮目散在ス、果肉ハ少シク澁味アレドモ美味ナリ、九月中旬ニ成熟ス。

中部南部ノ山地ニ往々自生品アリ、栽培品ニハ良品多ク咸興梨モ一部ハ是ナリ。

分布、支那。

14. **Pyrus ovoidea,** Rehder.

in Proceed. Americ. Acad. Arts and Sci. Vol. L. (1915) p. 228.

P. sinensis, (non Poir.) Hemsl. Ind. Fl. Sin. (1887) p. 257 p.p. Diels in Engl. Bot. Jahrb. XXIX (1900) p. 38. p.p. Schneid. Illus. Handb. I. (1906) p. 663. fig. 364 c-d. p.p.

Arbor usque 10 m. Ramus annotinus fuscus, lenticellis albis conspersi. Folia ovata v. ovato-oblonga longe acuminata initio precipue subtus fusco-pubescentia setoso-serrulata, basi truncata v. acuta longe pedicellata. Flores ad apicem rami brevis hornotini terminales corymbosi, diametro 3–4 cm., pedicellis 2.5 cm. longis fulvo-pubescentibus. Calyx ovatus dense fulvo-pubescens, lobis lanceolato-acuminatis pubescentibus. Petala oblonga alba brevi-unguiculata 1.5–2 cm. longa. Poma pedicellis usque 5 cm. longis, ovoidea v. obovoidea matura flavo-viridia, diametro 4-9 cm., facie lenticellis 1 mm. latis punctulatus. Sarcocarpum leviter astringens sed gratum. Poma maturescens in mense Septembrio.

Nom. Vern. Chon-sil-ne v. Chambayi.

Hab. in montibus Coreæ austr. et mediæ.

In planta culta poma vulgo majora et 6–9 cm. lata.

15. チ ュ ア ン ネ

(第 十 八 圖)

高サ十乃至十五米突ニ達ス、樹膚ハ灰色、不規則ニ裂ク、若枝ハ褐色ナリ、葉ハ短枝ノモノハ卵形ニシテトガリ、葉柄ノ長サ三乃至七珊無毛ナリ、葉身ノ長サ八乃至十二珊幅四珊半乃至七珊、基脚ハ丸ク、下面ハ淡綠色、邊緣ニハ前方ニ曲レル針狀ノ鋸齒アリ、未ダ花ヲ見ズ、果實ハ徑四乃至五珊長サ四珊半乃至五珊半、先端ニ展開セル萼片ヲ戴ク、成熟スレバ黃化シ日光ニ當レル所ハ帶紅色ナリ、果肉ハ酸味多ク軟カナリ、子房室ハ四個乃至五個。

平安南道ニ多ク栽培ス。

自生地不明ナリ。

15. **Pyrus acidula,** Nakai. sp. nov.

P. ussuriense proxima est, sed in clave scriptis notis exqua differt. Insuper folia leviter crassiora.

Arbor usque 10–15 m. alta. Cortex trunci cinereus irregulariter fissus. Ramus annotinus fuscus. Folia rami brevis pedicellis 3–7 cm. longis glabris, laminis ovatis acuminatis 8–12 cm. longis, 4.5–7 cm. latis, basi rotundatis, infra pallidiora incurvato setoso-serrata. Flores mihi ignoti. Poma diametro 4–5 cm. lata, 4.5–5.5 cm. longa, apice calyce persistente divergente coronata, flava sed aprica rubescentia, sarcocarpio acidulo molle succoso, loculis 4–5.

Nom. vern. Chuan-ne.

Circa domos v. in agris Coreæ septentrionalis præcipue circa Pyengyang colitur.

Patria : ignota.

16. てうせんやまなし

トルペイ（京畿、平安） **トルペイナム**（平北、江原）

（第 十 九 圖）

高サ十五米突ニ達スルモノアリ、樹膚ハ帶褐灰色ニシテ不規則ニ裂ク、枝ハ若キ時ハ褐色ナリ、短枝ノ葉ハ卵形又ハ廣卵形又ハ殆ンド圓形ニシテ、先端トガリ邊緣ニハ針狀ノ鋸齒アリ、下面ハ淡綠色ニシテ毛ナク葉柄長シ、花梗、萼ハ共ニ毛ナク花ハ徑三珊半許、花瓣ハ白色ニシテ廣楕圓形ナリ、果實ハ太キ短カキ柄ヲ有シ球形ナリ、成熟スレバ黃化ス、直徑三乃至四珊、果肉ハ軟カク酸味極メテ强ク殆ンド食フニ耐ヘズ。

中部北部ノ山地ニ生ズ。

分布、北支那、滿洲、烏蘇利及ビ本島。

16. **Pyrus ussuriensis,** Maxim.

in Bull. Acad. Sci. Pétersb. XV. (1857) p. 132. Prim. Fl. Amur. (1859) p. 102. Regel in Gartenfl. X. p. 374. t. 345. Rehder l.c. p. 227.

P. sinensis, Lindl. var. ussuriensis, Makino in Tokyo Bot. Mag. XXII. (1908) p. 69. p.p. Nakai Fl. Kor. II. (1911). p. 474.

P. communis, (non L.) Bunge Enum. Pl. Chin. bor. p. 27. p.p.

P. sinensis, (non Poir.) Dcne in Jard. Fruit. I. (1872) t. 5. Maxim. in Mél. Biol. IX. (1873) p. 168. p.p. Kom. Fl. Mansh. II. p. 476. p.p. Schneid. Illus. Handb. Laubholzk. I. p. 663. fig. 361. q. Koidz. Consp. Ros. Jap. p. 53. p.p.

P. Simoni, Carr. Rev. Hort. (1872) p. 28 f. 3.

Arbor usque 15 metralis. Cortex trunci fusco-griseus irregulariter fissus. Ramus annotinus fuscus. Folia ramorum brevium ovata v. late ovata v. fere rotundata acuminata setoso-serrulata, infra pallidiora glabra longe pedicellata. Flores diametro 3.5 cm. pedicellis et calyce glaberrimis. Petala alba late elliptica brevi-unguiculata. Fructus pedicellis robustis 1.7–2.4 cm. longis, globosus, maturatus flavus, diametro 3–4 cm., sarcocarpio molle eximie acido haud edule succoso.

Nom. Vern. Tol-pei.

Hab. in silvis Coreæ mediæ et septentrionalis.

Distr. China bor., Manshuria, Ussuri et Nippon.

17. コ ー シ ル ネ

(第 二 十 圖)

喬木高サ十五米突ニ及ブ、樹膚ハ褐色又ハ帶褐灰色、若枝ニハ褐毛アリ、長枝ノ葉ハ卵形又ハ長卵形ニシテ先端トガル、短枝ノ葉ハ長卵形ニシテ葉柄ノ長サ四乃至五珊無毛、下面ハ淡綠色ニシテ邊緣ニ小ナルトガレル鋸齒アリ、未ダ花ヲ見ズ、果實ハ倒卵形又ハ長倒卵形即チ西洋梨形ナリ、先端ニ永存性ノ萼片ヲ戴キ直徑三乃至四珊、表面ニハ小ナル皮目點在ス、八月下旬熟ス、成熟セルモノハ帶黃綠色ニシテ果肉ハヤヽ軟カク美味ナリ。莞島觀音山ニテ自生品ヲ得タル外未ダ自生品ヲ見ズ、中部南部ニ普通栽培シ八月末京城市場ニ多ク出ヅ。

17. **Pyrus Maximowicziana**, (Lévl.) Nakai.

Pyrus sinensis var. Maximowicziana, Lévl. in Fedde Rep. (1912) p. 377.

P. ussuriensis, Nakai Report on the Vegetation of isl. Wangto (1914). p. 8.

Species proxima ad *P. communis*, sed differt exqua foliis angustioribus juvenilibus gemmisque fusco-pubescentibus, margine acuminato-serratis.

Arbor usque 15 m. alta. Cortex trunci fuscus v. fusco-griseus. Ramus juvenilis fusco-pubescens. Folia rami elongati ovata v. ovato-oblonga acuminata, rami brevis ovato-oblonga, pedicellis 4–5 cm. longis glabris, infra pallidiora, margine minute acuminato-serrulata interdum subsetaceo-serrulata sed nunquam setosa. Flores non vidi. Fructus obovatus v. oblongo-obovatus, calyce persistente coronatus diametro 3–4 cm., facie lævis, lenticellis minutis punctulatus, maturescens finitimo mensis Augusti, flavido-viridis, sarcocarpio molliusculo dulce et leviter astringente.

Nom. Vern. Kôsilne.

Hab. in insula Wangtô Coreæ austr. Vulgo in agris et circa domos colitur.

Planta endemica !

18. ハ ッ プ シ ル ネ

(第 二 十 一 圖)

高サ十米突ニ達スルモノアリ、枝ハ四方ニ擴ガリ多少下垂ス、葉ハ長サ十乃至十六珊幅八珊ニ達シ、毛ナク下面ハ淡綠色又ハ少シク白味ヲ帶ビ、邊緣ノ鋸歯ハヤヽ大キクトガリ、梨屬中ニテハ最モ著大ナリ、葉柄ハ無毛ニシテ太ク長サ四乃至七珊アリ、未ダ花ヲ見ズ、果實ハ稍上下ニ短カキ球形ニシテ兩端凹ミ、柄ハ太ク長サ二珊半アリ、果皮ハ褐色ニシテ果肉ハ石細胞多キ爲メ固シ、澁味多シ、先端ニハ永存性ノ萼片ヲ戴ク。

朝鮮中部ニ栽植スレドモ稀ナリ。

原產地不明。

18. **Pyrus vilis**, Nakai. sp. nov.

Species insignis cum foliis magnifeste serratis, pomis cum osseo eximie duris.

Arbor usque 10 metralis alta. Rami divaricato-penduli. Folia usque 10–16 cm. longa 8 cm. lata, glabra infra pallidiora v. subglauca, margine distincte argute acuminato-serrata interdum subsetoso-serrata, petiolis glabris 4–7 cm. longis robustis. Flores non vidi. Poma subdepresso-globosa utrinque excava, pedicellis robustis 2.5 cm. longis, fusca cum osseo duriuscula astringentia nunquam grata, apice calyce persistente coronata.

Nom. Vern. Happ-silne.

Colitur rarissime in agris Coreæ mediæ.

Patria ignota.

19. チャンバイー

(第二十二圖)

高サ十五米突ニ達ス、樹膚ハ帶灰褐色又ハ灰色不規則ニ裂ケ、若枝ハ黑褐色ナリ、葉ハ廣卵形ニシテ先端急ニトガリ基脚ハ彎入ス、無毛ニシテ邊縁ニハ細カキ鋭鋸歯アリ、鋸歯ハ先端腺狀ナリ、葉柄ハ長サ二珊半乃至五珊半アリ、未ダ花ヲ見ズ、果實ハ丸ク兩端凹ム、成熟スルモノハ帶黃綠色ニシテ其色「チョンシルネ」ニ似タリ、然レドモ表面ノ小點ハ徑僅カニ半粍ニ過ギズ、果梗ノ長サ六珊ニ達ス。

平安南道ニ栽培ス。

原產地不明。

19. Pyrus macrostipes, Nakai. sp. nov.

A proxima speciei *P. Lindleyi* differt foliis ramorum brevium acuminato glanduloso-serratis (non-crenulato-serratis), pomis non ovatis.

Arbor usque 15 metralis alta. Cortex trunci griseo-fuscus v. griseus irregulariter fissus. Ramus annotinus atro-fuscus. Folia late ovata apice subito acuminata basi subcordata glabra margine minute argute serrata, serrulis apice glandulosis, petiolis 2.5–5.5 cm. longis. Flores ignoti. Poma globosa utrinque excava, matura flavo-viridia grata, facie lenticellis 0.5 mm. latis punctulata, pedicellis usque 6 cm. longis.

Nom. vern. Chan-bayi.

Colitur in agris Pyöng-an austr.

Patria ignota.

20. やまなし

(第二十三圖)

高サ五米突許、若キ枝ハ褐色ヲナシ白キ皮目點在ス、葉ハ卵形又ハ廣卵形ニシテ先端ハ長クトガリ下面ハ淡綠色、若キ時ハ中肋ニ添ヒテ微毛アリ、邊緣ノ鋸歯ハ針狀ナリ、葉柄ハ長サ三乃至七珊、未ダ朝鮮產ノモノハ花ヲ見ザレドモ日本產ノモノニアリテハ白色ニシテ直徑三珊許ナリ、果實ハ余ガ七月ノ採品ニアリテハ徑一珊七許ニシテ點多ク丸ク、萼ハ脫落スル爲メ先端ハ臍狀ノ痕アリ、果梗ノ長サ三珊乃至三珊四許。

智異山彙ニ產ス。

分布、支那東部中部、本島、四國。

本種ノ栽培變種ガ日本在來梨ナリ、朝鮮ニテ「イルポンペイ」(日本梨)ト云フ、近來盛ニ移植サレ漸ク在來品ヲ市場外ニ驅逐セントシツヽアリ。

20. **Pyrus montana**, Nakai.

Report on Veget. Mit. Chirisan (1915 Martius) p. 34.

P. serotina, Rehder in Proceed. Americ. Acad. Art. Sci. Vol. L. (1915 Junius) p. 231.

P. sinensis, (non Poir.) Auct. Jap.

Arbor usque 5 m. (in nostris plantis). Ramus annotinus fuscus, lenticellis albis rotundatis punctulatus. Folia ovata v. late ovata longe acuminata infra pallida secus costam initio pilosa, margine setoso-serrata, petiolis 3–7 cm. longis. Flores in nostris speciminibus destituti. Poma immaturata diametro 1.7 cm. (specimina mense Julio legi) punctulata globosa apice umbilicata, pedicellis 3–3.4 cm. longis.

Hab. Corea austr.: mons Chirisan.

Distr. China et Nippon.

var. **Rehderi**, Nakai.

Pyrus sinensis β. culta, Makino in Tokyo Bot. Mag. XXII. (1908) p. 69. p.p.

P. serotina var. culta, Rehder l.c. p. 233.

P. communis, (non L.) Thunb. Fl. Jap. p. 207.

P. communis c. hiemalis, Sieb. Syn. Pl. Oecon. n. 349. nom. nud.

P. communis β. sinensis, K. Koch. in Ann. Mus. Bot. Bat. III. (1866) p. 40.

P. Sieboldi, (non Regel) Carr. in Rev. Hort. (1880) p. 110. t.

Nom. vern. Ilpon-pei.

10 annos abhinc multum e Japonia transplantata. Olim in Corea abest.

21. フォーリーなし

(第二十四圖)

分岐多キ灌木ナリ、若枝ハ帶紫褐色又ハ褐色、白キ皮目點在ス、葉柄ハ長サ三乃至二十一粍微毛アリ、葉身ハ圓形又ハ廣卵形表面ニ毛ナク綠色、下面ハ微毛アリテ淡綠色ナリ邊緣ニ波狀ノ小鋸歯アリ、花ハ短枝ノ先端ニ集合ス、花梗ハ長サ八乃至十粍ニシテ微毛生ズ、萼ハ短カキ白毛生ジ、萼片ハ卵形又ハ圓形、花瓣ハ白色圓形又ハ廣楕圓形、未ダ成熟セル果實ヲ見ズ、未熟品ハ微毛生ジ徑三粍許。
朝鮮中部ニ自生シ朝鮮特產ナリ。

21. Pyrus Fauriei, Schneid.

in Fedde Rep. (1907) p. 121 et Illus. Handb. Laubholzk. I. (1906) p. 666. Nakai Fl. Kor. I. (1909) p. 182.

P. Calleryana v. Fauriei, Nakai msc. in Schédulis Herb. Imp. Univ. Tokyo.

Valde affinis *P. Calleryanæ* sed omnibus partibus diminuta.

Frutex ramosus. Ramus annotinus purpureo-fuscus, lenticellis albis minutis punctulatus. Folia petiolis 3–21 mm. longis pilosis, lamina orbicularia v. late ovata supra glabra viride infra pallidiore et pilosa crenulato-serrulata. Flores apice rami brevis glomerati, pedicellis albo-pilosis 8–10 mm. longis. Calyx adpresse albo-pilosius lobis ovatis v. rotundatis. Petala alba rotundata v. latissime elliptica. Poma matura ignota, immatura pilosa usque 3 mm. lata.

Hab. in collibus aridis Coreæ mediæ.

Planta endemica!

22. まめなし

(第二十五圖)

灌木、分岐多ク高キモ三米突ヲ出デズ、若枝ハ褐色ニシテ白キ皮目點在ス、葉柄ニハ初メ白キ微毛アレドモ後無毛トナル、葉身ハ卵形又ハ圓形ニシテ先端急ニトガリ邊緣ニハ波狀ノ小鋸歯アリ、大形ノ葉ト雖モ長サ六珊幅五珊許ニ過ギズ、花梗ニハ白キ微毛アリ、長サ一珊半、萼ニ白キ微毛アリ、萼片ハ卵形ニシテ、花瓣ハ白色廣卵形又ハ圓形、梨果ハ成熟スレバ直徑一珊半以上アリテ頗ル多漿ナリ、食フニ耐ヘズ、先端ハ萼ノ脫落セル爲メ臍狀ノ痕ヲ遺ス。

京畿、黃海以南ノ地ニ生ズレドモ濟州島ニ無シ。

分布、支那ニ多ク本島ニ稀ニ生ズ。

22. Pyrus Calleryana, Dcne.

Jard. Fruit. t. 8. Maxim. in Mél. Biol. IX. p. 169. Franch. Pl. David. p. 120. Forbes et Hemsl. in Journ. Linn. Soc. XXIII. p. 256. Schneid. Illus. Handb. I. p. 666. Nakai Fl. Kor. I. p. 181. Koidz. Consp. Ros. Jap. p. 55. Rehder l.c. p. 237.

P. dimorphophylla, Makino in Tokyo Bot. Mag. XXII. (1908) p. 65.

P. Calleryana v. dimorphophylla, Koidz. l.c. p. 56. Rehd l.c. 238.

Frutex usque 3 m. ramosus. Ramus annotinus purpureo-fuscus v. brunneus, lenticellis albis conspersus. Petioli albo-pilosi demum vulgo glabrescentes. Lamina rotundata v. ovata subito acuminata v. acuta crenulato-serrata usque 6 cm. longa 5 cm. lata. Pedicelli albo-pilosi usque 1.5 cm. longi. Calyx albo-pilosus, lobis ovatis. Petala alba late obovata v. orbicularia. Poma diametro usque 1.5 cm., matura succosa, facie lenticellis punctulata, apice cicatrice calycis umbilicata inedulia, pedicellis usque 3 cm. longis.

Hab. in dumosis v. in aridis Coreæ mediæ et austr.

Distr. Nippon et China.

第十屬 しゃりんとう屬

本屬ニハ Cotoneaster Zabeli ナル一種北朝鮮ニアル由シュナイデル氏ノ報ズル所ナレドモ余未ダ其品ヲ見ズ故ニ他日ノ硏究ニ讓ル。

Gn. 10. Cotoneaster, Medikus.

Species unica *Cotoneaster Zaberi*, Schneider {Fedde Repertorium (1907) p. 220} in Corea septentrionali crescere dicitur, sed mihi ignota.

第十一屬 さんざし屬

灌木又ハ小喬木、葉ハ互生葉柄ヲ具ヘ多クハ缺刻アリ稀ニ掌狀ニ分叉スルアリ、秋期落葉ス、托葉ハ早落性ノモノト葉狀ニシテ葉ト共ニ落ツルモノトアリ、花ハ枝ノ先端ニ繖房花序又ハ複繖房花序ヲナス、萼筒ハ鐘狀又ハ壺狀ニシテ子房ニ癒着シ萼片ハ五個、永存性、花瓣ハ五個、覆瓦狀ニシテ白色又ハ紅色、雄蕋ハ通例二十個以內、花糸ニ毛ナク細シ、葯ハ二室、縱ニ裂開ス、花柱ハ一個、乃至五個基脚癒着スルモノト離生スルモノトアリ、子房ハ一室乃至六室、胚珠ハ各室ニ二個アリ傾上ス、子房壁ハ骨質トナリ其腹面ノ平カナルカ皺アルカハ分類上重要ノ特徴ナリ、種子ハ各室ニ一個。

世界ニ約二百種アリ、皆北半球ノ產ニシテ特ニ北米ニ多シ、朝鮮ニハ三種ノ自生品アリ、其レヲ節ニ區分スレバ次ノ如シ。

1 { 子房壁ノ腹面ハ平滑ナリ .... 2.
子房壁ノ腹面ニ皺曲アリ、葉ノ側脈ハ大鋸齒ノ先端ニ達スレドモ缺刻ノ彎入部ニハ稀ニ到達スルノミ .... 缺刻葉類

2 { 葉ハ羽狀ニ分叉ス、側脈ハ缺刻ノ先端並ニ彎入部ニ到達ス、花ハ複繖房花序ヲナス .... 羽狀葉類
葉ハ掌狀ニ三乃至五叉ス、側脈ハ缺刻ノ先端並ニ彎入部ニ到達ス、花ハ繖房花序ヲナス .... 掌狀葉類

Gn. 11. Cratægus, Tournef. Instit. Rei. Herb. I. (1700) p. 633.

Frutex v. arbusculus. Folia alterna petiolata vulgo lobata v. pinnatifida, interdum subintegra v. palmatifida. Stipulæ caducæ v. foliaceæ. Corymbus terminalis, pedunculis indivisis v. divisis. Calycis tubus campanulatus v. urceolatus v. turbinatus cum ovario connatus, lobi 5 persistentes. Petala 5 calycis lobis alterna imbricata alba v. rosea. Stamina vulgo 20 v. abortive oligomera. Filamenta glabra filiformia v. subulato-filiformia. Antheræ biloculares longitudinali-dehisçentes. Styli liberi v. basi connati 1–5. Ovarium 1–5 loculare. Ovula in quibusque loculis 2 ascendentia. Pyrenæ osseæ ventre planæ v. rugosæ. Semen in quibusque loculis 1.

Species circ. 200 in regionibus temperatis boreali-hemisphæricæ incolæ. Inter eas 3 species in Corea indigenæ.

Conspectus Sectionum Cratægi Coreani.

1 { Pyrenæ ventre planæ. .... 2.
Pyrenæ ventre rugosæ. Nervi laterales foliorum in apicem loborum semper in sinus rarissime excurrentes. .... Sanguineæ, Zabel.

FLORA SYLVATICA KOREANA. VI.

2 { Folia pinnatifida. Nervi laterales foliorum in apicem loborum et in sinus semper excurrentes. Corymbus divisus. ....Pinnatifidæ, Zabel.
Folia palmatim 3–5 fida. Nervi laterales foliorum in apicem loborum et in sinus semper excurrentes. Corymbus indivisus......... ... . Subpalmata, Nakai.

第一節　羽狀葉類

23. おほさんざし

（第二十六圖）

灌木又ハ小喬木、高サ十七米突ニ達スルアリ、樹膚ハ灰色、若枝ハ帶褐綠色楕圓形白色ノ小皮目散點ス、最モ若キ枝ニハ毛アルモノト毛ナキモノトアリ、葉ニハ葉柄アリ、葉柄ノ先端ハ通例葉身ノ基脚延ビテ翼狀ヲナス、葉身ハ羽狀ニ分叉シ裂片ハ兩側ニ二個乃至四個、基脚ハ廣キ楔形ニシテ上面ハ無毛、下面ハ葉脈ニ沿フテ微毛アリ、托葉ハ細キモノハ早落性ニシテ廣ク、葉質ナルハ葉ト共ニ落ツ、花ハ枝ノ先端ニ複繖房花序ヲナシ、花序ノ下方ニ葉ヲ有スルヲ常トス、苞ハ細ク早ク落ツ、花梗小花梗ニハ微毛生ズ、萼ハ白毛ニ被ハレ萼片ハ反轉ス、花瓣ハ白色又ハ帶紅色、帶卵圓形、雄蕋ハ二十個以內、花瓣ヨリ短カシ、梨果ハ丸ク紅色又ハ黃色、又ハ帶紅黃色皮目點在ス。

濟州島ヲ除キ全道ニ產ス。

分布、滿州、北支那、西比利亞東部。

さんざし屬ノ專門家サージェント (Sargent) 氏ノ如キモ「おほさんざし」ハ灌木ナル如ク考フレドモ誤レリ、老成スレバ大木トナル。

次ノ二變種ヲ區別シ得。

ほそばさんざし、（第二十六圖 C）圖ノ如ク葉ノ缺刻細ク、花序ニハ全然毛ナシ、第二十六圖ハおほさんざしト此變種トノ中間形ナリ。

中部北部ニ產シ滿洲ニ分布ス。

ひろはさんざし（第二十七圖）、葉モ果實モ大形ナリ食用トシテ最モ優ル。

平北江界郡ニテ發見セシハ既記ノ如シ、挿畫 1 參照。

支那ノ北部並ニ滿洲ニ古來栽培ス。

Sect. I. **Pinnatifidæ,** Zabel.

in Beissner, Schelle und Zabel Handb. Laubh.—Ben. (1903) p. 178. Schneid. Illus. Handb. Laubholzk. I. (1906) p. 769. Sargent in Pl. Wils. II. (1912) p. 182.

Folia pinnatifida. Nervi laterales in apicem loborum et in sinus semper excurrentes. Corymbus divisus, Pyrenæ ventre planæ.

23. Cratægus pinnatifida, Bunge.

Enum. Pl. Chin. bor. (1831) n. 159. Maxim. Prim. Fl. Amur. (1859) p. 101 et Bull. l'Acad. Imp. Sci. St. Péterb. (1873) p. 175. Regel Tent. Fl. Uss. p. 58 et Gartenfl. t. 366. Korsch. in Act. Hort. Petrop. XII. p. 334. Palib. Consp. Fl. Kor. I. p. 77. Kom. Fl. Mansh. II. p. 466. Schneid. Illus. Handb. I. p. 769. Nakai Fl. Kor. I. p. 179. Sarg. Pl. Wils. II. (1912) p. 182.

C. Oxyacantha γ pinnatifida, Regel in Act. Hort. Petrop. I. (1871) p. 118.

Mespilus pinnatifida, C. Koch. Dendr. I. p. 152. Diels in Engl. Bot. Jahrb. XXIX. p. 390.

var. **typica,** Schneid. Illus. Handb. I. p. 769. Nakai Fl. Kor. II. p. 473.

Arborea usque 17 metralis. Cortex cinereus. Ramus hornotinus fusco-viridis lenticellis oblongis albis punctulatus, juvenilis pubescens v. glaber. Folia distincte petiolata, petiolis interdum ad apicem alatis. Lamina pinnatifida, lobis utrinque 2–4, basi late cuneata supra glabra, subtus secus venas pilosa. Stipulæ si lineares caducæ, et si dilatatæ semilunares v. oblique lanceolatæ v. hemisphæricæ virides foliaceæ denticulatæ et persistentes. Corymbus ad apicem rami hornotini terminalis basi foliaceus et ramosus. Bracteæ lineares caducæ. Axis et pedicelli pubescentes. Calyx albo-pubescens, lobis reflexis. Petala alba v. lilacina ovato-rotunda. Stamina 20 petalis breviora. Poma globosa v. obovata coccinea v. flava, lenticellis punctata edulis.

Nom. Vern, Sansa.

Hab. in motibus Coreæ totius. (præter Quelpært).

Distr. Manshuria, China bor. et Sibiria orient.

Cratægus pinnatifida est naturale arbor!

var. **psilosa**, C. K. Schneid. Illus. Handb. Laubholzk. I. p. 769. Nakai Fl. Kor. II. p. 473.

C. coreanus, Lévl. in Fedde Rep. (1909) p. 197.

Folia inciso-pinnatifida Inflorescentia glaberrima.

Hab. in montibus Coreæ mediæ et sept. cum typo mixta.

Distr. Manshuria.

var. **major**, N. E. Brown in Gard. Chron. new series XXVI. (1886) p. 621. f. 121.

Folia et fructus longe majora quam typus.

Hab. in montibus Coreæ sept. rara.

Vulgo colitur in China et Manshuria sed nunquam in Corea. Plantæ Coreanæ a Sargent in Corea cultæ esse dicitur est typica vetusta.

第二節　缺刻葉類

24. おほばさんざし

(挿圖3並ニ第二十八圖)

灌木高キハ五米突ニ達ス、樹膚ハ灰色ニシテ縦ニ裂ク、若枝ハ多少帶紅色ニシテ本年出デタルモノハ毛アリ、葉ハ脚部廣キ楔形又ハ殆ンド截形、羽狀ニ缺刻アルカ又ハ單ニ鋸歯アリ、表面ハ最初微毛アレドモ後殆ンド無毛トナル、下面ハ絨毛アリ、托葉ハ細キトキハ早落性ナレドモ、葉質ナルトキハ廣披針形又ハ半月形ニシテ小鋸歯アリ、複繖房花序ハ毛多ク、蕚ニモ絨毛生ジ蕚片ハ外方ニ反轉ス、花瓣ハ白色、果實ハ無毛ニシテ光澤アリ、皮目ノ小點ナク成熟スレバ紅化シ極メテ美シ、蕚片ハ存留性ナレドモ往々脱落スルモノヲ交フ、子房壁ノ腹面ニ皺アリ。

咸鏡南北道並ニ平安北道ニ産ス。

分布、滿洲、樺太、東西比利亞。

Sect. II. Sanguineæ, Zabel.

l.c. p. 174. Schneid. l.c. p. 771. Sarg. l.c. p. 182.

Folia pinnatim incisa. Nervi laterales in apicem loborum semper, in sinus rarissime excurrentes. Corymbus divisus. Pyrenæ ventre plus minus rugosæ.

挿 圖 3.

おほばさんざし

Cratægus Maximowiczii, Schneider.

咸鏡南道長津郡新院洞上新院

大正三年七月總督府臨時雇寫眞師吉岡撮影

24. Cratægus Maximowiczii, Schneid.

Illus. Handb. I. p. 771. fig. 437. a-b. fig. 438. a-c. Sargent. Pl. Wils. II. p. 182.

C. sanguinea, Pall. β. villosa, Rupr. et Maxim. in Bull. Phys. Math. Acad. Sci. St. Pétersb. XV. (1857). p. 131. Maxim. Prim. Fl. Amur. (1859) p. 101. Regel Tent. Fl. Uss. (1861) n. 173. Schmidt Sachal. n. 151. Korsch. in Act. Hort. Petrop. XII. p. 334. Kom. Fl. Mansh. II. p. 468.

C. sanguinea, (non Pall.) Nakai Fl. Kor. I. p. 179.

Frutex usque 5 metralis altus. Cortex cinereus longitudinali-secernit. Ramus annotinus plus minus rubescens, glaber, hornotinus initio pilosus. Folia basi late cuneata v. subtruncata pinnatim inçisa v. haud incisa et tantum serrata, supra initio pilosa demum glabra, subtus velutina. Stipulæ si lineares caducæ, et si foliaceæ lanceolatæ v. lunares et denticulatæ. Corymbus albo-pubescens v. tomenellus ramosus. Calyx villosus, lobis reflexis. Petala alba. Fructus glaberrimus lucidus impunctatus sanguineus pulcherrimus haud edulis, lobis calycis persistentibus coronatus v. interdum lobis deciduis immixtis. Pyrenæ ventre rugosæ.

In montibus et secus torrentes Hamgyong vulgaris, in Pyongan bor rarissima.

Distr. Manshuria, Sachalin et Sibiria orient.

第三節　掌状葉類

25. うすばさんざし

(第二十九圖)

灌木高サ二米突乃至三米突(コマロフ氏ニ依レバ大ナルモノハ五米突ニ達ス)枝ハ傾上シ若キモノニ毛アリ、葉柄長ク微毛生ジ後無毛トナル、葉身ハ基脚彎入スルカ又ハ截形、掌狀ニ三乃至六叉シ、下面ハ淡白緑色、葉脈ニ沿フテ毛アリ、裂片ハ卵形又ハ廣披針形ニシテトガリ邊緣ニ小鋸歯アリ、繖房花序ハ枝ノ先端ニ生ズ、花梗ニ微毛アリ、萼ニモ微毛アリテ萼片ハ外方ニ反轉シ微毛アリ、廣披針形又ハ長卵形、花瓣ハ白色ニシテ倒卵形、果實ニ毛ナク光澤アリ、最初綠色ニシテ後白色トナリ次デ紅化シ、皮目ノ點ナシ、子房壁ハ內面ニ皺ナシ、咸鏡南道ニ多ク、朝鮮特產ナリ。

Sect. III. Subpalmata, Nakai.

Folia palmatim 3–5 fida, lobis mediis trifidis v. integris. Nervi laterales in apicem loborum et in sinus semper excurrentes. Corymbus indivisus. Pyreæ ventre planæ.

25. Cratægus Komarovi, Sargent.

Pl. Wils. II. (1912) p. 183. Schneid. Illus. Handb. II. (1912). p. 1005.

C. tenuifolia, (non Britton) Komarov Fl. Mansh. II. (1904) p. 470. Nakai Fl. Kor. I. p. 180 Chôsenshokubutsu Vol. I. p. 292. fig. 346. Schneid. Illus. Handb. I. p. 771.

Frutex 2–3 metralis (usque 5 metralis fide Komarov), ramis flexuosis, juvenilibus pubescentibus. Petioli elongati adpresse pubescentes demum glabrescentes. Lamina basi cordata v. truncata palmatim 3–5 fida, supra viridia infra albescentia et secus venas pilosa, lobis ovatis v. lanceolatis acuminatis argute denticulatis. Inflorescentia ad apicem rami hornotini terminalis corymbosa indivisa. Pedicelli pilosi. Calyx pilosus, lobis pilosis et reflexis lanceolatis v. late lanceolatis. Petala alba obovata. Fructus glaberrimus lucidus primo viridis, deinde albus, demum sanguineus oblongo-globosus, calycis lobis coronatus. Pyrenæ ventre planæ.

Hab. secus torrentes et in silvis Korea sept.

Planta endemica!

(六) 朝鮮產梨科植物ノ和名、朝鮮名、學名ノ對稱

和名	朝鮮名	學名
ザイフリボク		Amelanchier asiatica. Endl.
テウセンボケ	Hyah-tan-hoa (濟州島) Myon-cha (京畿) Sandang-hoa (全南)	Chænomeles trichogyna, Nakai.
ウスバサンザシ		Cratægus Komarovi, Sarg.
オホバサンザシ		C. Maximowiczii, Schneid.

ヒロハサンザシ	San-sa.	C. pinnatifida, Bunge v. major, Br.
ホソバサンザシ	San-sa.	C. p. var. psilosa, Schneid.
オホサンザシ	San-sa.	C. p. var. typica, Schneid.
テウセンリンゴ	Ingum.	Malus asiatica, Nakai.
カラコリンゴ		M. baccata, Bork. var. leiostyla, Schneid.
エゾノコリンゴ	Yah-kan-nam (平北)	M. b. var. mandshurica, Schneid.
ズミモドキ		M. b. var. minor, Nakai.
シベリアコリンゴ	Yah-kan-nam (平北) Tolpei-nam (江原)	M. b. var. sibirica, Schneid.
リンゴ		M. pumila, Mill. var. domestica, Schneid.
ナガサキズミ		M. micromalus, Makino.
ズミ		M. Toringo, Sieb.
シラゲアヅキナシ		Micromeles alnifolia, Kœhne var. hirtella, Nakai.
オホアヅキナシ		M. a. var. lobulata, Koidz.
オホバアヅキナシ		M. a. var. macrophylla, Nakai.
アヅキナシ	Un-hyan-nam (平北) Pap'pai-nam (京畿) Mul-aingto-nam (全南)	{ M. a. var. tiliæfolia, Schneid. { M. a. var. typica, Schneid.
———	Chuan-ne.	Pyrus acidula, Nakai.
マメナシ		P. Calleryana, Decaisne.
セイヤウナシ		P. communis, L.
フオーリーナシ		P. Fauriei, Schneid.
———	Kôsil-ne.	P. Maximowicziana, Nakai.
———	Chan-bayi.	P. macrostipes, Nakai.
ヤマナシ		P. montana, Nakai.
ナシ	Ilpon-pei.	P. m. var. Rehderi, Nakai.
テウセンヤマナシ	Tol-pei-nam.	P. ussuriensis, Maxim.
———	Happ-sil-ne.	P. vilis, Nakai.
———	Chon-sil-ne.	P. ovoidea, Rehd.
テウセンシヤリントウ		Cotoneaster Zabeli, Schneider.
ビハ		Eriobotrya japonica, Lindl.
アツバカマツカ		Pourthiæa villosa, Dcne. var. brunnea, Nakai.
ウスバカマツカ		P. v. var. coreana, Nakai.
ナガエカマツカ	Nokak-nam (慶南)	P. v. var. longipes, Nakai.
ケカマツカ	Yung-nam (濟州) Yun-nori (濟州)	P. v. var. typica, Nakai.
カマツカ	Yung-nam 又ハ Yun-nori (濟州) Yusuri 又ハ Nokak-nam 又ハ Haingucha-mok (慶南)	P. v. var. Zollingeri, Schneid.
カリン	Mouge 又ハ Mouga.	Pseudocydonia sinensis, Schneid.
マルバシヤリンバイ		Raphiolepis Mertensii, S. et Z. v. ovata, Nakai.
ナガバシヤリンバイ	Tachon-kum-nam (莞島)	R. umbellata, Makino. var. liukiuensis, Koidz.
タウナナカマド	Maga-mok (京畿、江原)	Sorbus amurensis, Kœhne.
シラゲナナカマド	Maga-mok (京畿、江原)	S. a. var. lanata, Nakai.
ナナカマド	Magyai-mok (全南)	S. commixta, Hedl.
ウスゲナナカマド		S. c. var. pilosa, Nakai.

第　一　圖

ざ い ふ り ぼ く

Amelanchier asiatica, Endl.

（自　然　大）

第　一　圖

rauchi. M. del.

K. Nakazawa sculp.

第　二　圖

たうななかまど

Sorbus amurensis, Kœhne.

a. 花ヲ附ケタル枝。
b. 小葉片ヲ裏ヨリ見ル。
c. 果實群ノ一部。
d. 幹ノ一部。

（以上何レモ自然大）

第　二　圖

Terauchi. M. et. Nakai. T. del.　　K. Nakazawa. sculp.

第　三　圖

なゝかまど

Sorbus commixta, Hedl.

（自　然　大）

第 三 圖

erauchi. M. del.

K. Nakazawa sculp.

第　四　圖

あ づ き な し

Micromeles alnifolia, Kœhne.
var. *typica*, Schneider.

（自 然 大）

第　四　圖

Yamada. T. del.　　　　K. Nakazawa sculp.

第　五　圖

おほばあづきなし

Micromeles alnifolia, Kœhne.
var. *macrophylla*, Nakai.

第五圖

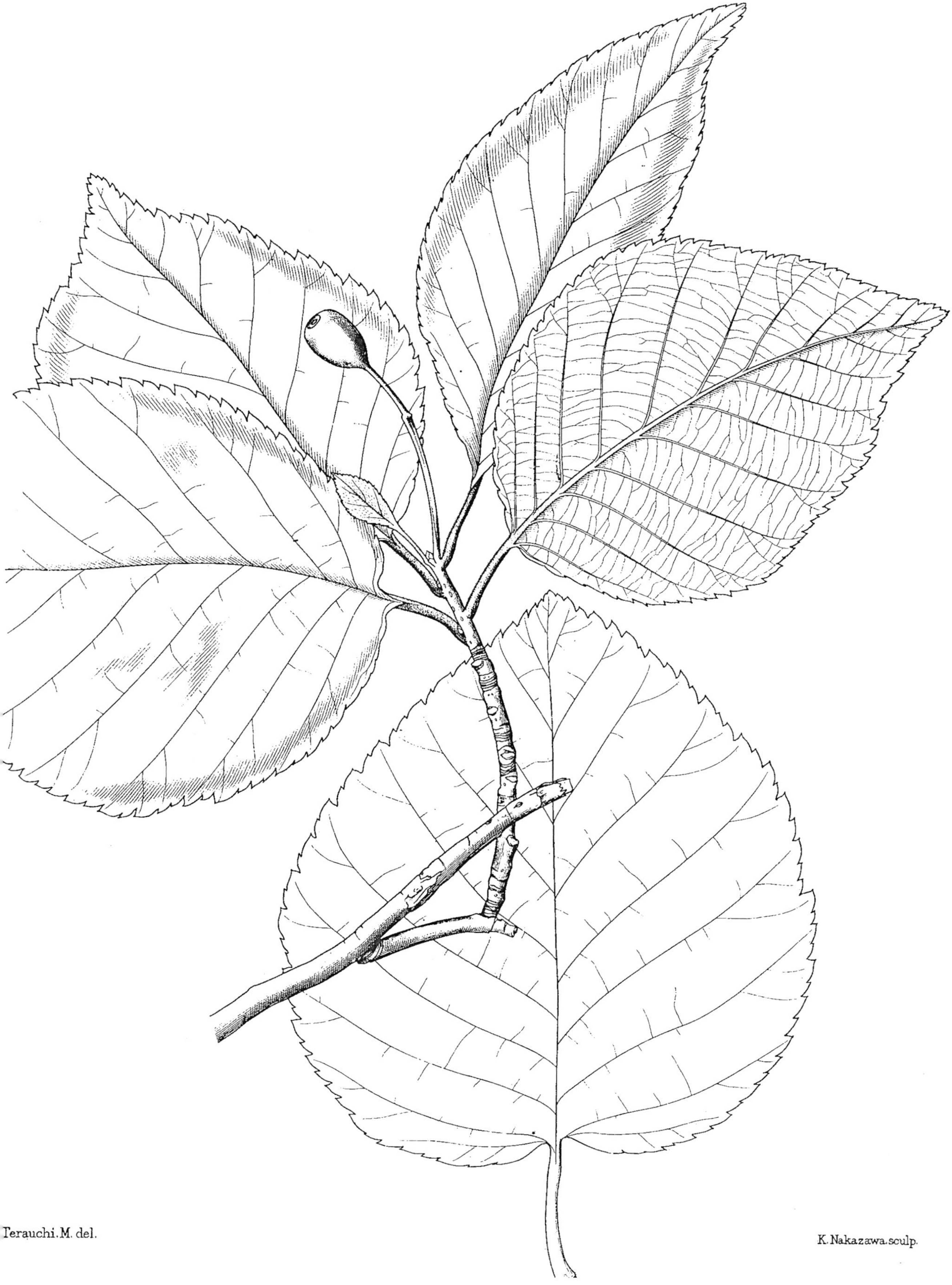

Terauchi. M. del.

K. Nakazawa. sculp.

第　六　圖

かまつか

Pourthiæa villosa, Dcne. var. Zollingeri, Nakai.

（自　然　大）

第 六 圖

Terauchi. M. del.

K. Nakazawa sc

第　七　圖

あつばかまつか

Pourthiæa villosa, Dcne. var. brunnea, Nakai.

（自　然　大）

第 七 圖

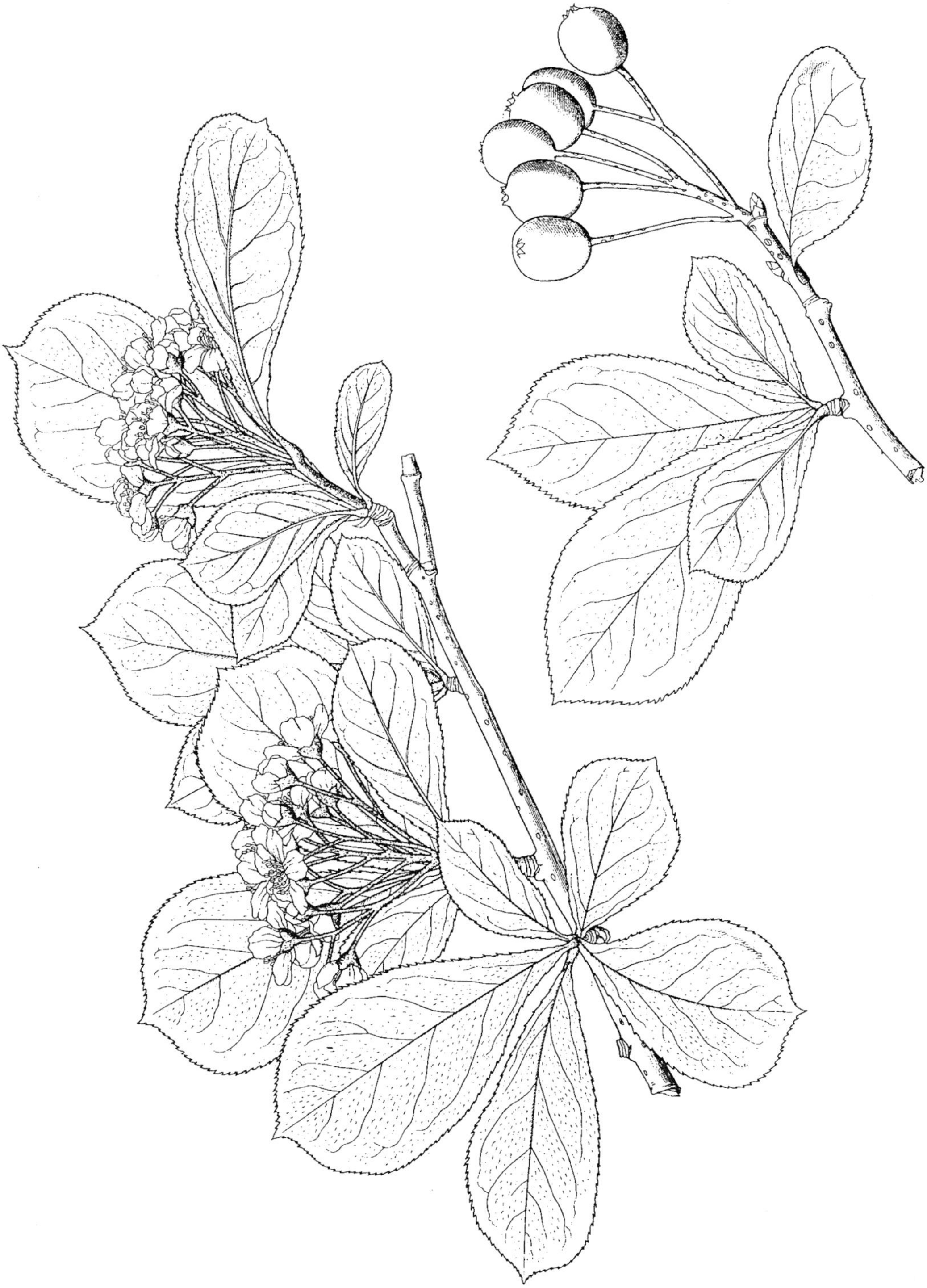

Terauchi. M. del. K. Nakazawa. sculp

第　八　圖

ながばのしゃりんばい

Raphiolepis umbellata, Makino.
var. liukiuensis, Koidzumi.

（自　然　大）

第　八　圖

Yoshikawa. O. del.　　K. Nakazawa scu

第　九　圖

まるばしゃりんばい

Raphiolepis Mertensii, Sieb. et Zucc.
var. ovata, Nakai.

（自　然　大）

第　九　圖

Yoshikawa.O.del.　　K.Nakazawa.sculp.

第　十　圖

ず　み

Malus Toringo, Sieb.

（自　然　大）

第　十　圖

Yamada.T. del.　　K. Nakazawa.sculp.

第十一圖

シベリヤこりんご

Malus baccata, Borkh. var. sibirica, Schneider.

（自然大）

第十一圖

Yamada. T. del.

K. Nakazawa. sculp.

第 十 二 圖

えぞのこりんご

Malus baccata, Borkh.
var. mandshurica, Schneider.

（自 然 大）

第十二圖

上

下

Terauchi. M. del.

K. Nakazawa sculp.

第　十　三　圖

な　が　さ　き　ず　み

Malus micromalus, Makino.

a.　花ヲ附ケタル枝。

b.　果實ヲ附ケタル枝。

c.　花柱。

(a. b. ハ自然大 c. ハ二倍大)

第 十 三 圖

kai. T. del.

K. Nakazawa. sculp.

第 十 四 圖

て う せ ん り ん ご

Malus asiatica, Nakai.

a. 花ヲ附ケタル枝（自然大）。
b. 花柱（二倍）。
c. 果實（自然大）。
d. 果實ノ先端（自然大）。

第十四圖

akai. T. del.

K. Nakazawa sculp.

第 十 五 圖

て う せ ん ぼ け

Chænomeles trichogyna, Nakai.

a. 花ヲ附ケタル枝（自然大）。
b. 花瓣、雄蕊、蕚ノ一部ヲ除キ花柱ヲ示ス（二倍大）。
c. 花瓣（二倍大）。

第 十 五 圖

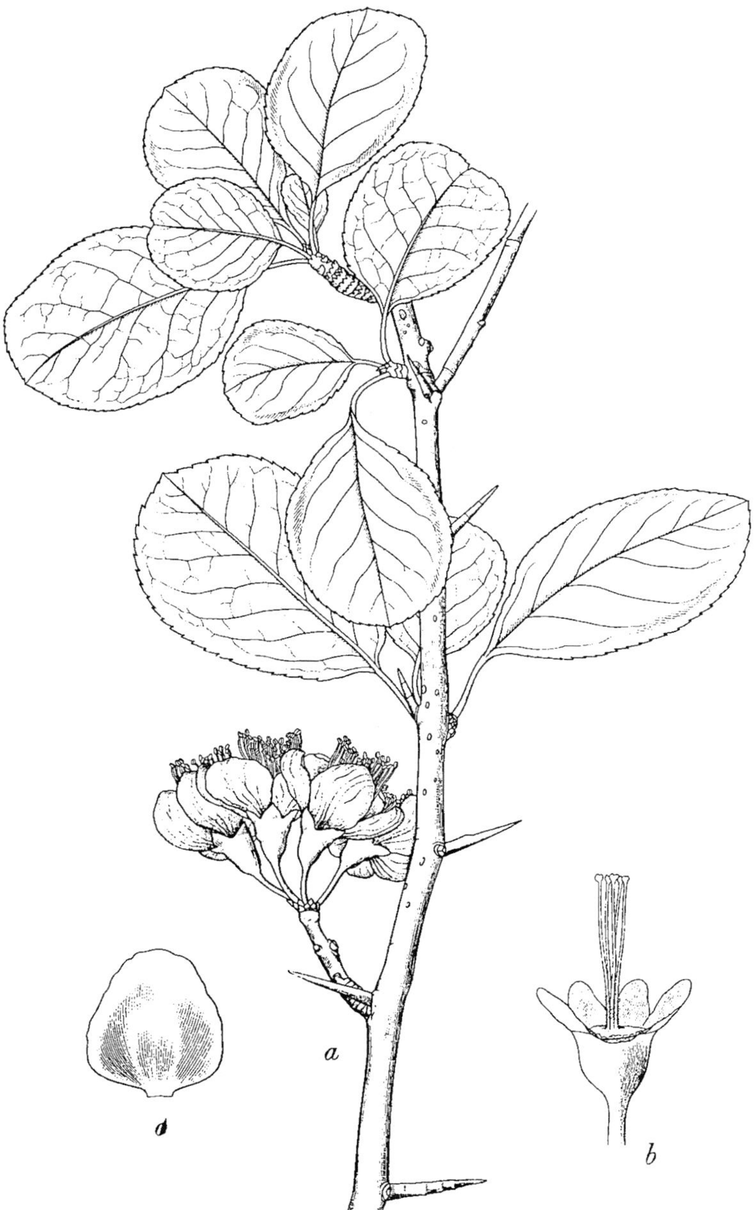

Nakai. T. et Terauchi. M. del. K. Nakazawa. scu.

第 十 六 圖

か り ん

Pseudocydonia sinensis, Schneider.

（自 然 大）

第 十 六 圖

Terauchi. M. del.　　K. Nakazaw

第 十 七 圖

チ ョ ン シ ル ネ

Pyrus ovoidea, Rehder.

a. 果實ヲ附ケタル枝、栽培品。
b. 花、自生品。

（自 然 大）

第十七圖

Nakai. T. et Terauchi. M. del.

K. Nakazawa sculp

第 十 八 圖

チ ュ ア ン ネ

Pyrus acidula, Nakai.

（自 然 大）

第 十 八 圖

Yoshikawa. O. del. K. Nakazawa. sculp.

第 十 九 圖

て う せ ん や ま な し

Pyrus ussuriensis, Maximowicz.

a. 花ヲ附ケタル枝。

b. 未熟ノ果實ヲ附ケタル枝。

c. 成熟セル果實。

（自 然 大）

第 十 九 圖

Yamada.T. et Nakai.T. del.

K.Nakazawa.sculp.

第　二　十　圖

コ　ー　シ　ル　ネ

Pyrus Maximowicziana, Nakai.

（自　然　大）

第二十圖

Terauchi. M. del.

K. Nakazawa. sculp.

第二十一圖

ハップシルネ

Pyrus vilis, Nakai.

（自 然 大）

第二十一圖

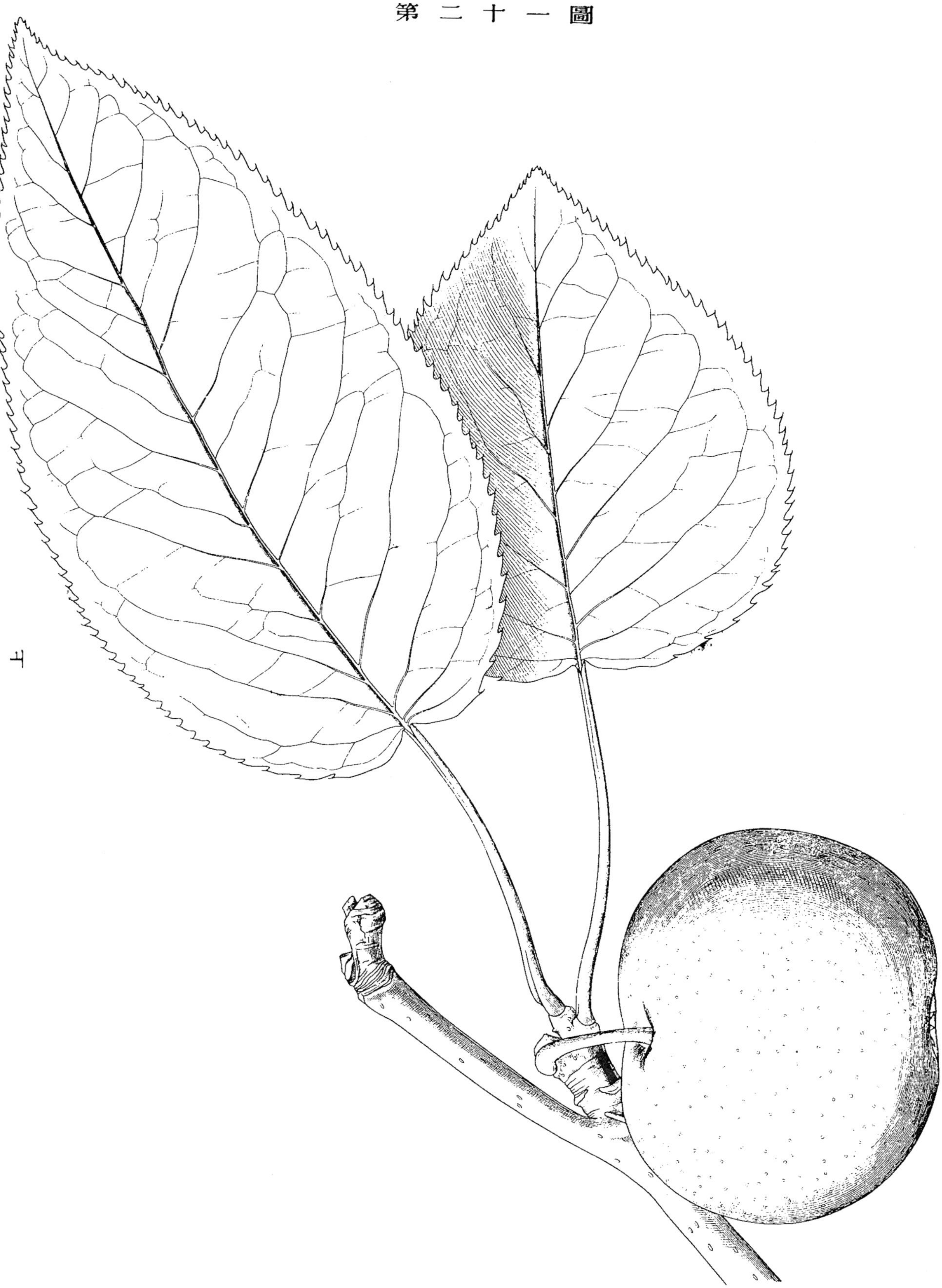

Terauchi. M. del.

K. Nakazawa. sculp.

第二十二圖

チャンバイー

Pyrus macrostipes, Nakai.

（自然大）

第二十二圖

Terauchi. M. del.

K. Nakazawa. sculp.

第二十三圖

やまなし

Pyrus montana, Nakai.

未熟ノ果實ヲ附ケタル枝。

（自　然　大）

第二十三圖

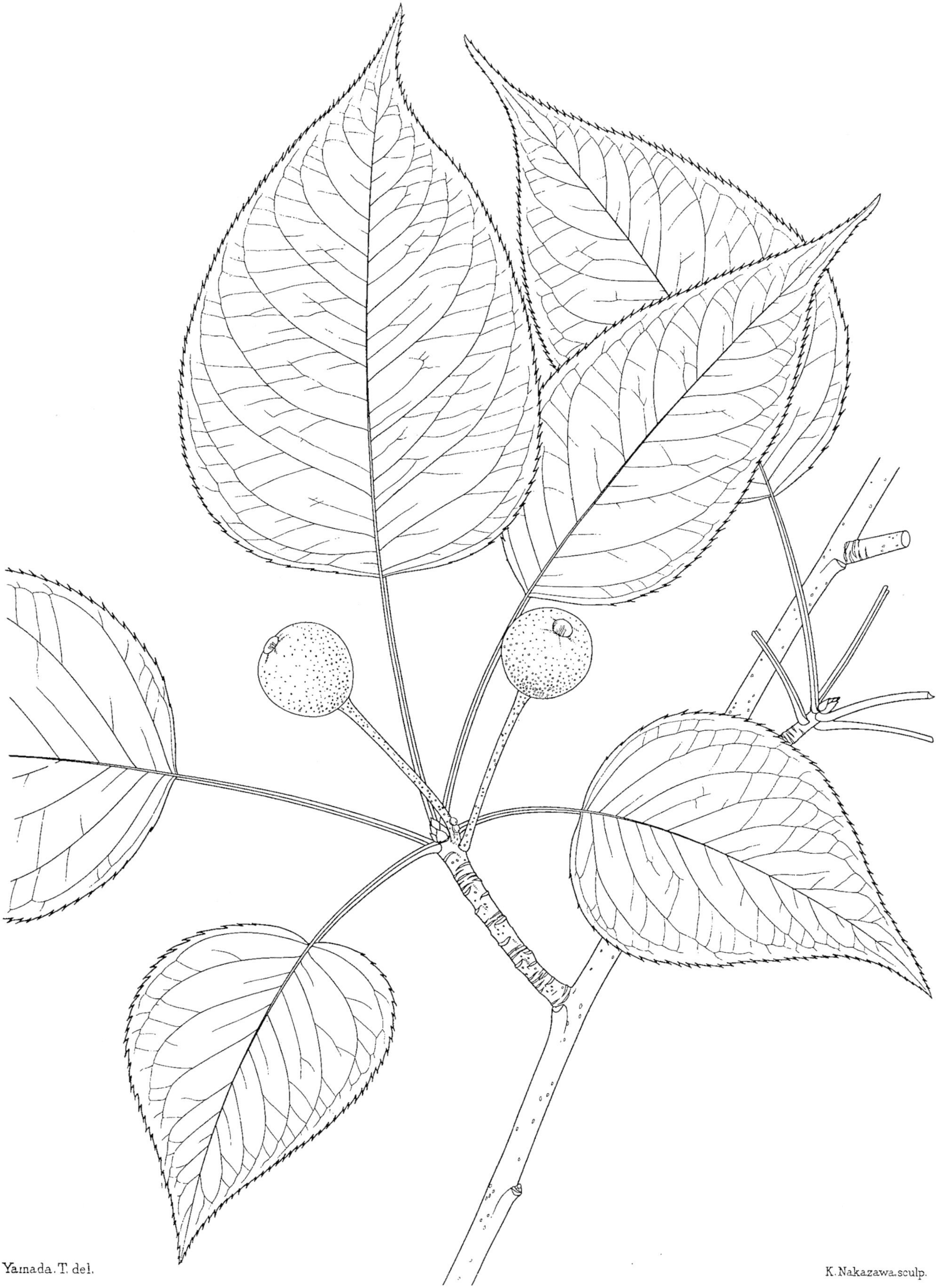

Yamada. T. del.　　K. Nakazawa. sculp.

第 二 十 四 圖

フ ォ ー リ ー な し

Pyrus Fauriei, Schneider.

a. 花ヲ附ケタル枝。
b. 未熟ノ果實ヲ附ケタル枝。

（自 然 大）

第二十四圖

Yamada. T. del.

K. Nakazawa. sculp

第 二 十 五 圖

まめなし

Pyrus Calleryana, Decaisne.

（自 然 大）

第 二 十 五 圖

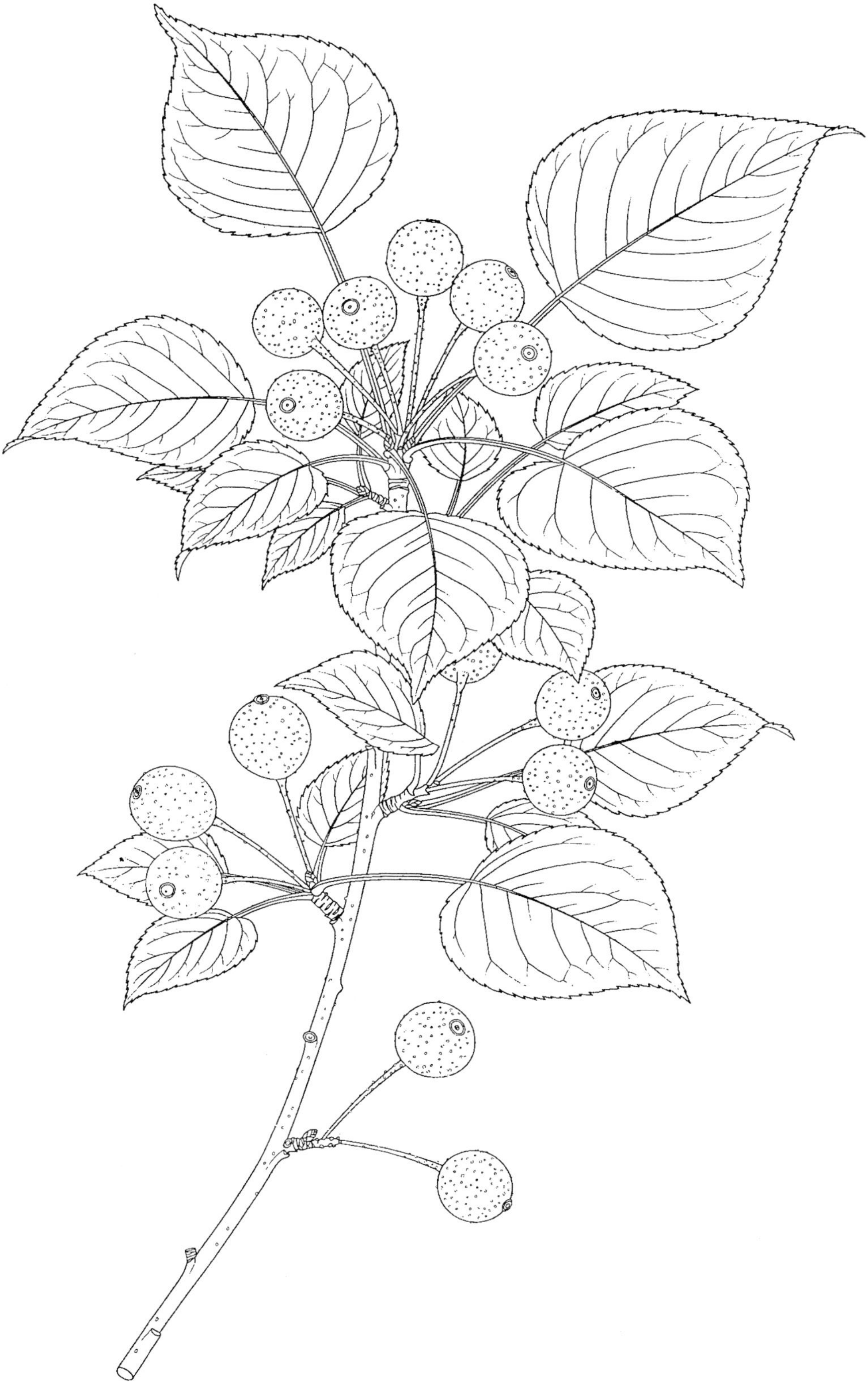

Yamada.T. del.

K.Nakazawa.sculp

第二十六圖 a. b.

おほさんざし

Cratægus pinnatifida, Bunge var. *typica*, Schneider.

同 c.

ほそばさんざし

Cratægus pinnatifida, Bunge var. *psilosa*, Schneider.

（何レモ自然大）

第二十六圖

Yamada T. del.

K. Nakazawa sculp.

第二十七圖

ひろはさんざし

Cratægus pinnatifida, Bunge var. major, N. E. Brown.

（自然大、果實ハ未熟ナリ）

第二十七圖

K. Nakazawa sculp.

第二十八圖

おほばさんざし

Cratægus Maximowiczii, Schneider.

（自然大）

第二十八圖

Yoshikawa, O. del. K. Nakazawa. sculp.

第二十九圖

うすばさんざし

Cratægus Komarovi, Sargent.

（自然大）

第二十九圖

Terauchi. M. del.　　K. Nakazawa. sculp.

朝鮮森林植物編

7 輯

薔 薇 科　ROSACEAE

目次　Contents

第7輯

薔　薇　科　ROSACEAE

薔薇科

ROSACEAE

一　主要ナル引用書類

著　者	書　名
P. Ascherson und P. Græbner.	Synopsis der Mitteleuropäischen Flora VI. Band 1 Abtheilung. (1900–5).
G. Bentham et J. D. Hooker.	Genera Plantarum. Vol. I. (1852–7).
N. L. Britton and A. Brown.	An Illustrated Flora of the Northern United States, Canada and the British Possessions Vol. II. (1897).
Al. Bunge.	Enumeratio Plantarum quas in China Boreali collegit. (1831).
Ad. Chamisso et D. Schlechtendal.	De Plantis in Expeditione Speculatoria Romanzoffiana observatis. Rosaceæ. (in Linnæa II. 1827).
Al. de Candolle.	Prodromus systematis naturalis regni vegetabilis II. (1825).
S. Endlicher.	Genera Plantarum (1836–40).
Phil. Fried. Fedde.	Repertorium specierum novarum regni vegetabilis V. (1908) VII. (1909) X. (1912). XIII. (1914).
F. B. Forbes et W. B. Hemsley.	An Enumeration of all the plants known from China proper, Formosa, Hainan, Corea, the Luchu Archipelago, and the Island of Hongkong etc. I. (1886–1888).
A. Franchet.	Plantæ Davidianæ Vol. I. (1884).
A. Franchet et Lud. Savatier.	Enumeratio Plantarum in Japonia sponte crescentium Vol. I. (1875) II. (1879).
W. O. Focke.	Die Natürlichen Pflanzenfamilien III. Theil. III. Abtheilung. Rosaceæ.

Gen-ichi Koidzumi.	Conspectus Rosacearum Japonicarum (1913).
V. Komarov.	Flora Manshuriæ. II. (1904).
O. Kuntze.	Monographie der einfachblättrigen und krautigen Brombeeren (1879).
C. Lehmann.	Revisio Potentillarum. (1856).
C. F. Ledebour.	Flora Rossica. Vol. II. (1844–46).
C. J. Maximowicz.	Diagnoses breves plantarum novarum Japoniæ et Mandshuriæ. Rubus. (1871).
F. A. Guil. Miquel.	Prolusio Floræ Japonicæ (1866–7).
Takenoshin Nakai.	Flora Koreana. pars I. (1909) pars II. (1911).
E. Regel.	Tentamen Rosarum Monographiæ (1878).
A. Rehder.	Plantæ Wilsonianæ Vol. II. part II. (1915).
Fr. Schmidt.	Reisen im Amurlande und auf der Insel Sachalin (1868).
C. K. Schneider.	Illustriertes Handbuch der Laubholzkunde Band I. (1906).
Ph. Fr. Siebold et J. G. Zuccarini.	Flora Japonica I. (1835).
C. P. Thunberg.	Flora Japonica (1784).
Th. Wolf.	Monographie der Gattung Potentilla (1908).
W. O. Focke	Species Ruborum. Monographiæ generis Rubi Prodromus. Pars I. (1900) Pars. II. (1911). Pars. III. (1914).
中井猛之進	濟洲島並莞島植物調査報告書. 朝鮮植物. 第一卷. 智異山植物調査報告書. 東京植物學雜誌. 第十五卷 第十六卷 第二十四卷

第二十八卷
第二十九卷
第 三 十 卷
第三十二卷

(二) 朝鮮產薔薇科植物研究ノ歷史

1867 年蘭國ノミケル氏 (Miquel) ガ其著 Prolusio Floræ Japonicæ ニとつくりいちごニRubus coreanus, Miq. ヲさなぎいちごニRubus Oldhami, Miq. ナル名ヲ與ヘテ記セシガ抑モ朝鮮ノ本科植物ガ學界ニ紹介サレシ始メナリ。1871 年露ノマクスモウヰッチ氏 (Maximowicz) ハ東亞ノきいちご屬ニ就テ予述シ其中朝鮮產トシテRubus cratægifolius, Bunge, Rubus palmatus, Thunb., Rubus pungens var. Oldhami, Maxim., Rubus Thunbergii, S. et Z., Rubus coreanus, Miq. Rubus parvifolius, L. 六種ヲ載ス其中 Rubus parvifolins ハ Rubus triphyllus, Thunb. ナリ。

1887 年英ノフォーブス.ヘムズレー (Forbes and Hemsley) 兩氏ハ支那植物目錄中ニ Rubus coreanus, Rubus palmatus, Rubus cratægifolius, Rubus parvifolius, Rubus pungens, Rubus Thunbergii, Rubus trifidus, Rosa multiflora, Rosa rugosa ノ九種並ニ草本植物トシテ Fragaria indica, Potentilla chinensis, Potentilla discolor, Potentilla fragarioides, Agrimonia Eupatoria, Poterium officinale, Poterium tenuifolium ノ七種ヲ擧ゲタリ. 其中 Rubus pungens ハ Rubus pungens v. Oldhami, Rubus parvifolius ハ Rubus triphyllus, Fragaria indica ハ Duchesnea indica, Poterium officinale ハ Sanguisorba officinalis, Poterium tenuifolium ハ Sanguisorba tenuifolia ニ改ムベキモノトス。

1898 年露ノパリービン (Palibin) 氏ハ Conspectus Floræ Koreæ ニ Kerria Japonica, Rubus coreanus, R. cratægifolius, Rubus Idæus v, nipponicus, Rubus palmatus, Rubus parvifolius, Rubus pungens, Rubus Thunbergii, Rubus trifidus, Rosa davurica, Rosa kamtschatica, Rosa Luciæ, Rosa multiflora, Rosa rugosa, Rosa xanthina ノ十五種並ニ草本類トシテ Duchesnea indica, Potentilla chinensis, Potentilla discolor, Potentilla fragarioides, Potentilla Kleiniana, Geum strictum. Ulmaria palmata, Sanguisorba officinalis, Sanguisorba tenuifolia, Agrimonia Eupatoria, Agrimonia pilosa ノ十一種ヲ擧グ、其中 Rubus Idæus v. nipponicus ノ一部ハ Rubus triphyllus 一部ハ Rubus Idæus v. microphyllus. Rubus parvifolius ハ Rubus triphyllus, Rubus pungens ハ Rubus pungens v. Oldhami, Rosa kamtschatica ハ Rosa rugosa v. kamtschatica, Ulmaria pahnata ハ Filipendula palmata, Geum strictum ハ Geum aleppicum ニ改ムベキモノトス。

1904 年版露ノコマロフ (Komarov) 氏ノ Flora Manshuriæ ニハ北朝鮮産トシテ Rubus humulifolius, Rubus arcticus, Rubus cratægifolius, Potentilla fruticosa, Rosa rugosa, Rosa pimpinellifolia, Rosa koreana, Rosa multiflora, Rosa jaluana ノ九種並ニ草本トシテ Potentilla bifurca, Potentilla multifida, Potentilla reptans v. incisa, Potentilla flagellaris, Potentilla supina, Potentilla cryptotæniæ, Potentilla centigrana, Chamærhodos erecta, Waldsteinia sibirica, Filipendula purpurea ノ十種ヲ載ス。其中 Rosa koreana ト Rosa jaluana ハ何レモ新種ナリ。

同年佛國ノレヴェイエー (Léveillé) 氏ハ Bulletin de la Société Botanique de France 第五十一卷ニ濟州島産トシテ Rubus myriadenus, Lévl. et Vnt. ナル新種ヲ記述ス.

1905 年同氏並ニヴァニオー (Vaniot) 氏ハ Bulletin de la Société Agricoltur Scientique et Arts de Sarthe 第六十一卷ニ Rubus ouensanensis, Lévl. et Vnt. ナル新種ガ朝鮮ニアル由ヲ記セドモ其ハくまいちご Rubus cratægifolius ニ外ナラズ。

1908 年レヴェイエー氏ハフェッデ (Fedde) 氏ノ Repertorium 第五卷ニ

(1)	Rubus ampelophyllus, Lévl.	濟州島産
(2)	Rubus diamantina, Lévl.	金剛山産
(3)	Rubus pseudo-saxatilis, Lévl.	濟州島産
(4)	Rubus quelpærtensis, Lévl.	同　上
(5)	Rubus schizostylis, Lévl.	同　上
(6)	Rubus Vanioti, Lévl.	同　上

ノ六種ヲ記ス、其中 Rubus schizostylis ハとつくりいちごニ似テ非ナル一新種ナレドモ其他ハ皆既知種ナリ、即チ左ノ如シ。

(1) =Rubus cratægifolius, Bunge.

(2) =Rubus Idæus, L. var. microphyllus, Turcz.

(3) =Rubus coreanus, Miq.

(4) =Rubus coreanus, Miq.

(5) =Rubus corchorifolius, L. fil.

1909 年同氏ハ同雜誌第六卷ニ

(1) Rubus Taquetii, Lévl.

(2) Rosa Taquetii, Lévl.

(3) Rosa Fauriei, Lévl.

(4) Potentilla Fauriei, Lévl.

(5) Potentilla ægopodiifolia, Lévl.

(6) Potentilla rosulifera, Lévl.

(7) Potentilla longepetiolata, Lévl.

ノ七種ヲ載ス、其中 Rubus Taquetii ハ Rubus triphyllus ノ刺多キ一變種、Rosa Taquetii ハ Rosa acicularis ノ刺少ナキ一變種ニシテ其他ハ皆既知種ナリ卽チ左ノ如シ。

(3) ＝{一部ハ Rosa Maximowicziana, Regel / 一部ハ Rosa acicularis, Lindl.}

(4) ＝Potentilla supina, L.

(5) ＝Potentilla cryptotæniæ, Max.

(6) ＝Potentilla centigrana v. mandshurica, Max.

(7) ＝Potentilla flagellaris, Willd.

1910 年同氏ハ同誌第七卷ニ Rubus coreanus var. Nakaianus, Lévl. Rubus stephanandria. Lévl. ノ二種ヲ載セドモ前者ハ通例ノとつくりいちご後者ハくさいちごナリ。

1906 年版ノシュナイデル (Schneider) 氏ノ Illustriertes Handbush der Laubholzkunde 第一卷ニハ Rubus trifidus, Rubus cratægifolius, Rubus coreanus, Rosa multiflora, Rosa rugosa ノ五種、1912 年版ノ第二卷ニハ Rosa koreana, Rosa jaluana ノ二種ヲ朝鮮產トシテ擧グ。

1908 年版ノヴォルフ (Wolf) 氏ノ Monographie der Gattung Potentilla ニハ朝鮮トシテ Potentilla fruticosa, Potentilla multifida, Potentilla chinensis, Potentilla nivea, Potentilla cryptotæniæ, Potentilla centigrana v. mandshurica, Potentilla Wallichiana, Potentilla fragarioides, Potentilla flagellaris ノ九種ヲ載ス。

同年三月餘ハ東京植物學雜誌第二十二卷ニ Plantæ Imagawanæ ト題シ今川唯市氏(前營林廠技師)ノ採品ニ就キ記シ其中本科植物ハ Dryas octopetala ノ一種ヲ載ス。

同年十二月醫師三島愛之助氏ガ摩天嶺ニテ採取セル標品ニ就キ同誌ヲカリテ記シ Rosa acicularis, Rubus Idæus v. nipponicus, Potentilla discolor, Potentilla fragarioides ノ四種ヲ擧ゲシガ Rubus Idæus v. nipponicus ハ Rubus Idæus v. microphyllus ニ改ムベキモノトス。

1908 年二月 Flora Koreana 第一卷ノ刊行アリ、其中本科植物ハ Rubus humulifolius, Rubus arcticus, Rubus palmatus, Rubus trifidus, Rubus cratægifolius, Rubus ouensanensis, Rubus pungens, Rubus Thunbergii, Rubus coreanus, Rubus parvifolius, Rubus phœnicolasius, Rubus Idæus var, nipponicus, Fragaria elatior. Duchesnea indica, Potentilla fruticosa, Potentilla chinensis, Potentilla multifida, Potentilla discolor, Potentilla fragarioides, Potentilla ancistrifolia, Potentilla bifurca, Potentilla supina, Potentilla cryptotæniæ, Potentilla Kleiniana, Potentilla reptans, Potentilla flagellaris, Chamærhodos erecta, Waldsteinia sibirica, Geum strictum, Dryas octopetala, Ulmaria purpurea, Ulmaria palmata, Agrimonia Eupatoria, Agrimonia pilosa, Sanguisorba officinalis, Sanguisorba tenuifolia, Sanguisorba obtusa, Rosa platyacantha, Rosa koreana, Rosa acicularis, Rosa pimpinellifolia, Rosa rugosa, Rosa kamtschatica, Rosa davurica, Rosa multiflora, Rosa Luciæ, Rosa Beggeriana, Rosa indica, Rosa jaluana, Kerria japonica ノ五十一種ヲ載セタリ、右ノ中 Rubus humulifolius, Potentilla reptans, Rosa jaluana ハ今日ニ至ル迄標本ヲ手ニスルヲ得ズ。又 Rubus palmatus, Rubus trifidus モ未ダ朝鮮産ノモノヲ見ズ又 Rubus ouensanensis ハ Rubus cratægifolius＝Rubus parvifolius ハ Rubus triphyllus＝Rubus Idæus v. nipponicus ハ Rubus Idæus v. microphyllus＝Potentilla ancistrifolia ハ Potentilla Dickinsii v. breviseta＝Potentilla Kleiniana ハ Potentilla Wallichiana＝Ulmaria purpurea ハ Filipendula koreana＝Ulmaria palmata ハ Filipendula palmata＝Sanguisorba obtusa ハ Sanguisorba hakusanensis＝Rosa platyacantha ハ Rosa xanthinoides＝Rosa Beggeriana ハ Rosa Maximowicziana ニ改ムベキモノトス。又 Kerria japonica, Rosa indica ハ固有品ニアラズシテ栽培品カ又ハ栽培品ヨリ逸出セシモノナリ。

1909 年三月余ハ武田久吉氏ト市川三喜氏（現東大文科大學助教授）ノ濟州島採收ノ植物ヲ研究シ其結果ヲ東京植物學雜誌ニ載セシガ其中本科植物ハ僅カニ Agrimonia pilosa 一種アルノミ。

1911 年十二月 Flora Koreana 第二卷ノ刊行アリ、其中ニハ本科植物トシテ Rubus cratægifolius, Rubus pungens, Rubus triphyllus, Rubus gensanicus, Rubus diamantiacus, Rubus pseudo-saxatilis. Rubus quelpærtensis, Rubus schizostylis, Rubus Vanioti, Rubus Taquetii, Rubus coreanus v. Nakaianus, Rubus stephanandria, Potentilla fragarioides, Potentilla bifurca, Potentilla supina, Potentilla cryptotæniæ, Potentilla centigrana v. mandshurica, Potentilla Kleiniana,

Potentilla Ancerina, Potentilla chinensis, Potentilla discolor, Potentilla Fauriei, Potentilla ægopodiifolia, Potentilla rosulifera, Potentilla longe-petiolata, Fragaria elatior, Duchesnea indica, Geum strictum, Ulmaria purpurea, Ulmaria kamtschatica, Ulmaria palmata, Agrimonia pilosa, Sanguisorba tenuifolia, Sanguisorba officinalis, Rosa acicularis, Rosa rugosa, Rosa davurica, Rosa multiflora, Rosa indica, Rosa platyacantha, Rosa jaluana, Rosa Fauriei, Rosa Taquetii ノ四十二種ヲ載セタリ。Léveillé 氏ノ記述品ノ改名スベキハ既述ノ如シ。而シテ Ulmaria purpurea, Ulmaria kamtschatica ハ何レモ Filipendula glaberrima ニ Rosa Fauriei ハ Rosa Maximowicziana ニ Rosa jaluana ハ Rosa acicularis ニ改ムベキモノナリ。

1912 年一月八田吉平(現平安南道技師) 植木秀幹 (現水原農林專門學校教授) 兩氏採品ニツキ植物學雜誌ニ記セル中ニ本科植物 Rubus pungens ヲ記ス。

同二月米人ミルス(Mills)氏採品ニツキ記セルトキニハ Filipendula rufinervis, Sanguisorba officinalis, Rosa davurica, Rosa Fauriei ノ四種ヲ載ス。其中 Filipendula rufinervis ハ新種、Rosa Fauriei ハ Rosa Maximowicziana ニ改ムベキナリ。

八月余ハ故フォーリー(Faurie) 氏ノ標品ヲ青森ニテ檢シ 1913 年六月朝鮮新發見植物目錄ヲ東京植物學雜誌ニ掲ゲシガ其中ニ本科植物トシテ Rubus Buergeri, Rubus corchorifolius, Rubus Thunbergii, Rubus rosæfolius, Fragaria nipponica, Fragaria neglecta, Potentilla ancistrifolia, Potentilla Freyniana, Potentilla Matsumuræ, Filipendula kamtschatica v. glaberrima, Filipendula multijuga v. koreana, Sanguisorba officinalis v. alba, Sanguisorba hakusanensis, Rosa diamantiaca ノ十五種アリ。其中 Rubus rosæfolius ハ Rubus hongnoensis ナル一新種. Filipendula ノ兩種ハ何レモ獨立ノ種ニシテ Filipendula glaberrima, Filipendula koreana トスベク Sanguisorba officinalis v. alba ハ Sanguisorba unsanensis ニ改ムベク Rosa diamantiaca ハ Rosa acicularis var. Gmelini ノ異常品ナリ。

1914 年三月余ハ朝鮮植物上卷ヲ著ハス、其中ニ本科植物トシテ次ノモノアリ。

Kerria japonica, DC.	Rubus gensanicus, Nakai.
Rhodotypos tetrapetala, Makino	Rubus arcticus, L.
Rubus palmatus, Thunb.	Rubus triphyllus, Thunb.

Rubus phænicolasius, Max.
Rubus Idæus v. microphyllus, Turcz.
Rubus Komarovi, Nakai.
Rubus pungens, Cham.
Fragaria elatior, Ehrh.
Fragaria neglecta, Lind.
Fragaria nipponica, Makino.
Duchesnea indica, Focke.
Potentilla fruticosa, L.
Potentilla bifurca, L.
Potentilla Dickinsii, Fr. et Sav.
Potentilla multifida, L.
Potentilla supina, L.
Potentilla centigrana, Max.
　var. japonica, Max.
　var. mandshurica, Max.
Potentilla ancistrifolia, Bunge.
Potentilla cryptotæniæ, Max.
Potentilla Wallichiana, Del.
Potentilla Anserina, L.
Potentilla discolor, Bunge.
Potentilla fragarioides, L.
　v. typica, Max.
　v. Sprengeliana, Max.
Potentilla stolonifera, Lehm.
　var. quelpætensis, Nakai.
Potentilla chinensis, Ser.
Dryas octopetala, L.
Chamærhodos erecta, Bunge
Waldsteinia sibirica, Ser.
Filipendula palmata, Max.
Filipendula multijuga, Max.
　var. koreana, Nakai.
Filipendula purpurea, Max.
Filipendula rufinervis, Nakai.
Agrmonia pilosa, Ledeb.
Sanguisorba hakusanensis, Makino.
Sanguisorba officinalis, L.
　var. alba, Nakai.
Sanguisorba tenuifolia, Fischer.
Sanguisorba media, Regel.
Rosa kamtschatica, Vent.
Rosa rugosa, Thunb.
Rosa davurica, Pall.
Rosa acicularis. Lindl.
Rosa xanthina, Lindl.
Rosa granulosa, Keller.
Rosa multiflora, Thunb.

右ノ中 Rubus gensanicus ハ北米產 Rubus nigrobaccatus ノ一形ニシテ Filipendula multijuga v. koreana ハ Filipendula koreana＝Filipendula purpurea ハ Filipendula glaberrima ＝ Rubus Komarovi ハ Rubus Idæus v. concolor ＝ Sanguisorba officinalis v. alba ハ Sanguisorba unsanensis ＝Rosa granulosa ハ Rosa Maximowicziana＝改ムベキナリ。

同年四月濟州島植物調査報告書並ニ莞島植物調査報告書ノ刊行アリ、前者中ニアル本科植物ハ

Agrimonia Eupatoria L.
Agrimonia pilosa, Ledeb.
Duchesnea indica, Focke.
Fragaria nipponica, Makino
Geum strictum, Ait.
Potentilla chinensis, Ser.

Potentilla Dickinsii, Fr. et Sav. var. breviseta, Nakai.
Potentilla discolor, Bunge
Potentilla Freyniana, Borm.
Potentilla stolonifera, Lehm. var. quelpærtensis, Nakai.
Potentilla Wallichiana, Delil.
Potentilla Wallichiana, Delil. var. minor, Nakai.
Potentilla Yokusaiana, Makino.
Rubus coreanus, Miq.
Rubus croceacantha, Lévl.
Rubus hongnoensis, Nakai.
Rubus myriadenus, Lévl. et Vnt.
Rubus phænicolasius, Maxim.
Rubus pungens, Camb.
Rubus schizostylis, Lévl.
Rubus triphyllus, Thunb.
Rosa granulosa, Keller v. koreana, Nakai.
Rosa Luciæ, Fr. et Sav.
Rosa multiflora, Thunb. var. quelpærtensis, Nakai
Rosa Taquetii, Lévl.
Rhodotypos tetrapetala, Makino.
Rubus Buergeri, Miq.
Rubus corchorifolius, L. fil. v. glaber, Matsum.
Rubus cratægifolius, Bunge.
Rubus Taquetii, Lévl.
Rubus Thunbergii, S. et Z.
Sanguisorba hakusanensis, Makino.
Sanguisorba officinalis, L.
Sanguisorba tenuifolia, Fischer.

ノ三十四種ヲ載ス、其中 Rosa granulosa v. koreana ハ Rosa Maximowicziana ニ Rosa Taquetii ハ Rosa acicularis var. Taquetii ニ Rubus pungens ハ Rubus pungens v. Oldhami ニ改ムベキモノトス。

又後者ニハ

Potentilla Yokusaiana, Makino.
Rosa Luciæ. Fr. et Sav.
Rosa multiflora, Thunb.
Rubus corchorifolius, L. fil. var. glaber, Matsum.
Rubus coreanus, Miq.
Rubus cratægifolius, Bunge. var. minor. Lévl.
Rubus phœnicolasius, Max.
Rubus Thunbergii, S. et Z.
Rubus triphyllus, Thunb.

ノ十種アリ、其中 Rubus myriadenus v. minor ハ Rubus asper ニ改ムベキナリ。

1915 年四月智異山植物調査報告書ノ刊行アリ、其中ニアル本科植物ハ

Agrimonia pilosa, Ladeb.
Filipendula glaberrima, Nakai.
Filipendula formosa, Nakai.
Geum strictum, Ait.
Kerria japonica, DC.
Potentilla chinensis, Ser.
Potentilla Dickinsii, Fr. et Sav.
Potentilla Yokusaiana, Makino.

Rubus coschorifolius, L. fil.
var. glaber, Matsum.
Rubus coreanus, Miq.
var. concolor, Nakai.
Rubus cratægifolius, Bunge.
Rubus phænicolasius, Maxim.
Rubus triphyllus, Thunb.
Sanguisorba hakusanensis, Makino.

ノ十五種ナリ。

1910 年版ノ Focke 氏ノ Species Ruborum 第一、第二ニハ朝鮮産トシテ

(1) Rubus Vanioti, Lévl.
(2) Rubus ampelophyllus, Lévl.
(3) Rubus ouensanensis, Lévl. et Vnt.
(4) Rubus coreanus, Miq.
(5) Rubus quelpærtensis, Lévl.
(6) Rubus pseudo-saxatilis, Lévl.
(7) Rubus schizostylis, Lévl.
(8) Rubus diamantinus, Lévl.

ノ八種ヲ載ス、右ノ中 (1) ハ Rubus corchorifolius. (2) (3) ハ Rubus cratægifolius, (5) (6) ハ Rubus coreanus. (8) ハ Rubus Idæus v. microphyllus ナルハ既述ノ如シ。

1914 年版同第三部ニハ

(1) Rubus stephanandria. Lévl.
(2) Rubus coreanus. v. Nakaianus, Lévl.
(3) Rubus hoatiensis, Lévl.

ノ三種ヲ載ス (1) ハ Rubus Thunbergii (2) (3) ハ Rubus coreanus ナリ。翌年十二月レーデル、ウキルスン(Rehder and Wilson)兩氏ハ Plantæ Wilsonianæ 第二卷ニ朝鮮産本科植物トシテ

Rosa multiflora, Thunb. v. quelpærtensis, Rehder et Wilson.
Rosa Wichuraiana, Crep.

ノ二種ヲ擧グ前者ハ余其前年濟州島植物調查報告書ニ其名ヲ用キタレバ夫レニ從フベク尙ホ其ハ Rosa multiflora var. microphylla, Fr. et Sav. ニ一致ス、Rosa Wichuraiana ハ Rosa Luciæ ニ同ジ。

1914 年余ハ Fedde 氏ノ Repertorium specierum novarum regn vegetabilis 第十三卷ヲカリテ朝鮮産ノ新植物ヲ記述セシ中ニ次ノ薔薇科植物アリ。其中 * ヲ附シアルハ草本類ナリ。

*Filipendula multijuga, Maxim. var. alba, Nakai.
var. koreana, Nakai.
*Filipendula formosa, Nakai.
*Filipendula glaberrima, Nakai.
*Potentilla Dickinsii, Fr. et Sav. var. breviseta, Nakai.

*Potentilla Wallichiana, Delile var. minor, Nakai.
*Potentilla stolonifera, Lehm. var. quelpærtensis, Nakai.
Rosa diamantiaca, Nakai.
Rubus hongnoensis, Nakai.
*Sanguisorba unsanensis, Nakai.

而シテ Rosa diamantiaca ハ Rosa acicularis v. Gmelini ノ異常ニ發育セシモノニスギズ。

1916 年 J. Cardot 氏ハ Notulæ Systematicæ ヲカリテ東西ノ薔薇類ノ新植物ヲ記セシガ多クハ、從來ノ研究ヲ無視セシ爲メ抹殺ノ運命ニ會セリ。其中ニアル濟州島產ノ新植物 Rosa polita, Rosa diversistyla ノ二種モ亦既知種ニシテ Rosa Luciæ. てりはのいばらノ下ニ編入スルモノトス。1916 年余ハ朝鮮產薔薇科植物研究ノ豫報ヲ東京植物學雜誌第三十卷ニ載セ

Rhodotypos tetrapetala, Makino.
Kerria japonica, DC.
Rubus arcticus, Linn.
Rubus Buergeri, Miquel
Rubus corchorifolius, L. fil.
var. Oliveri, Focke
Rubus cratægifolius, Bunge
Rubus asper, Wall.
Rubus myriadenus, Lévl. et Vnt.
Rubus Thunbergii, Sieb. et Zucc.
Rubus croceacantha, Lévl.
Rubus hongnoensis, Nakai.
Rubus pungens, Camb. var. Oldhami, Maxim. f. roseus, Nakai.
Rubus phœnicolasius, Maxim.
Rubus coreanus, Miq.
Rubus schizostylus, Lévl.
Rubus triphyllus, Thunb.
var. Taquetii, Nakai.
Rubus Idæus, L. var. microphyllus, Turcz.
var. coreana, Nakai.
var. concolor, Nakai.
Potentilla fruticosa, L. v. vulgaris, Willd.

*Potentilla Dickinsii, Fran. et Sav. var. breviseta, Nakai.
*Potentilla Freyniana, Bornm.
*Potentilla Yokusaiana, Makino.
*Potentilla Matsumuræ, Wolf.
*Potentilla nivea, L. var. vulgaris, Cham. et Schlecht. f. alpina Lehm.
*Potentilla stolonifera, Lehm. var, quelpærtensis, Nakai.
*Potentilla tanacetifolia, Willd. var. erecta, Wolf.
*Potentilla viscosa, J. Don var. macrophylla, Kom.
*Potentilla Wallichiana, Delil. var. anemonefolia, Nakai.
var. minor, Nakai.
Dryas actopetala, L. f. asiatica, Nakai.
Rosa Maximowicziana, Regel f. leiocalyx, Nakai.
f. adenocalyx, Nakai.
Rosa Luciæ, Fr. et Rocheb.
Rosa Jackii, Rehd.
var. pilosa, Nakai.
Rosa multiflora, Thunb. v. genuina, Fr. et Sav.
v. adenophora, Fr. et Sav.
v. microphylla, Fr. et Sav.
Rosa xanthina, Lindl.
v. pilosa, Nakai.
Rosa rugosa, Thunb. v. typica, Regel
var. kamtschatica, Regel
var. plena, Regel.
Rosa davurica, Pall.
var. alba, Nakai.
Rosa acicularis, Lindl. v. Gmelini, C. A. Mey. f. rosea, Nakai.
f. pilosa, Nakai.
f. lilacina, Nakai.
f. alba, Nakai.
v. Taquetii, Nakai.
Rosa pimpinellifolia, Linn.
Rosa rubrostipullata, Nakai.
var. alpestris, Nakai.

Rosa jaluana, Kom.
Rosa koreana, Kom.
*Comarum palustre, Linn.
*Filipendula formosa, Nakai.
*Filipendula glaberrima, Nakai.
*Filipendula koreana, Nakai.
var. alba, Nakai.
*Fragaria neglecta, Lindem.
*Sanguisorba hakusanensis, Makino.
*Sanguisorba alpina, Bunge.
*Sanguisorba sitchensis, C. A. Mey.

ノ四十九種ヲ列擧セシガ其中ノ * ヲ附シアルハ草本植物ナリ。又 Rosa Jackii は Rosa Maximowicziana ト同種ニシテ var. pilosa ハ後者ノ變種トスベク、Rosa xanthina トセシモノ並ニ其變種 var. pilosa ハ同一植物ニシテ何レモ Rosa xanthinoides, Nakai ニ改ムベキモノトス。

1918 年余ハ又東京植物學雜誌第三十二卷ニ
Rubus takesimensis, Nakai たけしまくまいちご
Potentilla Dickinsii, Fran. et Sav. v. typica, Nakai いはきんばい
v. glabrata, Nakai たけしまいはきんばい

ヲ記述セシガいはきんばい類ハ草本類ナリ。

其後余ハ朝鮮總督府ノ命ヲ受ケテ朝鮮ノ各地ニ採取ヲ試ミテ種々ノ本科植物ヲ採取シ、倘ホ從來ノ採品ヲ精檢シテ嘗テナセル誤ヲ正セシ結果、朝鮮ニハ薔薇科植物トシテ次ノ如キモノアルヲ知ルニ至レリ。其中 * ヲ附シアルハ泰西諸國ニ於イテ森林植物トシテ取扱フモノ(△)ノ附シアルモノハ栽培品ヨリ逸出シテ自生狀態ヲナスモノナリ、符號ナキハ皆草木ナリ。

1. Agrimonia Eupatoria, L. おほきんみづひき
2. Agrimonia pilosa, Ledeb. きんみづひき
3. Chamærhodos erecta, Bunge いんちんろうげ
4. Comarum palustre, L. くろばなろうげ
*5. Dryas octopetala, L. var. asiatica, Nakai. ちようのすけさう
6. Filipendula formosa, Nakai. ひがのこさう
7. Filipendula glaberrima, Nakai. てうせんなつゆきさう

8.	Filipendula koreana. Nakai.	かうらいかのこ
	var. alba, Nakai.	しろばなかうらいかのこ
9.	Filipendula rufinervis, Nakai.	からしもつけさう
10.	Filipendula palmata, Maxim.	ちしましもつけ
11.	Fragaria elatior, Ehr.	たかくさいちご
12.	Fragaria neglecta, Lindem.	えぞのくさいちご
12.	Fragaria nipponica, Makino.	しろばなへびいちご
14.	Geum aleppicum, Georg.	おほだいこんさう
*15.	Kerria japonica, DC.	やまぶき
16.	Potentilla ancistrifolia, Bunge.	おほいはきんばい
17.	Potentilla bifurca, L.	くさきんろらうばい
18.	Potentilla centigrana, Max. var.	
	japonica, Max.	めへびいちご
	var. mandshurica, Max.	たうひめいちご
19.	Potentilla chinensis, Ser.	かはらさいこ
20.	Potentilla cryptotæniæ, Maxim.	みつもとさう
21.	Potentilla Dickinsii, Fr. et Sav.	
	v. breviseta, Nakai.	てうせんいはきんばい
	v. typica, Nakai.	いはきんばい
	v. glabrata, Nakai	たけしまいはきんばい
22.	Potentilla discolor, Bunge.	つちぐり
23.	Potentilla flagellaris, Willd.	つるをへびいちご
24.	Potentilla fragarioides, L. v. typica,	
	Max.	きじむしろ
	var. Sprengeliana, Max.	おほきじむしろ
25.	Potentilla Freyniana, Borm.	みつばつちぐり
*26.	Potentilla fruticosa, L.	きんろうばい
27.	Potentilla Matsumuræ, Wolf.	みやまきんばい
28.	Potentilla multifida, L.	たうかはらさいこ
29.	Potentilla nivea, L. v. vulgaris,	
	Cham. et Schl.	うらじろきんばい
30.	Potentilla reptans, L. v. incisa, Fr.	
31.	Potentilla stolonifera, Lehm. v.	
	quelpærtensis, Nakai.	たんなきじむしろ
32.	Potentilla supina. L.	おきじむしろ

33. Potentilla Ancerina, L. えぞつるきんばい
34. Potentilla tanacetifolia, Willd. おをかはらさいこ
35. Potentilla viscosa, Don. var. macrophylla, Kom. ねばりかはらさいこ
36. Potentilla Wallichiana, Del. をへびいちご
    var. anemonefolia, Nakai. おほばをへびいちご
    var. minor, Nakai. こばのをへびいちご
37. Potentilla Yokusaiana, Makino. つるきんばい
*38. Rhodotypos tetrapetala, Makino. しろやまぶき
*39. Rosa acicularis, Lindl. v. Gmelini, C.A. Mey. おほみやまばら
    var. Taquetii, Nakai. さいしうばら
*40. Rosa davurica, Pall. やまはまなし
*41. Rosa jaluana, Kom. てうせんやまいばら
*42. Rosa Maximowicziana, Regel つるのいばら
*43. Rosa multiflora, Thunb. v. typica, Fr. et Sav. のいばら
    var. adenophora, Fr. et Sav. ねばりのいばら
    var. microphylla, Fr. et Sav. こばののいばら
*44. Rosa koreana, Kom. ひめさんしようばら
*45. Rosa Luciæ, Fr. et Rocheb. てりはのいばら
*46. Rosa pimpinellifolia, L. たうさんしようばら
*47. Rosa rubro-stipullata, Nakai. みやまいばら
    var. alpestris, Nakai. こばのみやまいばら
*48. Rosa rugosa, Thunb. v. typica, Regel. はまなし
    v. kamtschatica, Regel. はまなしもどき
    v. plena, Regel. やえはまなし
*59. Rubus arcticus, L. ちしまいちご
*50. Rubus asper, Wall. こじきいちご
*51. Rubus Buergeri, Miq. ふゆいちご
*52. Rubus coreanus, Miq. とつくりいちご
*53. Rubus corchorifolius, L. fil. v. typicus, Focke. びろうどいちご
    var. Oliveri, Focke. うすげいちご

*54. Rubus cratægifolius, Bunge. くまいちご
*55. Rubus croceacantha, Lévl. さいしうやまいちご
*56. Rubus hongnoensis, Nakai. さいしうばらいちご
*57. Rubus humulifolius, C. A. Mey.
*58. Rubus Idæus, L. v. microphyllus, Turcz. てうせんうらじろいちご
var. concolor, Nakai. てうせんきいちご
var. coreanus, Nakai. をくやまいちご
*59. Rubus myriadenus, Lévl. しろみいちご
*60. Rubus palmatus, Thunb. もみぢいちご
*61. Rubus phœnicolasius, Maxim. うらじろいちご
*62. Rubus pungens, Camb. v. Oldhami, Miq. べにばなさなぎいちご
*63. Rubus schizostylis, Lévl. et Vnt. とげつるいちご
*64. Rubus takesimensis, Nakai たけしまくまいちご
*65. Rubus Thunbergii, S. et Z. くさいちご
*66. Rubus triphyllus, Thunb. なはしろいちご
var. Taquetii. Nakai. たんななはしろいちご
67. Sanguisorba alpina, Bunge. おほしろわれもかう
68. Sanguisorba hakusanensis, Makino. たううちさう
79. Sanguisorba officinalis, L. われもかう
70. Sanguisorba sitchensis, C. A. Mey. たかねわれもかう
71. Sanguisorba tenuifolia, Fischer. しろばなわれもかう
var. purpurea, Trautv. et Mey. おほわれもかう
72. Sanguisorba unsanensis, Nakai. しろわれもかう
73. Sibbaldia procumbens, L. たてやまきんばい
74. Waldsteinia sibirica, Tratt. こきんばい

本編ハ森林植物ニ就キ叙述スルモノ故以下本編ニ於テハ草木類全部ヲ除ケリ。尙ホ Rosa·jaluana, Rubus palmatus, Rubus trifidus, Rubus humulifolius, C.A. Mey. ノ四種ハ余未ダ朝鮮產品ヲ見ル機會ヲ得ザレバ併セテ之レヲ除ケリ。尙ホ從來ノ栽培種中 Rosa xanthinoides きばなはまなしハ特ニ本編ニ編入セリ。

(三) 朝鮮ニ於ケル木本薔薇科植物分布ノ概況

(1) ちようのすけさう屬。

ちようのすけさう一種アルノミ、余ハ之レヲ白頭山及ビ鷲峯（平北、咸南ノ界）長白山脈中冠帽山ニ於テ發見セシガ恐ラク狼林山脈、頭露峯山脈（咸南甲山、長津兩郡界）蓮火山彙（咸南長津郡俗ニ蓮華山ト云フ）等ノ諸峯ニシテ海拔二千米突ヲ超ヘ其頂ガ草本帶ヲナシ居ルモノニハ、悉ク分布シ居ルナルベシ。

(2) やまぶき屬。

やまぶき一種ノミ、往古內地又ハ支那ヨリ輸入セシモノヽ如ク、昌德宮禁苑內、白羊山附近、智異山華嚴寺附近ノ如キ自生狀態ヲナス。

(3) きじむしろ屬。

本屬ニハ木本植物トシテきんろうばい一種アリ、白頭山麓一帶ノ落葉松樹林ニアリテハ下木トシテ繁茂シ、いそつつじ、くろまめのき、くろみのうぐひすかぐら、ちゃぼをのをれト其數ヲ競ヒ、七八月頃黃花滿開シ此地方ニ一層ノ天然美ヲ與フ。長白山脈ニモアリ。

(4) しろやまぶき屬。

しろやまぶきアルノミ、濟州島、慶尙北道、黃海道、忠淸南北道等ニ其自生アリ。特ニ半島產ノモノハ島嶼產ノモノヨリ大形ナルヲ常トス。

(5) ばら屬。

種類多ク分布モ一ナラズ。

やまはまなしハ北部ニ多ク平北、咸南ノ北部、咸鏡北道ニアリテハ最モ普通ノ灌木ニシテ特ニ山深ク入レバ道路附近、畦畔、山麓地等ニ密生シ其群落ガ六七月一時ニ開花スルトキハ美觀譬フルニ物ナシ。

おほみやまばらハ中部以北ニ普通ノ品ニシテ、やまはまなしト共ニ群落性ナリ。主トシテ山麓、溪畔ニ多シ、通例紅花ヲ開ケドモ稀ニ白花品アリ。一種葉ノモトニノミ刺アルモノ、濟州島漢拏山ニアリ、さいしうばらト云フ、但シ極メテ稀品ナリ。

つるのいばらハ咸鏡南北、平安南北道ノ丘陵ニ多ク、黃海、京畿ノ諸道ヲ經テ慶尙道ニ及ブ、地ヲ匐ヒ刺多キヲ以テ著シ。本品ハ露領ポセツト灣附近ヨリ西ハ南滿州ニモ分布ス。

平安北道昌城郡邑内面ニ於ケルやまはまなすトつるのいばらノ群落開花ノ状
（大正三年六月寫）

のいばらハ中部以南ノ丘陵、河畔、路傍等ニ生ズル事恰モ内地ニ於ケルガ如シ。

てりはのいばらハ海岸植物ニシテ特ニ南部ニ限ラレ、全羅慶尚ノ群島並ニ濟州島ニアリテハ普通品ナリ。欝陵島ニモアリ。

ひめさんしようばらハ咸鏡道ノ深山幽谷ニノミ生ジ朝鮮ノ特産品ナリ。

たうさんしようばらハ平安、咸鏡ノ丘陵ニ生ジ、白花ヲツク、本種ハ日本内地ニナケレドモ大陸ニアリテハ歐州ニ迄モ分布ス。

みやまいばらハ咸鏡南道長津郡ニ多シ、簇生スル有樣ハやまはまなしニ似タリ、朝鮮ノ特產品ナリ。一種葉形小ナルモノ白頭山麓地方ニ生ズこばのみやまばらト云フ、白頭山地方ニ生ズル唯一ノ薔薇ナリ。

はまなしハ海岸地方至ル所ニ生ズレドモ濟州島ニハナシ。刺ノ小形ノモノ、ナキモノ、又八重咲等ノ品種アリ。

(6) きいちご屬。

ちしまいちごハ白頭山地方ノ濕地、咸北雪嶺等ニ生ズ。

こじきいちごハ全南莞島並ニ濟州島ニ生ズ。

ふゆいちごハ濟州島ノ樹林下ニノミ生ズ。特ニ南側ニ多シ。

とつくりいちごハ中部以南ニ生ジ、特ニ南部ニ多ク、葉裏ハ白キモノト、綠色ノモノトアリ、又同一枝ニ兩者ヲ混ズルコトアリ。

びろうどいちごハ全南白羊山、蘆嶺並ニ濟州島ニ生ズ。一種毛ノ少キ物アリうすげいちごト云ヒ、全南智異山、莞島觀音山等ニテ之レヲ得タリ。

くまいちごハ全道ノ各地ニ生ジ朝鮮產本屬中最モ分布廣キ種ナリ。卽チ北ハ白頭山方面ヨリ南ハ濟州島ノ山地、平野ニモ生ズ。

たけしまくまいちごハ鬱陵島ノ產ニシテ海岸ヨリ標高七百米突ニ迄廣ク生ズ。

さいしうやまいちごハ濟州島ノ特產品ニシテ、漢拏山南側ノ斜面ニ生ジ、五、六月ノ候開花ス。

さいしうばらいちごハ濟州島ノ特產品ニシテ、南側、西歸浦ノ天帝ノ瀧附近ノ溪流ニ沿ヒテ生ズ。

Rubus（ルーブス） humulifolius（ソムリフオリウス） ハ露ノ植物學者コマロフ(Komarov)氏ガ十九世紀末之レヲ朝鮮ノ北部ニテ採リシト云ヘドモ余ハ未ダ其標本ヲ見ル機會ヲ得ズ。

てうせんうらじろいちごハ北部ニ多ク余ハ之レヲ平安北道漁雷坊、咸鏡南道山羊、江口、長蛇洞、惠山鎭、寶泰洞地方、咸鏡北道農事洞地方、江原道金剛山ニ於テ生ズルヲ見タリ。一種刺少ナキ變種 var. coreana（コレアナ） ハ牙得嶺(平北側)ニ於イテ採レリ。又葉裏ニ白毛全クナキてうせんきいちごハ牙得嶺ノ兩側、咸南長津郡、三水郡、甲山郡ヨリ咸鏡北道茂山郡ニ亘リテ生ズルヲ見タリ。

しろみいちごハ濟州島ノ特產品ニシテ漢拏山ノ南側ニ生ズ。

もみぢいちごハ英人オルドハム (Oldham) 氏ガ十九世紀ノ中葉之レヲ朝鮮南部ノ群島ニテ採リシト云フモノ英國キュー(Kew)ノ皇立植物園ノ挿葉庫ニアレドモ果シテ群島ニ產スルヤ未ダ確ナラズ。如何トナレバ氏ハ同時ニ日本內地ニモ渡リテ多數ノ標品ヲ採收セシヲ以テ其間多少ノ混雜ヲ免レザルベク又未ダ其生品ガ朝鮮ノ域內ニテ吾人ノ目ニ觸レシ事ナケレバナリ。

うらじろいちごハ咸北明川郡以南濟州島迄分布シ森林ノ下木又ハ灌木叢ヲナス。鬱陵島ニモアリ。

べにばなさなぎいちごハ咸南元山府以南濟州島ニ及ビ廣ク分布ス、朝鮮產ハ Rubus pungens v. Oldhami ノ規準種ナリ。而シテ皆淡紅色ノ花ヲ附ク。日本內地ニモ同種植物アレドモ皆白花品ナリ。之レ本草圖譜ニ早ク畫カレシさなぎいちごナリ。

とげつるいちごハ濟州島ノ海濱ヨリ一里以內ノ地ニ多ク生ジ路傍等ニ繁茂シ土民ノ厄介視スル刺多キいちごナリ、濟州島ノ特產ナルガ其形狀ヨリ推スレバ蓋シとつくりいちごヨリ變化セシ種ナルベシ。

くさいちごハ濟州島、莞島其他ノ群島ニ產ス、特ニ莞島ニアリテハ其繁茂驚クベキモノアリ、(莞島植物調査報告書第十六頁三藏洞ノくさいちごノ記事參照)

かぢいちごハ英人オルドハム氏ガ十九世紀ノ中葉巨文島ニテ採リシト云ヘドモ果シテ其然ルヤ不明ナリ。

なはしろいちごハ分布廣ク南ハ濟州島ヨリ北ハ平北渭原、咸北朱乙溫泉地方ニモ及ブ。濟州島ニアリテハ刺多キ小形ノモノ多ク普通品ハ反テ少ナシ。其小形ノモノヲたんななはしろいちごト云フ。

(四) 朝鮮產薔薇科植物ノ効用

本科ノ樹木類ハ皆灌木ナルヲ以テ薪トスル外殆ンド實用的ノ用ナケレドモ觀賞用トスベキモノ多シ。のいばらヲ除ク薔薇類ハ皆其目的ニ適フ、近來歐洲園藝家ハ薔薇ノ新園藝變種ヲ得ルコトニ腐心シ、新種トサヘ云ヘバ集メテ既知種ト配シツヽアリ。朝鮮ニアルおほのいばら、みやまいばらノ如キハ其目的ニ適ス、しろやまぶきモ亦觀賞用トナル。

香油ノ原料トシテ薔薇ノ花ヲ用フ、特ニはまなしノ花瓣ハ玫瑰ト稱シ陰乾ニシタルモノ一斤三圓ノ價アリ、其ヲ蒸シテ蒸發スル蒸氣ヲ冷却スレバ薔薇油ハ上ニ浮ブヲ以テ直チニ集メ得。又玫瑰其儘ヲ粉末ニシタルモノハ齒磨粉ニ加ヘテ其香氣ヲ加ヘ且其量ヲ增スニ用フ、近時のいばらノ花ヨリ薔薇油ヲ採ルモノアリ、歐洲戰役ノ結果薔薇油ノ原料產地タルバルカン地方ノ輸入杜絕シ、佛國ニ於テモ其製造原料ノ缺乏ニ苦シミツヽアリ。其爲メ日本產玫瑰ノ需用ハ大ニ增進シ、價格時ニ四、五圓ニ上ルコトアリ。朝鮮ハ慶尙、江原、咸南ノ海濱ニ特ニ夥シクはまなしノ發生アルヲ以テ瑁玠ノ採收ニ好適ス。特ニ北部一體（平北、咸南ノ北部、咸北）ニ於ケルやまはまなし、おほみやまばらノ繁茂ハ異常ノモノニシテ山間ノ僻地ニ入ル程其繁茂ノ度ヲ增ス。朝鮮ハ產物少ナキ地方ニシテ特ニ山間ノ僻地ニアリテハ貧窮者ノミ多ク唯燕麥ト馬鈴薯ニ其露命ヲツナグ外何等ナス事ヲ知ラズ。若シ六七月ノ候彼等ヲシテやまはまなし、おほみやまばらノ花瓣ヲ採收セシムレバ兒童、婦女子ノ手ニテ優ニ一日乾燥シタルモノ二斤以上ヲ集メ得ベシ。其開花ノ時期ハ恰モ其地方農家ノ繁多ノ期ニ入ルヲ以テ兒童婦女子ヲ以テ行ハシムレバ農家ノ副業トシテ推奬スベキ價値アルモノト思ハル。

食用トシテハきいちご類ノ果實ハ凡テ之レヲ用ヰ得レトモ生產的ノモノニ非ズ。藥用トシテ價値アルモノ又ナク、唯やまぶきノ花瓣ハ陰乾ニシテ蓄ヘ民間ニテ止血ニ用フルコトアリ。

（五）朝鮮產薔薇科植物ノ分類ト各種ノ圖說

薔　薇　科

草本、半灌木又ハ灌木。刺アルモノトナキ物トアリ。托葉アリテ、葉柄ニ附着スルモノト離生ノモノトアリ。早落性ノモノ又ハ永存性ノモノアリ。葉ハ互生稀ニ對生、單葉又ハ羽狀又ハ掌狀複葉。花ハ枝ノ先端ニ一個宛生ズルモノ、繖房花序ヲナスモノ、總狀花序ヲナスモノ、圓錐花序ヲナスモノ繖形花序ヲナスモノ等アリ。萼筒ハ短カク杯狀、椀狀ヲナスモノ又長クシテ紡綞狀又ハ壺狀ヲナスモノアリ。萼片ハ四個乃至八個稀ニ十二個トナル。覆瓦狀又ハ鑷合狀ニ排列ス。花瓣ハ四個乃至八個稀ニ十二個、又全然無瓣ノモノモアリ。雄蕊ハ通例數多シ、花絲ハ細ク葯ニ二室アリ、子房ハ離生、數多シ。深キ萼筒ノ內面ニ托上ニ附着スルモノト實礎間柱ヲ有スル托上ニ附着スルモノ又ハ平タキ托上ニツクモノナドアリ。胚珠ハ傾上スルモノト下垂スルモノトアリ。果實ハ漿果又ハ乾果、通例瘦果ノモノ又ハ聚合漿果ノモノ多シ。胚子ハ各室ニ一個。種子ニ胚乳アルモノトナキモノトアリ。幼根ハ上向又ハ下向。

世界各地方ニ分布シ大凡三十八屬一千餘種アリ。其中十五屬七十五種ハ朝鮮ニ自生ス。而シテ森林植物ニ加フベキハ其中又六屬三十六種ナリ。之レヲ次ノ族ト屬トニ區分シ得。

1 花托ハ圓筒狀又ハ球狀ニ凹ム。子房ハ內凹面ニ附着シ數多シ……第一族、薔薇族
　葉ハ羽狀複葉、萼片、花辨ハ五個……第一屬、ばら屬
　花托ハ扁平ナルカ又ハ突出ス……2.

2 花托ハ扁平、果實ハ漿質、種子ニ胚乳アリ、灌木……第二族、やまぶき族……3
　花托ハ突出ス……第三族、きじむしろ族……4

3 葉ハ對生、萼片ト花辨トハ四個宛、外萼アリ……第三屬、しろやまぶき屬
　葉ハ互生、萼片ト花辨トハ五個宛、外萼ナシ……第二屬、やまぶき屬

4 花柱ハ果實ノ生長ト共ニ長大トナリ、永存性、胚珠ハ直立ス……第一亞族、ちようのすけさう亞族
　花辨ハ六個乃至十二個、半灌木、托葉ハ葉柄ニ附着ス……第四屬、ちようのすけさう屬
　花柱ハ果實成長ト共ニ長大トナルコトナシ、果實成熟スル頃ハ脫落スルヲ常トス、胚珠ハ下垂ス……5

5 外萼ナシ、胚珠ハ子房ニ二個宛、果實ハ聚合漿果……第二亞族、きいちご亞族
　草本又ハ灌木、葉ハ單葉、又ハ羽狀複葉又ハ掌狀複葉、刺アルモノトナキモノトアリ……第五屬、きいちご屬
　外萼アリ、胚珠ハ子房ニ一個宛、果實ハ瘦果……第三亞族、きじむしろ亞屬
　草本又ハ灌木、葉ハ羽狀又ハ掌狀複葉……第六屬、きじむしろ屬

Rosaceæ, (Juss.) Maxim.

in Act. Hort. Petrop. VI. sub adnot. Spiræaceæ. Schneid. Illus Handb. Laubholzk. I. p. 499.

Rosaceæ, Trib. Dryadeæ, Sanguisorbeæ, Roseæ, DC. Prodr. II. p. 549–625.

Rosaceæ, Subordo Roseæ, Dryadeæ et Spiræaceæ p. p. Endl. Gen. Pl. p. 1240–1247.

Rosaceæ Tribus Rubeæ, Potentilleæ, Poterieæ et Roseæ, Benth. et Hook. Gen. Pl. I. p. 616–625.

Rosaceæ excl. gen. 1–4. Britton and Brown Illus. Flora of Northern United States and Canada II. p. 194.

Rosaceæ Unterf. Rosoideæ, Focke in Nat. Pflanzenf. III. 3. p. 27. Aschers. et Græbn. Syn. Mitteleuropaischen Flora VI. i. p. 31. Engl. Syllabus ed. VII. p. 211. Koidz. Consp. Ros. Jap. p. 100.

Herbæ, suffrutices v. frutices, armati v. inarmati. Stipulæ liberæ v. adnatæ deciduæ v. persistentes. Folia alterna v. opposita simplicia v. pinnatim v. digitatim decomposita. Flores solitarii v. corymbosi, racemosi, paniculati v. umbellati. Sepala 4–8 imbricata v. valvata. Petala imbricata 4–8, interdum desunt. Stamina vulgo numerosa. Antheræ biloculares. Carpella ∞ libera fundo calycis inserta v. carpophoro adnata. Ovula ascendentia v. pendula. Fructus drupacei v. exsiccati. Semen solitarium. Cotyledones carnosæ. Radicula supera v. infera.

Genera 38, species supra 1000 per totas regiones orbis incolæ. Genera 15, species 74 in Corea sponte crescent et inter eas Genera 6 species 36 elementa sylvatica faciunt.

Conspectus tribuum et generum.

1 { Receptaculum turbinatum v. cylindricum. Carpella fundo disci affixa............................Trib. 1. Roseæ, Focke.
  Folia pinnata. Sepala et Petala 5.......Gn. 1. Rosa, Tournef.
  Receptaculum planum v. convexum......................2.

2 { Receptaculum planum. Fructus drupaceus. Semen albuminosum. Frutex. ....Trib. 2. Kerrieæ, Focke.......3.
  Receptaculum convexum......Trib. 3. Potentillieæ, Focke...4.

3 { Folia opposita. Sepala et petala tetramera. Calyculus adest. ....Gn. 2. Rhodotypos, S. et Z.
  Folia alterna. Sepala et petala pentamera. Calyculus abest. .. ..Gn. 3. Kerria, DC.

4 { Styli in fructu accrescentes persistentes. Ovula erecta .... Subtrib. Dryadinæ, Focke.
  Petala 6–12. Suffrutex. Stipulæ adnatæ ....Gn. 4. Dryas, L.
  Styli in fructu haud accrescentes, demum decidui v. subpersistentes. Ovula pendula ....5.

5 Calyculus abest. Carpella 2–ovulata. Fructus drupaceus .... Subtrib. Rubineæ, Focke.
Herba v. frutex. Folia simplicia v. pinnata v. digitata armata v. inarmata......................Gn. 5. Rubus. Tournef.
Calyculus adest. Carpella 1–ovulata. Fructus exsiccatus .... Subtrib. Potentillineæ, Focke
Herba v. frutex. Folia varia. ....Gn· 6. Potentilla, L.

第一屬、ばら屬

灌木、直立スルカ、匍匐ス、刺又ハ鈎アリ。葉ハ互生、羽狀複葉、稀ニ單葉、托葉アリ、葉片ニハ鋸齒アリ、花ハ單生、繖房花序又ハ圓錐花叢ヲナシ兩全ナリ。蕚筒ハ花托ト共ニ紡綞狀又ハ球狀ヲナス。蕚片ハ五個。全緣又ハ缺刻アリ。果實トナリテモ永存スルモノト脫落スルモノトアリ。花瓣ハ五個、蕚片ハ交互ニ出デ白色、黃色又ハ薔薇色稀ニ綠色ナリ。(園藝品ニアリテハ種々ノ色アリ)。子房ハ多數ニシテ花托ノ內面ニ生ズ、果實ハ瘦果ニシテ固シ。種子ニ胚乳ナク、幼根ハ上向ナリ。

北半球ニ產シ百餘種アリ。其中朝鮮ニアルモノハ十二種ナリ。次ノ二節ニ屬ス。

花柱ハ蕚筒ノ口ヨリ長ク出デ通例互ニ癒着シテ柱狀ヲナス。然レドモ離生ノモノモアリ。蕚片ハ果實ニアリテハ脫落ス ....のいばら節
花柱ハ蕚筒ノ口ヨリ僅カニ顯ハレ相依リテ球狀ヲナス。蕚片ハ果實成熟スルモ脫落セズ ....はまなし節

Gn. 1. **Rosa,** Tournef.

Instit. Rei Herb. I. p. 636 III. t. 408. Linn. Sp. Pl. (1753) p. 491 et auct. plur.

Frutices erecti v. sarmentosi v. prostrati, aculeati v. spinosi. Folia alterna stipullata pinnata, rarissime simplicia. Foliola serrulata. Flores solitarii, corymbosi v. paniculati hermaphroditi. Calyx persistens v. deciduus, tubo globoso v. fusiforme v. urceolato in fructu accrescens, lobis 5 integris v. laciniatis imbricatis. Petala alba, flava v. rosea, rarius virentia. Carpella numerosa. Achenia coriacea v. ossea. Semen exalbuminosum. Radicula supera.

Supra 100 species in boreali-hemisphærica incolæ, inter eas species 10 in Corea spontaneæ.

Styli e fauce calycis longe exerti connati v. liberi. Calyx demum deciduus................................Sect. Synstylæ, DC

Styli e fauce calycis vix exerti. Stigmata aggregatim hemisphærica v. libera. Calyx persistens........Sect. Cinnamomea, Ser

第一節、のいばら節

次ノ四種アリ。

1 {枝ハ少クモ一部ハ匍匐ス ....2.
枝ハ傾上スルカ又ハ直立ス、花柱ニ毛ナシ。羽片ハ薄シ、花ハ直徑二乃至三糎、香氣乏シ ....のいばら

2 {莖ニハ密ニ刺アリ、羽片ハ橢圓形又ハ圓形ニシテ兩端トガル、花柱ニ毛ナシ ....つるのいばら
莖ニ刺ナク疎ニ鉤アリ、羽片ハ圓形又ハ廣橢圓形、兩端丸キカ又ハトガル花柱ニ毛アリ ....てりはのいばら

Sect. 1. **Synstyleæ,** DC.

Cat. Hort. Monsp. (1813) p. 137 et Ser. Mus. Helv. I. p. 2. Prodr. II. p. 597. Schneid. Illus. Handb. Laubholzk. I. p. 538.

Systylæ, Lindl. Monogr. Ros. (1820) p. 111.

Untergatt. II. Eurosa Sect. IV. Synstylæ, Focke in Nat. Pflanzenf. III. iii. p. 49.

1 {Caulis saltem partim sarmentosus ....2.
Caulis ascendens v. erectus. Columna styli glabra. Foliola membranacea. Flores diametro 2–3 cm. leviter suaveolentes. ....R. multiflora, Thunb.

2 {Caulis dense acicularis. Foliola vulgo elliptica v. oblonga utrinque acuta. Columna styli glabra.. R. Maximowicziana, Regel.
Caulis non acicularis sed sparsim aculeatus. Foliola rotundata v. late elliptica, obtusa v. acuta. Columna styli pubescens. .... R. Luciæ, Fr. et Rocheb.

1. つるのいばら

ヨンガシトンプル (平北)

(第一、三圖)

莖ハ四方ニ擴カリ地ヲ匐ヒ、小ナル刺密生シ、尙ホ莖ノ附着點ノ下ニハ鉤狀ノ刺二個宛生ズ。托葉ハ葉柄ニ附着シ邊緣ニハ腺毛生ズ。葉ハ通例三對羽狀複葉ニシテ葉ノ軸ニハ鉤刺アリ。小葉ハ楕圓形ニシテ先端多少トガル。下面ハ淡綠色ニシテ邊緣ニハ小鋸齒アリ。花ハ枝ノ先端又ハ莖ノ先端ニ繖房花序ヲナシ苞アリ。花梗ニハ有柄ノ腺生ズルモノトナキモノトアリ。萼筒ハ卵形萼片ハ廣披針形ニシテ長キ附屬物アルモノトナキモノトアリ、花瓣ハ白色、花ニ香氣乏シ。

平安南北、咸鏡南北道ヨリ以南慶尙道迄ノ丘陵、畦畔、路傍等ニ生ズ。

分布。南滿州、烏蘇利南部。

1. **Rosa Maximowicziana,** Regel.

in Act. Hort. Petrop. V. (1878) p. 295 et 378. Nakai in Tokyo Bot. Mag. XXX (1916) p. 234.

R. Luciæ v. aculeatissima, Crep. in Herb. Petrop. fide Regel.

R. multiflora, (non Thunb.) Kom. Fl. Mansh. II. p. 536. p.p.

R. Beggeriana v. tianshânica, (non Regel) Nakai Fl. Kor. I. (1909) p. 209.

R. Fauriei, Lévl. in Fedde Rep. (1909) p. 199. pp. (Specimen ex Ouensan) Nakai Fl. Kor. II. (1911) p. 482.

R. spinosissima L. v. mandshurica, Yabe Enum. Pl. South Manch. (1912) p. 70.

R. coreana, (non Kom.) Keller in Engler Bot. Jahrb. XLIV (1910) p. 47.

R. granulosa, Keller l.c.

R. granulosa var. coreana, Nakai Veg. Isl. Quelp. p. 53 n. 734.

R. Jackii, Rehd. in Mitteil. Deut. Dendr. Gesells. (1910) p. 251. Nakai in Tokyo Bot. Mag. XXX (1916) p. 236. Fedde Repert. XIII. (1914) p. 363.

Caules radicantes sarmentosi dense aciculati et aculeis binis sub foliis. Stipulæ adnatæ margine glanduloso-ciliatæ. Folia 3-jugo imparipinnata. Axis foliorum aculeata. Foliola oblonga utrinque acuta v. apice acuminata, subtus pallidiora, margine serrulata. Inflorescentia in apice turionis et rami terminalis corymbosa bracteata. Pedicelli stipitato-glandulosi v. glabri. Calycis tubus ovatus, lobis lanceolatis caudatis appendiculatis v. inappendiculatis. Petala alba late obcordata. Flores suaveolentes.

Nom. Vern. Yong-ga-shi-ton-pul (Phyönsan bor.).

forma 1. **leiocalyx,** Nakai.

Calycis tubus glaber.

Hab. Ex Ham-gyöng usque ad Kyöng-san.

forma 2. **adenocalyx,** Nakai.

Hab. Phyöng-an: Pyeng-yang, Sensen et Wijyu.

Distr. Manshuria et Ussuri austr.

var. **pilosa,** Nakai.

R. Jackii var. pilosa, Nakai in Tokyo Bot. Mag. XXX (1916) p. 236.

Petioli, pedicelli et cupula pubescentes. Stipulæ, bracteæ et calycis lobi extus toto facie eximie stipitato-glandulosa.

Hab. Kyöng-geui: Suigen.

Planta endemica!

2. てりはのいばら

サイビナム (濟州島)。トウルカシ (莞島).

(第 二 圖)

枝ハ地ヲ匍ヒ無毛ナリ、鉤刺アレドモ刺ナシ。葉ハ二對乃至五對羽狀複葉ナリ。羽片ハ無柄又ハ殆ンド無柄、卵形又ハ圓形、表面ニ光澤アリ。長サ五乃至二十糎、邊緣ニハ鋸齒アリ。托葉ハ葉柄ニ附着シ腺狀ノ鋸齒アリ。花ハ枝ノ先端ニ生ジ一個乃至數個宛出ヅ。花徑三珊許、花瓣ハ白色廣倒心臟形、花柱ニ毛アリ。萼ハ果實成熟スル頃ハ脫落ス。披針形ニシテ內面ニ毛アリ。萼筒ハ成熟スレバ球形又ハ稍長ミアル球形ナリ。

濟州島ノ海濱ヨリ高サ二百米突邊迄。其他絶影島、莞島、木浦、欝陵島等ニ生ズ。

分布。支那ノ東部、琉球、九州、四國、本島。

2. **Rosa Luciæ**, Fran. et Rocheb.

in Crep. Bull. Soc. Bot. Belg. X. (1871) p. 323, Fran. et Sav. Enum. Pl. Jap. I. p. 135. II. p. 344 (excl. var. hakonensis). Forbes et Hemsl. in Journ. Linn. Soc. XXIII. p. 251. Hook. fil. Bot. Mag. t. 7421. Palib. Consp. Fl. Kor. I. p. 84. Schneid. Illus. Handb. Laubholzk. I. p. 541. Keller in Engl. Bot. Jahrb. XLIV. p. 47. Nakai Fl. Kor. I. p. 208. Veg. Isl. Quelpært. p. 53. n. 735. Veg. Isl. Quelpært. p. 53. n. 735. Veg. Isl. Wangtô p. 8. in Tokyo Bot. Mag. XXX (1916) p. 235.

R. moschata, (non Mill.) Benth. Fl. Hongk. p. 106 (plantæ Hongkongenses).

R. Wichuraiana, Crepin in Bull. Soc. Bot. Belg. XXV. (1886) p. 189. Schneid. Illus. Handb. I. p. 540 f. 319 h–h_4 f. 320 c. Keller in Engl. Bot. Jahrb. XLIV. p. 47. Rehder Pl. Wils. II. ii. p. 335.

R. sempervirens, (non L.) S. et Z. Fl. Jap. Fam. Nat. I. p. 128. Miq. Prol. Fl. Jap. p. 227.

R. multiflora, Regel in Act. Hort. Petrop. V. p. 367. p.p.

R. pimpinellifolia, (non L.) Miq. Prol. Fl. Jap. p. 227.

R. mokanensis, Lévl. in litt.

R. polita, Card. Not. Syst. III. n. 9. (1916) p. 265.

R. diversistyla, Card. l. c. p. 266.

Prostratus glaber. Ramus aculeatus sed nunquam setosus v. acicularis. Folia 2–5 jugo imparipinnata, foliolis sessilibus v. subsessilibus ovatis v. rotundatis mucronato-serratis supra lucidis, 0·5–2 cm. longis. Stipulæ adnatæ glanduloso-denticulatæ. Flores in apice rami lateralis terminales solitarii v. gemini v. corymbosi, diametro 3 cm. albi. Petala late obovata apice emarginata v. cordata, Columna styli pubescens. Sepala in fructu maturo decidua lanceolato-attenuata intus pubescentia. Fructus globosus v. oblongo-globosus.

Nom. Vern. Saibi-nam (Quelpært). Tou-ru-ka-shi (Wangtô).

Hab. Mokpho, Insl. Wangtô, Insl. Chôl-uon-tô, Quelpært et Ooryöngto.

Distr. China orient., Liukiu, Shikoku et Hondô.

3. のいばら

サイビナム又サイヲレビ (濟州島) チールクナム (莞島)
ショルノルネナム (平安) チヤンミ (京畿) チルリナム (江原).

(第 四 圖)

莖ハ傾上スルカ又ハ直立シ、無毛又ハ上方ニ微毛アリ、托葉ハ葉柄ニ附着シ邊緣ニハ小鋸齒アルカ又ハ羽狀ニ分叉ス、葉ハ二對乃至四對羽狀複葉ニシテ葉片ハ下面淡綠色無毛又ハ微毛アリ、廣倒披針形又ハ倒卵形、先端トガルカ又ハ著シクトガリ邊緣ニ鋸齒アリ、花ハ枝ノ先端ニ圓錐花叢ヲナシ直徑二珊許、苞ハ披針形ニシテ早ク落ツ、花梗ハ無毛又ハ腺毛アリ、蕚筒ハ平滑、蕚片ハ披針形ニシテ內面ニ絨毛生シ外反ス、花瓣ハ白色又ハ帶紅白色長サ一珊內外、倒心臟形又ハ廣倒卵形ニシテ先端凹ム、花柱ニ毛ナシ。

咸南、京畿、江原、慶尙諸道ニ產ス。

一種托葉、花梗、蕚ニ腺毛生ズルモノアリ、基本種ト混生ス (第五圖)、又一種葉片及ビ花ノ小形ナルアリ、濟州島、莞島、釜山等南岸ニ生ズ。

分布。北海道、本島、四國、九州。

3. **Rosa multiflora,** Thunb.

Fl. Jap. p. 214. DC. Prodr. II. p. 598. Fr. et Sav. Enum. Pl. Jap. I. p. 134. II. p. 343. Regel in Act. Hort. Petrop. V. p. 367. p.p. Palib. Consp. Fl. Kor. I. p. 85. Kom. Fl. Mansh. III. p. 536 p. p. Schneid. Illus. Handb. Laubh. I. p. 540 p.p. Nakai Fl. Kor. I. p. 208 II. p. 481. Koidz. Consp. Ros. Jap. p. 230. Rehd. Pl. Wils. II. p. 304.

Caulis ascendens v. erectus glaber v. apice ciliatus. Stipulæ adnatæ margine denticulatæ v. pinnatifidæ glandulosæ. Folia 2–4 jugo imparipinnata. Foliola subtus pallide viridia glabra v. pilosa late oblanceolata v. obovata acuta v. acuminata serrata. Flores in apice rami terminales paniculati, diametro 2 cm. Bracteæ lineari-lanceolatæ deciduæ. Pedicelli glabri v. glandulosi. Cupula glabra. Sepala lanceolata intus velutina reflexa. Petala alba v. lilacina fere 1 cm. longa obcordata v. late obovata apice emarginata. Columna styli glabra.

Nom. Vern. Saibi-nam v. Saiorepi (Quelpært) Chii-ru-ku-nam (Wangtô) Shol-nol-ne-nam (Phyöng-an) Chang-mi (Kyöng-geui) Chirri-nam (Kang-uön).

α. **genuina**, Fr. et Sav. Enum. Pl. Jap. I. p. 154 nom. nud. II. p. 345. Nakai in Tokyo Bot. Mag. XXX (1916) p. 236.

Hab. in Ham-gyöng austr., Kang-uön, Kyöng-geui et Kyöng-san.

Distr. Hondô, Kiusiu, Shikoku et Yeso.

var. **adenophora,** Fr. et Sav. Enum. Pl. Jap. I. p. 154 nom. nud. II. p. 346. Nakai l. c. p. 237.

R. Nakaiana, Lévl. in Fedde Rep. (1912) p. 430.

Stipulæ, pedicelli et ëtiam calyx glandulosa.

Hab. in Ham-gyöng, Kyöng-geui et Kyöng-san.

Distr. ut antea.

var. **microphylla,** Fr. et Sav. Enum. Pl. Jap. I. p. 154 nom. nud. II. p. 346. Nakai l. c. p. 237.

R. quelpærtensis, Lévl. in Fedde Rep. (1912) p. 378.

R. multiflora v. quelpærtensis, Nakai Veg. Isl. Quelpært (1914) p. 53 n. 736.

R. multiflora v. quelpærtensis, Rehder et Wils. Pl. Wils. II. ii. (1915) p. 335.

R. mokanensis, Lévl. in Fedde Rep. (1912). p. 340.

R. multiflora, Nakai Veg. Isl. Wangtô. p. 8.

Foliola minora 1–2 cm. longa.

Hab. in Quelpært, insula Ôktô et Fusan.

Distr. Hondô.

第二節、はまなし節

次ノ各種アリ。

1 { 花ハ黄色、八重、葉ハ三乃至四對奇數羽狀複葉、小葉ハ長サ一乃至二珊、莖ハ下方ニ刺多シ……………………きばなはまなし
  { 花ハ薔薇色、帶紅白色又ハ白色……………………………2.

2 刺ニ絨毛生ズ、葉脈ハ表面ニ於イテ稍凹ミ爲メニ葉ニ皺アル如シ、下面ハ絨毛生ジ且腺點アリ、花ハ薔薇色稀ニ白色、
　　莖ニハ刺多シ……………………………………はまなし
　　莖ニハ太キ刺疎生シ細カキ刺ナシ……………はまなしもどき
　　莖ノ刺ハはまなしもどきノ如ク花ハ八重咲…やえのはまなし
刺ニ毛ナシ……………………………………………………3

4 葉片ハ下面ニ腺點アリ…………………………………………4
葉片ハ下面ニ全ク腺點ナシ…………………………………5

3 花ハ十個乃至二十個宛繖房花序ヲナシ、花瓣ハ紫色……………………………………………てうせんやまいばら
花ハ枝ノ先端ニ一個乃至三個宛生ズ……………やまはまなし

5 萼筒ハ果實成熟スル頃ハ細長シ………………………………6
萼筒ハ果實成熟スル頃ハ球形ナリ……………………………7

6 葉片ハ三乃至七對奇數羽狀、長サ約一粍、莖ニハ刺密ニ生ズ、花ハ白色……………………………………ひめさんしようばら
葉片ハ二乃至四對奇數羽狀、長サ約二乃至六粍、花ハ薔薇色ヲ常トシ稀ニ帶紅白色又ハ純白色ナリ。
　　莖ノ下方ハ密ニ刺アリ……………………おほみやまばら
　　莖ニ刺ナク葉ノ下ニ鉤刺ヲ生ズルコトアリ……さいしうばら

7 葉片ハ二對乃至五對奇數羽狀、長サ半粍乃至一粍半、花ハ白色、一個宛生ズ……………………………………たうさんしようばら
葉片ハ二對乃至四對奇數羽狀、長サ一乃至四粍、花ハ薔薇色一個乃至三個宛生ズ……………………………………みやまいばら

Sect. II. **Cinnamomeæ**, Ser.

Mus. Helv. I. p. 2. (1818). DC. Prodr. II. p. 602 p.p. Schneid. Illus. Handb. I. p. 572.

Sect. Pimpinellifolia, DC. apud Ser. in Mus. Helv. I. (1818) p. 2. Schneid. l.c.

Untergatt. Eurosa, Sect. I. Suberectæ, Baker fide Focke in Nat. Pflanzenf. III. iii. p. 47.

1 Flores flavi pleni. Folia 3–4 jugo imparipinnata. Foliola 1–2 cm. longa. Caulis inferne acicularis.... R. xanthinoides, Nakai.
Flores rosei v. lilacini v. albi ....2.

2 Aculei velutini. Foliola rugosa subtus velutina et glandulosa. Caulis velutinus. Flores rosei v. albi.......R. rugosa, Thunb.
  Caulis aculeis crebris horridus.............α. typica, Regel.
  Caulis aculeis majoribus, minoribus subnullis. Flores simplices. .... β. kamtschatica, Regel.
  Caulis aculeis ut antea. Flores pleni. ......γ. plena, Regel.
  Aculei glaberrimi..3.

3 Foliola subtus glanduloso-punctata ....4.
  Foliola subtus non glanduloso-punctata....................5.

4 Flores corymbosi 10–20. Petala purpurea....R. jaluana, Kom.
  Flores in apice rami terminales solitarii v. gemini ....R. davurica, Pall.

5 Cupula matura fusiformis v. ovato-oblonga...............6.
  Cupula matura sphæroidea ....7.

6 Foliola 3–7 jugo imparipinnata circ. 1 cm. longa. Caulis dense acicularis. Flores albi...................R. koreana, Kom.
  Foliola 2–4 jugo imparipinnata 2–6 cm. longa. Flores rosei, lilacini v. albi.........................R. acicularis, Lindl.
    Caulis inferne dense acicularis.....var. Gmelini, C.A. Mey.
    Caulis non acicularis, aculeis stipularibus v. destitutis. ....var Taquetii Nakai.

7 Foliola 2–5 jugo imparipinnata 0·5–1·5 cm. longa. Flores albi. ....R. pimpinellifolia, L.
  Foliola 2–4 jugo imparipinnata 1–4 cm. longa. Flores gemini rosei ....R. rubro-stipullata, Nakai.

4. きばなはまなし

ハイタンホア (京畿)

(第 六 圖)

莖ハ直立ス、下方ハ刺多ク且鉤刺ヲ伴フ、葉ハ二對乃至四對羽狀複葉ナリ、葉片ハ裏面ニ毛アリ、楕圓形又ハ倒卵形先端丸ク邊緣ニ鋸齒アリ、長サ四乃至十七粍幅三乃至十二粍許、托葉ハ葉柄ニ附着シ先端ハ葉狀ヲナスコト多シ、花ハ小枝ノ先端ニ一個宛生ジ直徑五珊許、花梗ニ毛ナシ。蕚筒ハ卵形ニシテ毛ナシ、萼片ハ外反シ長サ十五粍ニ及ブ、狹披針形ニシテ長クトガル、外面ニ毛ナク内面ニ白毛アリ、花瓣ハ黄色、未ダ果實ヲ見ズ。

朝鮮ニアリテハ滿州ヲ經テ輸入シ古來庭園ニ栽培シテ花ヲ賞ス。

原產地不明。

5. **Rosa xanthinoides** Nakai.

R. xanthina, (non Lindl.) Palib. Consp. Fl. Kor. I. p. 85. Nakai Chôsenshokubutsu I. p. 319. fig. 391.

R. platyacantha, (non Schrenk) Nakai Fl. Kor. I p. 205. et in Tokyo Bot. Mag. XXX (1916) p. 239.

Frutex erectus. Caulis inferne acicularis ac aculeatus. Folia 2–4 jugo imparipinnata. Foliola supra glabra infra pilosa elliptica v. obovata obtusa serrata 4–17 mm. longa 3–12 mm. lata. Stipulæ adnatæ apice sæpe foliaceæ. Flores in apice rami lateralis et terminalis brevis terminales solitarii, diametro usque 5 cm. Pedicelli glaberrimi. Cupula ovata glaberrima. Sepala reflexa usque 15 mm. longa lineari-lanceolata attenuata, extus glaberrima, intus flosculosa. Petala plena flava. Fructus non vidi.

Nom. Vern. Hai-tang-hoa.

In hortis Coreæ colitur, olim e China introducta.

5. はまなし

ハイタンホア 又ハ ヒヤータンホア

(第 七 圖)

根ハ地下ヲ匐ヒ其レヨリ所々ニ枝ヲ出ス、莖ハ直立シ刺多ク上方ニハ絨毛アリ、刺ハ鉤狀ヲナサズ絨毛アリ、托葉ハ葉柄ニ附着シ全緣ナレドモ邊緣ニ腺アルヲ常トス、葉ハ二對乃至三對奇數羽狀複葉、葉片ハ下面ノ脈隆起シ多數ノ腺點散點ス、長サ一粍半乃至五粍ニ達シ楕圓形又ハ倒卵形、兩端トガルカ又ハ先端ハ丸キカ又ハ凹ム、裏面ニ絨毛アルヲ常トス。花ハ薔薇色直徑五乃至九粍ニシテ枝ノ先端ニ獨立ニ生ズ。花梗ニ毛アリ、萼筒モ毛ナク球形、萼片ハ披針形ニシテ長キ尾アリ。長サ二乃至三粍、花瓣ハ廣倒卵形又ハ倒心臟形、萼筒ハ成熟スレバ食シ得。

殆ンド全道ノ海岸ニ生ジ往々海邊ヨリ四五里ノ所ニ生ズルコトアリ。

分布。カムチヤツカ、千島、樺太、北海道、滿州、本島。

一種短刺少ナク且微小ナルモノアリ。はまなしもどきト云フ、平安道ニ產シ、支那ヨリカムチヤッカニ亘リ分布ス(第八圖)。又一種八重咲品アリ通例庭園ニ栽培ス、やえはまなしト云フ。

5. **Rosa rugosa,** Thunb.

Fl. Jap. (1784) p. 213. DC. Prodr. II. p. 603. Sieb. et Zucc. Fl. Jap. I. p. 66 t. 28. Fl. Jap. Fam. Nat. n. 55. Maxim. Prim. Fl. Amur. p. 101. Fr. Schmidt Sachal. n. 140. Fran. et Sav. Enum. Pl. Jap. I. p. 137. Fran. Pl. Dav. I. p. 116. Regel in Act. Hort. Petrop. V. p. 308. Forbes et Hemsl. in Journ. Linn. Soc. XXIII. p. 254. Palib. Consp. Fl. Kor. I. p. 83. Kom. Fl. Mansh. II. p. 529. Aschers. et Græbn. Syn. Mitteleuropäischenfl. VI. i. p. 295. Schneid. Illus. Handb. I. p. 582. fig. 330 *a*. Koidz. Consp. Ros. Jap. p. 222. Nakai Fl. Kor. I. p. 206 II. p. 481. Chôsenshokubutsu I. p. 318. fig. 387. in Tokyo Bot. Mag. XXX (1916) p. 239.

α. **typica,** Regel l.c. p. 309. Nakai in Tokyo Bot. Mag. XXX (1916) p. 239.

Rhizoma subterraneum repens exquo caulis hic illuc evolutus. Caulis erectus horridus, usque 1.5 m. altus, superne velutinus. Aculei recti inæquales velutini. Stipulæ adnatæ dilatatæ integræ margine glandulosæ v. eglandulosæ. Folia 2–3 jugo imparipinnata. Foliola subtus venis elevatis, pubescentia glanduloso-punctulata 1.5–5 cm. longa elliptica v. obovata utrinque acuta v. apice emarginata v. obtusa. Flores rosei diametro 5–9 cm. in apice rami hornotini terminales solitarii. Pedunculi pubescentes. Cupula glabra sphæroidea. Sepala lanceolata caudato-appendiculata 2–3 cm. longa. Petala late obovate v. obcordata. Pseudobacca globosa, matura edulis.

Nom. Vern. Hai-tang-hoa v. Hya-tang-hoa.

Corea tota (præter Quelpært) secus mare vulgo socialiter crescit.

Distr. Kamtschatica, Kuril, Yeso, Sachalin, Manshuria et Nippon.

var. **kamtschatica,** (Lindl.) Regel l.c. p. 310. Nakai l. c.

R. kamtschatica, Lindl. Ros. Monogr. (1820) p. 6. Bot. Mag. t.

3149. DC. Prodr. II. p. 607. Palib. consp. Fl. Kor. I. p. 84. Nakai Fl. Kor. I. p. 207 Chosenshokubutsu I. p. 318. fig. 386.
R. rugosa v. Chamissoniana, C. A. Mey. in Mém. Acad. Sci. St. Pétersb. Ser. 6. VI. (1847) p. 34. Rehder Pl. Wils. II. ii. p. 321.
R. rugosa v. subinermis, C. A. Mey. l. c. p. 36.
R. rugosa v. Ventenatiana, C. A. Mey. l. c. p. 35. Regel l. c. p. 310.

Aculei minores brevissimi v. subnulli.

Hab. Pyeng-yang et Syun-an.

Distr. China centr., Kamtschatica, Sachalin et Amur.

var. **plena**, Regel l. c.

Flores pleni. Cet. ut var. kamtschatica.

In hortis Coreæ colitur.

Patria ignota.

7. やまはまなし

カマグイパンナム (昌城) カマグパブナム (江界)

(第 九 圖)

莖ハ簇生ス、直立シ毛ナク帶紫又ハ帶紅綠色ナルヲ常トス。托葉ハ葉柄ニ附着シ腺點アリ且毛ヲ伴フモノアリ。葉ハ二對乃至四對羽狀複葉ニシテ葉片ハ楕圓形又ハ長楕圓形、下面ニ毛アルカ又ハ帶白綠色而シテ腺點アリ、長サ六乃至三十八糎許、幅二乃至二十二糎許、邊緣ニ小鋸歯アリ、花ハ小枝ノ先端ニ一個乃至二三個宛生シ直徑四珊ニ達ス。苞葉ハ托葉狀、花梗ニ毛ナケレモ有柄ノ腺散在ス。蕚筒ハ球形ニシテ毛ナシ、蕚片ハ長ク外面ニ毛ナク腺點アリ、內面ニ毛アリテ腺點ナシ、花辨ト同長ナルカ又ハ長シ、花瓣ハ薔薇色又ハ帶紫薔薇色ニシテ倒心臟形ナリ。蕚ハ果實成熟期ニハ帶黃紅化シ球形ナリ直徑一乃一珊三許。

平北、咸南、咸北ニ夥シク生ズ。

分布。ダフリア、西比利亞東部、滿州、アムール、樺太、北海道。

6. **Rosa davurica,** Pall.

Fl. Ross. II. p. 61. DC. Prodr. II. p. 606. Fran. Pl. Dav. I. p. 116. Forbes et Hemsl. in Journ. Linn. soc. XXIII. p. 249. Baker and Moore in Journ. Linn. Soc. XVII. p. 282. Palib. Consp. Fl. Kor. I. p. 84. Kom. Fl. Mansh. II. p. 532. Schneid. Illus. Handb.

Laubholzk. I. p. 578. fig. 327. c. Koidz. Consp. Ros. Jap. p. 234. Nakai Fl. Kor. I. p. 207 II. p. 481. Chôsenshokubutsu I. p. 319 fig. 388.

R. cinnamomea, (non L.) Ledeb. Fl. Ross. II. p. 76. p. p. Maxim. Prim. Fl. Amur. p. 100. Regel Tent. Fl. Uss. n. 171. Schmidt Amg. n. 135. Korsch. Act. Hort. Petrop. XII. p. 332.

R. cinnamomea var. davurica, (Pall.) Rupr. in Mél. Biol. II. p. 539. Regel in Act. Hort. Petrop. V. p. 325.

R. Willdenowii, Spr. Syst. Veg. II. p. 547. Ledeb. Fl. Ross. II. p. 77.

Sæpe cæspitosa. Caulis erectus glaber inferne dense acicularis vulgo purpurascens v. rubescens. Stipulæ adnatæ glanduloso-punctatæ ac pilosæ v. glabræ. Folia 2–4 jugo imparipinnata. Foliola oblanceolata oblongo-elliptica v. elliptica subtus pilosa v. glauca ac glanduloso-punctulata 6–38 mm. longa 2–20 mm. lata serrulata. Flores ad apicem rami hornotini terminales solitarii v. gemini, diametro circ. 4 cm. Bracteæ cum stipulis et basi costæ consistutæ ita bracteæ veræ absunt. Pedicelli glabri sed glandulis stipitatis dispersi. Cupula sphæroidea glabra. Sepala caudata extus glabra et glanduloso-punctata, intus pubescentia non glandulosa, petalis æquilonga v. ea superantia. Petala rosea v. purpureo-rosea obcordata. Pseudobacca sphæroidea interdum plus minus ovoidea diametro 1–1.3 cm.

Nom. Vern. Kamagui-pang-nam v. Kamagu-bab-nam.

In Corea septentrionali sat vulgaris.

Distr. Dahuria, Sibiria orient., Manshuria, Amur, Sachalin et Yeso.

var. **alba**, Nakai in Tokyo Bot. Mag. XXX (1916) p. 240.

Flores albi.

Hab. in Syon-tyong-ryong, rarissima.

7. おほみやまばら

(第 十 圖)

簇生ス。莖ハ下方密ニ刺アリ。平滑上方ニハ刺少ナキカ又ハ全クナク唯葉ノ基部ニ二個ノ相對セル鈎刺アルノミ。托葉ハ葉柄ニ附着シ邊緣ニハ腺毛アリ。葉ハ二對乃至五對奇數羽狀複葉ニシテ小葉ハ下方ノ對程小サシ。即チ先端ノ一個最モ大形ナリ。楕圓形又ハ倒卵楕圓形又ハ卵形。邊緣ニ鋸齒アリ。裏面ハ綠色又ハ淡綠色稀ニ毛アリ。長サ一乃至八珊幅七乃至四十五粍許。花ハ小枝ノ先端ニ一個又ハ二個宛生ズ。花梗ニ刺アルモノトナキモノトアリ。通例有柄ノ腺ニテ被ハル。萼筒ハ無毛平滑ニシテ卵形上方ニ小刺アルモノアリ。萼ハ外面ニ小刺アリ長クトガル。花瓣ト同長ナルカ又ハ夫レヨリ長シ。花瓣ハ薔薇色又ハ帶紅白色又ハ白色倒心臟形。萼筒ハ果實成熟期ニハ帶卵楕圓形、又ハ紡錘形、又ハ倒卵楕圓形ヲナシ萼片ノ下ニ於テ急ニ細マル。

朝鮮ノ北部一體ニ普通ナリ。江原道ニモ產ス。

分布。歐亞大陸及ビ北米大陸ノ北部ニ多シ。

一種莖ノ下方ニ刺ナク唯葉ノモトニ鈎刺又ハ直刺ヲ生ズルカ又ハ全ク刺ナキモノ濟州島漢拏山ニ生ズ。極メテ稀品ナリ。さいしうばら（第十一圖）云フ。濟州島ノ外四國ニモ產ス。

7. **Rosa acicularis**, Lindl. Monogr. (1820) p. 44. t. 8.

var. **Gmelini**, (Bunge) C.A. Mey. in Mém. Acad. Sci. Pétersb. Ser. 6. VI. (1847) p. 17. Nakai in Tokyo Bot. Mag. XXX (1916) p. 240.

R. acicularis, Maxim. Prim. Fl. Amur. p. 100. Regel in Act. Hort. Pétrop. V. p. 302. Tent. Fl. Uss. n. 172, Rupr. in Mél. Biol. II. p. 509. Schmidt Amg. n. 134. Sachal. n. 138. Korsch. in Act. Hort. Petrop. XII. p. 332. Forbes et Hemsl. in Journ. Linn. Soc. XXIII. p. 248. Kom. Fl. Mansh. II. p. 530. Schneid. Illus. Handb. Laubholzk. I. p. 582. fig. 328. k-l[1]. Nakai Fl. Kor. I. p. 206. II. p. 481. Chôsenshokubutsu I. p. 318. fig. 389.

R. Gmelini, Bunge in Ledeb. Fl. Alt. II. p. 228. Fl. Ross. II. p. 75. Turgz. Fl. Baic. Dah. n. 435.

R. alpina, (non L.) Pall. Fl. Ross. II. p. 61. Ledeb. Fl. Ross. II. p. 75.

R. suavis, Willd. Enum. Pl. Hort. Berol. suppl. p. 37.

R. carelica, Fr. Summa. Veg. p. 43 et 171.

R. coruscens, Waitz. in Link Enum. pl. Hort. Berol. III. p. 57.

R. involuta, Sm. Brit. Fl. p. 1398.

R. Wilsoni, Boiss. in Hook. Brit. Fl. p. 228.

R. coronata, Crep. Bull. Soc. Belg. XIV. p. 25.
R. sabanda, Rap. in Bull. Soc. Hall. p. 175.
R. canescens, Krock Fl. Sil. II. p. 153.
R. Fauriei, Lévl. in Fedde Rep. (1909). p. 199. p.p.
R. jaluana, Nakai Fl. Kor. II. p. 481.
R. granulosa, R. Keller Engl. Bot. Jahrb. XLIV. p. 46.

Vulgo cæspitosa. Cauls inferne acicularis glaber, superne haud acicularis sed aculeis binis sub foliis ortis. Stipulæ adnatæ margine glanduloso-ciliolatæ. Folia 2–5 jugo imparipinnata. Foliola ad petiolem decrescentia elliptica v. obovato-elliptica interdum ovata serrata, subtus viridia v. glaucescentia interdum pubescentia 1–8 cm. longa 7–45 mm. lata. Flores ad apicem rami hornotini terminales solitarii v. bini. Pedicelli aciculares v. inarmati vulgo glandulis stipitatis horridi. Cupula glabra ovata apice sæpe aciculata. Sepala extus aciculata caudato-attenuata, petalis æquilonga v. ea superantia. Petala vulgo rosea, interdum lilacina v. alba, obcordata. Pseudobacca ovato-oblonga v. fusiformis v. oblongo-obovota sub sepalis subito contracta.

f. 1. **rosea,** Nakai. in Tokyo Bot. Mag. XXX (1916) p. 241.
Flores rosei.

Hab. in Corea media et sept. vulgaris.

f. 2. **pilosa,** Nakai. l. c.
Flores rosei. Folia subtus pilosa.

Hab. Musanryong.

f. 3. **lilacina,** Nakai. l. c.
Flores lilacini.

Hab. Atokryong.

f. 4. **alba,** Nakai. l. c.
Flores albi.

Hab. Atokryong et Syon-tyong-ryong.

Distr. sp. Europa et Asia bor., nec non America sept.

var. **Taquetii,** (Lévl.) Nakai. l. c.
R. Taquetii, Lévl. in Fedde Rep. (1912) p. 340. Nakai Veg. Isl. Quelp. p. 53 n. 737.
Caulis nunquam acicularis. Aculei sub folia interdum adsunt.

Pedicelli stipitato-glandulosi. Sepala basi acicularia.

Hab. Quelpært. rarissima.

Planta endemica!

8. たうさんしようばら

(第十二圖)

莖ハ下方刺多シ上方ハ平タキ刺アリ。枝ハ帶紫紅色、葉ハ二對乃至五對奇數羽狀複葉、葉片ハ楕圓形又ハ倒卵形、裏面ハ淡綠色、長サ五乃至二十粍幅三乃至十一粍アリ。邊緣ニ鋸齒アリ。毛ナシ、花ハ小枝ノ先端ニ一個宛出デ、萼片ハ狹披針形外面ハ毛ナシ。萼筒ハ球形ナリ。花瓣ハ萼片ヨリ長ク倒卵形又ハ廣倒卵形ニシテ先端凹ミ白色ナリ。萼筒ハ果實成熟スル頃モ球形ニシテ直徑八乃至十粍アリ。

平安咸鏡ニ産ス。

分布。歐亞大陸ノ北部。

8. **Rosa pimpinellifolia,** L.

Sp. Pl. p. 491. DC. Prodr. II. p. 608. Ledeb. Fl. Ross. II. p. 73. Bunge Enum, Pl. Chin. bor. n. 155. Fr. Schmidt Amg. n. 136. Regel Act. Hort. Petrop. V. p. 314. Forbes et Hemsl. in Journ. Linn. Soc. XXIII. p. 253. Thomè Fl. Deutsch. Oest. Schw. III. p. 86. fig. 341. B. Kom. Fl. Mansh. II. p. 534. Aschers. et Græbn. Syn. Mitte europ. VI. i. p. 309. Nakai in Tokyo Bot. Mag. XXX (1916) p. 241.

Cæspitosa. Caulis inferne spinosus, superne aculeis validis basi planis armatus. Ramus purpurascens. Folia 2–5 jugo imparipinnata. Foliola elliptica v. obovata subtus pallida 5–20 mm. longa 3–11 mm. lata serrata glabra. Flores in apice rami hornotini brevis terminales solitarii albi. Sepala lineari-lanceolata extus cum cupula globosa glabra, intus pubescentia petalis breviora. Petala obovata v. late obovata apice emarginata. Pseudobacca globosa diametro 8–10 mm.

Hab. in Phyong-an et Ham-gyong.

Distr. Europa et Asia bor.

9. みやまばら

(第十三圖)

簇生シ. 莖ハ直立シ毛ナク紅色又ハ帶紅色、下方ハ刺密生ス。托葉ハ葉柄ニ附着シ紅色ニシテ上部ニ小鋸齒アリ。葉ハ二對乃至三對奇數復葉其形おほみやまばらト同樣ナリ。葉片ハ毛ナク下面ハ淡綠色長サ四珊ニ達スルモノアリ。花ハ枝ノ先端ニ一個乃至二三個宛生ズ。花梗ニ腺モ毛モナシ、萼筒ハ無腺、無毛ニシテ球形、萼片ハ紅色ニシテ長シ、內面ニ毛アレドモ外面ニナシ。花瓣ハ薔薇色ニシテ廣倒卵形又ハ倒心臟形ナリ、萼筒ハ果實成熟スル頃ハ球形ニシテ直徑一珊三許アリ。

咸鏡南道長津郡邑內面ヨリ牙得嶺ニ及ビ生ズ。

朝鮮ノ特產品ナリ。

一種こばのみやまばらト云フハ白頭山麓落葉松樹林下ニ生ズ小形ノみやまばらナリ。

9. **Rosa rubro-stipullata,** Nakai.

in Tokyo Bot, Mag. XXX (1916) p. 242.

Cæspitosus. Caulis erectus glaberrimus rubescens, inferne eximie acicularis. Stipulæ adnatæ rubræ apice serrulatæ. Folia 2–3 jugo imparipinnata cum eis Rosæ acicularis conformia. Foliola glaberrima subtus pallidiora usque 4 cm. longa. Flores ad apicem rami brevis terminales vulgo 2–3 interdum solitarii. Pedicelli glaberrimi eglandulosi. Cupula glaberrima eglandulosa globosa. Sepala rubescentia caudata petalis æquilonga intus pubescentia. Petala rosea late obovata v. obcordata. Pseudobacca globosa diametro 1.3 cm.

In declivatatis secus torrentes Atokryong et circa Chang-jyn eximie socialiter crescit.

var. **alpestris,** Nakai.

Foliola minora usque 2.5 cm. longa vulgo 1–2 cm. longa. Flores sæpe solitarii.

In silvis Laricis pede montis Paiktusar.

Planta endemica!

10. てうせんやまいばら

余未ダ其標本ヲ見ズ。他日機會ヲ得テ後圖解スベシ。

10. **Rosa jaluana,** Kom. Fl. Mansh. II. p. 537.

Specimen nullum vidi.

11. ひめさんしようばら

(第十四圖)

灌木高サ三尺內外多少簇生ス。枝ハ濃紅色ニシテ刺密ニ生ズ。托葉ハ倒廣披針形ニシテ葉柄ニ附着シ邊緣ニハ有柄ノ腺密生ス。葉片ハ橢圓形又ハ倒橢圓形、長サ四乃至二十粍、最先端ノ葉片ノ外ハ無柄ナリ。下面ハ淡綠色ニシテ無毛カ又ハ有毛、葉脈ニ沿ヒテ腺アリ、表面ハ無毛ニシテ邊緣ニハ內曲セル銳鋸齒アリ。鋸齒ノ先端ハ腺トナル。葉軸ニ毛ナキカ又ハ毛アリ而シテ腺アリ、又往々刺アリ。花ハ小枝ノ先端ニ一個宛出デ白色ナリ、直徑三乃至四珊許。花梗ニ有柄ノ腺アリ、萼片ハ細ク長クトガリ、外面ハ邊緣ニ毛アル外ハ毛ナケレドモ內面ニハ白毛アリ、長サ十乃至十五粍、萼筒ハ短カキ紡錘狀ニシテ毛ナシ、花瓣ハ廣キ倒心臟形ナリ。萼筒ハ果實成熟スル頃ハ紡錘狀ニシテ長サ十五乃至二十粍先端ニ萼片直立シテツク。

咸鏡南北道ノ深林ニ生ズ。金剛山大長峯上ニモアリ。

朝鮮特產品ナリ。

11. **Rosa koreana,** Kom.

in Act. Hort. Petrop. XVIII. p. 434. Fl. Mansh. II. p. 434 tab. XI. Nakai Fl. Kor. I. p. 205 et in Tokyo Bot. Mag. XXX (1916) p. 242.

Frutex usque 1 m. altus plus minus cæspitosus. Turionus atrorubens dense aciculatus. Stipulæ oblanceolatæ adnatæ margine stipitato-glandulosæ. Foliola elliptica v, obovato-elliptica 5–20 mm. longa præter terminalia sessilia, inferiora minora infra pallidiora glabra v. pubescentia secus venas glandulosa supra glabra margine incurvato acuminatoque serrata, serris apice glandulosis. Axis folii glabra v. rubescens glandulosa et sæpe sparsissime aciculata. Flores ad apicem rami brevis terminales solitarii albi, diametro usque 3–4 cm. Pedicelli stipitato-glandulosi. Cupula brevi-fusiformis glabra.Sepala angusta longe caudata, extus margine albo-pubescentia, intus subaranea 10–15 mm. longa. Petala late obcordata. Pseudobacca fusiformis 15–20 mm. longa apice sepalis persistentibus erectis coronata.

Hab, in silvis densis Ham-gyöng.

Planta endemica!

(第 二 屬) しろやまぶき屬

灌木、葉ハ對生托葉アリ、單葉ニシテ邊緣ニ鋸齒アリ、側脈ノ主脈ハ葉緣ニ達ス。花ハ枝ノ先端ニ一個宛生ズ、蕚ト外蕚トアリ花瓣ト共ニ各四個宛、雄蕋ハ多數、葯ハ二室、果實ハ漿果様、子葉ハ廣ク、幼根ハ上向ナリ。

世界ニ一種アリ支那、朝鮮、日本ノ産ナリ。

Gn. 2. **Rhodotypos,** S. et Z.

Fl. Jap. (1835) p. 185 t. 99. Benth. et Hook. Gen. Pl. I. p. 613. Baill. Nat. Hist. I. p. 459. Maxim. in Act. Hort. Petrop. VI. p. 243. Focke in Nat. Pflanzenf. III. iii. p. 28. Schneid. Illus. Handb Laubholz. I. p. 501. Koidz. Consp. Ros. Jap. 101.

Frutex. Folia opposita stipulata simplicia serrata. Venæ laterales in apice serrulæ excurrentes. Flores in apice rami solitarii. Sepala biserialia tetramera. Petala 4 alba. Stamina numerosa. Antheræ biloculares. Achenia drupacea. Cotyledones plano-convexæ. Radicula supera.

Species unica in Asia orientali incola.

12. しろやまぶき

(第 十 五 圖)

灌木、高サ一米突半許、分岐多シ、托葉ハ細ク鋸齒アリテ脱落性、葉ハ對生ニシテ短カキ葉柄ヲ具ヘ、卵形又ハ廣卵形ニシテ先端トガリ、邊緣ニ複鋸齒アリ、鋸齒ハトガル、葉ノ表面ハ無毛ニシテ裏面ニハ絹毛アリ、側脈ハ兩側ニ六本乃至十本許アリ。花ハ小枝ノ先端ニ出デ、蕚ハ內外ノ兩列ヨリ成リ各四個宛稀ニ五個ノモノヲ混ズル事アリ。外蕚ハ細ニ內蕚ハ幅廣ク葉質、花瓣ハ白色廣倒卵形又ハ圓形、雄蕋ハ多數ニシテ花瓣ヨリ短カシ。子房ハ四個稀ニ五個毛ナシ、果實ハ漿果樣ニシテ成熟スレバ黑色ヲナシ光澤アリ。

黃海道、忠淸南北道、慶尙北道、濟州島等ニ產ス。

分布。支那中部及ビ本島（備中）。

12. **Rhodotypos tetrapetala,** Makino

in Tokyo Bot. Mag. XVII. (1903) p. 13. Schneid. Ilius. Handb. Laubholzk. I. (1906) p. 501. fig. 304. Nakai in Tokyo Bot. Mag. XXVII. (1913) p. 131 n. 115 XXX (1916) p. 218 Veg. Isl. Quelpært (1914) p. 53 n. 738. Koidz. Consp. Ros. Jap. 103.

Kerria tetrapetala, Sieb. Syn. Pl. Oecon. Jap. in Verh. Bat. Gen. XII. (1830) p. 69.

Rhodotypos kerrioides, S. et Z. Fl. Jap. (1835) p. 187. t. 99. f. I. 1–16. Miq. Prol. Fl. Jap. p. 221. Fran. et Sav. Enum. Pl. Jap. I. p. 122. Regel in Gartenfl. (1866) p. 130 t. 505 fig. 2–3. Bot. Mag. t. 5805. Maxim. in Act. Hort. Petrop. VI. p. 244. Focke in Nat. Pflanzenf. III. iii. p. 28. Hance in Journ. Bot. (1878) p. 10. Forbes et Hemsl. in Journ. Linn. Soc. XXIII. p. 229. Rehder Pl. Wils. II. ii. p. 300.

Frutex usque 1.5 metralis a basi ramosus. Stipulæ lineares sæpe serrulatæ deciduæ. Folia opposita brevi petiolala, ovata v. late ovata acuminata duplicato-serrata, serratulis acuminatis, supra glabra, subtus sericea, nervis primariis. utrinque 6–10. Flores in apice rami hornotini terminales. Sepala biserialia tetramera, rarissime pentamera, exteriora linearia, interiora foliacea serrulata. Petala alba late obovata v. rotundata. Stamina numerosa petalis multo breviora. Ovaria 4 (rarissime 5) glabra. Carpella drupacea matura nigra lucida.

Hab. in Corea media et austr., nec non in insula Quelpært.

Distr. Nippon occid. et China.

(第三屬) やまぶき屬

灌木、托葉ハ早落性、葉ハ互生、落葉性、側脈ハ鋸齒ノ先端ニ達ス。花ハ一個宛小枝ノ先端ニ出デ、萼片、花瓣ハ各五個、雄蕋ハ多數アリ。子房ハ五個稀ニ二個乃至八個、離生、花瓣ト相對ス。子房ハ一室一胚珠アリ、花柱ハ先端ノ少シ側ヨリ生ズ。種子ニ胚乳ナク、幼根ハ上向ナリ。

世界ニ一種アリ。支那日本ノ産。

Gn. 3. **Kerria,** DC.

in Trans. Linn. Soc. XII. (1817) p. 156. Prodr. II. p. 541. Endl. Gen. Pl. p. 1247. Benth. et Hook. Gen. Pl. I. p. 613. Maxim. in Act. Hort. Petrop. VI. p. 242. Focke in Nat. Pflanzenf. III. iii. p. 27. Schneid. Illus. Handb. Laubholzk. I. p. 501. Koidz. Consp. Ros. Jap. p. 103.

Frutex. Stipulæ caducæ. Folia decidua alterna, venis primariis an apicem serræ attingentibus. Flores solitarii. Sepala 5. Petala 5 imbricata aurea. Stamina numerosa. Carpella libera 5 (2–8) petala opposita. Ovarium uniloculare 1-ovulatum. Styli infra apicem positi. Semen exalbuminosum. Radicula supera.

Species unica in China et Japonia incola. In Corea colitur.

13. やまぶき
(第十六圖)

チユックトゥホア (全南)

灌木、高サ大ナルハ三米突ニ達スルモノアリ、枝ハ綠色、髓ハヨク發達ス。托葉ハ細ク又ハ披針形ニシテ早落性、葉ハ短カキ葉柄ヲ具ヘ卵形ニシテ長クトガリ邊緣ニ複鋸齒アリ。側脈ハ鋸齒ノ先端ニ達シ兩側ニ六乃至十本アリ。表面ハ無毛綠色、裏面ハ淡綠色ニシテ葉脈ニ沿ヒ微毛アリ花ハ小枝ノ先端ニ生ジ萼片ハ五個卵形ニシテ綠色、花瓣ハ五個、黄金色長サ一珊半乃至二珊、雄蕋ハ多數アリテ黄金色、子房ハ五個、成熟スレバ漿果樣トナル。

所々ニ栽培ス、モト日本ヨリ輸入セシカ支那ヨリセシカ不明ナリ。

一種八重咲品アリ、單瓣ノモノト同ジク所々ニ栽培ス (第十六圖)

13. **Kerria japonica,** DC.

in Trans. Linn. Soc. XII. (1817) p. 157. Prodr. II. p. 541. Bunge Enum. Pl. China bor. p. 23. Sieb. et Zucc. Fl. Jap. I. p. 183. t. 98–9. Fr. et Sav. Enum. Pl. Jap. I. p. 122. Forbes et Hemsl. in Journ. Linn. Soc. XXIII. p. 228. Palib. Consp. Fl. Kor. I. p. 77. Schneid. Illus. Handb. Laubholzk. I. p. 501. fig. 305. Koidz. Consp. Ros. Jap. p. 103. Rehder Pl. Wils. II. ii. p. 301.

Rubus japonicus, L. fil. Mantissa Pl. I. (1767) p. 145.

Corchorus japonicus, Thunb. Fl. Jap. (1784) p. 227. Sims. Bot. Mag. XXXII. (1810) t. 1296.

Spiræa japonica, (non L. fil.) Desv. in Mém. Soc. Linn. Paris. I. p. 25.

Frutex usque 3 metralis. Ramus viridis. Medula bene evoluta. Stipulæ lineares v. lanceolatæ caducæ. Folia brevi-petiolata ovata caudato-acuminata duplicato-serrata, venis primariis ad apicem serræ excurrentibus utrinque 6–10, supra glabra viridia, subtus pallidiora, secus venas pilosa. Flores in apice rami terminales solitarii. Sepala viridia 5 ovata. Petala 5 aurea 1.5–2 cm. longa. Stamina numerosa aurea. Carpella 5 matura drupacea.

Nom. Vern. Chuk-tou-hoa.

forma **typica,** Nakai.

Flores simplices.

forma **plena,** Schneider l. c.

Flores pleni.

Utræque formæ in hortis coluntur, interdum elapsæ et spontaneæ. sed nunquam indigenæ.

(第四屬) ちょうのすけさう屬

半灌木、葉ハ互生、托葉ハ葉柄ニ附着シ永存性、葉ハ單葉常綠、花ハ兩性、萼ハ永存性、萼片ハ八個（往々六個乃至十二個）、花瓣ハ八個（往々六個乃至十二個）白色又ハ黃色、雄蕋ハ多數、葯ハ二室、子房ハ多數、花柱ハ果實ノ成熟ト共ニ著シク成長シ白毛ヲ生ズ。瘦果ハ一種子ヲ有ス、幼根ハ上向。

世界ニ三種アリ、北半球ノ北地並ニ高山ニ生ズ、朝鮮ニ次ノ一種アリ。

Gn. 4. **Dryas**, L.

Sp. Pl. (1753) p. 501. DC Prodr. II. p. 549. Ledeb. Fl. Ross. II. p. 20. Endl. Gen. Pl. p. 1247. Benth. et Hook. Gen. Pl. I. p. 618. Baill. Nat. Hist. I. p. 455. Focke in Nat. Pflanzenf. III. iii. p. 338. Britton and Brown Illus. Flora North. Unit. States & Canada II. p. 222. Schneid. Illus. Handb. Laubholzk. I. p. 525. Koidz. Consp. Ros. Jap. p. 202.

Suffrutex. Folia alterna. Stipulæ adnatæ persistentes. Folia simplicia. Flores hermaphroditi. Calyx persistens. Sepala 8 (6–12). Petala 8 (6–12) alba v. aurea. Stamina numerosa. Anthera bilocularis. Carpella numerosa. Styli in fructu eximie elongati albobarbati. Achenia 1–ovulata. Radicula infera.

Species 3 in boreali-hemisphærica incolæ, inter eas unica in Corea adest.

14. ちょうのすけさう

(第 十 七 圖)

半灌木低ク平タク地ヲ匐ヒ分岐多シ、葉ハ長キ葉柄ヲ具ヘ托葉ハ葉柄ニ附着シ長ク且全緣ナリ。葉柄ニハ更ニ毛ノ生ゼル毛アリ。葉身ハ丸キカ又ハ廣橢圓形又ハ橢圓形一樣ノ鋸齒アリ、表面ハ無毛ナレドモ裏面ニハ白キ綿毛アリ、側脈ハ中肋ノ兩側ニ各五乃至十本宛アリテ鋸齒ノ先端ニ達ス、花梗ハ一花ヲツケ下方ニ一個ノ細キ苞ヲ具フ。苞ハ廣披針形ニシテ毛アリ。萼片ハ八個（稀ニ六個)。花瓣ハ橢圓形又ハ倒卵形ニシテ萼片ヨリ長ク白色ナリ。雄蕋ハ多數アリテ白色花瓣ノ半位ニ達ス。花柱ハ絹毛アリ、果實成熟スル頃ハ著シク長大トナリ長キ毛アリ。

白頭山、狼林山脈、長白山脈ノ如キ北部ノ高山ニ生ズ。

分布。本島、北海道。

歐洲、北米ニ產スル Dryas(ドウリアス) octopetala(オクトペタラ) ノ一變種ニシテ基本種ヨリ葉幅廣ク、長サ短カシ。

14. **Dryas octopetala**, L.

Sp. Pl. (1753) p. 501.

var. **asiatica**, Nakai. Florula M't. Paik-tu-san (1918) p. 65 n. 154.

D. octopetala f. asiatica, Nakai in Tokyo Bot. Mag. XXX (1916) p. 233.

D. octopetala, Ledeb. Fl. Ross. II. p. 20 p. p.? Makino in Tokyo Bot. Mag. IX. (1895) Jap. p. 388. XV. (1901) p. 110. Kom. Fl. Mansh. II. p. 518. Miyoshi et Makino Alpine plants of Japan II. fig. 280. Nakai in Tokyo Bot. Mag. XXII. (1908) p. 79. Matsum. Ind. Pl. Jap. II. ii. p. 200. Koidz. Consp. Ros. Jap. p. 202.

Suffrutex repens ramosissimus. Folia longe petiolata. Stipulæ adnatæ elongatæ integræ. Petiolus setis barbatis hirtellus. Lamina rotundata v. late elliptica v. elliptica æqualiter dentata, supra glabra, subtus niveo-tomentosa, venis primariis ad apicem serræ excurrentibus utrinque 5–10. Pedunculi scaposi, bracteis linearibus 1, infra medium positis, aranei. Sepala 8 (–6) pilosa lanceolata. Petala alba elliptica v. obovata sepalis longiora. Stamina numerosa. alba petalis duplo breviora. Styli sericei in fructu valde elongati barbati.

Hab. in alpinis Coreæ sept.

Distr. Nippon et Yeso.

(第五屬) きいちご屬

灌木、半灌木又ハ草本、葉ハ互生、托葉アリ。落葉又ハ常綠、單葉又ハ三出又ハ掌狀又ハ羽狀複葉。花ハ枝ノ先端ニ單一ニ生ズカ又ハ繖房花序、繖房狀圓錐花叢、總狀花序又ハ圓錐花叢ヲナス。兩全稀ニ單性、蕚片及ビ花瓣ハ各五個、蕚片ハ鑷合狀、花瓣ハ覆瓦狀、白色又ハ淡紅色又ハ薔薇色、內曲スルカ又ハ展開ス。雄蕊ハ多數、子房ハ無毛又ハ有毛、花柱ハ子房ノ先端又ハ稍側方ヨリ生ズ。柱頭ハ單一又ハ僅カニ二叉ス。瘦果ハ漿質、種子ハ平滑又ハ皺アリ、幼根ハ上向。

世界ハ四百種許アリ、殆ンド全世界ニ分布ス、其中二十種朝鮮ニ自生ス。次ノ各群ニ區別シ得。

1 花ヲ附クル莖ハ匐枝ヨリ出ヅ、花ハ兩全、托葉ハ永存性 .... ちしまいちご亞屬
花ヲ附クル枝ハ前年出デシ莖ヨリ出ヅ ....2.

2 托葉ハ脫落性、莖ハ匍匐ス........................ふゆいちご亞屬
托葉ハ永存性、果實群ハ實礎間柱アルモノトナキモノトアリ、又花托ト分離スルモノトセザルモノトアリ ....うらじろいちご亞屬....3.

3 葉ハ單葉 ....4.
葉ハ羽狀ニ三乃至七個ノ葉片ヨリ成ル ....5.

4 萼ノ基脚ハ關節アリ、故ニ果實群ハ萼ト共ニ落ツ .... びらうどいちご節
萼ノ基脚ニ關節ナシ、故ニ果實群ハ萼ヨリ分離シテ落ツ .... くまいちご節

5 花ハ獨生又ハ二三個宛出ヅ、葉ハ通例葉片多シ ....
花序ハ花多シ........................うらじろいちご節....6.

6 果實群ニ短カキ柄アリ........................ばらいちご節
果實群ニ柄ナシ ....さなぎいちご節

7 花瓣ハ花時內曲シ通例薔薇色ナリ ....うらじろいちご亞節
花瓣ハ花時展開シ少クモ直立ス、通例白色ナリ .... みやまうらじろいちご亞節

Gn. 5. **Rubus,** Tournef.

Instit. Rei Herb. I. p. 614 f. 385. L. Sp. Pl. (1753) p. 482. Focke in Nat. Pflanzenf. III. ii. p. 28. Bibl. Bot. XVII et XIX. Endl. Gen. Pl. p. 1241. DC. Prodr. II. p. 556. Benth. et Hook. Gen. Pl. I. p. 616. Britton and Brown Illus. Flora II. p. 198. Schneid. Illus Handb. Laubholzk. I. p. 503.

Frutex v. suffrutex v. herbaceus. Folia alterna stipulata decidua v. sempervirentia, simplicia v. ternata v. digitata v. pinnata. Flores in apice ramuli solitarii v. corymbosi v. corymboso-paniculati v. racemosi v. paniculati, hermaphroditi, rarius dioici. Sepala et petala 5. Calyculus dest. Sepala valvata. Petala imbricata alba v. rosea. Stamina numerosa. Carpella glabra v. villosa. Styli terminales v. subterminales. Stigma simplice v. leviter bifidum. Achenia drupacea. Semen planum v. reticulatum. Radicula supera.

—Species fere 400; fere totis orbis expansæ. Inter eas 20 in Corea sponte crescent.

1 { Caulis florifer annuus e rhizomate repente evolutus, Flores hermaphroditi. Stipulæ persistentes...Sbg. Cylactis, Focke.
Rami floriferi e caulibus vetustis evoluti..................2.

2 { Stipulæ deciduæ. Caulis repens v. scandens...Sbg. Malachobatus, Focke
Stipulæ persistentes....Sbg. Idæobatus, Focke ....3.

3 { Folia simplicia ....4.
Folia pinnatim 3–7 foliolata.............................5.

4 { Calyx basi articulatus, ita fructus cum calyce deciduus... Sect. Villosi, Nakai.
Calyx basi inarticulatus, ita fructus e calyce et carpophoro sejunctus.......................Sect. Cratægifolii, Nakai.

5 { Flores solitarii v. pauci. Folia pinnata. ....6.
Inflorescentia multiflora ....Sect. Idæanthi, Focke....7.

6 Carpophora stipitata..................Sect. Rosæfolii, Focke
Carpophora non stipitata ....Sect. Pungentes, Focke.

7 { Petala incumbentia, vulgo rosei. ....Series Nivei, Focke.
Petala erecta v. patentia, vulgo albi....Series Eu-Idæi, Focke.

(第一亞屬) ちしまいちご亞屬

草本又ハ半灌木、莖ハ一年生ニシテ匐枝ヨリ出デ、刺アルモノトナキモノトアリ、托葉ハ葉柄ト分離スルカ又ハ葉柄ニ附着ス。萼筒ハ盃狀又ハ獨樂狀、種子ニ皺アルカ又ハナシ。

朝鮮ニ次ノ一種アリ。

Subgn. **Cylactis,** Focke

in Abh. Nat. Ver. Bremen IV. (1874) p. 142 p. 146 et in Bibliotheca Bot. XVII (1910) p. 23.

Cylactis, Rafinesque in Sillim. Journ. I. (1819) p. 377.

Herbaceæ v. suffruticosæ. Caules annui e rhizomate v. e radicibus repentibus evoluti, inermes v. aculeolati. Stipulæ liberæ v. imo petiolo adnatæ. Cupula pelviformis v. turbinata. Putamen læve v. rugosulum.

Species unica in Corea adest.

15. ちしまいちご

(第十八圖)

莖ハ草本樣、根ハ地中ヲ匐フ、莖ニ短毛生ジ無刺、托葉ハ楕圓形又ハ廣楕圓形、全緣ニシテ基部ノミ托葉ニ附着ス。葉ハ三出シ、葉片ハ中央ノモノハ菱形又ハ帶卵菱形、側方ノモノハ歪卵形又ハ二叉シ、兩面ニ短毛生ズ、花ハ莖ノ先端ニ一個宛生ズ。直徑二乃至三珊、萼片ハ狹披針形ニシテトガリ外面ニ絹毛アレドモ內面ハ無毛ナリ。花瓣ハ薔薇色倒披針形ニシテ先端丸シ、果實ハ成熟スレバ濃紫色ニシテ香氣アリ。

咸鏡南北道ノ山地卑濕地ニ生ズ。

分布。北極ヲ廻ル北地地方。

15. **Rubus arcticus, L.**

Sp. Pl. (1753) p. 708. DC. Prodr. II. p. 565. Cham. et Schlecht. in Linnæa II. p. 8. Ledeb. Fl. Ross. II. p. 70. Maxim. Prim. Fl. Amur. p. 99 et in Mél. Biol. VII. p. 376. Korsch. in Act. Hort. Petrop. XII. p. 362. Britton and Brown Fl. North. United States and Canada II. p. 200. Focke in Nat. Pflanzenf. III. iii. p. 29 et in Bibliotheca Botanica XVII. p. 24. Kom. Fl. Mansh. II. p. 481. Fr. Schmidt. Amg. n. 132. Sachal. n. 136. Nakai Fl. Kor. I. p. 186 et Chôsenshokubutsu I. p. 303. fig. 360 et in Tokyo Bot. Mag. XXX (1916) p. 219.

Herbaceus. Radix longe repens sublignosa. Caulis annuus humilis simplex v. ramosus adpresse ciliatus. Stipulæ ellipticæ v. late ellipticæ basi paullum petiolo adnatæ. Folia ternata. Foliola intermedia rhombea v. ovato-rhombea, lateralia oblique ovata v. bifida utrinque adpressissime ciliolata. Flores solitarii in apice terminales. Diametro 2–3 cm. Calyus lobi lineari-lanceolati attenuati, extus sericei, intus glabri. Petala rosea oblanceolata obtusa calycem superantia. Fructus maturi atropurpurei suaveolentes.

Hab. in humidis silvarum Coreæ sept.
Distr. Regiones circumpolares.

(第二亞屬) ふゆいちご亞屬

灌木、稀ニ半灌木又ハ草本、地ヲ匍フ、葉ハ單葉ナレドモ往々掌狀又ハ蹠狀ニ分岐ス、托葉ハ細ク屢々缺刻アリ。花序ニ花多シ、蕚筒ハ鐘狀又ハ椀狀、蕚片ハ花後直立ス。

ふ ゆ い ち ご 亞 節

小灌木ニシテ匍匐莖ヲ有シ毛多ク、稀ニ半灌木又ハ草本ナリ。葉ハ單葉ニシテ往々分叉アリ、托葉ハ分岐シ早落性。

ふ ゆ い ち ご 亞 節

莖ハ草本又ハ半灌木、刺アルモトナキモノトアリ。葉ハ通例丸ク往々切レ込アリ。蕚ハ鐘狀、朝鮮ニ一種アリ。

Subgn, **Malachobatus,** Focke

in Abh. Nat. Ver. Brem. IV. (1874) p. 187 et in Bibliotheca Bot. XVII. (1910) p. 41.

Frutex rarius suffrutex v. herbaceus, sarmentosus, reptans v. scandens. Folia vulgo simplicia interdum palmato-v. pedato-composita. Stipulæ lineares v. dissectæ. Inflorescentia vulgo composita rarius pauciflora. Cupula campanulata v. pelviformis. Calycis lobi post anthesin erecti.

Sect. **Moluccani,** Focke

in Bibliotheca Bot. XVII (1910) p. 71.

Fruticosi scandentes v. repentes velutini v. tomentosi, rarius suffruticosi v. herbacei. Folia simplicia lobata v. grosse incisa. Stipulæ fissæ deciduæ.

Series **Pacifici,** Focke

in Bibliotheca Botanica XVII (1910) p. 113.

Caules herbacei v. suffruticosi aculeolati v. inermes. Folia sæpe suborbicularia lobata v. leviter lobata. Calyx campanulatus.

Species unica in Corea adest.

16. ふゆいちご

(第十九圖)

半灌木、莖ハ匐匍シ絨毛生ジ疎ニ刺アルカ又ハ刺ナシ。托葉ハ細ク、分岐アリ、葉ハ裏面ハ絨毛生ジ邊緣ハ波狀ニ切レ込アリ且微凸頭ノ鋸齒アリ。全形ハ殆ンド丸ク先端トガリ基脚ハ彎入シ裏面ノ脈著シ、花序ハ葉腋並ニ枝ノ先端ニ生ジ總狀ニテ絨毛アリ。蕚ハ鐘狀、蕚片ハ直立シ披針形ニシテトガル。花瓣ハ白色蕚片トホボ同長、子房ニ毛ナシ、果實ハ成熟スレバ紅化シ球形、瘦果ニ皺アリ。

濟州島ノ森林下ニ生ズ。

分布。本島、四國、九州、對馬、臺灣、支那中部。

16. **Rubus Buergeri**, Miq.

Prol. Fl. Jap. (1867) p. 36. Maxim. in Mél. Biol. VIII. p. 378. Fr. et Sav. Enum. Jap. I. p. 123. O. Kuntze Rub. p. 64. Focke in Engl. Bot. Jahrb. XXIX. p. 394. Bibl. Bot. XVII. p. 145. fig. 53. Koidz. Consp. Ros. Jap. p. 157. Nakai Veg. Isl. Quelp. p. 53. n. 739 et in Tokyo Bot. Mag. XXX (1916) p. 219.

R. Sieboldii, (non Bl.) Lévi. in litt.

R. moluccanus, (non L.) Thunb. Fl. Jap. p. 219.

R. Maximowiczii. O. Kuntze Rub. p. 64.

R. transiens, O. Kuntze l. c. p. 83.

Suffrutex. Caulis repens villosus et sparsim aculeolatus v. inermis. Stipulæ angustæ laciniatæ. Folia infra villosa v. villosula crenato-incisa mucronato-serrata ambitu fere rotundata, apice acuta, basi sinuata, infra venulosa. Inflorescentia axillaris v. terminalis racemosa et. villosa. Cupula campanulata. Calycis lobi erecti lanceolato-acuminati Petala alba calycis lobis æquilonga. Ovarium glabrum. Fructus rubri globosi. Achenia rugosa.

Hab. in silvis Quelpært.

Distr. China centr., Formosa, Kiusiu, Insula Tsusima, Shikoku et Hontô.

(第三亞屬) うらじろいちご亞屬

灌木。莖ハ直立スルカ又ハ彎曲スルカ又ハ地上ニ横ハル、刺アルモノ長キ腺毛アルモノ絨毛アルモノ等アリ。葉ハ單葉、三出又ハ羽狀複葉、托葉ハ葉柄ニ附着シ永存性、花ハ單一又ハ繖房花序、總狀花序又ハ圓錐花叢ヲナス。果實ハ花托ヨリ分離スルヲ以テ果實群ハ中空ナリ。

Subgn. **Idæobatus,** Focke

in Abhandl. Nat. Ver. Bremen IV. (1874) p. 143 et 147 et in Biblioth. Bot. XVII. p. 128.

Fruticosi. Caulis erectus v. arcuatus v. prostratus, aculeatus, setosus v. glandulosus v. ciliatus. Folia simplicia, ternata v. pinnata. Stipulæ petiolo adnatæ persistentes. Flores solitarii v. corymbosi v. racemosi v. paniculati. Fructus a gynophoro conico secedentes, ita basi cavi.

(第 一 節) びらうどいちご節

花ハ下垂シ、果實ニ絨毛アリ、萼ノモトニ關節アリ、故ニ果實ハ萼ト共ニ落ツ。

朝鮮ニ次ノ一種アリ。

Sect. 1. **Villosi,** Nakai.

Sect. Corchorifolii, Focke in Bibliotheca Bot. XVII. (1910) p. 131. p. p.

Flores nutantes. Fructus villosi. Pedicelli apice articulati, ita fructus cum calyce e pedicellis sesernunt.

17. びらうどいちご

(第 二 十 圖 a.)

多少簇生シ、莖ハ高サ一米突半許ニ達ス。當年ノ枝又ハ前年ノ枝ト共ニ短カキ絨毛アルカ又ハ殆ンド無毛ナリ。疎ニ鈎刺アリ、葉ハ新莖上ノモノハ三叉シ複鋸齒アリ、枝ノモノ並ニ老莖上ノモノハ三叉セズ卵形ニシテトガリ。不同ノ鋸齒アリ、基脚ハ截形叉ハ心臟形、表面ハ葉脈ノ外ハ無毛ナレドモ下面ハ絨毛アリ（變種ニアリテハ葉脈ノ外ハ無毛）長サ一珊半乃至十三珊幅六乃至六十五粍アリ、側脈ハ兩側ニ五乃至九本アリ、葉柄ニ鈎刺サリテ絨毛生ズ（變種ニアリテハ無毛）、花ハ先端ニ一個宛生ジ稀ニ先端ニ近キ葉腋ニ一個宛出ヅ。皆下垂シテ開ク、萼ニモ毛アリ、萼片ハ披針形ニシテトガリ毛アリ而シテ擴ガル、內面ニハ特ニ絨毛アリ、花瓣ハ白色ニシテ萼片ヨリ長シ、長倒卵形ナリ。雄蕊ハ多數、子房ニ毛多シ、果實ハ帶黃紅色ニシテ毛多ク食シ得レドモ美味ナラズ。一種特有ノ臭氣アリ、果實ハ成熟スレバ萼ト共ニ落ツ、種子ニ皺アリ。

全南白羊山、蘆嶺、濟州島等ニ生ズ。

分布。支那中部東部及ビ日本。

一種、莖葉ニ毛少ナク葉裏ハ葉脈ノ外毛ナキモノアリ、うすげいちごト云フ（第二十圖 b, c.）莞島ニテ「スリタールナム」ト云フ。

智異山彙、莞島、玉島等ニ生ズ。

分布。日本。

17. **Rubus corchorifolius,** L. fil.

Suppl. (1781) p. 263. D.C. Prodr. II. p. 567. S. et Z. Fl. Jap. Fam. Nat. II. n. 49 p.p. Miq. Prol. Fl. Jap. p. 223. Maxim. Mél. Biol. VIII. p. 380. Fran. et Sav. Enum. Pl. Jap. I. p. 123.

Planta plus minus cæspitosa usque 1.5 metralis alta. Ramus hornotinus interdum etiam annotinus villosus v. subglaber teres sparsim aculeatus. Folia turionum trifida duplicato-serrata, rami vetusti simplicia ovato-acuminata inæqualiter serrata basi truncata v. subcordata, supra præter venas glabra, subtus cano-tomentosa v. præter venas glabra, 1.5–13 cm. longa 0.8–6.5 cm. lata, venis lateralibus primarii utrinque 5–9, petiolis aculeatis, villosis v. glabris. Flores in apice rami brevis terminales v. rarius simul axillares nutantes solitarii, pedicellis pubescentibus 0.5–1 cm. longis. Cupula pelviformis pubescens. Calycis lobi lanceolato-attenuati pubescentes erecto-patentes intus villosuli. Petala alba, lobis calycis longiora oblongo-obovata. Stamina numerosa. Ovarium villosum. Carpella flavo-rubra villosa edulis sed non grata odorata. Calyx basi cum fructu maturo e pedicello articulato sejunctus. Achenia rugosa.

var. **typicus,** Focke in Bibliotheca Botanica XVII. p. 131. Nakai in Tokyo Bot. Mag. XXX (1916) p. 220.

R, villosus, Thunb. Fl. Jap. (1784) p. 218.

R. Vanioti, Lévl. in Fedde Rep. V. (1909) p. 280. Focke in Bibl. Bot. XVII. p, 131.

R. corchorifolius v. glaber, Nakai Veg. Isl. Quelp. p. 53 n. 740.

R. kerriifolius, Lévl. et Vnt. Bull. Acad. Int. Geogr. Bot. XI. (1902) p. 100.

Ramus hornotinus et etiam annotinus velutinus. Folia subtus velutina.

Hab. in montibus Coreanæ peninsulæ et Insula Quelpært.

Distr. China et Japonia.

var. **Oliveri,** (Miq.) Focke Bibl. Bot. XVII p. 131. Nakai in Tokyo Bot. Mag. XXX (1916) p. 220.

R. Oliveri, Miq. Prol. Fl. Jap. (1867) p. 35.

R. corchorifolius v. glaber, Matsum. in Tokyo Bot. Mag. XV (1901) p. 157. Focke in Bibliotheca Botanica XVII. p. 131. Koidz Consp. Ros. Jap. p. 124. Nakai Veg. Isl. Wangtô p. 8. Veg. Isl Chirisan p. 35 n. 252.

Ramus annotinus glaber, hornotinus subglaber. Folia subtus præter venas glabra.

Nom. Vern. Suritâl-nam.

Hab. in montibus Chirisan et in archipelago Koreano.

Distr. Japonia.

(第二節) くまいちご節

灌木、葉ハ單葉ニシテ屢々分叉ス、托葉ハ全緣ニシテ葉柄ニ附着ス。葉ハ單生又ハ數個宛生ジ下垂スルモノト直立スルモノトアリ。果實成熟スレバ下垂スルモノト直立スルモノトアリ。而シテ花托ヨリ分離ス。

朝鮮ニ四種アリ、其中もみぢいちご (Rubus palmatus) トかぢいちご (Rubus trifidus) トハ余未ダ其朝鮮產品ヲ見ザル故除ク。

{莖ニ刺ナシ。花ハ大形ニシテ直徑二乃至三珊アリ....たけしまくまいちご
{莖ニ刺アリ。花ハ直徑一珊乃至二珊許.....................くまいちご

Sect. 2. **Cratægifolii,** Nakai

Sect. Corchorifolii, Focke in Bibliotheca Botanica XVII. p. 129 pro majoribus partibus.

Fruticosi, Folia simplicia sæpe lobata. Stipulæ integræ petiolo adnatæ. Flores solitarii v. gemini nutantes v. erecti. Fructus maturi nutantes v. erecti a carpophoro sicco sejuncti.

Species 4 in Corea crescere dicuntur, sed specimina Rubi palmati et Rubi trifidi coreana mihi ignota.

{ Caulis inermis. Folia dilatata magna. Flores diametro 2–3 cm... .... Rubus takesimensis, Nakai
{ Caulis aculeatus. Folia minora. Flores diametro 1.5–2 cm....... ....R. cratægifolius, Bunge

13. く ま い ち ご

(第二十一圖)

トップジユー (全南) ナムタルキ (京畿) ハンタール (濟州島)

莖ハ高サ一二米突無毛ナリ、若枝ハ微毛アルカ又ハ無毛、鉤刺アルモノト無刺ノモノトアリ。托葉ハ細ク往々全然消滅スルアリ、葉ハ單葉ニシテ三乃至五叉シ稀ニ分叉セズ。葉柄ハ鉤刺アリ、葉裏ニ微毛アルトナキモノトアリ。多少淡綠色ニシテ邊緣ニ複鋸齒アリ。花ハ繖房狀ヲナスモノト減數シテ二個トナルモノトアリ、或ハ下垂シ或ハ直立ス。花梗ハ稀ニ長キモノアレドモ一般ニハ短カク微毛アルモノト無毛ノモノトアリ、萼筒ハ淺シ。萼片ハ披針形ニシテトガリ外面ハ無毛又ハ微毛アリ。內面ニハ絨毛アリ。果實成熟スル頃ハ往々紅色ヲナス。花瓣ハ白色、長倒卵形ニシテ長サ半珊乃至一珊、果實ハ上向ノモノ橫向ノモノ又ハ下垂スルモノアリ。無毛ニシテ初メ綠色ナルモ熟スルニツレ紅化シ最後ニ帶紅黑色トナリ、花托ト分レテ落ツ。食用ニ供シ得、種子ニ皺アリ。

北ハ咸鏡平安ノ北部ヨリ南ハ濟州島ニ及ビ廣ク分布ス。

分布。北支那、滿州、九州、對馬、四國、本島、北海道。

18. **Rubus cratægifolius,** Bunge.

Enum. Pl. China bor. n. 140 (1832) Regel Tent. Fl. Uss. n. 169. t. 5. Maxim. Prim. Fl. Amur. p. 99 in Mél. Biol. VIII. p. 383. Fran. et Sav. Enum. Pl. Jap. I. p. 124. Baker et Moore in Journ. Linn. Soc. XVII. p. 381. Fran. Pl. Dav. p. 107. Miq. Prol. Fl. Jap. p. 228. O. Kuntze Rub. p. 90. Forbes et Hemsl. in Journ. Linn. Soc. XXIII. p. 230. Palib. Consp. Fl. Kor. I. p. 78. Kom. Fl. Mansh. II. p. 482. Schneid. Illus. Handb. Laubholzk. I. p. 507. Nakai Fl. Kor. I. p. 187. II. p. 475 Chôsenshokubutsu I. p. 301. fig. 356 Veg. Isl. Quelpært p. 53 n. 742. Veg. Isl. Wangtô p. 8. Veg. M't. Chirisan p. 36 n. 255 et in Tokyo Bot. Mag. XXX (1916) p. 221. Focke in Bibliotheca Bot. XVII. p. 137.

R. ampelophyllus, Lévl. in Fedde Rep. V. (1908) p. 279. Focke in Bibl. Bot. XVII. p. 135.

R. subcratægifolius, Lévl. et Vnt. in Bull. Soc. Agr. Sarthe LX (1905) p. 6. Lévl. et Vnt. Bull. Acad. Geogr. Bot. XVIII. (1909) p. 127.

R. Makinoensis, Lévl. et Vnt. l. c. p. 60. Focke l. c.

R. Itoensis, Lévl. et Vnt. l.c. p. 62. Focke l. c.

R. cratægifolius v. subcratægifolius, Focke l. c.

R. morifolius, Sieb. ex Fr. et Sav. Enum. Pl. Jap. I. p. 125.

R. Wrightii, A. Gray Bot. Jap. p. 387. Miq. Prol. Fl. Jap. p. 35.

R. uniflorus, O. Kuntze Rub. (1879) p. 91.

R. pseudoamericanus, O. Kuntze l. c. p. 90.

R. Savatieri, O. Kuntze l. c. p. 92.

R. ouensanensis, Lévl. et Vnt. l. c. p. 62. Bull. Acad. Int. Geogr. Bot. XVIII. p. 67. Fedde Rep. (1906) p. 175. Nakai Fl. Kor. I. p. 187. Focke Ribliotheca Bot. XVII. p. 137.

R. erectifolius, Lévl. in litt.

R, suberectifolius, Lévl. in litt.

R, suberectifolius, var. Lévl. in litt.

Species polymorpha. Si rami diversi formæ diversae. Caulis plurime cæspitosus glaber 1–2 metralis altus. Ramus juvenilis pilosus v. glaber, aculeatus v. indefensus. Stipulæ lineares interdum subnullæ. Folia simplicia 3–5 fida rarius indivisa, petiolis aculeatis, subtus velutina v. pilosa v. glabra, pallidiora, margine duplicato-serrata. Flores vulgo subcorymbosi, interdum solitarii, nutantes v. erecti, pedicellis gracilibus elongatis v. vulgo brevibus pilosis v. glabris. Cupula concava. Calycis lobi lanceolati acuminati, extus glabri v. pilosi, intus velutini, cum fructu maturo sæpe rubescentes. Petala alba oblongo-obovata 0.5–1.0 cm. longa. Fructus erectus v. divergens v. nutans glaber, primo viridis, deinde rubens, demum nigricans, a carpophoro pubescente siccato sejunctus, edulis. Achenia dura rugosa.

Nom. Vern. Hantal (Quelpært) Topp-jyu (Chol-la) Nam-tarki-(Kyong-geui).

Hab. per totas terres Coreæ.

Distr. China bor., Manshuria, Kiusiu, Tsusima, Shikoku, Hondô et Yeso.

19. たけしまくまいちご

莖ハ高サ四米突ニ達シ簇生スル性アリ。生時ニテモ丸キ稜角ヲナシ且太シ。無毛且無刺ナリ。若キ根出莖ノ葉ハ淺ク掌狀ニ五乃至七裂シ、表面ハ唯葉脈上ニノミ微毛アルノミニテ深綠色ヲナシ裏面淡綠色ニシテ葉脈上ニノミ微毛アリ。葉ノ裂片ハ廣卵形ニシテ先端著シクトガリ邊緣ニ複鋸齒アリ。長サ並ニ幅ハ十六珊ニ達スルモノアリ。葉柄ハ長サ十珊ニ達スルモノアリ。托葉ハ葉柄ノ基脚ヨリ少シク上ニ附着シ線狀、狹披針狀又ハ披針狀ニシテ永存性ナリ。花ヲ附クル枝ノ葉ハ三叉シ裂片ハ菱形ニシテ先端尖リ鋭キ複鋸齒アリ。長サ並ニ幅ハ八珊ニ達スルモノアリ。花ハ繖房花序ヲナシ微毛アリ。苞ハ細シ。萼ハ平椀狀ニシテ微毛生ジ裂片ト共ニ直徑七乃至十粍許、外面ニハ微毛生ジ內面ニハ絨毛アリ。花瓣ハ白色ニシテ廣キ倒卵形又ハ丸キ倒卵形ニシテ長サ十粍トナル事稀ナラズ。雄蕋ハ多數ナリ。雌蕋ニ毛ナク、花托ニハ粗毛生ズ。果實ハ成熟スレバ紅色トナリ直徑一半乃至二珊、種子ニ皺アリテ毛ナク長サ二半粍許。

鬱陵島ノ海岸標高二十米突邊ヨリ七百米突邊迄ニ多生シ、同島ノ特産植物ナリ。

19. **Rubus takesimensis,** Nakai.

in Tokyo Bot. Mag. XXXII (1918) p. 105.

Caulis usque 4 metralis cæspitosus obtuse angulatus robustus glaber inermis. Folia trionis palmatim sed breviter 5–7 lobata, supra præter nervas adpresse pilosas glabra viridia, subtus pallida tantum nervis pilosis, lobis late ovatis duplicato-serratis acuminatis, usque 16 cm. longa et lata, petiolis pilosis usque 10 cm. longis, stipulis supra basin petioli positis filiformibus v. lanceolatis v. lineari-lanceolatis persistentibus. Folia rami floriferi 3–fida, lobis rhombeo-acuminatis argute duplicato-serratis, usque 8 cm. longa et lata. Corymbus simplex v. duplex adpresse pubescens. Bracteæ lineares. Calyx pelviformis pilosus diametro 7–10 mm. longus extus pilosus intus velutinus. Petala alba rotundato-obovata v. late obovata 10 mm. longa. Stamina numerosa glabra. Pistillum glabrum. Discus setulosus. Fructus maturatus ruber diametro 1.5–2 cm. Semina rugosa glabra 2.5 mm. longa inflato-cornuta.

Hab. in insula Ooryöngto (Degelet Island) 20–700 m. ubique.

(第三節) ばらいちご節

灌木、莖ハ傾上スルカ又ハ他物ニヨルカ又ハ地ヲ匐フ。刺アルモノトナキモノトアリ、往々著シキ腺毛生ズ。葉ハ三出又ハ羽狀複葉、托葉ハ細シ、花ハ繖房花序又ハ繖房狀圓錐花叢ヲナス。果實ハ小形ニシテ多數相依リテ球形又ハ圓筒狀又ハ楕圓形ノ群ヲナス。成熟スレバ花托ヨリ分離ス。

次ノ諸種アリ。

1 莖ハ先端ニ近ク長キ腺毛ニテ密ニ被ハル 2
  莖ノ先端ハ短カキ腺毛少シクアルカ又ハ全然腺毛ナシ 3

2 花ハ繖房狀ニ分叉ス、果實ハ楕圓形、成熟スレバ白色トナル .... しろみいちご
  花ハ圓錐花叢ヲナス、果實ハ廣楕圓形成熟スレバ黃色トナル .... こじきいちご

3 莖ニハ一面ニ短カキ絨毛生ジ腺毛モ短カシ、半灌木ニシテ刺少ナシ.. .... くさいちご
  莖ニ絨毛ナシ 4

4 { 葉ハ兩面共ニ腺點ナシ、枝並ニ葉ニハ刺多シ、花ヲ附クル枝ニハ一面ニ短カキ腺毛生ズ、葉ハ鋭鋸歯アリ ....さいしうやまいちご
葉ハ少クモ裏面ニ腺點アリ 5

5 { 葉ハ表面ニ微毛生ジ腺點ナク、裏面ハ無毛ニシテ腺點アリ、葉柄ニ鉤刺アリ、莖ニハ有柄ノ短腺毛アリ ....たんなばらいちご
葉ハ表裏共ニ無毛ニシテ且腺點アリ、葉柄ニ鉤刺ナシ、莖ニハ毛並ニ腺毛ナシ........................... さいしうばらいちご

Sect. 3. **Rosæfolii,** Focke.

in Bibliotheca Botanica XVII. (1910) p. 148.

Frutices ascendentes v. scandentes v. repentes, aculeati v. inarmati, interdum patentim glandulosi. Folia pinnata v. ternata. Stipulæ angustæ. Flores corymbosæ v. corymboso-paniculati. Carpella parva. Fructus maturi cavi gynophoro sejuncti.

1 { Caulis apice glandulis patentibus horridus 2
Caulis apice fere eglandulosus v. adpresse glandulosus......3

2 { Inflorescentia corymboso-paniculata. Fructus elliptici magni maturi albi non grati..........R. myriadenus. Lévl. et Vnt.
Inflorescentia paniculata. Fructus oblongi, maturi lutei grati .... R. asper, Wall.

3 { Caulis velutinus et adpresse glandulosus, sæpe herbaceus sparsim v. non aculeatus................R. Thunbergii, S. et Z.
Caulis nunquam velutinus 4

4 { Folia utrinque eglandulosa. Rami et folia crebri aculeata. Ramus florifer toto adpresse glandulosus .... R. croceacantha, Lévl.
Folia saltem subtus glanduloso-punctata...................5

5 { Foliola supra pilosa eglandulosa, subtus glabra glandulosa. Petioli armati. Caulis stipitato-glandulosus ....R. sp.?
Foliola utrinque glabra et glanduloso-punctata. Petioli inarmati. Caulis glaberrimus ....R. hongnoensis, Nakai.

20. こじきいちご

（第二十二圖、a、b）

高サ半米突乃至一米突半長キ濃紅色ノ腺毛ニテ被ハレ鉤刺アリ。葉柄ハ長ク、葉身ハ二對奇數羽狀、上方ノ物ハ三出叉ハ五個ノ葉片ヨリ成ル。葉片ハ廣披針形ニシテトガリ邊緣ニ複鋸齒アリ、葉脈ヲ除ク外ハ葉ノ兩面共ニ毛ナシ、裏面ニハ中肋ニ沿ヒ鉤刺アリ、葉柄ハ長キ腺毛アリ且鉤刺アリ。圓錐花叢ハ長キ腺毛ニテ被ハル。萼片ハ外反シ披針形ニシテ長クトガリ外面ハ長キ腺毛アリテ內面ハ白色ノ絹毛アリ。花瓣ハ萼片ト略同長ニシテ白色、長倒卵形、花托ニ毛アリ。雄蕋ハ四方ニ展開シ後外反ス。子房ニ毛ナシ、果實群ハ楕圓形ニシテ成熟スレバ廣楕圓形叉ハ長ミアル球形ニシテ長サ一珊半許、黃色トナリ味美ナリ。

莞島並ニ濟州島ノ產。

分布。ヒマラヤ、雲南、九州、對馬、四國、本島。

20. **Rubus asper,** Wallich.

ex Don Prodr. Fl. Nep. (1825) p. 234. Focke in Bibliotheca Botanica XVII (1910) p. 157. fig. 67. Koidz. Consp. Ros. Jap. p. 139. Nakai in Tokyo Bot. Mag. XXX (1916) p. 222.

R. rosæfolius, (non Smith) Hook. fil. Fl. Brit. Ind. II. p. 341. p.p.?

R. sorbifolius, Maxim. in Mél. Biol. VIII. p. 390. Fr. et Sav. Enum. Pl. Jap. I. p. 127. Matsum. in Tokyo Bot. Mag. XV. p. 51.

R. myriadenus var. minor, Lévl. in litt. Nakai Veg. Isl. Wangtô p. 8.

R. myriadenus var. microcarpa, Lévl. in litt.

Caulis 0.5–1.5 m. altus glandulis elongatis atro-rubris horizontali patentibus horridus recurvato-aculeatus. Folia longe peliolata, inferiora 2-jugo imparipinnata, superiora ternata v. quinnata, segmentis lanceolatis acuminatis duplicato-serratis præter venas utrinque glabris, subtus secus costam recurvato-aculeatis. Petioli glanduloso-hirsuti et recurvato-aculeati. Panicula glanduloso patentim hirtella. Calycis lobi reflexi lanceolato-attenuati, extus glanduloso-hirsuti, intus albo-sericei. Petala calycem fere æquilonga alba oblongo-obovata. Discus et carpophora pubescens. Stamina patentia demum reflexa. Ovula glabra. Fructus elliptico-aggregati maturi elliptico-rotundati cavi 1.5 cm. longi edulis lutei grati.

Hab. in silvis insulæ Wangtô et insulæ Quelpært.

Distr. Himalaya, Yunnan, Kiusiu, Tsusima et Shikoku, nec non Hondô,

21. しろみいちご

ポクタルタールナム (濟州島)

(第二十二圖 c)

高サ一二米突、長キ濃紅色ノ腺毛生ス。新莖上ノ刺ハ水平ニ出デ稍上方ニ曲ル、古枝並ニ葉ノ刺ハ鈎トナル。葉ノ下方ノモノハ五個乃至七個ノ葉片ヨリ成リ、葉柄並ニ小葉柄ニ長キ腺毛生ズ。葉片ハ廣披針形ヲナシ邊緣ニ複鋸齒アリ、葉脈ヲ除ク外ハ無毛ナリ。葉ノ上方ノモノハ三出、花ハ複繖房花序ニシテ上端ハ殆ンド平ニシテ葉ヲ交ヘ且腺毛多シ。萼片ハ披針形ニシテ長クトガリ內面ニ白キ絹毛アリテ、花後ハ外反ス。花托ニ毛アリ、果實群ハ橢圓形ニシテ長サ二珊許中空ニシテ白色、食シ得レドモ美味ナラズ。

濟州島ノ產ニシテ朝鮮特有ナリ。

21. **Rubus myriadenus**, Lévl. et Vnt.

in Bull. Soc. Bot. Fran. LI (1904) p. 207. Nakai Veg. Isl. Quelp. p. 54 n. 745 et in Tokyo Bot. Mag. XXX (1916) p. 223.

R. asper v. myriadenus, Focke in Bibliotheca Bot. XVII. (1910) p. 158.

Caulis 1–2 metralis glandulis patentibus elongatis atro-rubris horridus. Aculei turionis horizontales v. antrorsum curvati, caulis vetusti et foliorum retrorsum curvati. Folia inferiora quinnata v. septemnata, petiolis et petiolulis glanduloso-hirsutis, segmentis lanceolato-acuminatis duplicato-serratis, præter venas pilosas glabris. Folia superiora ternata. Inflorescentia cymoso-paniculata apice plana foliosa et glanduloso-hirsuta. Calycis lobi lanceolati caudato-attenuati, intus albo-sericei reflexi. Discus et corpophora pilosa. Fructus 2 cm. longi cavi albi edulis sed non grati.

Nom. Vern. Pok-tal-tar-nam (Quelpært).

Hab. in Quelpært.
Planta endemiea!

22. くさいちご

カムテタルギ (濟州島)　チヤンタール (莞島)

(第二十三圖)

半灌木、根ハ地中ヲ匐ヒ其レヨリ所々ニ莖ヲ抽ンズ。枝ハ絨毛生ジ且短カキ腺毛ヲ交フ、且少シク鉤刺アリ。下方ノ葉ハ羽狀ニシテ五個ノ葉片ヲ有シ新莖ニテハ往々七個ノ葉片ヲ出ス。上方ノ葉ハ三個ノ葉片ヲ有ス。葉片ハ廣披針形又ハ長卵形ニシテトガリ邊緣ニ複鋸歯アリ。兩面共ニ毛多キカ又ハ毛ナシ、托葉ハ新莖ノモノハ細ケレドモ枝ノモノハ披針形ヲナス。葉柄ハ絨毛ヲソナヘ且刺アリ、又刺ナキモアリ。花ハ長キ花梗ヲソナヘ莖ノ先端ニ一二個宛出ヅ。萼片ハ外反シ卵形ニシテ長クトガリ且絨毛アリ。花瓣ハ長サ一珊半乃至一珊八白色ナリ。雄蕊ハ最初立チ後四方ニ開ク、子房ニ毛ナシ。果實群ハ球形ニシテ多少側方ヨリ扁タシ、成熟スレバ紅化シ多少中空ニシテ食用トナリ美味ナリ、痩果ハ徑一粍許ニシテ皺アリ。

濟州島並ニ莞島ニ產ス。

分布。支那中部、九州、本島。

22. **Rubus Thunbergii,** S. et Z.

Fl. Jap. Fam. Nat. in Abh. Math. Phys. Kl. Akad. München IV. (1844) p. 246. Miq. Prol. Fl. Jap. p. 222. Maxim. in Mél. Biol. VIII. p. 389. Fran. et Sav. Enum. Pl. Jap. I. p. 127. Forbes et Hemsl. in Journ. Linn. Soc. XXIII. p. 238. Palib. Consp. Fl. Kor. I. p. 188. Matsum. in Tokyo Bot. Mag. XV. p. 3. Nakai Fl. Kor. I. p. 188 Veg. Isl. Quelpært p. 54 n. 750. Veg. Isl. Wangtô p. 8. et in Tokyo Bot. Mag. XXX. (1916) p. 223. Koidz. Consp. Ros. Jap. p. 130.

R. stephanandria, Lévl. in Fedde Rep. (1910) p. 358. Focke in Bibl. Bot. XIX. (1914) p. 40.

Suffruticosi. Radices longe repentes quibus caules hic illuc evoluti. Ramus velutinus sæpe adpresse glandulosus, sparsim aculeatus. Folia inferiora quinnata v. in turionibus septemnata, superiora ternata late lanceolata v. ovato-oblonga acuminata duplicato-serrata, utrinque pubescentia v. glabriuscula. Stipulæ trionis lineares, rami lanceolatæ. Petioli velutini et aculeati interdum indefensi. Flores distincte pedicellati ad apicem rami terminales simulque axillares solitarii. Calyx reflexi, lobis ovatis caudatis velutinis. Petala fere 1. 5—1. 8 cm. longa alba. Stamina primo erecta demum patentia. Ovaria glabra. Fruçtus sphærici v. compresso-sphærici rubri plus minus cavi edulis grati. Achenia 1 mm. longa rugosa.

Nom. Vern. Kamte-talgi (Quelpært) Chang-tar (Wang-tô).

Hab. in insula Quelpaert et Wangtô.

Distr. China centr., Nippon et Kiusiu.

23. さいしうやまいちご

(第二十四圖)

莖ハ基部ヨリ四方ニ彎曲シテ擴ガリ鈎刺多ク無毛緑色、短腺毛アリ、鈎刺ハ緑色、枝ニ腺毛生ズ、葉ハ五個乃至七個ノ葉片ヲ有スル羽狀葉ニシテ中肋ノ下面ニ鈎刺多シ、葉片ハ凡テ小葉柄ヲ具ヘ廣披針形ニシテ長クトガリ邊縁ニ複鋸齒アリ、托葉ハ細ク邊縁ニ腺アリ、花ハ小枝ノ先端ニ一個宛出デ直徑三乃至三珊半、花梗ニ腺毛ト鈎刺トアリ、蕚片ハ披針形ニシテ長クトガリ外面ハ邊縁ニ白毛アル外ハ無毛ナリ、內面ニ絨毛アリ、長サ一珊三許花後外反ス、花瓣ハ白色長サ一珊半幅一乃至一珊二、基脚ハ急ニ細マル。雄蕋ハ多數ニシテ直立シ、子房ニ毛ナク、果實群ハ帶卵球形成熟スレバ紅化シ美味ナリ、瘦果ハ直徑一粍許皺アリ。

濟州島南側ノ斜面ニ生ジ特產品ナリ。

23. **Rubus croceacantha,** Lévl.

in litt. fide Faurie Nakai Veg. Isl. Quelpært p. 53 n. 743 et in Tokyo Bot. Mag. XXX. (1916) p. 223.

R. sorbifolius, Lévl. in litt. fide Taquet.

Caulis a basi arcuato-radicans crebri armatus glaber viridis adpresse glandulosus, aculeis viridibus (non flavis ut in nomine signatis). Ramus glanduloso-ciliolatus. Folia quinnata v. septemnata, rhachibus glandulosis, aculeis compressis recurvis armatis.

Segmenta foliorum omnia præcipue terminalia longe petiolulata lanceolato-acuminata duplicato-serrata. Stipulæ lineares margine glandulosæ. Flores in apice rami lateralis terminales solitarii diametro 3—3. 5 cm. Pedicelli glandulosi aculeati. Calycis lobi lanceolati, caudati, extus præter margines velutinos glabri, intus velutini, 1. 3 cm. longi, post anthesi reflexi. Petala alba 1. 5 cm. longa 1—1. 2 cm. lata basi subito contracta. Stamina numerosa erecta. Ovaria glabra. Fructus ovato-rotundati rubri e carpophoro stipitato sejuncti edules grati. Achenia 1 mm. longa rugosa.

Hab. in latere australe insulæ Quelpært.

Planta endemica !

24. さいしうばらいちご

（第二十五圖）

莖ハ高サ一乃至一珊半無毛且刺ナシ、若枝ハ特ニ稍光澤アリ、托葉ハ新莖ノモノハ細ク、枝ノモノハ廣披針形、枝ハ全然無毛ナレドモ腺點アリ刺ナク梢ニ一二個ノ刺アルコトモアリ、葉ハ殆ンド無毛ニシテ新莖ノモノハ三對乃至四對羽狀ニシテ小枝ノモノハ三出又ハ五出、葉片ハ廣披針形ニシテトガリ兩面ニ腺點アリ、裏面ハ葉脈ニ沿ヒテ微毛アルモノト無毛ノモノトアリ、側脈ハ兩側ニ各七本乃至十二本アリ、先端トガリ邊緣ニ複鋸齒アリ、長サ一乃至八珊幅六乃至二十五粍許、花ヲ見ズ、果實群ハ半形球又ハ帶卵球形、帶黃紅色水分多ク最モ美味ナリ、萼片ハ長サ一珊、披針形ニシテ長クトガリ腺點アリテ外反ス、花托ニ毛アリ。

濟州島西歸浦ノ瀧附近ニ生ジ同地特產品ナリ。

24. **Rubus hongnoensis,** Nakai.

in Fedde Repert. XIII. (1914) p. 277 Veg. Isl. Quelpært. p. 54 n. 744 et in Tokyo Bot. Mag. XXX. (1916) p. 31 et 224.

Caulis 1—1. 5 cm. altus glaber et inarmatus. Turiones glaberrimi lucidi et inarmati. Stipulæ foliorum turionis lineares, rami vetusti late lanceolatæ v. lanceolatæ. Ramus glaberrimus glanduloso-punctulatus inarmatus v. rarissime armatus. Folia fere glabra, turionis 3-4 jugo imparipinnata, rami vetusti ternata v. quinnata. Foliola lanceolata attenuata utrinque sparsim glanduloso-punctata, subtus secus venas pilosa v. glaberrima, venis lateralibus primariis utrinque 7—12, margine acute v. mucronato duplicatoque serrata 1—8 cm. longa 0. 6—2. 5 cm. lata. Flores mihi ignoti. Fructus in apice ramorum lateralium terminales v. axillares, hemisphærici v. ovato-rotundati, luteo-coccinei succosi gratissimi. Calycis lobi 1 cm. longi lanceolati caudato-attenuati glanduloso-punctati margine pulverulentes, in fructu deflexi. Carpophora breviter stipitata, stipite pubescente.

Hab. secus torrentes Hongno, Quelpært.

Planta endemica!

25. たんなばらいちご

(第二十六圖)

莖ニハ短カキ有柄ノ腺アリ、葉ハ三對羽狀、葉柄ニ刺アルモノトナキモノトアリ、托葉ハ細ク葉片ニ廣披針形ニシテトガリ不同ノ鋸齒アリ、表面ニハ微毛生ジ腺點ナク裏面ハ無毛ニシテ腺點アリ。

未ダ花モ果實モ見ズ、Rubus rosæfolius ニ近似ノ種ナリ、多分新種ナルベシ。

濟州島南側ニ生ズ。

25. **Rubus sp?**

Nakai in Tokyo Bot. Mag. XXX. (1916) p. 224.

Affinis Rubi rosæfolii. Plantam mancam legi. Caulis brevissime stipitato-glandulosus. Folia 3—jugo pinnata, petiolis armatis v. inarmatis. Stipulæ lineares angustissimæ. Foliola late lanceolata attenuata inæqualiter v. subæqualiter serrata, supra sparsim pilosa eglandulosa, subtus glabra glanduloso-punctata.

Hab. in Quelpært, secus torrentes Hongno.

Planta endemica?

(第 四 節)

さなぎいちご節

灌木又ハ草本、莖ハ偃臥シ又ハ傾上シ又ハ直立シ又ハ彎曲ス、葉ハ二對乃至五對羽狀又ハ三出、花ハ單一又ハ二三個宛生ズ、果實ハ花托ヨリ分離シ難シ、無柄ナリ、朝鮮ニ一種アリ。

Sect. 4. **Pungentes,** Focke.

in Bibliotheca Botanica XVII. (1910) p. 160.

Fruticosi rarius herbacei. Caulis prostratus v. ascendens v. erectus v. decurvus. Folia 2—5 jugo pinnata v. ternata. Flores solitarii v. gemini laxi. Carpella carpophoro sicco persistentia. Carpophora non stipitata.

Species unica in Corea adest.

26. さなぎいちご

(第二十七圖)

莖ハ横臥スルカ又ハ外物ニ倚ル、無毛ニシテ鈎刺アリ、帶紅色又ハ白粉ヲ被リ長サ一二米突、枝ハ微毛アルモノト無毛ノモノトアリ、葉ハ二乃至四對羽狀ニシテ葉柄ハ下面ニ鈎刺アリ上面ニ溝アリ、葉片ハ卵形又ハ帶卵披針形ニシテ邊緣ニ複鋸齒アリテ先端トガリ稀ニ鈍頭、表面ニ微毛アリテ裏面ニハ葉脈ニ沿ヒテノミ微毛アリ、花ハ小枝ノ先端ニ一個宛生ジ長キ花梗ヲ具ヘ、花梗ニ微毛アルト鈎刺アルモノトナキモノトアリ、萼筒ハ半球形外面ニハ刺多ク、萼片ハ立チ卵形ニシテ長クトガリ邊緣ニハ白毛アリ、內面ニハ一面ニ白毛アリ、花瓣ハ萼ヨリ長ク淡紅色楕圓形又ハ楕圓狀匙形長サ一珊、果實ハ成熟スレバ帶紅色ニシテ食シ得、種子ハ稍大形ニシテ長サ二粍許。

咸北明川郡以南、濟州島迄分布ス。

分布、支那。

26. **Rubus pungens,** Cambess.
var. **Oldhami,** (Miq.) Maxim.

in Mél. Biol. VIII. p. 386 p. p. Focke in Bibliotheca Botanica XVII. p. 165 p. p. Fran. et Sav. Enum. Pl. Jap. I. p. 126.?

R. Oldhami, Miq. in Ann. Mus. Bot. Lugd. Bat. III. p. 34. Prol. Fl. Jap. p. 222.

R. pungens, Forbes et Hemsl. in Journ. Linn. Soc. XXIII. p. 236. Palib. Consp. Fl. Kor. I. p. 79. Nakai Fl. Kor. I. p. 189 II. p. 475. Chôsen-shokubutsu I. p. 364. f. 363. Veg. Isl. Quelpært p. 54. n. 747.

R. pungens v. Oldhami f. roseus, Nakai in Tokyo Bot. Mag. XXX. (1916) p. 224.

Caulis procumbens teres glaber aculeatus rubescens interdum glaucinus 1—2 metralis longus. Ramus pilosus v. glaber. Folia 2—4 jugo pinnata, petiolis infra aculeatis supra canaliculatis. Foliola ovata v. ovato-lanceolata duplicato-serrata acuminata v. longe attenuata v. obtusiuscula, supra pilosa subtus secus venas tantum pilosa. Flores in apice ramorum brevium e turionum annotinorum evolutorum terminales, longe pedunculati, pedunculis pilosis et aculeolatis v. indefensis. Calycis tubus hemisphæricus extus dense aciculatus, lobi erecti ovati et subcaudato-attenuati, margine albo-ciliati, intus dense albo-ciliolati. Petala calycem superantia pallide rosea oblonga v. elliptico-spathulata 1 cm. longa. Fructus maturi luteo-coccinei edulis. Achenia rugosa 2 mm. longa.

Hab. in peninsula Coreana media et austr., nec non insula Quelpært.

Distr. var. China.

(第 五 節)

うらじろいちご節

灌木、莖ハ直立又ハ横臥シ鈎刺又ハ直刺アリ屢々長キ腺毛アリ、葉ハ三出又ハ二三對羽狀。

Sect. 5. **Idæacanthi,** Focke.

in Bibliotheca Botanica XVII (1910) p. 171.

Frutices erecti v. sarmentosi aculeati v. aciculares, sæpe setosi v. glandulosi. Folia ternata v. 2–3 jugo pinnata.

(第 一 亞 節)

うらじろいちご亞節

莖ハ横臥シ又ハ彎曲ス、葉ハ三出又ハ羽狀、葉片ハ裏面ニ白キ綿毛アリ、花瓣ハ內曲シ薔薇毛又ハ白色。

Series 1. **Nivei,** Focke.

in Bibliotheca Bot. XVII (1910) p. 181.

Series Eu-Idæi, Focke l. c. p. 202 p. p.

Frutices sarmentosi, scandentes v. prostrati. Folia ternata v. pinnata. Foliola subtus sæpe niveo-tomentosa. Petala incumbentia rosea v. alba.

次ノ各種アリ。

1 { 莖ハ長キ紅色ノ腺毛ニテ被ハル、葉ハ裏面ハ白キ綿毛ニテ被ハル、萼ハ腺毛ニテ密ニ被ハル .... うらじろいちご
  { 莖ニ腺毛ナキカ又ハ短カキ腺毛アリ 2

2 { 葉ハ花ヲツクル枝ニアルモノハ五個ノ葉片ヲ有ス 3
  { 花ヲ附クル枝ニアル葉ハ三個ノ葉片ヲ有ス 4

3 { 莖ハ彎曲シ又ハ傾上ス、花ヲ附クル枝ノ葉ハ長サ三乃至五珊 .... とつくりいちご
  { 莖ハ地ヲハヒ、花ヲ附クル枝ノ葉ハ長サ一二珊許 .... たんなとつくりいちご

4 { 鈎刺疎ニ生ズルカ又ハナシ、花ヲ附クル枝ノ葉ハ長サ三乃至七珊.... .... なはしろいちご
  { 鈎刺多シ、花ヲ附クル枝ノ葉ハ長サ一乃至三珊 .... たんななはしろいちご

Conspectus specierum.

1 { Caulis glandulis elongatis rubescentibus patentibus horridus. Folia subtus niveo-tomentosa. Calyx glandulis horridus. .... R. phœnicolasius, Max.
  { Caulis eglandulosus v. glandulis brevibus 2

2 { Folia ramorum floriferorum sæpe quinnata 3
  { Folia ramorum floriferorum semper ternata................4

3 { Caulis arcuatus v. scandens. Foliola ramorum floriferorum vulgo 3–5cm. longa......................R. coreanus, Miq.
  { Caulis sarmentosus. Foliola ramorum floriferorum vulgo 1–2 cm. longa.........................R. schizostylis, Lévl.

4 { Sparsius aculeatus rarius indefensus. Folia ramorum floriferorum vulgo 3–7cm. longa.............R. triphyllus, Thunb.
  { Crebri aculeatus. Folia ramorum floriferorum vulgo 1–3cm. longa.......... R. triphyllus var. Taquetii, (Lévl.) Nakai.

27. うらじろいちご 一名 えびがらいちご

コンムタルキ (京畿)

(第二十八圖)

莖ハ四方ニ擴ガリ疎ニ刺アリ、新莖ハ始メ直立シ後彎曲ス。莖、葉柄並ニ萼ニハ腺毛密生ス。下方ノ葉ハ二對羽狀、花ヲ附クル枝ノ葉ハ三出シ裏面ハ葉脈ノ外ハ白毛密生ス。葉片ハ圓形ニシテトガルカ又ハ廣卵形邊緣ニトガレル鋸齒アリ。花ハ枝ノ先端ニ密ナル總狀花序ヲナス。萼片ハ直立シ披針形ニシテ長クトガリ長サ一珊乃至一珊八、毛多ク且腺毛アリ、花瓣ハ短カク淡紅色又ハ白色舌狀、子房ニ毛ナク、果實ハ成熟スレバ紅化シ、種子ハ長サ二糎皺アリ。

咸鏡北道明川郡以南咸南ノ南部、江原、京畿ノ諸道ヲ經テ濟州島ニ迄モ分布ス。

分布。北海道、本州、九州。

27. **Rubus phœnicolasius,** Maxim.

in Mél. Biol. VIII. p. 393. Fran. et Sav. Enum. Pl. Jap. I. p. 127. Bot. Mag. t. 6479. Forbes et Hemsl. in Journ. Linn. Soc. XXIII. p. 235. Matsum. in Tokyo Bot. Mag. p. 5. Gard. Chron. XXVI. p. 315 f. 74. Focke in Nat. Pflanzenf. III. iii p. 30. Bibliotheca Bot. XVII. p. 191. Nakai Fl. Kor. I. p. 189 Chôsenshokubutsu I. p. 304 fig. 361. Veg. Isl. Quelpært p. 54 n. 746. Veg. Isl. Wangtô p. 8. Veg. Mt. Chirisan p. 36 n. 256. et in Tokyo Bot. Mag. XXX (1916) p. 225.

Caulis decumbens radicans sparse aculeatus. Turiones erecto-arcuati. Caulis, petioli calyxque dense patentim glanduloso-hirsuti. Folia inferiora bijugo-pinnata, ramorum floriferorum ternata. Foliola subtus præter venas niveo-tomentosa rotundato-acuta v. late ovata mucronato-serrata. Flores in apice rami dense racemosi, Calyx erectus, lobis lanceolatis longe caudatis 1–1.8cm. longis pubescentibus et glanduloso-hirsutis. Petala brevia pallide rosea v. alba ligulata. Ovaria glabra. Fructus rubri edulis. Achenia 2mm. longa rugosa.

Nom. Vern. Kom-taruki (Kyöng-geni).

Hab. ex montibus australibus Ham-gyöng borealis usque ad insulam Quelpært.

Distr. Yeso, Nippon et Kiusiu.

28. とつくりいちご

コームンタール (全南)

(第二十九圖)

灌木、莖ハ彎曲シ、紫紅色ニシテ白粉ヲ被ムル。鈎刺又ハ直刺アリ、高サ二米突半ニ達スルモノアリ。常ニ簇生スル性アリテ往々大ナル群落ヲナス。新莖ノ葉ハ三對羽狀、花ヲ附クル枝ノ葉ハ二三對羽狀ナリ。葉片ハ卵形又ハ廣卵形廣披針形ニシテ鋭鋸齒アリ。裏面ハ淡綠色又ハ白色、葉脈ニ沿ヒテ毛アルモノト殆ンド無毛ノモノトアリ。葉柄ニ刺アリ、花ハ小枝ノ先端ニ繖房又ハ複繖房花序ヲナス。花軸ニ毛アリ、萼ハ淺ク萼片ハ展開シ外面ニハ疎ニ毛アレドモ邊緣並ニ內面ニハ白毛アリ、花瓣ハ薔薇色內曲シ倒卵形萼片ヨリ短カシ。子房ニ毛アリ、果實群ハ半球形紅化シ後黑色トナル、種子ハ長サ一粍半皺アリ。

半島ノ南部ヨリ群島、濟州島ニ分布ス。

分布。支那、九州、本島。

28. **Rubus coreanus,** Miq.

in Ann. Mus. Bot. Lugd. Bat. III. p. 34. Prol. Fl. Jap. p. 222. Maxim. in Mél. Biol. VIII. p. 391. Forbes et Hemsl. in Journ. Linn. Soc. XXIII. p. 230. Palib. Consp. Fl. Kor. I. p. 37. Focke in Bibliotheca Bot. XVII. p. 184. Nakai Fl. Kor. I. p. 188 Veg. Isl. Quelpært p. 53. n. 741. Veg. Mt Chirisan n. 253.

R. Tokkura, Sieb. Syn. Pl. Oecon. Jap. p. 65 nom. nud. Fran. et Sav. Enum. Pl. Jap. I. p. 128.

R. hoatiensis, Lévl. in Fedde Rep. (1912) p. 32.

R. pseudosaxatilis, Lévl. in Fedde Rep. (1908) p. 280 et in Bull. Acad. Int. Geogr. Bot. (1909) p. 72. Nakai Fl. Kor. II. p. 476.

R. quelpærtensis, Lévl. in Fedde Rep. (1908) p. 280.

R. coreanus v. Nakaianus, Lévl. in Fedde Rep. (1910) p. 358.

R. Nakaianus, Lévl. in lilt. fide Taquet.

R. taiwanianus, Lévl. in litt. fide Faurie.

R. Hiraseanus, Makino in Tokyo Bot. Mag. XVI. p. 144. Koidz. Consp. Ros. Jap. p. 142.

Frutex validus v. gracilior, ramis arcuatis, purpureus et glaucus aculeatus usque 2.5 metralis. Folia turionis 3–jugo imparipinnata, ramorum floriferorum 2–3 jugo imparipinnata. Foliola ovata v. late ovata v. late lanceolata argute serrata subtus pallida v. nivea sat variabilia, secus venas pilosa v. fere glabra. Petioli aculeati. Flores in apice rami corymboso-paniculati v. corymbosi. Rachis inflorescentiæ velutina. Calyx pelviformis, lobis patentibus extus sparsim ciliolatis sed margine et intus albo-velutinus, lanceolato-attenuatis. Petala rosea conniventia obovata, calyce fere duplo breviora. Ovaria pubescentia. Fructus ambitu hemisphærici submaturi rubri, maturi nigri edulis. Achenia 1.5mm. longa rugosa.

Nom. Vern. Koh-mun-tal (Chöl-la).

Hab. in Corea austr. et in archipelago, nec non insula Quelpært.

Distr. China et Nippon.

29. たんなとつくりいちご

(第三十圖)

莖ハ四方ニ擴ガリ地上ニ横臥シ刺多ク無毛帶紫色、側枝ニハ微毛アリテ鈎刺多シ。葉ハ一二對羽狀ナリ、葉柄ニ微毛アリテ鈎刺多シ、葉片ハ廣卵形又ハ圓板狀ニシテ深キ複鋸歯アリ、表面ハ緑色ニシテ短毛ヲ生ジ裏面ハ淡緑ニシテ微毛アリ長サ一珊乃至三珊通例二珊ヲ出ヅルモノ少ナシ。花ハ枝ノ先端ニ繖房花序ヲナス、萼筒ノ外面ニハ刺及ビ毛アリ、萼片ハ披針形ニシテトガリ外面ニ微毛アリテ內面ニハ絨毛アリ、花瓣ハ內曲シ薔薇色、萼片ト同長又ハ夫レヨリ短カシ、子房ニ毛多ク、果實ノ成熟セルモノヲ見ズ。

濟州島ノ海岸平野ニ多ク同地特產品ナリ。

29. **Rubus schizostylis,** Lévl.

in Fedde Rep. (1908) p. 280 et in Bull. Acad. Int. Geogr. Bot. (1909) p. 83. Nakai Fl. Kor. II. (1911) p. 476. Focke Bibliotheca Bot. XVII. p. 207 fig. 83.

Caulis radicans sarmentosus glaber rubescens crebri-aculeatus. Ramus lateralis pilosus crebri armatus. Folia 1–2 jugo impari-pinnata. Petioli pilosi et crebri armati. Foliola terminalia late ovata v. ambitu orbicularia inciso duplicato-serrata, supra viridia adpressissime ciliata, subtus pilosa 1–3 (vulgo 1–2) cm. longa. Flores corymbosi. Calyx hispidus v. ciliatus, lobis lanceolato-acuminatis, extus pilosis, intus velutinis. Petala erecto-incurvata rosea sepalis æquilonga v. brevioribus. Ovarium villosum. Fructus maturi non vidi.

Hab. in Quelpært.

Planta endemica!

30. なはしろいちご

ポンドンタールナム (全南)

(第三十一圖)

莖ハ横臥シ上部ヲ除ク外ハ無毛ニシテ且ツ鈎刺アリ、枝ハ始メ毛アリ且短腺毛ヲ交フルヲ常トス。托葉ハ細ク微毛アリ、葉ハ下方ノモノハ二對羽狀、上方ノモノハ三出ス。葉柄ニ鈎刺アルモノトナキモノトアリ、微毛生ズ。葉片ハ廣卵形又ハ球形又ハ廣倒卵形ニシテ邊緣ニ鋸齒アリ、裏面ニハ一面ニ綿毛アリ、花ハ繖房花序又ハ總狀花序ヲナシ萼筒ハ椀狀ニシテ絹毛生ジ通例針ヲ交フ。萼片ハ花時開キ又ハ反轉シ披針形ニシテトガリ絹毛アリ、果實成熟スル頃ハ同ジク反轉スレドモ未熟ノ果實ヲ包ムモノハ直立ス。花瓣ハ內曲シ薔薇色萼片ヨリ短カシ、果實群ハ成熟スレバ大形ニシテ半圓形ニシテ水分多ク食シ得レドモ美味ナラズ。種子ハ大ニシテ長サ二乃至二糎半皺アリ。

殆ンド全道ニ產シ唯北部森林並ニ高山上ニハ生セズ。

分布。濠州ノ北部、支那、臺灣、琉球、九州、四國、本島、北海道、滿州。

一種葉形小ニシテ葉柄ト莖トニ鈎刺夥シク生ズルモノ濟州島ニ多シ。たんななはしろいちご(第三十二圖)ト云フ、土名ヲ「サスンタルギ」ト云ヒ濟州島ニアリテハ普通ノなはしろいちごヨリ多シ。此變種ハ所々ニ分布シ居ルモノヽ如ク余ハ北海道利尻島ニ產スルモノヲ見タリ。

30. **Rubus triphyllus**, Thunb.

Fl. Jap. p. 215. Focke in Nat. Pflanzenf. III. iii. p. 80 in Engl. Bot. Jahrb. XXIX p. 397 et in Bibliotheca Bot. XVII. p. 187.

Kom. Fl. Mansh. II. p. 484. Schneid. Illus. Handb. Laubholzk. I. p. 513. Nakai Fl. Kor. II. p. 475 et Chôsenshokubutsu I. p. 303. fig. 360. Veg. Isl. Quelpært. p. 54 n. 751. Veg. Isl. Wangtô p. 9. Veg. M't Chirisan p. 36 n. 257. Koidz. Consp. Ros. Jap. p. 137.

R. parvifolius, L. Sp. Pl. ed. II. p. 707 p. p. S. et Z. Fl. Jap. Fam. Nat. p. 126. Miq. Prol. Fl. Jap. p. 222. Maxim. in Mél. Biol. VII. p. 392. Fran. et Sav. Enum. Pl. Jap. I. p. 127. Forbes et Hemsl. in Journ. Linn. Soc. XXIII. p. 235. Palib. Consp. Fl. Kor. I. p. 79. Nakai Fl. Kor. I. p. 188.

R. purpureus, (non Hook.) Bunge Enum. Pl. Chin. bor. p. 24.

R. macropodus, Ser. in DC. Prodr. II. p. 557.

R. Thunbergii, (non S. et Z.) Bl. Bijdr. p. 1109.

R. ouensanensis, Lévl. in litt. p. p. fide Faurie.

R. Idæus v. nipponicus, Palib. Consp. Fl. Kor. I. p. 78. saltem p. p. (fide Takeda).

Caulis prostratus v. sarmentosus v. scandens glaber aculeatus-ramis initio pilosis sæpe glandulosis. Stipulæ lineares pilosæ. Folia inferiora bijugo-pinnata, superiora ternata, petiolis armatis v. inarmatis pilosis. Foliola late ovata v. rotundata v. lata obovata mucronato-serrata v. duplicato-serrata subtus toto niveo-tomentosa. Inflorescentia corymbosa v. racemosa. Calycis tubus pelviformis sericeus v. simul hispidus, lobi sub anthesin patentes v. reflexi lanceolati acuminati sericei, in fructu immaturo erecto-conniventes accrescentes, in fructu maturo iterum reflexi. Petala rosea erecto-conniventia sepalis breviora. Fructus magni hemisphærici eximi succosi edules. Achenia magna 2–2.5mm. longa reticulato-rugosa.

Nom. Vern. Pon-dong-tal-nam (Chöl-la).

Per totas regiones Coreæ.

Distr. Australia bor., China, Formosa, Kiusiu, Liukiu, Shikoku, Nippon, Yeso et Manshuria.

var. **Taquetii,** (Lévl.) Nakai.

R. Taquetii, Lévl. in Fedde Rep. (1909) p. 340. Nakai Fl. Kor. I. p. 477. et Veg. Isl. Quelpært p. 54. n. 749.

Tantum foliolis minoribus, aculeis crebrioribus a typo recedit.

Nom. Vern. Sasun-tarugi (Quelpært).

In Quelpært sat vulgaris et ubi typus est rarus.

Distr. Insula Rishiri (Yeso).

(第 二 亞 節)

みやまうらじろいちご亞節

灌木、莖ハ直立スルモノト横臥スルモノトアリ密ニ刺アリ且腺毛多キヲ常トス。花ハ枝ノ先端ニ繖房花序ヲナシ往々總狀花序又ハ圓錐花叢ヲナス。葉ハ三出又ハ二對羽狀。

朝鮮ニ次ノ一種三變種アリ。

Series 2. **Eu-Idæi,** Focke.

in Bibliotheca Bot. XVII. (1910) p. 202 p. p.

Frutices erecti v. sarmentosi sæpe dense aciculati et glandulosi. Inflorescentia terminalis corymbosa, racemosa v. paniculata. Folia ternata v. bijugo-imparipinnata.

Species unica varietates tres in Corea adsunt.

31. てうせんうらじろいちご

(第三十三圖)

莖ハ高サ一米突以內ヲ常トス。莖ニハ針狀ノ刺密生シ皮ハ汚褐色ナレドモ表皮ハ灰色ナリ。刺ハ褐色、帶黃色又ハ紅色、葉ハ三出、葉柄ニ絨毛アリ且刺アリ、葉片ハ先端ノモノ最大ナリ、邊緣ニ複鋸齒又ハ不同ノ鋸齒アリ。裏面ハ白キ綿毛ニテ被ハレ中肋ニ沿ヒ刺アリ表面ハ綠色又ハ帶紅綠色ニテ微毛アリ、花ハ枝ノ先端又ハ葉腋ニ繖房花序ヲナシ腺毛密生シ且刺多シ。萼筒ハ椀狀ニシテ毛アリ且有柄ノ腺毛ト刺トヲ有ス。萼片ハ長三角形ニシテ長クトガル、花瓣ハ匙狀ニシテ萼片ヨリ短カク白色ニシテ展開ス。子房ニ毛多シ、果實群ニ毛多ク成熟セルモノハ紅色ニシテ食用トシ得、種子ハ長サ二粍許皺アリ。

朝鮮ノ北部特ニ咸南咸北ノ北部ニ多シ。

分布。西比利亞東部、アムール、滿州、樺太。

一種刺ノ短ク且少ナキモノアリ咸南牙得嶺ノ產をくやまいちごト云フ。

又一種基本種ノ如クシテ葉裏ニ全ク毛ナキモノアリ。てうせんきいちごト云ヒ基本種ト混ジテ生ズルコトアレドモ自ラ獨立セル群落ヲナシ特ニ長津地方ノ如キハ基本種ナクてうせんきいちごノミ生ズ。滿州、アムール、樺太ニ分布ス（第三十四圖）。

31. **Rubus Idæus**, L.

Sp. Pl. (1753) p. 492.

var. **microphyllus**, Turcz.

Fl. Baical. Dah. p. 370. Fr. Schmidt Amg. n. 130. Freyn Oest. Bot. Zeit. (1902) p. 24. Nakai Chôsenshokubutsu I. p. 304.

R. melanolasius, (Focke) Kom. Fl. Mansh. II. p. 484 p. p.

R. Idæus, Maxim. Prim. Fl. Amur p. 99. Regel Tent. Fl. Uss. n. 170. Korsch. in Act. Hort. Petrop. XII. p. 332.

R. Idæus v. strigosus, Maxim. in Mél. Biol. VIII. p. 394 p. p.

R. diamantiacus, Lévl. in Fedde Rep. (1908) p. 279.

R. Idæus v. nipponicus, Palib. Consp. Fl. Kor. I. p. 78 p. p.? Nakai Fl. Kor. I. p. 189.

Frutex usque 1 metralis. Caulis dense acicularis. Cortex sordide fuscus sed cum epidermis cinereus. Aciculæ fuscæ v. flavescentes v. rubescentes. Folia a me observata omnia ternata. Petioli villosuli et aciculati. Foliola terminalia maxima duplicato-irregulariterve serrata subtus dense niveo-tomentosa et secus costas aciculata, supra viridia v. rubescenti-viridia pilosa. Inflorescentia terminali v. axillari-corymbosa dense glandulosa et crebri aciculata. Calyx pelviformis . pubescens simulque stipitato-glandulosus et aciculatus. Calycis lobi elongato-triangulares longe caudato-attenuati. Petala ligulato-spatulata calycis lobis breviora alba divergentia. Ovaria pubescentia. Fructus villosus, maturus ruber edulis dulcis. Achenia rugosa 2mm. longa.

In Corea septentrionali vulgaris.

Distr. Sibiria orient., Amur, Manshuria et Sachalin.

var. **coreana**, Nakai.

Differt a præcedente caule brevius et laxius aciculato, et varietate *strigoso* foliis non pinnatis.

Hab. in monte Atokryöng Coreæ sept.

Planta endemica!

var. **concolor,** (Kom.) Nakai.

R. melanolasius v. concolor, Kom. Fl. Mansh. II. p. 486. Miyabe et Miyake Fl. Sachal. p. 129?

R. Komarovi, Nakai Chôsenshokubutsu I. p. 304 f. 342.

Affinis varietatis præcedentis, sed exqua foliis subtus viridibus aciculis et glandulis viridibus, fructibus plus minus odoratis.

In Corea sept. vulgaris.

Distr. Manshuria, Amur et Sachalin?

(第 六 屬)

きんろうばい屬 又ハ ぎじむしろ屬

灌木又ハ草本、匐枝ヲ有スルモノト有セザルモノトアリ。葉ハ互生莖葉ヲ有スルモノト根出葉ノミヲ有スルモノトアリ、托葉アリ、葉身ハ三出、掌狀又ハ羽狀葉又ハ羽狀複葉、花ハ腋生、繖房等アリ。萼片、外萼片、花瓣ハ五個ヲ常トス。花瓣ハ覆瓦狀ニ排列シ萼筒ノ口ニ附着シ、黄色又ハ白色、雄蕋ハ多數、果實ハ多數又ハ少數、花柱ハ永存性又ハ脫落性、子房ノ頂又ハ腹面ニ出ヅ、柱頭ハ點狀又ハ頭狀、胚珠ハ各室ニ一個宛ニシテ下垂ス。瘦果ハ一種子ヲ有ス、幼根ハ上向。

世界ニ約三百十種アリテ主トシテ北半球ノ產、主ニ草本ナリ、其中二十二種ハ朝鮮ニ自生シ中一種ガ木本ナリ。

Gn. 6. **Potentilla,** L.

Sp. Pl. ed. I. (1753) p. 495. Benth. et Hook. Gen. Pl. I. p. 620 p. p. p. 1004. Lehmann Rev. Potent. (1856). Focke in Nat. Pflanzenf. III. iii. p. 34. Britton and Brown l. c. p. 208. Wolf Monogr. Potent. p. p. (1908).

Quinquefolium, (Cord.) Tournef. Instit. Rei Herb. (1700) p. 297. Adans. Fam. II. (1763) p. 295.

Pentaphyllon, (Brunf.) Gærtn. Fruct. I. (1788) p. 349 t. 73.

Fragariastrum, Schur. Enum. Pl. Transylv. p. 187.

Bootia, Bigelow Fl. Bost. Ed. II. p. 351.

Horkelia, Cham. et Schlecht. in Linnæa II. p. 26.

Argentina. Lam. Fl. Fr. III. (1778) p. p.
Chamæphyton, Four. Ann. Soc. Linn. Lyon New S. XVI. (1868) p. 374.
Drymocallis, Four l. c. p. 371.
Fraga, Lapeyr. Hist. Abr. Pl. Pyr. (1813) p. 287.
Ivesia, Torr. et Gray ex Torr. in Pacif. Rail. Rep. VI (1857) p. 72.
Lehmannia, Tratt. Ros. Monogr. IV. (1824) p. 144.
Pancovia, Heist ex Adans. Fam. II. (1763) p. 294.
Tormentilla, L. Syst. ed. I. (1735).
Trichothalamus, Spr. Anleit. II. (1818) p. 864. Lehm. in Nov. Act. Nat. Cur. X (1821) p. 585 t. 49.
Tridopyllum, Necker Elem. II. (1790) p. 93.

Herbæ v. frutices, stoloniferæ v. estoloniferæ. Folia alterna stipulata, ternata, digitata v. pinnata. Flores axillares v. cymosi pentameri. Calycis lobi persistentes. Calyculus adest. Petala imbricata fauce calycis adnata flava. v. alba. Stamina numerosa. Carpella ∞ v. oligomera. Styli persistentes v. decidui terminales v. ventrales v. subbasilares, stigmate punctato v. capitellato. Ovulum solitarium pendulum. Achenia 1–sperma. Radicula supera. Species 310 præcipue in boreali hemisphærica incolæ. Inter eas 22 in Corea adsunt et solum unica est frutex.

32. きんろうばい

(第三十五圖)

灌木高サ一米乃至一米突半ニ達スルモノアリ、分岐多シ、皮ハ褐色縱ニ剝グ、若枝ハ毛アリテ帶紅色、葉ハ二對羽狀、葉片ハ狹長楕圓形ニシテ先端トガリ表面ハ無毛、裏面ニ微毛生ジ淡綠色、托葉ハ最初綠色ナレドモ後褐色トナリ葉柄ニツク、花ハ枝ノ先端ニ一個宛生ズ。萼片ハ淺ク外面ニ絹毛アリ、外萼ハ極メテ小ニシテ通例退化消滅スルモノ多シ。然レドモヨク發達セルモノハ葉狀トナリ先端二叉スルモアリ、萼片ハ卵形又ハ長卵形ニシテトガリ淡綠又ハ黃帶色、花瓣ハ丸ク幅一珊許、瘦果ハ小ナリ。

白頭山麓地方ニ夥シク生ズ。

分布。歐亞ノ北部又ハ高山並ニ北米。

32. **Potentilla fruticosa,** L.

Sp. pl. (1753) p. 495.

var. **vulgaris,** Willd.

ex Schlechtd. in Mag. Ges. Nat. Fr. Berl. VII (1816) p. 285 et auct. plur.

Frutex 1–1.5 metralis ramosissimus. Cortex fuscus longitudinali sejunctus. Ramus juvenilis pubescens v. subsericeus rubescens Folia 2–jugo imparipinnata, segmentis inferioribus majoribus lineari-oblongis acutis, supra glabris, sutus pilosis et pallidioribus, interdum glaucinis. Stipulæ fuscæ lanceolatæ basi petiolo adnatæ, supra basi sæpe conniventes. Flores in apice ramuli solitarii v. gemimi. Calyx concavus extus sericeus. Calyculus obsoletus v. parvis v. foliaceus viridis, et si foliaceus sæpe apice v. ad basin bifidus. Calycis lobi ovati v. oblongo-ovati acutissimi dilute virides v. flavescentes. Petala orbicularia 1 cm. lata flava.

Hab. in pumiceis pede montis Paiktusan 1300–1900m. sat vulgaris

Distr. Europa, Asia et America bor.

(六) 朝鮮産薔薇科植物ノ和名朝鮮名、學名ノ對稱

和名	朝鮮名	學名
ツルノイバラ	Yong-gashi-ton-pul (平北)	Rosa Maximowicziana, Regel.
テリハノイバラ	Sai-bi-nam (濟州) Toul-gashi (莞島)	Rosa Luciæ, Fr. et Rocheb.
ノイバラ	Sai-bi-nam 又ハ Sai-ore-pi (濟州島) Chiil-ku-nam (莞島) Shol-nol-ne-nam (平安) Chang-mi (京畿) Chi-ruri-nam (江原)	Rosa multiflora, Thumb.
キバナハマナシ	Hai-tang-hoa (京畿)	Rosa xanthinoides, Nakai.
ハマナシ	Hai-tang-hoa 又ハ Hya-tang-hoa (京畿)	Rosa rugosa, Thunb.
ヤマハマナシ	Kamagui-pan-nam (昌城) Kamagu-bab-nam (江界)	Rosa davurica, Pall.
オホミヤマバラ		Rosa acicularis, Lindl.
サイシウバラ		" var." Taquetii, Nakai.
タウサンショウバラ		Rosa pimpinellifolia, L.
ミヤマバラ		Rosa rubro-stipullata, Nakai.

和　名	朝鮮名	學　名
テウセンヤマイバラ		Rosa jaluana, Kom.
ヒメサンショウバラ		Rosa koreana, Kom.
シロヤマブキ	Chuk-tou-hoa (全南)	Rhodotypos tetrapetala, Makino.
ヤマブキ		Kerria japonica, DC.
チヨウノスケサウ		Dryas octopetala, L. var. asiatica, Nakai.
チシマイチゴ		Rubus arcticus, L.
フユイチゴ		Rubus Buergeri, Miq.
ビロウドイチゴ		Rubus corchorifolius, L.fil. v. typicus, Focke.
ウスゲイチゴ		Rubus corchorifolius, L.fil. v. Oliveri, Focke.
クマイチゴ	Tapp-jyu (全南) Nam-taruki(京畿) Han-tâl(濟州島)	Rubus cratægifolius, Bunge.
タケシマクマイチゴ		Rubus takesimensis, Nakai.
コジキイチゴ		Rubus asper, Wall.
シロミイチゴ	Pok-tal-târ-nam (濟州島)	Rubus myriadenus, Lévl. et Vnt.
クサイチゴ	Kamte-talgi (濟州島) Chang-tal (莞島)	Rubus Thunbergii, S. et Z.
サイシウヤマイチゴ		Rubus croceacantha, Lévl.
サイシウバライチゴ		Rubus hongnoensis, Nakai.
タンナバライチゴ		Rubus sp?
サナギイチゴ		Rubus pungens, Camb. v. Oldhami, Max.
ウラジロイチゴ エビガライチゴ		Rubus phœnicolasius, Max.
トックリイチゴ	Kô-mun-tâl (全南)	Rubus coreanus, Miq.
タンナトックリイチゴ		Rubus schizostylis, Lévl.
ナハシロイチゴ	Pon-dong-tâl-nam (全南)	Rubus triphyllus, Thunb.
タンナナハシロイチゴ	Sasun-talgi (濟州島)	Rubus triphyllus, Thunb. var. Taquetii, Nakai.
テウセンウラジロイチゴ		Rubus Idæus, L. var. microphyllus, Turcz.
チクヤマイチゴ		Rubus Idæus, L. var. coreanus, Nakai.
テウセンキイチゴ		Rubus Idæus, L. var. concolor, Nakai.
カヂイチゴ		Rubus trifidus, Thunb.
モミヂイチゴ		Rubus palmatus, Thunb.
キンロウバイ		Potentilla fruticosa, L.

第　一　圖

つるのいばら

Rosa Maximowicziana. Regel.

第一圖

上

下

Terauchi M. del.

K. Nakazawa sculp.

第　二　圖

てりはのいばら

Rosa Luciæ, Fran. et Rocheb.

第 二 圖

Terauchi M. del.

K. Nakazawa sculp.

第　三　圖

つるのいばらノ一形ニシテおほのいば
らト云ヒ做サレシモノ

Rosa Maximowicziana, Regel.
(type of Rosa Jackii, Rehder).

第　三　圖

Yamada T. del.

K. Nakazawa sculp.

第　四　圖

のいばら

Rosa multiflora, Thunb.

α. genuina, Fran. et Sav.

第 四 圖

Yoshikawa O. del.

K. Nakazawa sculp.

第　五　圖

のいばらノ一種

Rosa multiflora, Thunb.
var. *adenophora*, Fran. et Sav.

第 五 圖

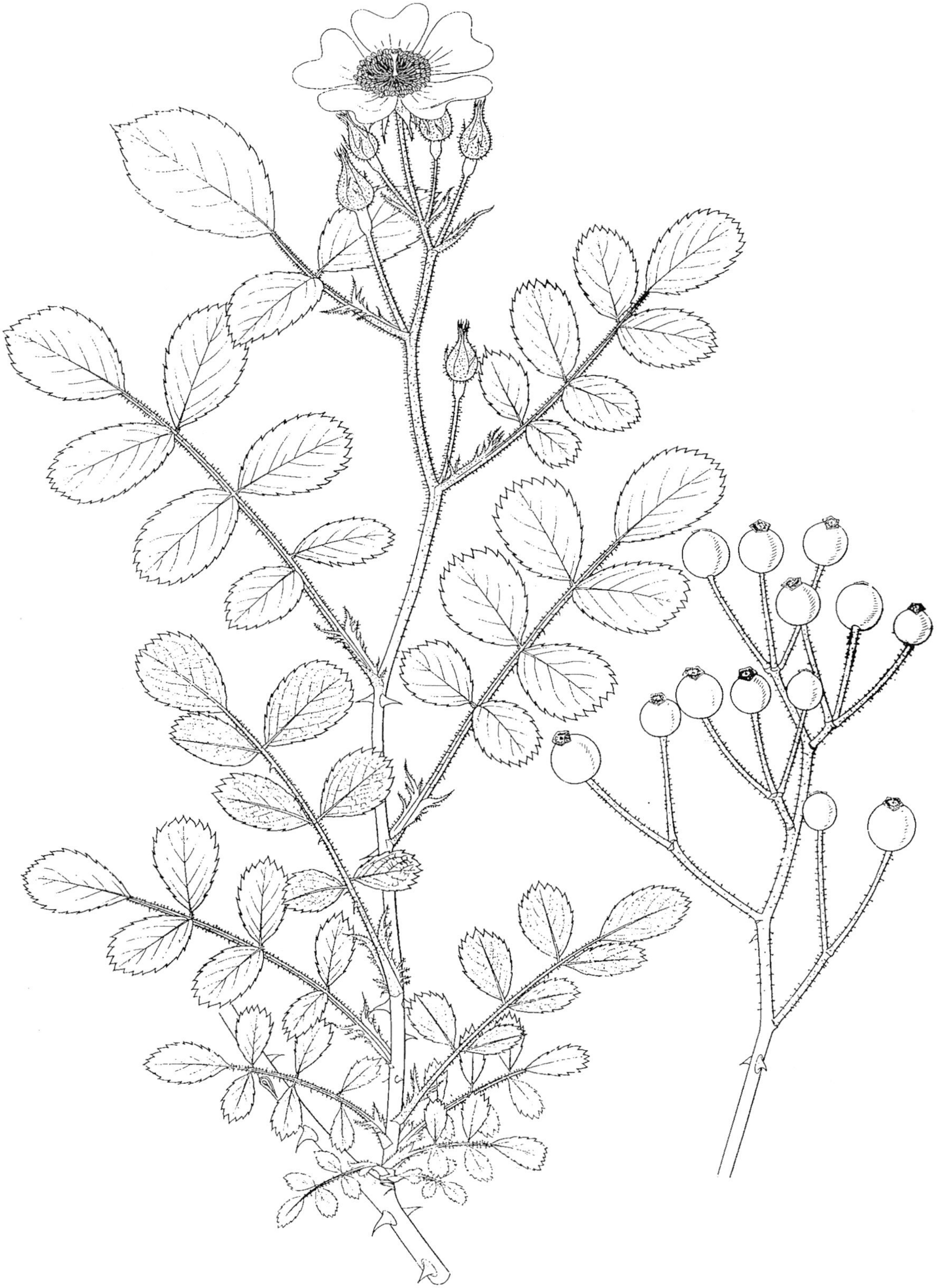

Yamada T. del.

K. Nakazawa sculp.

第　六　圖

きばなはまなし

Rosa xanthinoides, Nakai.

第 六 圖

Yamada T. del.

K. Nakazawa sculp.

第　七　圖

はまなし

Rosa rugosa, Thunb.

第七圖

Yamada T. del.

K.Nakazawa sculp

第　八　圖

はまなしもどき

Rosa rugosa, Thunb.
var. *kamtschatica*, Regel.

第 八 圖

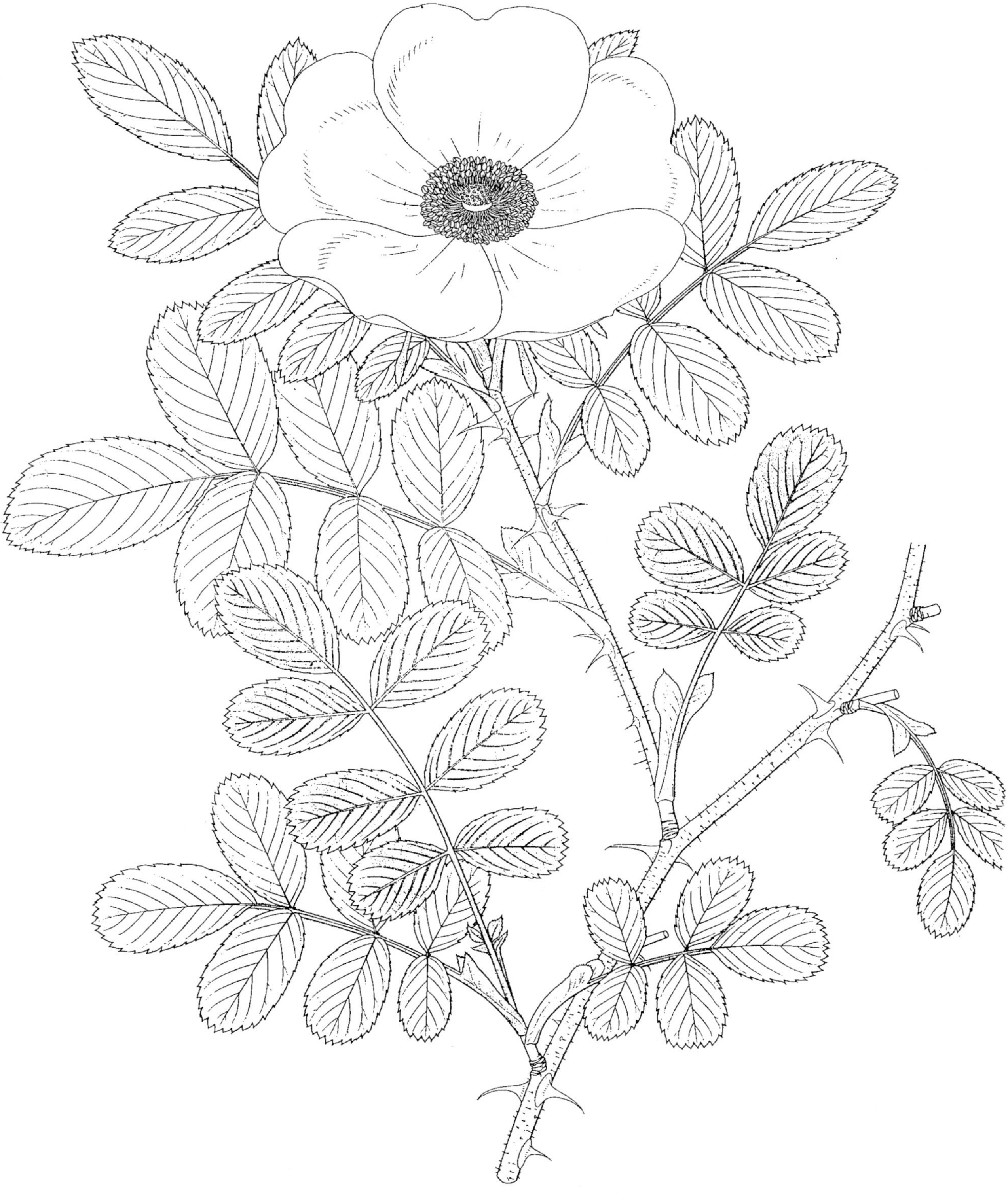

Yamada T. del.

K.Nakazawa sculp.

第　九　圖

やまはまなし

Rosa davurica, Pall.

第　九　圖

Yamada T. del.　　　　　　　　　　　　　　　　　　　　　K. Nakazawa sculp.

第　十　圖

おほみやまばら

Rosa acicularis, Lindl.
var. Gmelini, C. A. Mey.

1 ハ花ヲ附クル枝.

2 ハ果實ヲ附クル枝.

第十圖の一

Yamada T. del.

K. Nakazawa sculp.

第十圖の二

Yamada T del.

K.Nakazawa sculp.

第 十 一 圖

さいしうばら

Rosa acicularis, Lindl,
var. Taquetii, Nakai.

第十一圖

Yamada T. del.

K. Nakazawa sculp.

第 十 二 圖

たうさんしようばら

Rosa pimpinellifolia, L.

第十二圖

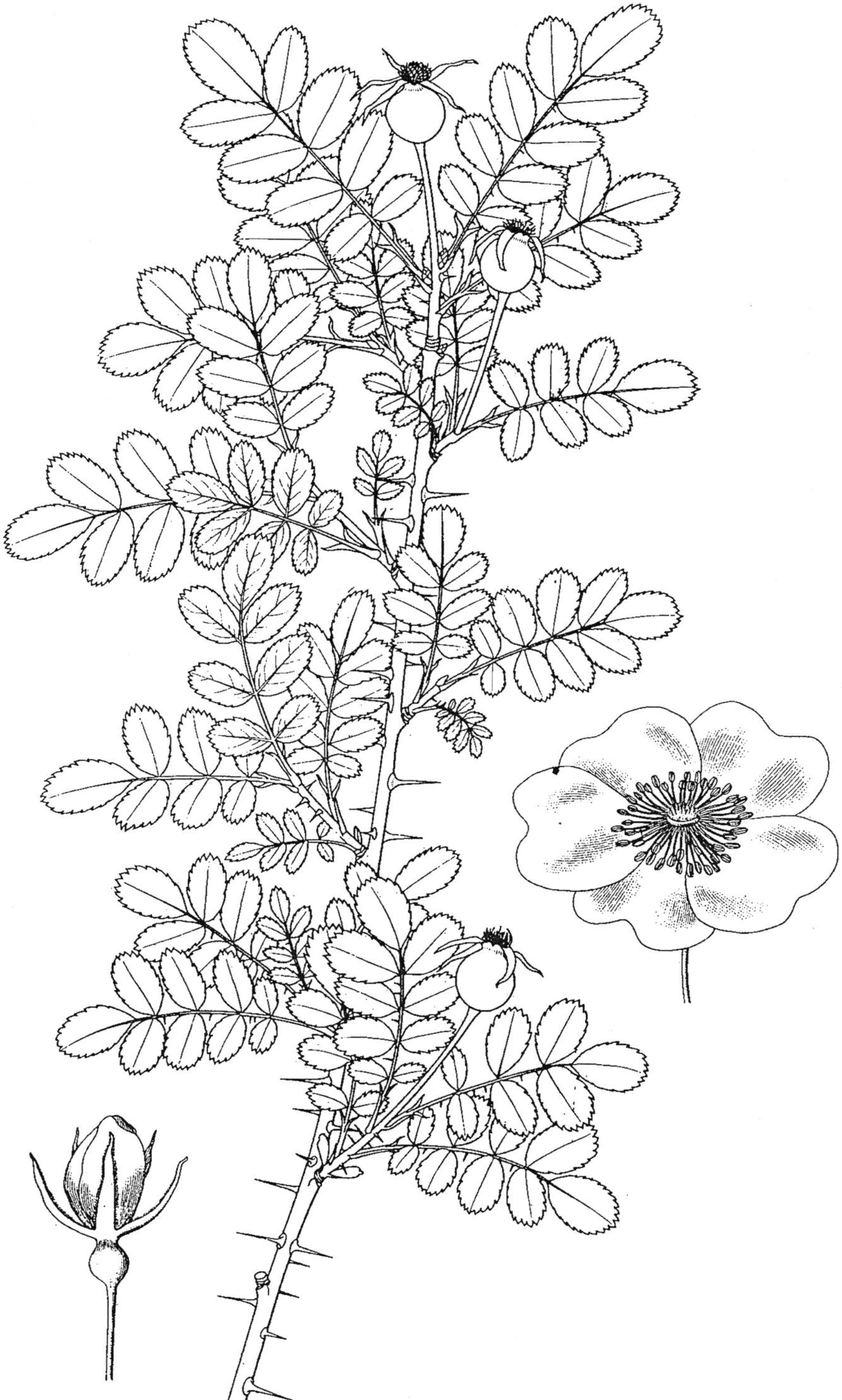

Yamada T. et Nakai T. del.

K. Nakazawa sculp.

第 十 三 圖

みやまばら

Rosa rubro-stipullata, Nakai.

第十三圖

Yamada T. del.

K. Nakazawa sculp.

第 十 四 圖

ひめさんしようばら

Rosa koreana, Kom.

第十四圖

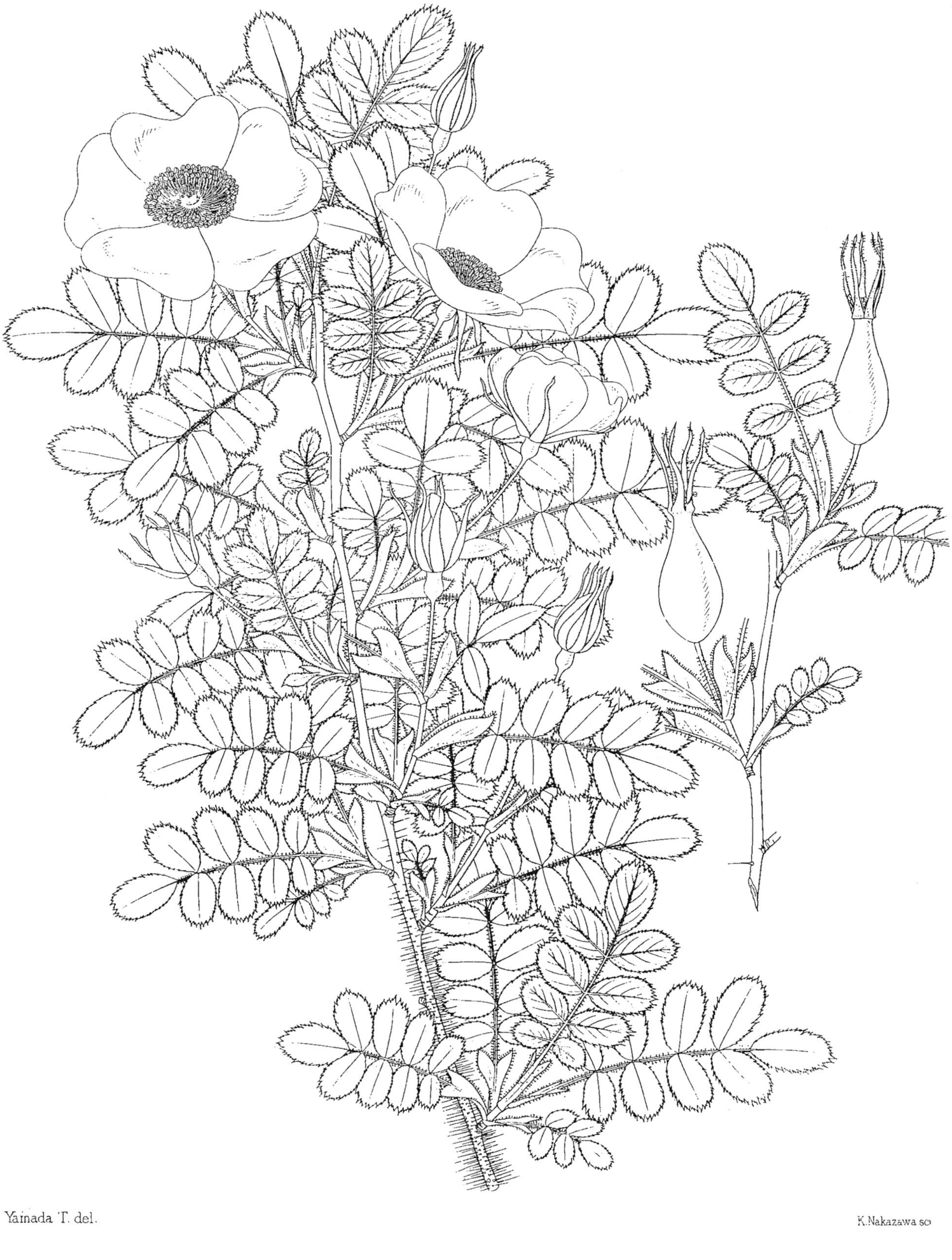

Yamada T. del.

K. Nakazawa sc.

第 十 五 圖

しろやまぶき

Rhodotypos tetrapetala, Makino.

第十五圖

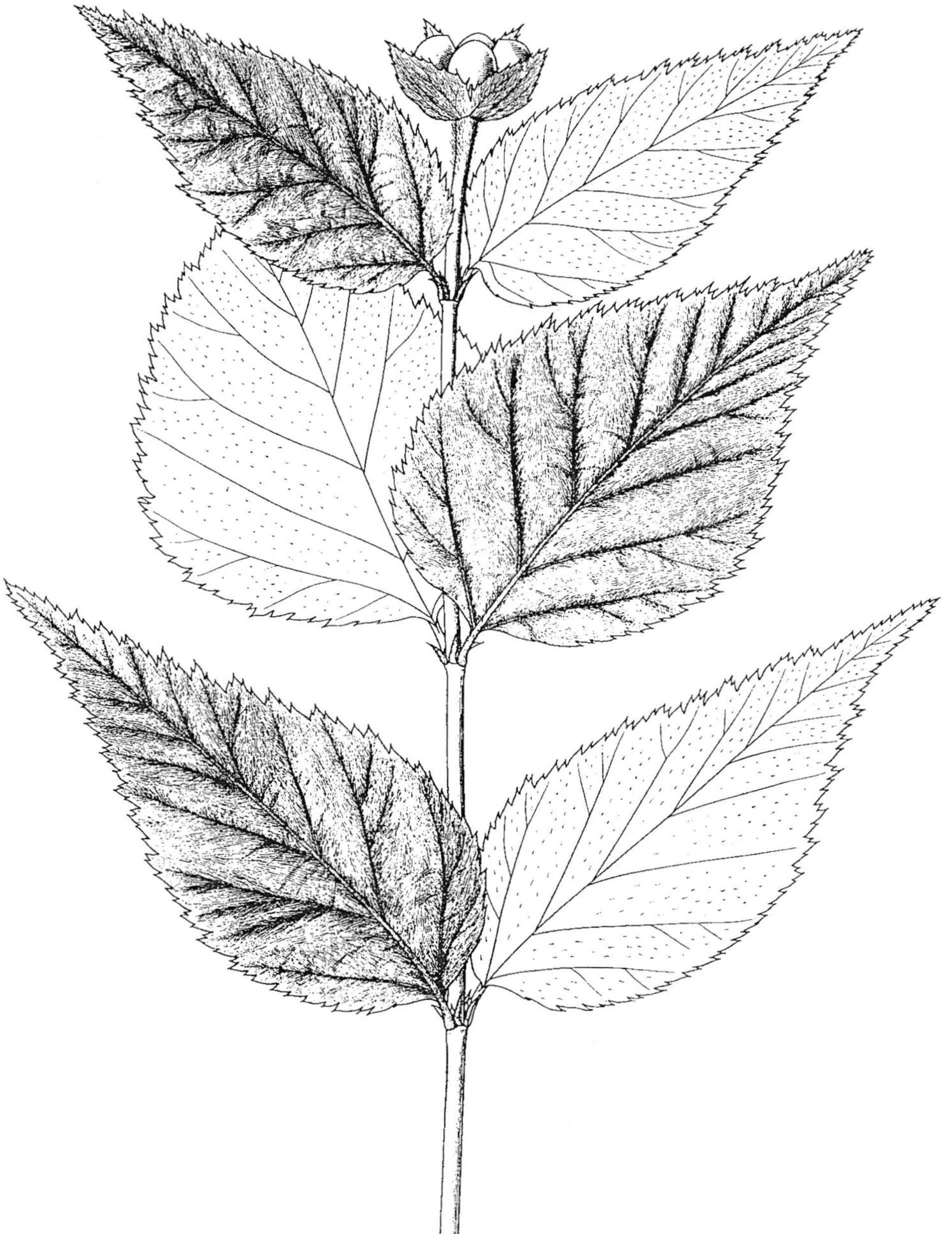

Terauchi M. del. K.Nakazawa sculp.

第 十 六 圖

八重のやまぶき

Kerria japonica, DC.
f. *plena*, Schneider.

第十六圖

Terauchi M. del.

K.Nakazawa sculp.

第　十　七　圖

ちようのすけさう

Dryas octopetala, L.
var. asiatica, Nakai.

第 十 七 圖

上

下

Yoshikawa O. del.

K. Nakazawa sculp.

第 十 八 圖

ちしまいちご

Rubus arcticus, L.

第 十 八 圖

Yamada T. del. K. Nakazawa sculp.

第十九圖

ふゆいちご

Rubus Buergeri, Miq.

第十九圖

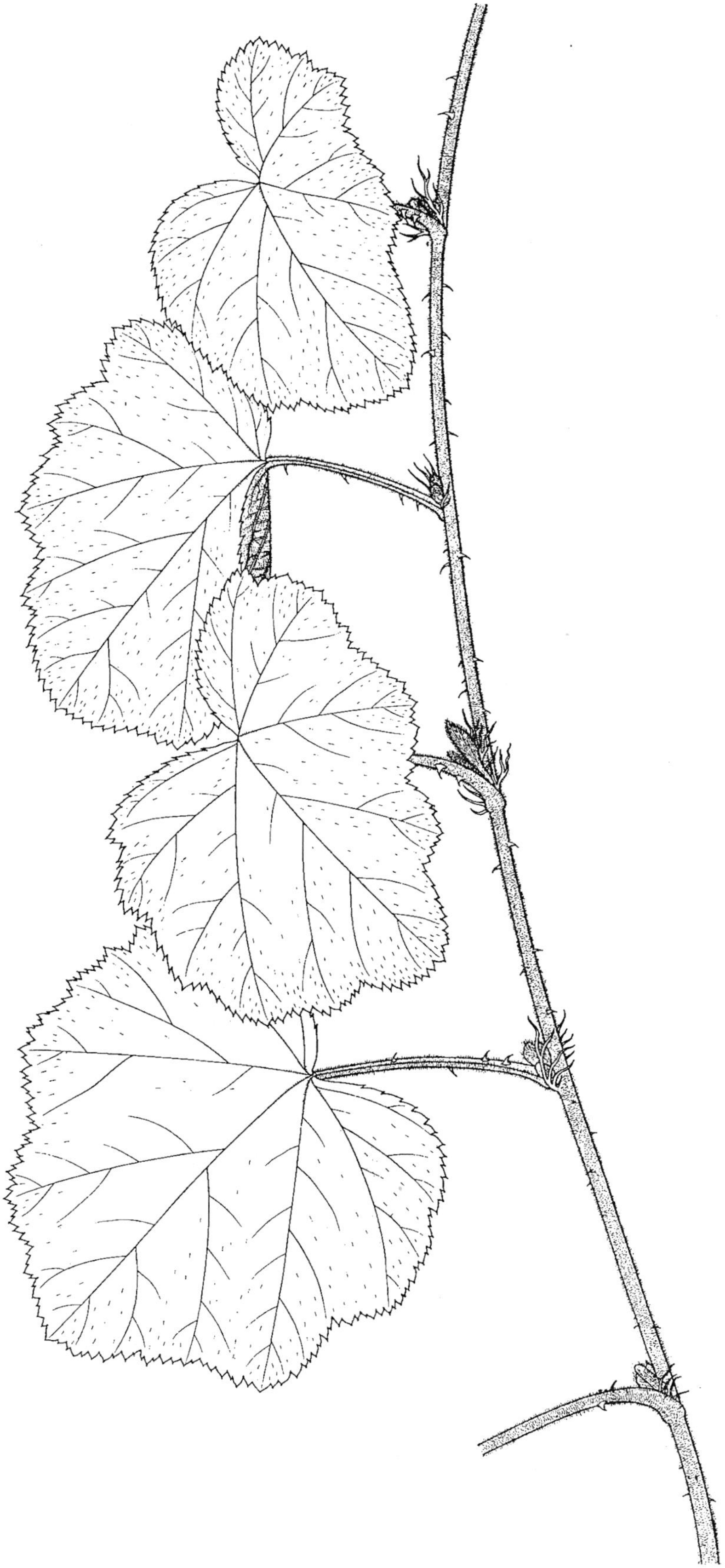

Yamada T. del.

K.Nakazawa sculp.

第 二 十 圖

a. びろうどいちご

Rubus corchorifolius, L. fil.

b. c. うすげいちご

Rubus corchorifolius, L. fil.

var. Oliveri, Focke.

第 二 十 圖

Yamada T. del.

K.Nakazawa sculp.

第二十一圖

くまいちご

Rubus cratægifolius, Bunge.

第二十一圖

Yamada T. del.

K.Nakazawa sculp

第 二 十 二 圖

a. b. こじきいちご

Rubus asper, Wall.

c. しろみいちご

Rubus myriadenus, Lévl.

第二十二圖

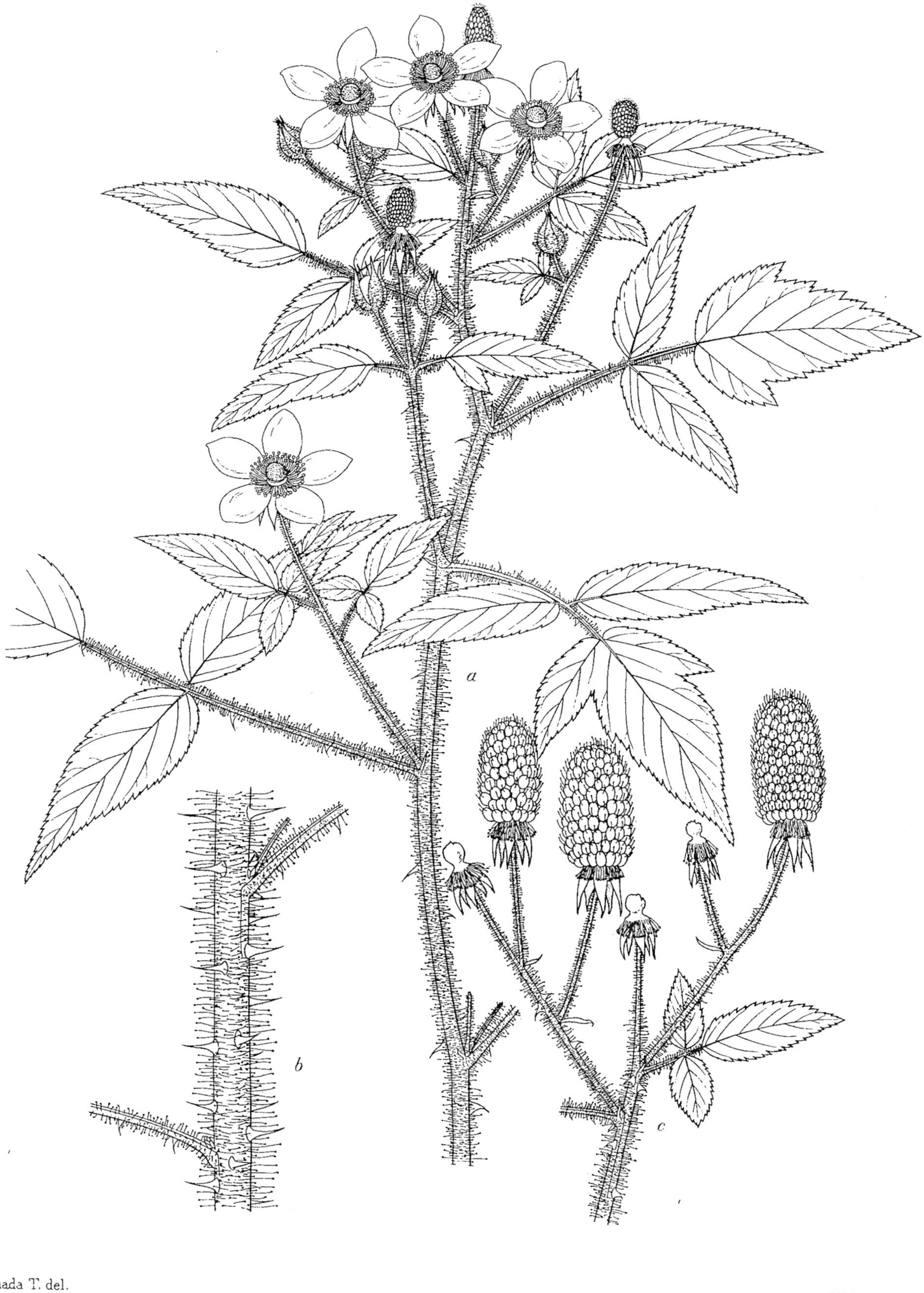

Yamada T. del.

K.Nakazawa sculp.

第 二 十 三 圖

くさいちご

Rubus Thunbergii, S. et Z.

第二十三圖

Yamada T. del.

K.Nakazawa sculp.

第二十四圖

さいしうやまいちご

Rubus croceacantha, Lévl.

第二十四圖

Yamada T. del.

K. Nakazawa sculp.

第二十五圖

さいしうばらいちご

Rubus hongnoensis, Nakai.

第二十五圖

Yamada T. del.

K. Nakazawa sculp.

第 二 十 六 圖

たんなばらいちご

Rubus sp. ?

第二十六圖

Terauchi M. del.

K. Nakazawa sculp.

第 二 十 七 圖

さなぎいちご

Rubus pungens, Camb.
var. Oldhami, Max.

第 二 十 七 圖

Yamada T. del.

K. Nakazawa sculp.

第二十八圖

うらじろいちご

Rubus phœnicolasius, Max.

第二十八圖

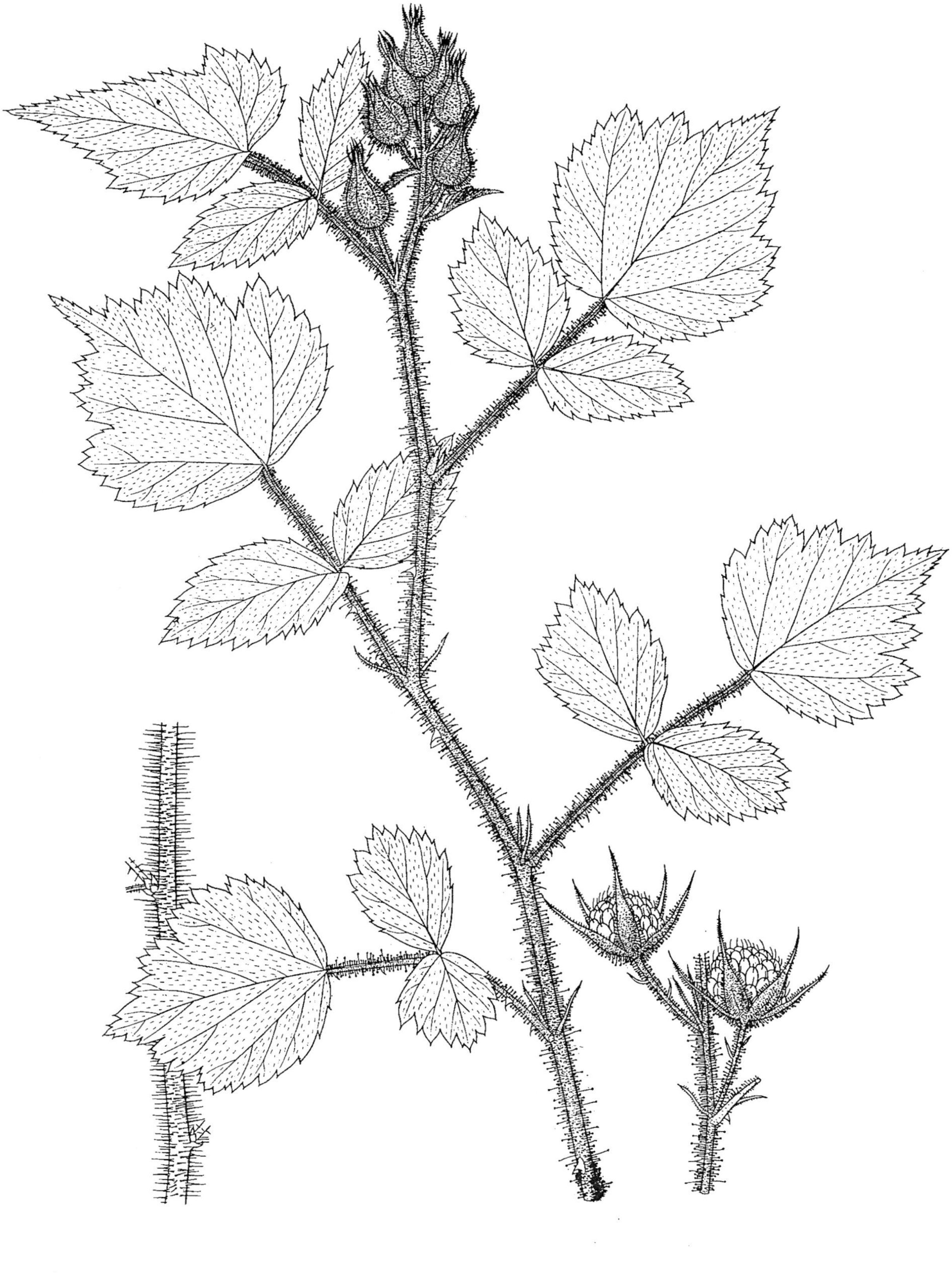

Yamada T. del.

K. Nakazawa sculp.

第二十九圖

とつくりいちご

Rubus coreanus, Miq.

第二十九圖

第 三 十 圖

たんなとつくりいちご

Rubus schizostylis, Lévl.

第三十圖

Yamada T. del.

K.Nakazawa sculp.

第三十一圖

なはしろいちご

Rubus triphyllus, Thunb.

第三十一圖

Yamada T. del

K. Nakazawa sculp.

第三十二圖

たんなはしろいちご

Rubus tripyllus, Thunb.
var, Taquetii, Nakai.

第三十二圖

Yamada T. del.

K. Nakazawa sculp.

第三十三圖

てうせんうらじろいちご

Rubus Idæus, L.
var, microphyllus, Turcz.

第三十三圖

第 三 十 四 圖

てうせんきいちご

Rubus Idæus, L.
var. concolor, Nakai.

第三十四圖

Yamada T. del.　　K.Nakazawa sculp.

第 三 十 五 圖

きんろうばい

Potentilla fruticosa, L.
var. vulgaris, Willd.

第 三 十 五 圖

Yamada T. del.

K.Nakazawa sculp.

索　引

INDEX

第 2 巻

4 ～ 7 輯

INDEX TO LATIN NAMES

Latin names for the plants described in the text are shown in Roman type. Italic type letter is used to indicate synonyms. Roman type number shows the pages of the text and italic type number shows the numbers of figure plates.

In general, names are written as in the text, in some cases however, names are rewritten in accordance with the International Code of Plant Nomenclature (i. e., Pasania cuspidata β. Sieboldii → P. cuspidata var. sieboldii). Specific epithets are all written in small letters.

As for family names (which appear in CAPITALS), standard or customary names are added for some families, for example, Vitaceae for Sarmentaceae, Theaceae for Ternstroemiaceae, Scrophulariaceae for Rhinanthaceae etc.

和名索引　凡例

本文中の「各科の分類」の項に記載・解説されている植物の種名（亜種・変種を含む），属名，科名を，別名を含めて収録した。また図版の番号はイタリック数字で示してある。

原文では植物名は旧かなであるが，この索引では原文によるほかに新かな表示の名を加えて利用者の便をはかった。また科名については各巻でその科の記述の最初を示すとともに，「分類」の項で各科の一般的解説をしているページも併せて示している。原文では科名はほとんどが漢名で書かれているが，この索引では標準科名の新かな表示とし，若干の科については慣用の別名でも引けるようにしてある。

朝鮮名索引　凡例

本文中の「各科の分類」の項で和名に併記されている朝鮮語名を，その図版の番号（イタリック数字）とともに収録した。若干の巻では朝鮮語名が解説中に併記されず，別表で和名，学名と対照されている。これらについてはその対照表のページを示すとともに，それぞれに該当する植物の記述ページを（　）内に示して便をはかった。朝鮮名の表示は巻によって片かな書きとローマ字書きがあるが，この索引では新カナ書きに統一した。